INK
文學叢書
217

附魔者

陳雪◎著

在多數人的一生裡，經常是面對萬劫不復的一刻而不自知。

——格雷安．葛林《喜劇演員》

目次

第一部

阿鷹

他生命裡經過的女人多如繁星，有許多不是愛情，但他都很愛惜，儘管是以別人認爲不愛惜的方式。每個女人都是獨特的恩寵，他鉅細靡遺地記得那些不同的身體與靈魂，女人啊！他感覺自己與她們交往並不是因爲性慾，而是一種想要透過身體了解她們的方式，女人，幾乎只要上過幾次床他就對她們不再充滿慾望，最初的激情消退，取而代之的是與對方之間的一種默契，像練習網球，有的對手會讓你的動作更順暢，有些不會，但他喜歡練習。朋友都羨慕他，有記憶以來他幾乎不曾爲了交女友而費心，女人會來到他身邊，他只需接受就好。

他簡直不知該怎麼拒絕。

那麼多可能性，即使在他倉促結婚之後，即使是三年在屏東的軍旅生涯，同袍得去嫖妓，而他不但家裡有妻子等待，即使僅有一天假期無法返家，他也能在軍營附近交上女友，他愛女人就如女人愛他，她們知道該在什麼時候找到他，她們看得見他。

愛女人，他不知道那算不算愛，女人的愛常讓他困惑，那總伴隨著綑綁，伴隨著占有與嫉妒，似乎必須附帶著承諾與單一，只能給一個，但那卻是他最不擅長的。結婚前（天啊他才二十歲就結了婚）他的行徑就像在收集，他的朋友們收集郵票、收集蝴蝶標本，他收集女人。美麗的平凡的高的矮的胖的瘦的，長髮短髮直髮捲髮，活潑的害羞的狂野的壓抑的，那麼多女人展現在他面前，經過他眼前，停留，對他微笑，與他說話，她們來了你怎能拒絕？「**每一次都是真的，每一個我都珍**

惜。」他想這麼宣稱，甚至婚後（他始終沒眞正意識到自己已是個某個人的丈夫，他沒眞正體認到所謂的結婚意味著此後他再不能合法地與妻子以外的女人性交），他本以爲不會有太多不同，「我很花喔我喜歡自由」，他總是這麼對她們說，剛開始她們都說「沒關係」都說「我不在乎」，一次又一次經驗告訴他，介於沒關係與我不在乎之間沒說出口的是，「我知道你會改變的」，她們都想收服他降伏他改變他，都以爲自己會成爲他最後一個收藏，最終的停留，等他意識到這個，傷害已經造成了。

那是因爲你不懂得愛情。有許多女人這樣對他說，「你不懂得愛情必然會帶來的嫉妒、占有、瘋狂，僅能屬於我而不能屬於其他人」，簡單清晰不容質疑彷彿是愛的法則，她們說他之所以不懂是因爲不曾投入眞正的愛。

爲什麼沒有一種愛是自由、不帶著痛苦、不給人以束縛的呢？

沒有人能確實馴服他，他妻子也未曾馴服他，他只是懂得了說謊。

婚姻是不適合知道眞相的。以往他總認爲說實話會減低傷害，經過許多次因爲實話帶來的衝突，他明白說謊的必要性。

臨時起意的謊、精心編造的謊、顚三倒四的謊、錯綜複雜的謊、鋌而走險的謊、說了一個得再用無數個去圓的謊，因爲說了太多謊以致於現實感消失，彷彿在話語與話語間的裂縫中自己隨可能出賣自己。

說謊的本事鍛鍊久了啊也成爲一種技藝。

跟兄弟在一起不需要說謊，他重視這些兄弟朋友比自己的生命更甚，他從年輕時就懂得什麼叫做仗義，仗義與愛情是不同的，他沒想過這兩者會互相衝突。

「你跟你老爸同一個款。」母親時常恨恨地說。十八歲之前他沒見過他父親，從母親口中斷續聽到的全是咒罵，他出生成長都在外婆家，母親在三歲那年再嫁（她與他父親那場婚姻根本不合法），他便讓外婆與舅舅撫養長大。父親身邊的朋友是什麼樣子的呢？父親跟女人的關係是如何呢？母親之所以說他像父親是基於恨還是因爲愛？或者是因爲恨與愛交織（他的誕生是母親對父親由愛生恨那綿密的過程之產物）使得母親看見他時看到的都是父親的殘影，被長久來的渴慕、懷念、悔恨、甚至報復等複雜心情一層一層塗抹上不同色彩，那影像已非當年他們相識相戀所見（母親後來總說那是一場誘姦），因爲他的出生、成長，自己日漸長成一個據說外貌酷似他父親的成年男人，在母親心裡的父親的殘影與他的形象交疊，在父親死後（母親的恨意如此之深以致於她不願參加那場葬禮，連父親的屍體都不願見到），母親時時檢驗著成年的他身上還遺留著多少父親的「餘毒」，母親對他這些年來的外遇事件反應之激烈也是出於此因，「什麼款人生什麼款兒子！」母親惡狠狠地罵，他不回嘴。母親也是女人啊！他的存在標誌著母親初次（甚至是唯一一次）愛情的失敗，他怎能怪她。

曾經，他拒絕過他父親，在他十三歲那年。曾有過一次機會能夠重返父親家，父親在客廳等待，他卻沒有走出房門，他聽得見父親說話的聲音，那麼洪亮，那樣有力，他甚至可以想像那個聲音會有著什麼臉孔，母親總說他與父親相像，父親在客廳與母親爭執，即使在盛怒中父親也沒有說出難聽的話語，聲音堅定語調溫和措辭文雅正如他所期望，不是那個被母親或村人妖魔化的負心漢，隔著房門傳來堅定聲音一再地重複著「我要見我的兒子，請你讓他自己決定」，他知道這些年來父親掛念著他。

這時若走出房門就是背叛，他動彈不得。幾個小時漫長如同一年，如十多年歲月在隔絕的空間裡快速流過，直到阿嬤進房來對他說，他走了你可以出來了。他就此失去了與父親見面的機會。

再見面時父親已經病危，「你跟我想像的一樣，」父親以虛弱的聲音對他說。「你也是。」他無法以完整聲音說出這句話，大媽跟同父異母的哥哥弟弟都在身旁，「你要照顧你媽媽。」父親對他說，他在加護病房外守了三天，那次他見到父親卻已是父親的最終了。

女人，似乎不進入她們的身體很難愛到她們，他無法以對待男人的方式去關心她們，那需要更具體、更細緻的表現，性是一種方式，對他來說宛如序曲，是一切故事的發端，他必須承認他經常沒多想，彷彿身上具備某種能力不可能不去使用，他太喜歡那個最初的剎那，眼神流轉，從暗示、明示、挑逗到成真，有時短短不到一天，有時長達數個星期，那過程酷似他面對木頭，手指摩挲想像著該從其中雕刻出什麼，可以成爲什麼，**這是創作**。沒愛上琇琇之前他說不出這種句子，但這是創作，他的手可以在女人身體上雕刻，創造出神奇。

「這樣跟動物有什麼不同？這根本是在發情。」他妻子曾這樣控訴他。

女人的身體太神祕，不以自己的唇舌性器去撫觸你什麼也了解不到，「但爲什麼要了解這麼多人？她們與你何干？」若有人這樣問他，「世人都與我有關。」他將這麼回答。

他用身體愛女人用感情愛兄弟。誰說他這不是愛。

男人，女人，凡是來到他身邊的人他都很難抗拒，那種想要親近，想了解，想與之有關係，能夠從身體裡給出某種什麼，說一句話，一起做件事（性愛或其他），或者只是安靜不語地相對，他就是可以感受到與人之間那種奇妙的湧動。與別人親密，擁有不間歇的友誼或愛情，「**感情**」，那是他生存的意義。但這些話都只是他的內在獨白，在妻子情人朋友眼中看來，他就只是個負心的人。

琇琇

夜風吹著，摩托車穿過黑夜的街道，沒戴安全帽，坐在後座的琇琇緊抱著阿鷹的腰，隔著牛仔外套仍感覺到他腰身異常的尺寸，幾乎跟她自己的腰圍差不多，寬闊的肩膀相對著纖細的腰，好古怪的比例。他問她還想去什麼地方，還是直接送她回家？她說都好。

「我不知道年輕人喜歡做什麼？」他說。從背後看不到他說話的樣子。這個晚上他帶她去打網球（她今天只學會了握把），去吃消夜，在一個海產攤點了熱炒配啤酒，她還抽了香菸，是高中跟學姊偷偷摸摸學抽菸以來，第二次抽菸，海產店櫃台擺放幾種進口菸，付帳時她站在阿鷹身旁，好奇地看著裝在玻璃櫃裡那些漂亮的香菸外裝，阿鷹問她，你抽哪一種？（這種問法就像她應該有抽菸習慣似的，於是她選了一包看起來最漂亮的天堂鳥。）之後他們去小公園散步，阿鷹抽黃長壽，她抽著那菸有薄荷味道，菸身細長潔白，吐出的煙霧也細渺，有時阿鷹會來挽她的手。只要不回家都好，她很想說，這句話應該是「跟你在一起就很好」，但她什麼都沒說出口。她喜歡阿鷹對待她的方式，將她當作成年人，無論是在球場邊看阿鷹打球，或他耐心教她握球拍、發球、對牆打（她學得糟透了），這個晚上該如何做結她並不知道，但她不想現在就回家。

「要不要去看MTV？我知道這附近有一家店。」阿鷹又問。在大學裡她將零用錢存下都花在學校小吃街的MTV看藝術電影，但這個大自己十二歲，一向稱呼他為叔叔的男人，想不到叔叔也會去看ＭＴＶ，但阿鷹叔叔就是跟一般的叔叔不同，這點她很確定。

她說好。

這是他們兩個第一次單獨私下相約，她並非不知自己心中潛藏的動機，從小仰慕的叔叔將她當作大人般對待，約她在台中見面，教她打網球，帶她去吃飯，騎車載著她穿過市區大大小小的街道時叔叔說著這家那家店是他年輕時常去的、十幾年前的台中是什麼樣子，整個過程都像約會啊！即使那時她已經歷過幾個小小的戀愛，也跟高中男友嘗試過親吻、愛撫（她只讓他隔著衣服撫摸胸部），但，交往過的都是些跟她年齡相同卻顯得比她還幼稚的男孩子，而男人，如阿鷹這樣的男人，身上散發香菸、汗水、酒精與某種來源不明的氣味，談笑顧盼間自信熟練或可說是滄桑的神情，他們懂得吃喝懂得享樂，張開口就能說出一長串故事，莫名地吸引著她。

更重要的是，這個叔叔是母親離家到台中工作時認識的朋友，是母親返家後少數通得過父親反對仍保留下來的朋友，他知道他們家不為人知的過去，即使他們從來不提，僅僅看著他的臉，聽見他說話的語調，她也感到安心。

坐在ＭＴＶ包廂裡，她緊張得手腳都不知如何擺放，從傍晚見面至今，情節變換快速令她措手不及，這該是她從少女時期就期盼著的畫面，幾個星期來的醞釀也早該使她意識到自己的期望即將成眞，但當阿鷹摟著她的肩膀讓她靠近他，他牛仔外套散發著海產店的熱油、香菸、啤酒與汗水的氣味直逼著她的感官，她突然全身感到麻痺。

國中時琇琇家在鬧市裡開服飾店，每到了年節或重要假日客人擠滿了整條街，她母親會從台中回來，也雇了幾個叔叔阿姨來幫忙，他們有好幾組人輪流，一組是母親在台中的朋友，阿姨通常都濃妝豔抹，叔叔則換來換去得看阿姨們跟誰交往而定；另一組人是金虎叔叔的「兄弟」，這幾個人身上總帶著流氓氣，其中以阿豹叔叔最明顯，她記得阿豹叔叔臉很白，但皺紋滿布，不說話時看起來好凶，瞪大眼睛像要吃人，但一笑眼睛瞇瞇表情突然變很和氣。阿鷹叔叔跟淑娟阿姨這對夫妻好像不屬於那兩個組合，卻是她最喜歡的，帶著對愛情或婚姻的憧憬看待他們，她記得剛認識時，她好奇地看著叔叔跟阿姨頸子上戴著相同樣式的鬼頭項鍊，叔叔說那是他自己雕刻的，媽媽馬上介紹說阿鷹叔叔是**雕刻家**，當時叔叔聽到這詞並不害羞或尷尬，而是一臉自信，一旁的淑娟阿姨俏皮地說：「你叔叔都跟別人不一樣。」阿鷹叔叔、阿豹叔叔、金虎叔叔、阿苗叔叔，這個叔叔和其他叔叔經常出現在店裡或媽媽台中工作的地方，她從來都不知道這些叔叔是做什麼工作爲生，只有阿鷹，琇琇知道他做雕刻，這印象從國中一直維持到她大學，標示著他確實與眾不同。

這年暑假，琇琇即將升上大三，剛滿二十歲，一放假她就跟同學跑去環島，又去了蘭嶼，曬了一身黑，過了十多天才回到家。上大學後因爲到北部去，偶有放假回來也都在家裡，很久沒到她父母擺攤的夜市去幫忙，這天是星期一后里場，過了換季的清冷期，又碰上發薪日生意一定很好，她便跟著去幫忙。

到了晚上十點多人潮漸退，媽媽說：「阿鷹叔叔在賣椰子汁，攤位就在拐彎那邊，要不要去找他？」她猛點頭。搬回鄉下後，那些叔叔阿姨都不來家裡了，有時感覺媽媽很寂寞。

遠遠她就看見阿鷹了，攤子前半個客人也沒有，只有淑娟阿姨拿著抹布擦拭著鐵製台車的桌面，阿鷹叔叔在攤子旁抽菸，他穿著黑色背心（大方袒露強壯的手臂與胸肌）、緊身牛仔褲（他似乎以自己的身材爲傲）、球鞋，頸子上戴著皮繩，繩子上還是繫著那個黑檀木雕刻的鬼頭，核桃大小、雕工細緻，她國三那年阿鷹叔叔曾送她一個（這幾年來她都把它當作一個重要的禮物，不僅是因爲三個孩子裡只有她得到，更因爲那時的她仰慕著這個做雕刻的叔叔）。上次見面是什麼時候呢？快三年了吧！上大學家裡的服裝店收掉之後，有兩三年沒見過他們了。兩三年的時間可以讓一個少女長成大人，但叔叔阿姨看起來幾乎都沒變，他們的出現象徵著她某段時光，那條總是擁擠著人潮的商店街與她孤單彆扭的國中生活。她突然很興奮能夠讓他們看見如今的她，留長了頭髮，穿著秀氣的衣裙，比國中時瘦了幾公斤，她希望這次見面能夠蓋掉以往她在他們記憶中那個長著青春痘、孤僻彆扭的少女形象。

她念念不忘阿鷹叔叔，想不到叔叔也還記得她，「黃毛丫頭變成大小姐了啊！要不要叔叔幫你介紹男朋友？」叔叔劈頭就這麼說，一把就拉過她的手，「頭髮留長很漂亮啊！」他的讚美讓她忍不住害臊低頭（以前大家都說阿鷹叔叔最會虧女生）。叔叔的眼睛細長笑起來眼角往上翹，是人家說的桃花眼。她還不懂什麼是桃花，但當那雙眼睛看著她，其中野性卻又溫柔的笑意使她有點暈眩。

那是重逢的第一晚。她跟媽媽站在叔叔的攤子旁邊跟他們夫妻聊天，有客人來阿姨就跑回去顧攤，她不知道爲什麼叔叔不做雕刻而要賣椰子汁。攤位是臨時找的，賣紅茶、椰子汁跟蜂蜜檸檬冰，淑娟阿姨長得很漂亮，幫忙顧店時常會有男客人想約她出去，記憶裡他們常穿著相同款式的白襯衫牛仔褲，好登對的夫妻。

媽媽笑說阿鷹樣子太凶顧攤時客人都不敢來買，「你還是帶琇琇去逛逛，別在這裡影響生意。」「好啊，那大姊我帶琇琇去散步，順便去拿杯子。」阿鷹說。媽媽很放心地在攤位旁跟淑娟聊天。叔叔問她要不要去吃東西，像小時候那樣（其實不過是幾年前的事），母親常將她與弟弟妹妹交給叔叔們帶去吃東西。「還記得阿豹叔叔嗎？」阿鷹問她，「以前啊！你總是拉著我們的手叫我們倆帶你去吃蚵仔煎，你說長大後要嫁給我們兩個。」那些話多幼稚想不到他還記得，對啊！她國中時，好崇拜這兩個叔叔，覺得他們好帥。「阿豹叔叔在哪？」她問阿鷹，記憶裡阿豹叔叔很安靜，不像阿鷹那樣會逗她玩，但媽媽最常提及這兩個男人，感覺上比自己的舅舅還親。「他住在太平，改天找他出來唱歌。」阿鷹說。

他們繞著夜市外圍走，你一言我一語話說個不停，她知道自己從小給這些叔叔的印象就是孤僻，「我已經不是以前的我囉！」她想這麼宣布，但她更希望透過這簡短的談話，透過她的舉止、外貌的改變，向他證明此事。上國中、高中、大學，每次進入一個新的環境她總想抹消過去，在新的同學與新環境裡成爲新的自己，這已成爲她私密的儀式，未必成功，但非如此不可。

可是阿鷹叔叔不一樣，他確實看過她許多個階段，他自己卻除了頭髮的長短變化，仍保持著她年少時認識的樣子，彷彿時間對他並沒有太大的意義，他早已固定成某種他喜歡且自信的模樣，會一直維持下去，這是琇琇最喜歡他的部分。

這讓她好安心。某種不會改變的，映照著她的不得不變。

她對阿鷹說好多事，說著前陣子去蘭嶼認識的原住民朋友，有詩人有作家有雕刻家，說那些傳統房屋中的圖騰，說獨木舟上的雕刻，她說參加一個文史工作室舉辦的營隊，他們一群人搭火車轉客運租機車去環島，還睡在國小校園，沿途認識了許多人，說她高中開始學素描跟水彩，上學期開始學油畫，說她想寫小說。

她說得又急又快，她說什麼他都認眞聽，沿著夜市走逛，像一對熟識的成年男女。

她陪他去車上拿裝冰水用的塑膠杯，阿鷹的車是一台舊型的豐田可樂娜，白色車身，「要不要坐坐看，是老車，但跑起來還很順。」他們坐進沒有發動的車子裡，又聊了好久。「奇怪跟你怎麼這樣有話講，下次你來台中找我，我帶你去打網球。」叔叔說。她點頭說好。這時有人敲打著車窗，是淑娟阿姨，「拿個杯子拿這麼久！」阿姨抱怨著，並不是針對琇琇，但她臉紅了。

那晚回到家，她翻箱倒櫃找出環島時收集的資料，心想下次見面一定要拿給叔叔看。

阿鷹夫妻到達家裡的時候她知道，因爲狗吠了，母親在屋外豢養的流浪狗小花見了生人總是吠叫不停，也因爲昨天她聽見母親在電話裡與叔叔的談話，知道他們今天會來補貨。那天夜市見面之後，她的生活如常，但在父母的對話間，「阿鷹」這個字眼會突然跳出來，每一個響起的電話鈴聲都使她警覺地跑去接，她直覺總有一天他會打電話給她，是指名要找她的，她甚至覺得自己與這個人之間在未來將有某種奇妙的連結，那時她還沒意識到可能是愛情，她將之視爲神祕的感應，她對人總會有這樣的感應。

她沒下樓。只是以意志力召喚著，上樓來，上樓來，敲響我的房門。

這個房間是她的基地，像她在學校附近的租屋，在大學裡她不太上課，不跟同學來往，晝伏夜出，整天讀小說聽音樂看電影，她大二就擁有自己的音響電視機跟錄放影機，這次暑假回台中她帶回了那套音響跟大多數的書籍雜物，生活過得如在學校時那樣，不跟家人一起吃飯，不太說話，那時的她剛開始學寫小說，沉溺在想像中人物的時間比跟家人朋友見面的時間更多。

等到扣扣扣的敲門聲響起時她已經忘了之前的期待，她忍了一會才去開門。

阿鷹叔叔坐在她身旁專注聽著那音樂時，她有點弄懂心中感覺與這人那奇妙的感應是什麼了，他應該也是如她這樣與周遭人都格格不入，總覺得自己說著沒人理解的語言，想著別人認爲不重要的事物，甚至，是活在自己創造出的時空裡的人，這樣的人她嗅得出來。

□

如今他們兩個在一個小包廂裡，以往每次跟男友去看MTV她總要極力抗拒才能讓對方把注意力放在電視機裡播放的電影畫面，而不是停留在她的胸部或裙子，所以她知道那是什麼，孤男寡女在一個密閉的小房間，有太多可能性。

電視播放著《憂鬱貝蒂》，這電影她看過至少三次了，因爲阿鷹站在一排排大張影碟櫃前舉措茫然，「還是妳挑吧！」他說那是他第一次到這樣的地方，她直覺地挑選了這片，一播放她就後悔，因爲開場就是一大段性愛畫面，她只好把眼睛閉上。

螢幕上的男女激烈如火的戀愛，每一個畫面她都熟悉，閉上眼睛也能描述，那海邊色彩繽紛的小屋，貝蒂放火一把燒掉那些屋子，索格愛貝蒂的方式，在此時更加使她震動。包廂裡瀰漫陳年菸味，狹窄的黑色塑膠皮兩人座的沙發堆著幾個抱枕，她小心挪開與阿鷹的距離，卻還是擁擠著手腳，這是所謂的情人包廂，算是約會吧，她這才驚覺，當他們在服務生的引導下推開門走進包廂時，這個夜晚已超過了她能設想的範圍。

並肩看著螢幕上的影片卻都心不在焉，「想不到你已經長這麼大了，我一直還當你是個國中生，」阿鷹把手放在她的膝蓋上，隔著那件棉麻混紡的長裙輕輕揉弄著她的膝頭，她感覺奇異地麻癢，感到叔叔的手異常粗糙，手指像在畫圈或寫字似地，他只說了這句話就沒再出聲，她很想將手掌覆蓋在那個滑動不停的大手上大聲說，停，我有點怕！但她卻又期待著接下來的事，她努力地深吸深吐氣靜待著。

他們都沒有說話，她的眼睛失焦望著電視機，任由電影情節自行演出，叔叔的手跟眼睛都停留在她的膝蓋，他不看電視也不看她，只是低頭注視著自己手指的動作，那時他在想什麼呢？她不知道，他很熟悉這樣的事情，這一切都是預謀的嗎？她不知道，從傍晚在球場見面至今過了六個小時，這六個小時裡他們的身分一變再變，現在走到那個階段了呢？

回過神來時他們已經在接吻了，誰先開的頭？誰做的決定？已不可考，瀰漫著菸草與酒精的氣味，小心翼翼地帶有慌亂與亢奮，他熱忱地吻她她笨拙地回應，他們之間有一道防線，是年齡、輩分、婚姻、他是叔叔而她是個孩子，在他摸索著她洋裝的胸口時，那防線被輕輕揭開了，等到他的手移到她的裙襬中，才重又劃上，「我不能，」她低聲說，阿鷹止住了雙手。

好尷尬。

「對不起。」她說。「不要道歉，這樣我會不好意思。」他說。

她慌忙整理著衣服，影片已經播映完畢，腦子還很混亂。

回家的路上，途經彎來繞去漆黑的田間小徑，一盞路燈也無，只有阿鷹的野狼125車頭燈光映照出路徑，每經過稀落的農家就會引發狗吠，摩托車就這麼一路牽引狗的吠叫與自身引擎聲，呼嘯在通往家的路上，稻田的氣味她多熟悉，這小路她多少次牽著弟弟妹妹走過，但這時，她與他之間已有了祕密，那祕密種下了什麼結果在她心裡仍懵懂模糊，阿鷹是否早預知未來的混亂，卻依然冒險投入，但她那時還什麼都預料不到，只記得那時的月色，皎潔如水讓深夜變得更深邃，下車時她仍喊他叔叔，叔叔再見，他臉紅了一下，摸摸她的頭髮，手指冰涼，他說：以後，別再叫我叔叔了，我會打電話給你。

叔叔再見！她在心裡這麼說，這一晚，阿鷹從叔叔變成了她的情人。

阿鷹

阿鷹記憶裡的琇琇只是個黃毛丫頭，是麗玉大姊的大女兒，是他與阿豹從小看著長大的孩子，他並未參與過她長大的過程，只是隔一段時間再見她自然會長大一點點，但這次的她卻長成他沒想到的樣子。

麗玉一家人結束服飾店生意後突然銷聲匿跡，直到前一陣子麗玉打電話給他，他們才恢復往來，幾年後再見琇琇，她身上已經散發著少女的氣息，芬芳誘人、像被時間濃縮過的，應該更成熟卻沒有，青澀如一顆等待季節來到便會瞬間轉熟的果子。與他交往過的女人都不一樣，不算美麗不是性感，帶著好奇羞怯又隱含著某種野性未馴的蠢動，某種什麼他說不上來（是誘惑，後來他知道了，她渾身都充滿了連她自己都沒察覺的誘惑），卻挑動著他的神經，使他周身不安。夜市重逢的那晚，她與他坐在車子裡，她張嘴說著好多話（以前沒仔細聽過她的聲音，帶著童音略微沙啞時而突然拔尖、忽然降低的柔軟音調好誘人），他沒認眞聽懂她說的，關於那趟蘭嶼之行，關於大學生活，他只記得幾個關鍵字，「獨木舟」、「素描」、「環島」，更多時候他都在壓抑想要去吻她的衝動，那是突如其來的衝動，他見識品嘗過太多女人但都不是這種，他感覺到喉嚨湧起好多唾液必須大口嚥下，「你瘋啦這個女人你碰不得！她甚至還不是個女人呢！」他腦子裡擁擠著這些句子，但正是這些旁白，這些類似犯罪的曲折心情，使得那小小的車廂裡瀰漫的慾望變得那麼詭異那麼不可遏止，直到他的妻子淑娟敲打著他的車窗那幾聲砰砰才將他拉回現實。

幾天後阿鷹帶著妻子到琇琇家，接到麗玉大姊電話時他竟有種說不出的心虛（若她知道他正在設法引誘她的女兒呢），相識多年，他始終跟麗玉保持奇特的情誼，有一段時間因爲來往殷勤，淑娟甚至懷疑他跟麗玉有曖昧（那時他常跑麗玉的住處是因爲他跟麗玉的室友正在交往），後來妻子也相信他與麗玉間僅是姊弟，這些年裡許多次經濟困難時麗玉跟她丈夫接濟過他們，也介紹過幾個工作，這次也是因爲麗玉做貿易的弟弟進口了一大批椰子汁鋁箔包，問阿鷹想不想在夜市擺攤賣涼水，很快地幫他找到攤位，弄了簡單的涼水攤車，每個星期他都得到麗玉家補貨。

這天是例行性的到訪，但麗玉說因爲椰子汁貨櫃出問題，暫時斷貨了，請他先勉強撐一陣子。他跟妻子在二樓與麗玉夫妻聊天，一直沒看見琇琇跟她的弟弟妹妹，「小孩子去上學了嗎？」他問。大姊說：「大的在樓上房間，兩個小的去補習。」他們提起這三個孩子語氣總像還在讀國小似的，尤其是麗玉，離家多年，回來後彷彿維持著剛離去的時間感，似乎忘記琇琇都讀大學了。「阿鷹你去跟琇琇聊天，這孩子成天躲在房間也不知道做什麼，在家也都不講話，孤僻得要命。」大姊說，「你們年紀比較相近看她會不會聽你的，叫她多吃飯，不要成天喝那個什麼咖啡。」

他敲了琇琇的房門，裡面音樂放得震天響，他敲了好久的門她才來開。「這是誰的歌這麼好聽？」他問，不是因爲想進她房裡看看，卻是眞的被那沒聽過的台語歌曲吸引住，琇琇一頭亂髮披散，臉色蒼白，像是剛睡醒，也像剛從某種幻境裡走出仍無現實感，「陳明章，」她說，「你可以進來聽。」

她打開門轉身進屋。

那房間景物如同眼前這個帶著黑眼圈的年輕女孩，都是他不熟悉的類型，三坪大的房間四周書架上擺滿了書籍，牆上貼了許多電影海報，黑膠唱片當作裝飾也掛上牆，兩個原住民風味的木雕面具、布袋戲偶、小型的銅雕等物品堆放在高低不一的書櫃上方，房內並沒有床，木頭地板上放了一張黑底有藍黃兩色幾何圖案的地毯，地毯上一張矮桌，散亂著書本跟紙張。

打開房門就是陽台，靠窗的矮櫃上擺放著成套音響（琇琇的父親正雄是個音響迷），黑色喇叭傳出那奇特的台語歌曲，「你坐下來聽啊，這首歌很棒，叫〈下午的一齣戲〉。」琇琇說。

他永遠會記住那一刻，他接過她遞來的抱枕席地而坐，看著她手指在音響前按個按鍵，然後挪過身子到他旁邊坐下，先是吉他的聲音，然後是那個他沒聽過的歌手的聲音，那低啞的嗓音一出現，他眼前的小房間突然變成了年少時看戲的廟埕，他甚至聞嗅到夏日大雨前特有的蒸熱氣味。

天色漸漸暗落來　烏雲汝是按佗來
這個熱天的下哺　煞來落著一陣的毛毛仔雨

踏著靜靜的街路　雨那會變成這呢粗
雨水扑佇布篷頂　看戲的阿伯也煞攏走無
下晡的陳三五娘　看戲的儂攏無　看戲的儂攏無
鑼鼓聲　聲聲塊慶團圓　台下無一聲好　台頂是攏全雨

琇琇低頭閉眼隨著音樂晃動身體，直到歌曲結束，才回過神來對他說：「好美對不對。我知道你一定會喜歡這種音樂。」

他無法回答，他已熱淚盈眶。

琇琇為了怕他尷尬，起身走到書架前翻弄，背對著他，他趁機用手背抹去了眼淚。「你看這個，」短短時間裡，琇琇像變魔術一樣，突然拿出好多大大的書本到他面前，你看這是洪通，這是羅丹，這是羅特列克，這是米羅，這是黃土水，這裡面有畫家，有雕刻家，有木雕師，有素人畫家，這些書都可以借給你。

她說了好多話他來不及聽懂，這個女孩子眞可怕，她怎麼知道他這麼多，那些他從來無人可以分享也沒有語言能表達的需要，彷彿劃破暗黑夜晚的第一道晨光，她不僅是那晚散發著誘人氣息的少女，突然又化身為他的翻譯者，將他腦中那些不成形的、無以名狀的事物與渴望，尷尬害羞無法說出口，那些他身邊的每個人都翻譯做「會餓死的、不切實際的空想」，琇琇用一張ＣＤ，幾本畫冊，牆上的木雕面具，與她口中繁複美麗的語言，描繪出了他長久以來的獨自想像的世界。

「我們下樓去吧！」琇琇說，「這些你先帶回去，改天我再幫你找一些。」她站起身，他卻因爲太強烈的震撼而全身發軟，生平第一次他這樣強烈地想要擁有一個人，他必須擁有她，這個他靈魂的翻譯者，他無法再忍受過去那長久的空乏了。

□

那個時間，晚上六點半，他很確定她的父母已經到夜市去了，但可以假裝是要找她的媽媽。這只是個大人的問候，他可以說得很輕鬆很正式很坦然。只是再確定一下那天晚上是不是幻覺，或者將那幻覺打破，當他撥通電話，「喂」聽見她的聲音，沒用的打破不了幻覺，只是引發更多幻覺。電話裡的她聽起來更誘人了。

阿鷹猶豫了一個多月才決心撥打那個電話號碼，反覆思想仍拿不定主意，那段時間因爲椰子汁斷貨，結束了三個多月的擺攤營生，他又沒固定工作了，有幾個朋友來談合夥，接了一個新的雕刻工作，租屋處的樓下合板搭成的工作間積塵已久，他常翻看琇琇給他的畫冊，感覺自己可以開始雕刻出不同的東西。他有好多話想對她說。

電話裡他們聊了好久，這次，他終於聽懂她說了什麼，因爲不必去克制衝動，也沒有負疚的情緒，他們像老朋友那樣聊著上次聽到的音樂，她告訴他黃土水的故事，他對她說自己的雕刻師傅，聊了快半個小時，直到淑娟幾次來電話前探看，「聊什麼這樣開心？」

他決定約她，結束這場電話，「要不要跟我去打球？」他說。「好啊！」她回答，語氣天眞得使他感覺自己像個罪犯。「那約明天好嗎？」他繼續犯罪。「好，」她回應。

這之前他可有煞車的機會？有的，有太多機會，他都沒有煞車，甚至連猶豫都不算猶豫。「爲什麼不行？」他問過自己，但不是什麼掙扎矛盾，更像是說服，「爲什麼不行，倘若她也喜歡我的話。」而他不確定，他在做的一切不就是想確定想逼近這個答案嗎？

單獨見面的那天，他去車站接她，她說轉了兩趟公車才到台中呢！他這才想起應該去她家裡接她，下一次我直接去載你，他說。下一次，他甚至已經在想下一次的事了嗎？

第一次約會他帶她去打球去吃飯去散步去看ＭＴＶ，在小包廂裡吻了她，第二次他帶她去買木頭，去吃他最喜歡的豐原排骨麵，去他常練球的小公園散步，在公園裡他又吻了她。第三次他就帶她去了賓館。這三次都發生在同一個星期，感覺卻無比漫長，他是不追求女人的，追求年紀與輩分如此小的女人更不是他的作風，但她不同，她不屬於他交往過的女人當中任何系譜，是上天爲他量身打造的，獨屬於他的一份禮物。

他衝動又遲疑、渴望而壓抑，因爲太想要擁有而努力克制，他深怕自己任何一個過火的舉動就會因此驚嚇了她，或傷害了她。

他想要她，如同一個男人渴望占有一個女人的身體，但她只讓他吻她，讓他隔著衣服撫摸她的上半身，讓他緊緊摟抱著，過程裡她恍惚說著許多話，他想聽，任何從她口中說出的話語他都迫不及待想吞進肚腹，但他不要她只是個藝術史小老師，或者志同道合的夥伴，他要她成爲他的女人，他想要這個能說出神奇語言、擁有通往他想望已久那世界通行證的少女成爲他的愛人。

但他無計可施。

他帶她到賓館去，她沒有問「為什麼」，只是隨著他踏進老舊的電梯升到三樓，靜靜地張著好奇的眼睛看著他在櫃台付錢，看他拿了鑰匙，任由他牽著手走向那個房間。當他雙腳陷落走道暗紅色地毯時他開始驚慌了，她給他帶來音樂、美術、好聽的故事，而他能給她什麼？他所能做的只是帶她到這種廉價賓館嗎？他想在這種有個暗褐色毛毯、瀰漫消毒藥水氣味的白色床單，電視裡播放A片的房間裡占有她嗎？他怎麼做得下去？

可是他想要。

「你害怕嗎？」他問她。「不怕。」她爽朗地回答，並不害羞，甚至是有點開心地在房間裡走來走去，什麼都想打開看看，「浴室是透明的耶！」她說，「好多鏡子啊！」她的聲音甚至比以往更孩子氣了，她那天眞的語調與表情使他的慾望更強也更曲折，他憎惡自己對她興起的肉慾，這股憎惡卻又讓他更想將她按倒在床鋪上。

當他終於將她的衣裙逐一卸下，在賓館房內暈黃的燈光下看見她那比想像中更近似孩童的身體，他飢渴得手指都起痙攣，但她說：「你只輕輕地摸。」

像素描，如臨摹，他伸出手指滑過她的肌膚，緩慢輕柔，這是第一次，他的指腹幾乎是飄貼在她看不見的汗毛上，忍耐著不讓自己一下子就撲向她併攏雙腿之間。他並不喜歡接吻但他吻她，他期望延長這前戲直到她準備好。

那準備怎麼也不夠。因為不知道她在準備什麼。他探向她的腿間，她說：「不可以。」

不是還沒，不是等一下，而是不可以。

他氣惱自己的急躁，雖然那該算是正常的，畢竟他們已經是情人了啊！在賓館的小房間裡她毫無遮掩地在他面前袒露自己，他也光裸著身體，爲自己的勃起感覺到羞愧，因爲她別開頭去，她說：「我想看電視。」

長達半小時的時間，或更久，她赤裸的臀坐臥在他膝上，兩腿緊閉，他伸長張開雙腿，他們以類似性交的姿勢身體靠著床頭櫃坐在床鋪上看電視，他勃發的性器抵著她光潔的臀腿，感受她輕輕地蠕動，過程好怪異，電視正播放著日本A片，女優發出忸怩嬌酣的呻吟，她看得目不轉睛，他卻痛苦地閉上了眼睛。

這是第一次。

後來又有許多次，類似的畫面在房間裡進行，他洗澡，她洗澡，他說話，她脫衣，他愛撫她的頸子胸乳腰間，她發出細得幾乎聽不見的呻吟，他抓住她的手放在自己的性器上，她縮手，他攤開她的腿，她便推開他起身。

最後總是以他到浴室手淫作結。

到底爲什麼不可以？如果不想要爲何跟我到賓館來？爲何脫掉衣服？爲何讓我撫摸你？他問了又問，她只是說：「你也知道不可以。」

有時他會強硬地攤開她的身體，最後還是放手，不只是因爲她堅決的反對而退卻，是因爲除非使用暴力（他怎麼可能對她暴力），撥開稀疏的體毛她的陰部似乎並沒有任何開口，僅有一道細細的縫線。這樣的身體使他驚慌，那更印證著她只是個小孩子（但她都二十歲了不是嗎）。

奮起、追逐、退卻，多少年來他要什麼女人都要得到手，不曾在這種時刻被拒絕，可是她拒絕了，她的拒絕顯得理所當然，他賭氣似地站在浴室裡對著被水蒸氣薰得朦朧的鏡子盯著自己的身體，勃起的性器如被棄置的可鄙之物，連他自己都不想去碰觸，她竟讓他落入這樣難堪的處境裡。

但每次約會見到她時他還是熱情難抑，還是那麼衝動，還是一次一次去追求，她依然堅定地拒絕。

漫長的逐獵過程似乎沒有盡頭，他攻打著一座無門可破的城池，而守城人竟是他自己的良心，良心？（不該奪去她的童貞）這個刺眼的詞語，如道德、背叛、傷害，曾經是他的母親他的妻子他的情人用來控訴他的語言，他早就通得過這些話語的拷打自行發展出一套屬於自己的感情觀，他知道他會經過一個又一個女人，會經歷勾引、偷情、外遇、抓姦，他遇見他想要的女人仍舊照常去要。

但琇琇不是其他女人，在他心中她已經變成太過複雜的含意，他難得地感覺到罪惡感與內疚，不是對於他的妻子，是對這個他正在設法想要打開的女人，他投入了那麼多時間與心力，一次又一次看見自己的慾望升到頂點，而後熄滅，分離之後他總渴想著那個他始終無法得到的身體，必須自己擔任正方與反方辯論好久，才能說服自己。

他慾望她追求她，但他能給她什麼，她才二十歲，有大好前程，他有妻有子，年輕時代至今從也沒有斷過風流史，她對他而言是特殊的存在，他們之間存在著長輩對晚輩的情誼，存在著「相見恨晚」的惺惺相惜，存在著男人對女人的愛慾，然而，目前他們的關係仍停留在清純如年少時期的戀愛，這是她要的，也是他所能給予最不帶殺傷力的對待，他不能給她未來，不能承諾照顧她一生，她將來還要結婚生子，有自己的家庭，她清新純潔，他不該因自己的慾念加以玷汙。

不做是對的。控制得好，做得對。

他哪裡控制得好了？控制整個場面的人一直都是她。

他親吻她撫摸她或只是仔細觀看著她身體的細節，那具並未散發成熟女人豐滿曲線的身體有著令人迷惑的造型，到底是因爲無法到手所以顯得神祕，還是因爲太過神祕所以無法到手？像封存在一個透明的容器裡，他能以他的手他的臉他的嘴穿越那個透明的外殼，但碰觸到的卻是無以名狀的異物。因爲只能如此，他設法在見面時盡可能帶她到公開場所去，不要待在獨處的私密空間裡，他們去吃飯去散步開著車子到處跑，他帶她去見他的朋友，見過了他最好的朋友阿豹、水蛙、見過那些球場的球友，他們泡茶喝酒唱歌，暑假後半段的一個月裡，他一星期去找她三次，甚至更多，每回夜裡開車或騎摩托車送她回家的路上都是折磨，時間越來越少，他又再一次失去碰觸她的機會。

換做是別的女人他一定覺得對方很不上道。但他無法對她有這樣的念頭。

這麼思想她並不公平，分開的時候，當他單獨在工作間敲打著木頭，腦裡總重播著那些畫面，她的臉浮現在他掌心，她並非一成不變地刺激他或忽視他，她看來就像不斷努力在開放自己，只是過程太過緩慢跟不上他們情感進行的速度。

她的身體彷彿還停留在太古時代，他的慾望卻乘著噴射機前來。

對不上，弄錯了。

琇琇

第三次單獨見面阿鷹帶她去一家賓館，電梯上升的時候她感覺自己快速下跌，已從她熟悉的世界摔落，未來將會變成什麼樣子她卻沒有把握。經過一個暑假，她從十九歲變成二十歲，擁有一個年紀、背景、閱歷都大大超越她的情人，像還不會走路就學會飛，阿鷹並不知道這些，在侷促狹小的賓館房間裡摸索她的身體，剝落她身上的衣物。當他再度把手探進她的雙腿間，她搖搖頭說，不可以。

爲什麼不可以？阿鷹問她，她也反問自己。

就是不可以。

有個男人抱著你讓你坐在他的腿上，有雙手撫弄你的頸子隨後落在你的胸前，他身上散發某種你熟悉的氣味，可能是愛情也可能是別的，她感受到慾望與愛情，這些她在小說裡讀過，在電影裡看過，她也模擬過，高中時代與男友寫情書，牽手散步，在一棵大樹下那個男生第一次吻了她，她是喜歡的，這世界上有人在乎你，這個人爲你哭爲你笑，送你禮物，對別人說：「這是我的女朋友」，但不久後他就想要撫摸你的胸部，想卸下你的衣服，在黯黑的公園角落緊靠著你的身體將手探向你的牛仔褲拉鍊。

她不要這個。

沒有爲什麼，只是不想要。

但她已經不是高中生了，不能嘟著嘴說：「我就是不要」，她必須找到更有說服力的拒絕方法，更重要的是她得先了解自己爲何不要，不要什麼，像一團朦朧難解的迷霧，越逼近就越模糊。她享受著與阿鷹之間的親吻（希望這親吻可以無限延長直到他送她回家），撫愛（他善於雕刻的雙手細緻走動猶如爲她稚氣的身體添加了性感的曲線），她沉迷於赤身裸體與他躺臥在床鋪上說話，在小房間裡走動，這過程是她不曾經歷過的親密感，是更近似愛情的表現，與某個人因爲身體的親近感覺到彼此間情感的湧動，她喜歡看見自己裸著身體在白色床單上滾動，從床邊或天花板上嵌飾鏡子裡看見自己的姿態，身旁或躺或臥的是個精壯的成年男人，那畫面似乎暗示著「長大」，她一直介意自己不管面孔或身材始終像小孩子，她渴望著成熟，彷彿成熟後她就能蛻變成某種更有魅力的人，而阿鷹對她的渴望，無論是眼神言語或動作，都在不斷證明著她已經不是個孩子而是散發性魅力的女人（她從沒想過她的性魅力有一大部分正是因爲她孩童般的身體與稚弱氣質）。

當她享受或朝向變成女人、或成爲阿鷹的女人的過程，那團迷霧總會適時地出來阻止，不行，「**不能眞的做**」。

所有舉動都像模仿或擬仿，但眞的就不行。「假的要怎樣做？」阿鷹曾問她，她回答不了。

每當她試圖逼近或被迫著逼近那個問題，那核心的疑惑就變形成更大的謎團將原有的些微喜悅層層覆蓋，迫使她又退回到冰涼而無法言說的狀態，從疑惑轉變爲恐懼。

「我是眞的喜歡你。」阿鷹說。

「只要喜歡一個人就會想這麼做嗎？」她問他，「別人都這麼做嗎？」她又問。

腦子裡盤旋著很多疑惑。從小到大，上學讀書聯考，凡是書本裡的事物她都能輕易學會，但回到人與人之間的相處，她對自己或別人都感覺困惑陌生，她知識過剩的腦子消化處理不了人與人之間肉體的親密，「你不喜歡我碰你嗎？」阿鷹問她，那時他的手在她的鎖骨上滑動，溫熱氣息遙遠地，如海浪從最遠處慢慢席捲而上，靠近她，這是別人的手，不是她自己的，不同於洗澡，光裸著身體但潑灑在身上的並不是熱水，是一雙手，是柔軟的嘴唇，是濕熱的吻或觸摸，自遠處逐漸靠近的濕熱，伴隨著無法言喻的感覺，是舒服嗎？太遙遠了，總是在接近她意識邊緣時就又退去，喜歡嗎？不知道。

她喜歡阿鷹，毫無疑問的，每回站在村口等阿鷹，僅是遠遠看見車子從斜坡上逐漸駛近，她都激動得想奔跑起來，想快點看見他，分開的時候心裡的惆悵如苦液難以吞下，她正在戀愛呢！夜裡她常摟著枕頭想像摟抱他，嘴唇貼在枕頭上，以舌頭輕舔，一次一次複習著那些吻，聞嗅殘留皮膚與衣物上他的氣味，「你眞清純，」阿鷹說，以前的男友也這麼說，但她知道自己不是清純，而是無知，她對於男女歡愛的場景無知且充滿恐懼。

「不會痛的。」他說。

她最討厭這句話。

阿鷹

慢就是快，她越慢將自己敞開就越快得到他的心，但這猶豫的過程有許多次他都想逃開，看見她慢慢穿上衣服，裸露的身體一點一點回復到原先著衣的樣子，像什麼事都沒發生過，他會告訴自己，結束在這裡最好，還沒人發現，她還是個原封不動的處子，他既未奪去她的童貞，也沒有斷絕她將來幸福的可能（那他永遠給不了的未來），停在這裡就不會發生任何災難。

她愛他嗎？他愛她嗎？他不知該如何定義這段感情，他還記得自己一開始那種不顧一切的勇氣（或該說是衝動），但他並非什麼都不怕，他怕極了，琇琇不是別的女人，這也不只是一場曖昧，這是在玩火，他不敢想像事情一旦掀開會引發多大的風暴，「這是不對的」，在他置身的那個與她有關的小世界裡，他們的身分嚴格地被劃分了，他是已婚人士，她是他的晚輩，這已不僅是外遇或偷腥，而是關於破壞倫理，他雖不是她的親叔叔，但她母親待他如親弟弟，他們兩家關係緊密，倘若他未婚，那僅是一場「男大女小」背景不宜的戀情，但他已婚，這就成了侵犯，明知故犯，成了「為何玩弄自己大姊的女兒」這樣的罪名。

劣根性。

他自小叛逆，從不服管教，他有自己的倫理道德，他相信愛情或感情能夠穿越禮教的約束，家人對父親的誤解促使他不斷地要為父親翻案，他不認為重婚、外遇、多重關係、露水姻緣是錯誤的，他深信父親當年浪跡到他們這個村子，與母親相戀，是基於善意與愛，不是拐騙，他知道有些人一生無法只愛一個人、只忠於一個伴侶，如他父親如他自己，這也是一種愛人的方式，但即使他能諒解父親的作爲，他已爲自己婚後依然不間斷的情愛關係找到解套，他還是打破不了自己與琇琇之間因倫理關係帶來的壓力。

他時常恐懼地想著這次，誰都不會原諒他了，無論前進或後退，錯誤都已經造成。

但不該做的事偏偏吸引著他。

「或許我們不該再見面了，」他喃喃對自己說，她卻聽見了。

「爲什麼?」她問，「因爲我不給你嗎?」

是因爲這樣也不是因爲這樣，他不想傷害她但他正開始傷害她，他更怕她爲了挽救這關係毅然決定獻身，那會使他感覺自己更加卑劣。

「最近淑娟常追查我的行蹤，她已經在懷疑了。我擔心被發現之後對你造成更大的傷害。」他解釋，但連解釋聽起來都那麼無力，那麼不負責任。

「你就是想自保吧。」她低聲說。

那天之後她不再接他的電話，幾天後寒假結束她返回了學校，他失去了她的消息。

失去聯絡的日子事後算來只有十幾天，置身其中卻漫長如幾個月，失去的恐懼是從那時間開始生根，恐懼伴隨著對自己的憤怒與嫌惡日漸變形成無數怪異的行爲，他不斷撥打著那個沒有人接聽的號碼，一次次演練著要如何對她解釋說明，想像著她拔掉電話線獨自在那個他沒去過的校外租屋，她或許正在流淚，正思念著他如他思念她，或許孤獨寂寞無人可訴正如他自己的處境，或許她怪他恨他，過去兩個月的相處都成爲悔恨的記憶，他一直小心翼翼待她，卻仍舊造成無可挽回的傷害。

他開始懷念起那些她搖頭說不可以的日子，甚至連被她拒絕都成爲美好的記憶，沒有女人在這樣的時刻拒絕過他（他果然拋棄了她，這不證明了她早有先見之明），她的拒絕使她顯得特別，使他感到愧疚，使得他們相處的時光將成爲他所擁有的唯一紀念，他懷念她對他說過的話、她對待他的方式，他細細咀嚼過去兩個月相處的細節，期望自己當時並不是用那麼簡短而草率的方式表達了自己的疑慮，那該是討論，該是「我們來想想辦法」，甚或者就該自己吞下獨自承擔，無論是妻子的猜疑或他的焦慮，他該更早一點意識到那個道德上的難題，應該在還沒吻她之前成熟地處理好自己的情緒，但他就是沒有。

不可行之事必不可行。

他永遠學不會教訓。

他那句「或許我們不該再見面了」，儘管說得如自言自語，吞吐軟弱的語調卻更顯出他的自私，可惡啊他竟想用一句呢喃耳語脫身嗎？

每天，他發明出一種新的畫面，設法翻轉那一天，倘若他說的是這句而不是那句，局面是否改觀？但無論他如何改寫，就是去除不了那時刻他的懦弱，那晚從賓館離開後她不再說一句話，直到他送她回家，她沉默，彷彿極力忍耐著什麼，他摟抱她，想延長她離去的動作，她不抵抗也不回應，只是靜靜等著他鬆開手，他一鬆手她就打開車門，快速下車直直往她家的方向走去，背影嬌小而鬆垮，形體似乎潰散，卻仍維持著尊嚴地不回頭看他逕自打開家門進屋。他站在她家門口好久都不見她開燈，黑暗的屋子裡陣陣狗吠，那景象陳述著，他一時興起靠近了她，又因一時軟弱遺棄了她，他正如過去的女人控訴過那樣，是個負心的人。

□

「喂！」電話突然接通時聽見她的聲音他還以為是自己的錯覺。

「是我。」他大喊著，「給我你的地址我去找你！」他又喊，在電話亭裡激動得手腳舞動。

好像沒有發生過任何事，十幾天的消失，似乎只是他自己的想像，她唸出地址，「如果你現在出發傍晚就會到，那時我正好下課。可以一起吃飯。」

奔馳在高速公路上，窗外景物不斷倒退，車窗縫隙傳來咻咻聲響，經過幾個交流道，越靠近她所在的那城市他越清楚意識到，她並沒有把電話線拔掉，她只是盯著電話鈴聲響起，以他無法正確估計的憤怒或傷心抵抗著不去接聽，他意識到，她知道他會後悔，她在懲罰他，並且要他努力償還直到她覺得夠了，隱藏在她小巧身軀裡的意志力龐大得令他驚恐。

但那都不算什麼了，兩個人之中總要有一個是清醒的，他寧願那人是她而不是他自己，當他到達指定地點看見她站在如她描述過的小雜貨店門口，十幾天過去，她的臉看來竟像突然老成了幾歲。

琇琇

回到學校，才過一個暑假，周遭景物與她記憶中有些差距，連從火車站走到公車站的這一小段路也像雜誌上的外地城市照片，輪廓相似，細節陌生。似乎又新開了幾家店鋪。九月中，天氣仍悶熱，下公車她一身熱汗提著行李先到租屋附近的麵店吃晚餐，遇見班上同學，對方熱情地來打招呼，跟她同桌，興奮急促地說著暑假到一家雜誌社打工，採訪了什麼名人。她看著這女生嘰嘰喳喳說個不停的嘴，有種衝動想對面前這個女生將自己暑假發生的事一古腦說出，但她沒說，這個女生跟她住同一棟樓，偶爾也會到她房間跟她聊天，是同學裡少數說得上話的，本該是「我戀愛了」接著可以興奮地將阿鷹與她之間如何從叔叔與小ㄚ頭變成戀人的過程細細說出，但，在開學前卻都變樣。

她不能對別人說出這個，她才開始就結束的愛情，缺乏一種說出來不會讓自己覺得愚蠢的陳述方式，她不要讓人看見她的失落。

繼續上學繼續讀書繼續吃飯繼續不跟誰有太多互動在這校園裡生活下去，邁向大學三年級。

她聽到電話響起，知道是阿鷹打來的，但無法將話筒拿起來，只能把電話線拔掉，她害怕他即將說出口的話，無論是繼續在一起或者我們分手吧，都不是她想要的答案。

「**大人都是靠不住的**」，她腦中迴響著這句話，「但他們能夠輕易地使你心碎」，這些事她再熟悉不過了。她清楚記得孩童時她與弟妹三人被留置在鄉下透天厝，不知道爸媽去了哪裡，她試圖安撫哭鬧不休的弟弟妹妹，設法要回答那些她回答不了的問題，不久後爸媽又歡喜地回家來，帶給他們食物、漂亮衣服跟玩具，爸媽臉上的表情沒有愧疚不安，就像他們只是晚回家了幾小時而不是幾天，中間似乎不曾發生過任何事。一次兩次三次，她已知道大人會用一種她不理解卻必須設法迎接的怪異方式面對他們，只能設法存活下去，只能假裝、忍耐、等待，直到自己也長大為止。

幾天之前，當阿鷹說出「或許我們不該見面了」，她曾憤怒得想大聲叫罵他，「你跟他們一樣」，但她不能，她生命裡真正重要的人為何都那麼任性，這麼難以理解。為何都不知道她在承受著自己還不懂得內容的改變，卻軟弱地表現出他的失落跟畏懼，她能做什麼，都不能，只有長大，快點快點讓自己長大到足以照顧保護自己，她絕不表現出軟弱的樣子。

但這是愛情，這是她第一次將自己暴露在別人面前啊！他似乎不懂得自己對於她的意義，她不明白她多努力要讓跟得上他的腳步，那些在小房間裡如辦家家酒的親密舉動，她任由他撫弄自己的身體，她設法要做對，但她做不好，她知道倘若自己能張開身體接受他，或許她能快速地得到他的愛，但她不能這麼做，因為她不知道那之後是什麼，不僅是為了保留處女之身，不是為了貞節，而是一種更深沉隱密的自我保護機制，那是她的最後一張王牌。

有時她接上電話線，聽著那不斷響起的鈴聲，執拗地等到鈴聲結束，沉默的電話機黑而重，像隻狗縮在房間一角，她回到童年時某種迷信的行為，如果鈴聲響超過二十聲，如果五分鐘之內電話又再度響起，如果他能連續打上十天，如果，如果在她正呼喊他的時候他正巧打電話來，那她就會接聽。

她以意念叫喚著那些如果，他終於通過了考驗。

□

短暫的分手並未成眞，以阿鷹奔來她學校找她結束。之後，如扮家家酒的戀愛又持續了幾個月，獨處的時候他不再那樣勉強要說服她了，甚至比以往還要細心地呵護著她，他的舉動逐漸取消了她對他的疑慮。爲了讓她能夠找得到他，阿鷹去辦了一個呼叫器，她若想跟他說話，就撥打呼叫器留下1453的號碼（他沒說明這號碼代表什麼，她不免覺得她是他一長串女人中的其中一個），阿鷹一定會想辦法回覆她。星期五一到她就搭乘野雞車或火車從大學回台中，先不回家，阿鷹會去車站接她，然後他們就去賓館，她不是沒想過阿鷹帶過什麼女人來這些地方，但她也並不眞那麼在意，她在意的只有現在。

她不知道班上的同學都在做什麼，自己與外界一切逐漸斷絕，她正在戀愛，對象卻不是可以對同學好友說的，「已婚人士」這身分像一個醜陋的記號，不適合作爲大學女生之間的話題，她越來越少去上課，大部分的時間都在趕路。

別的同學有性生活了嗎？她曾從同學揶揄的描述裡聽及某個外文系的女生將男友帶回外宿的套房，他們說那女生的叫床聲響亮整個宿舍走廊，此後大家都私下叫她「走廊」。好可怕，她常在校園裡看見那女生，前衛時髦的外貌、倨傲的神情，她若知道別人將她叫做「走廊」會有什麼感受呢？但一日一日過去，外文系女生依然故我。

她沒有那女生的勇敢，也沒那麼特別，她只是在一個暑假意外地談了戀愛，更何況她還沒有性經驗呢？學期中阿鷹來過學校找她幾次，宿舍裡幾個同學知道了她跟阿鷹的事，很快就傳開，外人眼中他們怎麼看來都是不相稱的，無論是年齡的差距，背景的懸殊，甚至是語言，更重要的是阿鷹那已婚的身分（她終於還是對別人說了，她不知道要如何假裝阿鷹的背景，他看起來太奇怪了），她逐漸明白別人眼中那種驚訝的表情裡更多是反感，也有幾個比較熟的女同學來勸說過她，一開始她還試圖努力溝通、解釋，她渴望他們的愛情被理解被接受，但她慢慢不再對誰說起，逐漸退開大學生活更遠。

即使他們小心翼翼但那仍超過她能力範圍，關於偷情、外遇、婚姻、不可告人的事、說謊、隱瞞，關於他身邊的那些她還無法理解的人際關係、他的生活方式（阿鷹開始頻繁地帶她去見他的朋友，不管到哪裡總是一群男人在喝酒），有太多新的事物加入她的生活在她周圍旋轉不休，她才適應了一種，就得開始學另一種。

她也曾感到嫉妒。嫉妒阿鷹的妻子，嫉妒合法婚姻背後的合法性，雖然她擁有愛，卻不擁有合法，只能化身爲一組號碼，她甚至不知道爲何是這號碼，每回打扣機時她會留下這組代號，阿鷹就會找個藉口去打公用電話給她。多麼可悲。

那些充滿謊言的日子，每一次她聽見阿鷹在電話裡對他妻子撒謊，他那面不改色的神態都會讓她對他的信心動搖，隨著相處時間漸久，她感覺自己對阿鷹的依賴加深，但依賴卻建立在如此薄弱的基礎上，彷彿蓋在沙地上的房子，上面的建築快速加高，底下的沙就流失得快一點。

她所擁有的愛情，轉瞬間可以消失。

不知第幾次約會，第幾次進出賓館，幾個月來他們的身體關係仍彆扭，只停留在親吻愛撫，阿鷹一次次試探要求試圖與她性交而她必然拒絕，最後只如對待什麼易碎物品那樣，以手以舌以強行忍耐壓下的強大慾望，撫摸她身體每一處，然後到浴室自慰。

他一直以爲她是想要保留處女之身，清醒後他也認同這理念，慶幸自己夠理智沒有強行突破她最後防線。「這樣也好，」他總是這樣說，「長大後你總會嫁人。」

「不是這個原因，我只是還沒準備好。」她哀哀地說。

但這個答案無法解釋全部，已經快半年了，無論她如何努力他們之間仍隔著一層無法穿透的障礙，她渴望與他獨處，渴望他以愛人的姿態慾望著她的時刻，但那時刻卻又直接地展露了他們關係的無望，爲何每次她開始產生陣陣快感，忽然身體的顫動便如潮水退去，她的身體痲痺，眼神空洞，像會疼痛似地閃躲他繼續的愛撫。阿鷹能滿足於這樣的關係嗎？若她永遠只能給他這麼少，他是不是很快地就要像上次那樣離開？

「你記得肯尼司飯店的事嗎？」阿鷹問她。

「我記得。」她說。

最先浮出的畫面是游泳池。

廢棄的游泳池，池底布滿塵土落葉與雜物，必須費力辨識才能隱約看得見底下鋪設的藍白兩色馬賽克磁磚，水都退盡後感覺那凹洞更深，像一個從地上裂開彩色的大洞，似乎不留神就會跌進去。

她記得自己跟著父母與那群男女繞著游泳池邊轉圈的情況，當然也記得遊覽車在停車場讓大家下車，車上二十幾名男女，山上冷冽的空氣使人倒吸一口氣，寬闊的停車場只停著他們搭乘的這部車。

位於半山的飯店是他們此行的最後一站，那天清晨爸媽就帶她出門，遊覽車上很吵，一直有人在自我介紹，說明這說明那，從前排傳下許多印有資料的紙張，她跟媽媽坐，爸爸坐在前一排，與他同座的似乎就是帶他們來參加這活動的人，是爸爸在木器行認識的朋友，爸爸說要叫「林叔叔」，林叔叔的太太兼任遊覽車小姐，拿著麥克風不斷說話或唱歌，也把麥克風傳給其他人，車上氣氛很熱鬧，大家都按捺不住興奮。

車子先去了幾個觀光區，有幾站可以採買名產，但爸媽什麼都沒買，似乎有些緊張，只給她買了一枝糖葫蘆，吃過午飯一上車她就睡著了，醒來時車子正在一條山路轉，不多久媽媽跟她開始暈車。路旁都是高大的樹木，媽媽拿出萬金油塗抹在自己跟她的額頭上，在她幾乎要嘔吐的時候，蜿蜒的山路盡頭出現一個巨大的鐵門，眼前奇異景象轉移了嘔吐的感覺，是她曾在故事書裡看過的那種巨大黑色厚重鍛鐵雕花，需由人力一邊一個推開，門一開如莊園般的建築物出現在眼前。

即使年幼她也看得出這個莊園已經毀敗，入園處或乾枯或形狀糾結的高大柏樹，枯萎難辨的花圃，或已然荒廢的看守員小屋佇立在入口處，感覺上好像還會有穿著制服的守衛突然跑出來似的，給她留下難以說明的異樣感，車上發送的那些說明手冊，裡頭精美圖文印製的就是這座名為「肯尼司度假飯店」的輝煌歷史。

這有著游泳池的飯店在那時已停業多時，當年以「高爾夫球俱樂部」聞名，曾紅極一時，是中部地區少見的會員制度假中心，住房部門由兩個五層樓建築體組成，弧形建物環山而建，視野極佳，據說極盛時期常有外地人趕到此處只為到五樓的西餐廳觀看落日。肯尼司飯店，中部地區誰都知道的地方。

他們一行浩浩蕩蕩總共十八人，連同介紹人林安生與王淑莉夫妻（即使事隔多年她仍記得那對自稱是夫妻的人的樣貌與姓名）、代書、見證人（這是第一次聽見這個字眼），除了自己攜來的家眷（整團就只有她一個小孩子），與其他人都互不相識，如觀光團般聆聽著介紹人的說明，手上拿著印刷品，仔細比對著紙上說明與實體所見。

很久之後，一切災難都發生之後，她才知道那天並不是遊覽團，而是「歇業中的肯尼司飯店正在尋找新的業主」，包含她父母的這群人就是可能的投資者，是遠從全省各地慕名而來人數可觀的眾多參與者中的不知第幾批，由一個實際組成人員不到十人的投資集團發動一場一場說明會精心策動，用遊覽車一車一車載來，那些從遊覽車下來的人，包含她的父母，都即將在這次出訪過程後將全部家當投入這個度假飯店的重建工作，期望自己成爲幾百分之一的主人。

過程猶如幻夢，她特別記得介紹人帶大家去大廳參觀，站在高聳的落地窗玻璃往裡看，那時有個老先生拿著一大串鑰匙（鑰匙沉甸甸發出碰撞時的匡噹聲）慢慢解開業已生鏽的鎖，共有六個大小不一的鎖頭，串在兩條巨大的鐵鍊上，不知從何處竄出一條黑色大狗，瘦得露出脊骨拱著背的狗，對著他們大聲吠叫，林先生大聲喝叱，還脫下鞋子用力往狗拋擲，引發了一小陣騷動。

相對於游泳池與庭園的荒蕪殘破，飯店大廳還保有一定的整潔與氣派，「好漂亮啊！」她聽見人群裡有這樣的低呼，彷彿終於有人開頭大家便不再掩飾自己的喜悅，開始交頭接耳表達對此處的驚喜。

空蕩的大廳有股說不出的氣味，潮濕侵蝕了一切，到處都水潤潤的，那時可能早已斷電，以致於林叔叔一直強調五點前要準時離開。

接待處的櫃台當然不見一人，地上鋪設的米色地毯踩踏著會發出窸窣怪聲。

「盛宴即將開始」，她那時總覺得隨時會有音樂響起，櫃台上就會出現穿著制服的工作人員，好像回頭大廳另一端就會圍繞著正在跳舞的客人，絡繹不絕的遊客隨時都可能提著行李推開門走進來。

這些都是介紹人在一旁加強的說明。大廳突然燈光大亮，音樂也響起來了，這群鄉下人都手足無措起來，彷彿感覺到自身的寒酸與這場景不太相稱，紛紛四下張望，她注意到自己的父親仍一臉驕傲努力維持著尊嚴，可是從他的呼吸裡能感受到他內心的激動。

那不折不扣是一場騙局，說穿了會笑掉人大牙的拙劣騙局，上當的人事後不但不敢置信也不好意思向別人提及，但是，除非親臨現場否則無法體會當時魔幻的氣氛，那幻覺太逼真，太像從自己的夢想中走出來的，像是從天而降的好運，彷彿說明人手指過的地方器物就會活動，空洞的場景會密布人群，已消逝的繁華隨即再現，他兩手一揮，曾經輝煌的肯尼司飯店就會從說明書裡再次甦醒，願意勇敢參與這次重建行動的人，才有機會目睹那神奇的時刻。

爲什麼選中我們？她的家是尋常而不可能遭遇戲劇性情節的那種，父親在伯父店裡作裝潢工人，母親在工廠幫人煮飯，家裡有三個孩子，她剛上小學四年級，他們曾經是多麼單純平凡的家庭，而一切都在瞬間崩毀。

遊覽車將他們載回集合地點，回家的路上父親帶她們去吃了一頓大餐，在廉價的海產店，父親點了好多菜，其中包括她沒吃過的「龍蝦」，紅豔的龍蝦像是假的那樣被端上桌，模樣如此古怪，她不想吃，沉默的父親比往常都多話，連一向害羞的媽媽也忍不住重複著肯尼司飯店的種種。

後來誰都沒再提及此事了，漫長混亂的童年、少女、青少女時期過去，沒完沒了的還債的日子度過，她與家人從不提及那個度假飯店，直到在這個下著雨的夜晚與阿鷹從賓館裡走出來，在回家的車程裡他突然問她：「你記得肯尼司飯店的事嗎？」她輕易想起了那個殘破的度假飯店，她對他描述那次跟爸媽搭遊覽車去遊覽的事。

說著說著，有個什麼在她腦子裡融化了，滾熱的記憶到處流淌，拖拉著一連串她已經遺忘的畫面，她驚叫出聲。

剎那間，她的人生翻轉了。

這晚下著大雨，如同那些大逃亡的夜裡連續多日的暴雨，將他們圍困在馬路上，突來的記憶將她驚呆了，對啊肯尼司飯店，沒有半滴水的游泳池與空蕩的大廳，曾負載著他們希望的夢幻旅店，那群帶著夢遊神色的男女，那隻象徵著好運即將來到的大龍蝦，火紅火紅停在記憶深處，是一切災難的源頭。之後呢？下一個畫面已經是村人擠在她家客廳裡大聲吼叫，家中物品都貼上法院封條，再往下翻，畫面是他們全家擠在一輛白色小發財車裡四處流亡，吃睡都在車上，大雨澆灌在車身發出趴搭趴搭聲響，一站逃過一站，父母總神色悽惶，孩子們老是在睡覺，她隔著車窗看見爸媽去找住在南部的舅舅，見了外公外婆，還有幾個她不認識的人，多少天過去了？那些日子好像沒有差別，她只記得等到車子開回他們家，好不容易能夠睡在自己家的床上，他們像被拔掉電池的玩具，陷入無意識而漫長的睡眠，一覺醒來母親已經離家了。

有些事發生後被刻意隱藏抹去，在那個鄉下透天厝二樓的房間。

她所認知的自己的生命，她的家庭，拿掉那一塊之後竟自行修補成另外一種版本，她從不曾感覺有何怪異，她父母因爲投資失敗而負債，母親離家，幾年後又回家，簡短而不需多說，她的同學們也都不知道這段過去，她忙著長大，聯考，忙著進入更新奇的新世界，無須去對照理解過去的世界有什麼不合理的斷裂，但自從成爲阿鷹的情人，這個來自她母親「神祕的台中工作」世界的男人，他幾次對她提出的問題她都無法回答，直到這天。

「我記起來了。」她說，那一大塊記憶不知何故始終被排除在她的意識之外。

「我記得，」她重複地說。先記起的是肯尼司飯店，一連串錯誤的開端。

「想起什麼？」他問。

雨聲嘩嘩敲打車體車窗或許讓阿鷹聽不清她的回話，便將身體挪近她，她附在他的耳邊說話，「有一件事，」她說。

「媽媽不在家的時候，家裡發生了一些事，」她說，「是我跟爸爸之間的祕密。」

阿鷹

有些事被稱爲祕密，會是你寧願自己不曾知道的，但若這個人是你親愛之人，是你自己引發這個祕密的揭露，你只能硬著頭皮承擔後果。他問了一個簡單的問題，她卻用好長的時間說出複雜而破碎的答案。

「你記得肯尼司飯店嗎？」阿鷹的問題只是這樣。這疑問放在心中已久，當年他認識琇琇的母親麗玉是在台中的紅樓夢酒店，他年少時的結拜大哥金虎是那家酒店的董事，他跟阿豹都去做過圍事，麗玉在紅樓夢做了一陣子，後來又轉去做飯店應召，金虎一直以麗玉的保護人自居，阿鷹跟阿豹幾個人也因此跟她相熟，他們常出入麗玉租賃的公寓，他陸續得知麗玉的遭遇，知道她在鄉下還有丈夫孩子，他們家是當年肯尼司飯店吸金事件的幾百名受害者之一，他們跟親戚朋友借款募集資金進行投資，等到那個集團捲款潛逃之後，麗玉與她丈夫扛下七十萬債務，為了應付上門催討的親友貿然跟地下錢莊周轉，卻讓債務利上滾利，暴增到兩百萬，錢莊的人追上門，他們夫妻帶著三孩子連夜潛逃，近一個月四處躲債，在麗玉哥哥的牽線下認識了金虎，經由金虎的協調，與錢莊定下三年償還協議，夫妻分居，辦了離婚，麗玉到紅樓夢上班，她丈夫帶孩子到夜市擺攤賣衣服，分兩頭賺錢還債。

是琇琇先問他的，「你知道我們家為什麼會欠下那麼多債務嗎？」他才提起肯尼司飯店，那時他沒想過這幾個字竟會引發這麼強烈的核爆。

她說我記得。

他們核對著記憶，阿鷹補充琇琇不知道的部分，說得婉轉，刪掉他認為會傷害她的細節，用「上班賺錢」取代「陪酒」或「應召」，他描述著剛認識麗玉時的許多有趣事件，比如麗玉喜歡打麻將，但每打必輸，阿鷹給她取了「憨面仔」的綽號，麗玉喜歡檳榔的味道，卻討厭嚼破檳榔的感覺，阿豹年輕就愛吃檳榔，常幫麗玉先把檳榔嚼碎，將紅褐汁液吐盡，才把那殘渣遞給麗玉讓她如嚼口香糖那樣品嘗。

「我們三個眞的很像姊弟，每到放暑假你們三個小孩會到台中來找媽媽，大姊去上班我跟阿豹就得輪流帶你們去玩。」阿鷹瞇著眼模仿麗玉摸麻將的神情，他們倆連長相都相似。

爲了沖淡那毀家的悲傷情緒，阿鷹總是揀選著好玩有趣的話題。

「我記起來了。」琇琇突然大聲地說。

「記起什麼？」他問。

她的臉奇怪地扭曲著，張開口卻沒有發出聲音，嘴唇上下開闔，近乎痙攣，「有一件事，」她勉強擠出這幾個字彷彿已經費盡力氣，「我不知道是不是眞的，因爲我從沒對誰說過，因爲我自己都忘記了。」她繼續說。

「你慢慢說。」他握著她的手，她猛地將手抽回。「我不知道該從哪一天說起。」

「媽媽不在家的時候，家裡發生了一些事，」她說，「是我跟爸爸之間的祕密。」

她臉上的表情彷彿他並不在場，或者該說好像她看見的不是他，而是在他身後某個恐怖的鬼怪，好似她只要開口，若不是激怒了那怪物，就是喚醒了它。「那時候，我現在可以確定是眞的，爲什麼我會忘了呢？」她說，「小時候我們總是睡一張床，媽媽不在家之後也是，」她繼續說，「剛開始，我以爲爸爸是生病了，那樣的病痛需要醫治，而我能幫得上忙，」她又說。說到此處他突然阻止她，「別說了，沒關係。」他不想聽了，因爲他知道接下來即將聽到驚人的祕密，但他阻止不了。

她張口，吐出的句子綴著泡沫，破碎而混亂的敘述，揭露的是他不能相信也無法否認的事實，霎時擊潰了他。

琇琇

一個畫面接著一個畫面，出現在屋子裡不同的場所，記憶彷彿封存在閣樓裡的一件大衣，主要骨幹已經被蟲蟻蛀空，袖子、領口、鈕釦都已掉落，剩下細碎的小片衣料懸浮在車線上，她拾綴著那些碎片一一指認，是啊發生過這樣的事，但若眞實發生過爲何輕易忘卻？這些年來她眞的遺忘了嗎？這是突然出現，並且將她對自己生命的認知完全改變的記憶嗎？或者是她一直都知道都記得只是必須在某一個對別人說出口的時刻，需要有個證人在場，需要透過自己的話語，相信那是眞的。

但何者爲眞？

這是非常嚴重的指控，倘若她自己都無法確定，她怎能將之脫口說出。

但她說了，一出口便不能反悔，話語說出的瞬間立刻消失無形，不能取消的是飄散在空氣裡的餘味，這世上有另一個人知道了她的祕密，證明了這事確實存在。

起初是他問她答。

是怎麼開始的？

四年級，或五年級，總之還在讀國小，有一天他叫我到房間去。

我以爲他生病了，因爲他身上有奇怪的東西。他說他好難受。

你爲什麼不拒絕？

你的問題跳太快了，不是爲什麼我不拒絕，而是當時我不知道那是不好的事，我以爲那樣可以減緩他的痛苦，雖然這樣做很奇怪，但我認爲應該做。

他到底對你做了什麼？

我沒辦法回答你，有些事我不記得了，我現在想起的畫面我不想說。我說不出口。

後來阿鷹不開口了。恐怖的沉默充滿小小的車廂，於是她自問自答。

有時是白天，在上學以前，有時是晚上，在弟弟妹妹睡著以後，有時我分不清楚時間，因爲我是被搖醒的。

不，不不，他沒有弄痛我。

我慢慢知道那是什麼了，正如你經常對我展露的那樣，勃起的性器，發紅的臉，伸過來的手掌覆蓋在我身體上，他說，妹妹來，把手放在這裡。

他沒有弄痛我。

起初，在我還不知道的時候，我眞的以爲自己是個小醫生呢！（別笑我，有好長時間我總是這麼想，若你能伸出手就能醫治別人於痛苦之中，爲何不做？）

於是我一次又一次地醫治他。

有些事你熟練之後也能分辨其中的不同（他說這是我們之間的祕密，不能告訴別人）。

如果那是好事，爲什麼不能說（正如我與你之間）。既然不能說，那必然是不好的事（所以我告訴同學你已經結婚了他們就開始罵我）。

慢慢地他希望我有點反應（女人的身體是會有反應的，丈夫和妻子之間會這樣做，男人喜歡女人的時候身體會感覺很痛）。（你也這樣說過不是嗎？）

我沒辦法。

治癒別人的痛苦是有限度的，即使我是個孩子我也知道這點，你不能給別人所有他們想要的東西。

痛苦或羞恥的感受是國小六年級之後開始的，不知者無罪，等你知道以後，卻無法停止在無罪的時刻，因爲過去發生的抹不去，因爲阻止不了接下來的事。

原本覺得是幫助別人、救助別人的事，如今你知道他在欺騙你，你也開始欺騙自己，你說我不要，不可以，他不斷說服你（正如你以往總是想要說服我）。

當他爬到你身上，他說：「不要怕，這只是假裝的，不會眞的放進去。」但我不信。

假的跟眞的有什麼不同，既然是假的爲何要做呢？

就在那時候，我的身體開始變形，我不相信他宣稱的不會眞的放進去，我讓自己的身體密不可攻，毫無破綻，我發誓除非拿刀子劃開否則誰也進入不了。

所以你無須問我他是否眞的進入，因爲連你都進入不了不是嗎？

當她說出這最後一句，她已無其他想說的了。

安靜得好可怕，阿鷹的臉開始變形（是不是像她決定將自己的身體變形那天呢？），感覺他的五官逐漸剝落，融化在這個悶熱的車廂裡，外面大雨轟隆，多像當年待在那輛白色的發財車裡，孩子們有時會被巨大的雷聲驚醒，她看見坐在前座的母親將頭倚靠父親的肩膀，車子靠在路邊，感覺卻像在滑行，車子裡嗡響著細碎的哭泣聲音。

他抬起他的臉，設法恢復鎮定，他不斷搖晃著她的身體問她：「是眞的嗎？是眞的嗎？」他彷彿希望她回答「不是」，好像她對他施以酷刑而他希望她立即解除。

她可以搖搖頭說，「歐，我是開玩笑的。」結束這個倒楣的夜晚。

但她點了頭。

他攏起的五官逐漸蒙上暗影，是他的手，從她身上移開，交疊著蓋住自己的臉，他開始嗚咽了起來。

她想拍拍他的臉，做出某種安慰的動作，但她動不了，因爲這樣太奇怪了。

「你想要什麼呢？」「說出這樣的話，你希望他怎麼做？」她問自己，她希望他能夠清醒一點，不要顯得那麼痛苦，因爲他的痛苦會讓她感覺自己說錯了話，因爲之前那冗長破碎的自問自答已消耗她太多精力，因爲沒說出來的事還有很多很多，那是長達五年的時間她只能對自己說的，她希望有個人來幫她一下，而不是反過來還得安慰他，車窗外傾盆的雨像不會停止般肆意灑落，乒乒乓乓撞擊著車子外殼，這個夜晚該如何做結呢？說出了那樣的話今後的人生該怎麼度過？你是個大人你應該知道吧！她看著他，卻只見他淚流滿面，「爲什麼會這樣？」他緊摟她伏她在肩上哭了起來。

「相信我，」她說。

我怎麼會知道爲什麼？我甚至不知道爲何會在此時對你說出這些，我知道你被嚇壞了，但請相信我，我自己受到的驚嚇也很嚴重，請不要手足無措，這樣我不知該如何是好。

這些話她沒說出口，阿鷹的身體大大地覆蓋著她竟顯得柔弱，這個人是在爲我哭泣嗎？她哀痛的不是自己，而是這祕密被揭露的方式，她應該遞給他一張面紙嗎？她該拍拍他的背對他說不要難過了，送我回家吧！她感覺茫然，車身不斷搖晃如那些搖晃著自己的夜晚，她感覺他愛她，更甚於那些他親吻著對她說出溫柔言語的時刻，但她同時清楚知道，這些，都沒有用。

她想起那部電影，她與阿鷹第一次（也是僅有的一次）去看MTV，她挑選的那部電影，這晚之前她一直認爲那只是自己隨意的選擇，因爲太喜歡那個女主角的狂野妖豔（她學校房子裡牆上貼有一張電影海報，托著腮蓄著短髮張著空洞茫然大眼映在藍色畫面裡的貝蒂，右上角寫著黃色的37度2，右下角有個小小的房屋），如今她知道自己下意識渴望著有人像索格愛貝蒂那樣愛著她，爲了拯救她甚至不惜殺了她。

但他不是那樣的人。

阿鷹

她永遠乾燥的下體，緊閉著如同裡面不曾有任何空隙，彷彿那道細縫只是個偶然的裂口，並不通向任何地方。

他現在知道原因了。

眞正的性交，這字眼聽來像微弱的請求，眞正的結合，眞正的進入，曾經他這麼問她「假的是什麼？」曾經他因爲炙熱的慾望燒灼而責怪她不接受他的時刻，他說出種種甜蜜、怨懟、質疑、說服的話語，曾設法撐開她的腿堅持要用手用嘴去撫摸，屢屢拉過她的手放在自己腿間，他說「幫我」，她抽回手顯出茫然的神情，所有的畫面如今都像是罪行。

他該慶幸自己並未犯下大錯，但卻不懂將來如何避免，對他來說那太難了。

他不知道該送她回家或者該帶她逃離那地方，他失態了，她卻只顯得恍惚，「我帶你走，」他說，「不要再回那個家了。」

「我還有何處可去？」她問他。

「你又能帶我去哪？」她喃喃自語。

大雨偶然間歇，他發動車子，自己也不知去處地往前開，她靜坐在一旁，不哭不笑不發出一點聲音，他多希望她可以表現得正常一點，軟弱一點，那麼他還可以安慰她，還能夠表現出自己確實能夠保護她，但她只是安靜地陷入某種思緒裡，「這樣很奇怪，」他說，「世界好像應該變得不同，但改變的只是我們的想法，」他又說。這一生他經歷過多少事，但從不曾像現在這樣，沒有敵人，沒有對手，卻被徹底擊潰。

「我要殺了他！」他終於擠出這樣的話，但心裡不眞的是這個意思。

「那麼我的忍耐有什麼意義？」她只淡淡這樣說。

他還有很多問題想問，但開不了口，他想知道那些事到底對她造成什麼影響，爲什麼她當時不願求助，事到如今，他想知道他能爲她做些什麼。他一時情急說出的「我要殺了他」，並非全然是衝動的謊言，但那個人，他不久前還到琇琇家跟他們一起吃飯，這許多年來他們兩家人曾多麼緊密，那個沉默的男人，那個敬愛的大姊，難道在這一夜過去的感情都不算了嗎？他不管做什麼，即使揭露他，質問他，痛毆他一頓，都不會是琇琇要的，那只會引發他們家更大的風暴，導致她更巨大的痛苦吧！可是他想做點什麼，做點什麼來減輕自己的內疚，做點什麼來補償自己無能爲力的痛楚。愛她，加倍地愛，無止盡地愛她，可笑的是他一旦想愛她接下來想做的就會是她最害怕的事。

他不想回家了，這個時刻他不想離開她半步，他不願讓她消失在他的視線範圍，**因為有人會在他看不見的地方傷害她**。

他將車子開到一家旅館，登記住宿，她不發一語任由他牽著手走進房間裡。這晚她沒洗澡就睡著了，像被誰奪走了意識，睡得那麼熟以致於他擔心她是不是死了？每隔一段時間他就去探探她的鼻息確定她只是在睡覺。

她沒有脫衣，精疲力竭的模樣像蛻去硬殼露出柔軟脆弱的內裡，包裹在他懷裡，呼叫器不停鳴響，他知道是他妻子在呼叫他，他應該去回個電話，但他找不到不回家的理由，他不能在這時候離開她，她的頭髮覆蓋著半張臉，他用手指輕輕揭開，想把她看得更清楚一點，這不曾留下時間痕跡的年輕的臉，這不曾洩漏祕密的稚氣的臉，他感覺自己對她的憐愛已達到無法忍受的地步。

他躡手躡腳下床，撥了電話給一個朋友，請他幫忙，假裝他醉倒在朋友家，他知道這是拙劣的謊話，淑娟只要騎上摩托車到那朋友家立刻可以拆穿他的謊言，如果可以他不願在這時刻說謊，他沒有力氣編派任何理由。但是，走出這個他爲她構築出的城堡他們要面對的是許多無法處理的現實，他的婚姻、她的家人，她還是個大學生，他甚至沒有一份固定的工作，他不能帶她走，他們能逃到哪裡去。

琇琇

她要他送她回家，但他不肯，她說：「再不回家你就慘了。」他說沒關係。

直到車子開始運轉起來，搖下車窗聽見車輪滑過路面積水淅瀝瀝的聲音，因往事而凝固的時空才啟動，她回到現實，渾身都發痛，方才是被什麼附身了嗎？此時此刻她變成什麼模樣自己看不見，沒有崩潰，並未發狂，只是全身力氣都被清空，好疲倦。

大雨來得突然，轟轟鬧鬧彷彿只為讓她講出這一段，隨後便消失無蹤，雨後的街道有種熟悉的味道，乾淨、濕漉漉、所有景物都泛著水光，他們乘坐的車子變成一艘小船，搖搖晃晃，無處可去。

要帶我去哪裡呢？她想問，卻只將頭傾靠著他的肩膀，你說要帶我走，我想要的只是這句話，去哪裡都沒有分別了。當「戀花」的霓虹燈出現在眼前，她有種堅定的決心，就在這裡，這時，她希望能與阿鷹眞正地做愛。

但一躺上旅館的床鋪她立刻就睡著了，無夢無想氣力全失，純粹的睡眠，如小時候長時間在發財車裡流浪終結，回到家時，全家人也進入這樣的熟睡。

她依稀記得他摟抱著她，起初還感覺他撫摸著她的頭髮與臉頰，耳語呢喃說著許多愛情的話語，後來就都不記得了。

睡眠，好似她長期缺乏如此睡眠，純粹的睡，全然放鬆，將自己託付給另一個人，可以安心徹底失去意識，他懷抱著她輕輕搖晃。

睡眠，如靜靜的死。

阿鷹

他不知道自己何時睡著了，醒來時發現她光著身子站在床邊，長髮像圍巾披散肩膀四周，兩手交疊互扣放在腿間，他以爲自己作了夢，卻清楚聽見她的聲音，她緩緩撫摸著自己的下體，「給我，」她說，「我想要。」她緩緩爬上床，將身體挪向他，「我們試試看眞的好不好？」她將手探進了他的褲襠裡。

他的震驚從昨晚至今都還沒恢復，她又給他新的難題。但她溫熱香甜，無助柔弱，像要獻身又彷彿在索討的堅定神情，他不可能拒絕，他等待這一天足足半年了，這一天，卻是在那樣的夜晚之後到達。

第一次，好詭異，看著她痛不欲生的表情，他非常想停止，「沒關係我不痛，」她說，他無法分辨她的說法是基於愛還是因爲想要練習，她對他說，「如果這一生我必須要讓誰進入我的身體，我希望那是你，我希望你是可以打開我的那個人。」她的愼重反而讓他害怕，尤其知道了她的祕密之後，所有的性愛動作看起來都蒙上了不潔的陰影，他恐懼自己一不小心就會如同那個人那樣傷害了她而不自知。

過程彷彿是他在強暴她，他無法揮去這種感覺。如今回想剛開始戀愛他屢次努力說服她與他做愛，他的步步逼近與她的不斷拒絕，「爲什麼不可以？」「你這樣我好難過。」「難道你不愛我嗎？」這些台詞她一定很熟悉吧！是誰讓他在戀愛的過程裡變成一個侵犯幼童者的替身？讓他求歡的舉動顯得如此猥褻，甚至讓他們差點就分手了啊！

她說她想要，她不願意自己終生都無法與所愛之人性交，她那透過意志力將自己變形、被封印住的身體需要有人用愛來將她解開，「我希望那人是你。」她說。

她痛苦得流淚，但他必須繼續。

畫面太慘烈一點都不適合熱戀中的他們，他只能繼續。

自從昨晚在車子裡她對他說出那個祕密，他無法驅走腦中自己想像出來的情景，那個如今已經變成客廳的大房間，他幾次與她父母對坐泡茶聊天，她就在樓上的房間裡，當時他怎會想到那地方就是當初禁錮她的密室？他不能預想到，但他無法原諒。

他哭了，眼淚就這般湧出不能控制，憤怒驚愕痛苦困惑，太多複雜情緒壅塞他的身體，她說得越多他越感到這事的荒謬，那幾年，若他早些知道還有機會阻止或改變，他深入她的家與她的家人密切往來，許多次麗玉都帶著困惑自責的表情告訴他：「琇琇好像很看不起我，放假弟弟妹妹來台中她都不肯來。」那時，他們都以爲她只是個彆扭任性的小孩，沒有人看出她身上發生了什麼。

他無法原諒那些人，包含他自己，當她在受苦的時候他都在做些什麼呢？他甚至毫不知情，這很合理，他畢竟只是個外人，但如今他是她的愛人了，他卻進入不了那時空早已轉換的過去時光，無法改變任何已經發生的事。

他只能賣力地使用各種方式讓她變得柔軟、濕潤，將她那似乎沒有開口的下體鑿開一個孔穴（爲什麼我得做這種事？）。因爲她指名了他，她將自己託付給他，他愛她，他責無旁貸。

天啊這樣還是做愛嗎？

她說，記憶回來之後，她的人生全盤改寫，對他來說難道不也是如此嗎？他與她生命重疊之處，過去現在未來，他也將背負著因爲這個改寫而造成的結果。

根本進不去。那無疑是拿自己的性器往牆上撞，連他都痛不可言。

第二次，又得重來，漫長的親吻撫愛前戲之後，柔軟之處依然緊閉，像與她無關，他以舌頭以手指以性器反覆來摸索，在沒有開口的地方製造開口，得發揮他雕刻的創造力。他用自己的性器打造著她被扭曲傷害過的身體，像用相同的行爲對抗著過去的鬼魂，過程裡他幾度惶恐、退縮、懷疑，無法眞正確定自己的作爲是不是複製了另一種傷害，但她要他繼續。

第三次，小心翼翼撐開她脆弱雙腿，抵進她腿間必然引發類似抗拒般的反彈，經歷徒勞無功的嘗試，必須極有耐心等到潮濕柔滑，等到她全然放鬆，才能一點一點抵進。

像是黑夜裡突然掉進一個深井（他從小就作著這類的惡夢），第四次他突然擠進了她體內，進入後那緊之又緊滾燙熱烘的內裡帶來的閃電般快感，她慘叫出聲，他停住了動作，「但是我想要，我想要學會……」她夢囈般的低語伴隨著強忍痛苦的扭曲表情，讓他忍不住早洩。

□

那個星期，與隨後一段時間，他一有空就往她家跑，趁著她父母去夜市，弟妹都在外地讀高中，他們在她那頂樓的小房間裡一次一次練習做愛。

危險啊！他總將車子停遠一點，他會在天黑之後悄悄走小巷子避開她的鄰居與親戚，他們得確定天氣晴朗不會因一場突來的大雨夜市歇息，就在他們熱火燎原時爸媽突然回家。

危險，他渴望她，而她說想要，他們合力在記錄著傷害那一小片乾燥土地上開發出一點空間，不能使她太痛，不能造成更多傷害。

危險。逐漸地，到底是習慣了痛的感覺，還是理解了痛與快樂的差別，鑿開的空間不再閉合，經過緩慢耐心的摩挲舔吻，她的身體為他打開一個小小的細縫，她一點一點學習怎樣放鬆，她學得很快。

他陷落在自己營造出的陷阱裡，靜靜地待著，有點不敢置信，有些疲倦累乏，但隨之而來的是無能言喻的強烈歡愉。他款擺著身體，感受她體內新鮮緊繃吸附著他的熱烈起伏，甚至感覺快感如何從她腳趾末端逐漸升上來，淹過小腿，覆蓋上大腿，牽動腹部，瀰漫胸乳，延伸至喉嚨，使她的臉頰潮紅，唇齒微張，發出陣陣細微卻清晰的呻吟，他款擺著，搖晃著，惡夢般的痛苦折磨階段已經度過，他能帶給她快樂了。

他不願這麼想但無法抹滅那眞切的感覺，她的嘴她的陰部，她的構造與質地是他經歷中不曾體驗的，帶給他畢生罕見的魔魅快感，但擁有這樣的身體卻是如此巨大的痛苦經驗換來的，他避免不了犯罪的感覺。

從起初類似侵犯處女的可怖畫面，過渡到她慢慢得以享受，不知第幾次之後她再也不痛了，也發出嬌弱的呻吟（如歌如泣如訴的呻吟終日迴盪在他腦中），她緊閉的雙眼會在仰臥的時刻輕輕張開，濕潤的眼中映射著歡悅的表情，她那具曾經毫無縫隙的身體爲他展開了一個大小剛好、炙熱緊繃、深不見底、猶如爲他性器大小專門訂製的洞穴，當他不再需要小心緩慢之後，他開始大膽、狂放、展現他自己對性愛的技巧，她都一一承接，他們共同開發著她身體的極限，她比他想像中要得更多，她要什麼他都給，經過那無望的一夜，凡是能夠帶給她快樂的事他都會去做，而同時，越來越迷戀與她之間似魔似幻的性愛，他以往將性愛看成自己能力範圍內可以控制良好的運動，是與女人之間熟識的管道，與她，卻從來不是那麼回事，那不容你分心，不能保留，只能將自己全部投入，一點點恍神，她可能又將自己關上了。

寒假結束之後，等他回過神來，她已經徹底盛開，開得妖豔似魔，使他瘋狂陷落。

第二部

阿鷹

他被某種冰涼觸感刺激醒來，他妻子淑娟坐在床邊，拿著一把菜刀抵著他的脖子，問他：「花兒是誰？」

花兒？

刀刃抵得更緊，略微割傷了他。他現在非常清醒了。

他不能說。

「我都查到了，你別再否認。」她將菜刀高高舉起，他眞以爲她要殺他了。結婚多年，他不曾見過淑娟此時這種表情，那景象極爲恐怖。逆著光使她的臉顯得陰黯，兩手握著菜刀高舉過頭，原本已經很大的眼睛瞪得更大，「我本來要在你睡醒之前殺了你，」她說，「但我想知道她是誰？」

「是誰？」她問。

「我已經忍耐很久了，你都不知道吧！我給過你很多次機會回頭，但你不但不回頭，還變本加厲，我看不出來你正在發瘋嗎？像發情的狗，你成天就是追著那個女人跑吧！你還有一點心思留在這個家嗎？」她的聲音聽來好淒厲。

他想安撫她，卻說不出任何一句像樣的話。他罪無可逭。

他確實辜負了她，而且不止一次。

淑娟此刻看來猙獰的臉，曾經是美如春花的少女啊（他突然想起淑娟翻箱倒櫃找出的證據是什麼，可能是琇琇寫給他信件，可能是某張紙條，署名花兒的幾張紙片是他捨不得丟棄的愛的證物，他從不在婚外情的關係裡保留任何一點可能被查獲的訊息，但他眷愛琇琇的字跡，他喜歡與她寫信的過程，他還翻閱字典一字一句回信給她），婚後十三年，大兒子小六，二兒子小五，淑娟體型略顯豐滿，面容仍維持少女時的光潤秀麗，而今卻黯黑歪扭。

他不是個好丈夫。

「她到底是誰？是我認識的人嗎？是酒店小姐嗎？」她逼問不休。「不說清楚你別想離開這張床。」

他不能說。

「我到底做錯什麼你要這樣對我？」她握著刀的手顫抖，終於因爲太累或太沉重而往下掉直到垂落胸前，她捧著菜刀癱坐床沿。

這天終於來到。

當年，他才十九歲，在刻花板工廠工作，全盛時期日本訂單接不完，廠裡有十幾個師傅，每個月收入至少三萬（在當年是很大一筆錢），有手藝有地位，還沒當兵他已經意氣風發，因爲他女人緣好，常幫廠裡的男生與附近的紡織廠、網球拍廠辦聯誼，跟地區裡幾家工廠都熟，淑娟是鄰近一家網球拍工廠的女工，小而圓的臉白皙潔淨，五官細緻，氣質嫻靜，他幾個朋友都想追求她。
「那個女的好踐，很難追。」同事阿輝對他說。
「我來追看看。」他說，他見過那女人，清純漂亮，感覺上追了就得娶回家，他不是不知道這些，但他就是不信邪。
一句玩笑話，種下惡果。

他總認為自己若不是不婚也會晚婚，一來女人太多他個個都想經驗，二來他父母糾纏一生的婚姻使他對婚姻產生恐懼，妻子，彷彿天生是丈夫的仇敵，他不想把女人變成老婆。

她眞的不好追，但他追得到。
那時他已有穩定的女友，跟淑娟同一家工廠的女工李秀美，典型南部女孩，開朗大方豪氣，是他交往過的女人中最不拘束他，最理解他的，秀美甚至因爲知道他看上某某女孩還刻意帶來與他認識，半點不吃醋像個包容的大老婆。
起初秀美以爲這也是另一次他的任性尋歡，如過往那樣，她不曾將淑娟當作強敵，甚至還幫他設想約會地點，幫他傳紙條，遞消息，看著他約她。
應該到手就放，點到爲止，但一步錯步步錯，錯在淑娟比他想像的固執，錯在他母親喜歡淑娟，錯在他不該讓她懷孕。
不是愛不愛的問題，他的女人他都愛，淑娟嫻靜而略顯高傲的氣質，處在一群吵鬧多話的工廠女工裡顯得特別，熟識後得知她是大戶人家的養女，更欣賞她自尊自愛獨立的性格（淑娟說，你跟我一樣都是歹命的人，我們都沒有自己的家），若她不是嫁給他，她應該有更好的人生。

他與淑娟在一起不久就接到了兵單，那一陣子發生的事快速如電影情節不容他多有猶豫，接到兵單，淑娟懷孕，她搬進他媽媽家（這件事沒人與他商量，他甚至也不住那兒，他還住在外婆家），他媽舉雙手贊成恨不得他們立刻結婚，淑娟的父親反對，她以死相逼，他繼父與他母親到彰化跟淑娟的父母求親，婚禮都安排好了只等他出席。

像一個圈套。

他不記得自己是否曾經反對，只記得那段時間他總流連在秀美的宿舍，到結婚前一天秀美還認爲他不可能結婚，他自己也是，他們倆仍幼稚地以爲那不過是場與他們無關的鬧劇，他認爲自己能像以前那樣每次都順利從一個女人身邊離開，恢復自由，繼續他逐獵的放浪生活。

他也找不到什麼理由反對，讓女人懷了孩子就得負責，天經地義，不容解釋，他只是納悶自己經過那麼多女人不是每次都很小心嗎？

婚前一晚他喝得爛醉，夜裡是阿豹跟金虎來把他拖回去，「都什麼時候了你還在這裡喝？」阿豹那時剛結婚一年多，過程跟他接近（阿豹因爲女朋友懷孕在十九歲就結了婚）。

婚後他很快就去當兵，三年後退伍家裡已經有兩個兒子在等待，退伍後他又回到刻花板工廠，幾年不到，刻花板工廠陸續都已轉移到越南，他擅長的雕刻工作已無法使他賺錢養家，工作換了又換總沒個穩定。

婚後頭幾年他幾度被淑娟發現外遇，鬧了幾次，他已學會保持一種可以與女人交往卻不影響到家庭的方式，他慎選交往對象，僅是幾度春風，便逐漸淡去。這次，事情在他預料之外，不僅是因爲琇琇的身分，與她奇特的遭遇，更因爲她已逐步攻陷他爲自己設下的界線（原先他沒有意識到自己是有界線的，他還以爲這是天性），晚歸、不回家、半夜溜出去、說謊，他做出了所有不安全的事。

當然會被發現，只是他沒想到這麼快，淑娟的反應會如此激烈。這過程裡他根本無暇顧及淑娟的感受跟反應，這些年來淑娟設法睜一眼閉一眼保全他們的婚姻，他知道自己的種種作爲將激化她，是在自尋毀滅，但他已失控。

「你這只是喜歡不是愛」，以前有個女人這樣對他說，說他那種對女人的好奇、善意，或者身體上的親近，都只停留在喜歡的階段，那個女人預言般地對他說：「等到有一天你也會愛了你就懂了。」預言竟然成眞，是琇琇，一步步引他走向那他陌生的（他觀念裡抵抗著的），所謂的愛的境界。她讓他懂得了那些女人曾對他控訴的事，那種會伴隨痛苦嫉妒瘋狂與占有的情緒，原來是確實存在的，他以爲是自私軟弱對愛情不夠包容不夠理解的人才會有的負面感覺，他都將一一經驗。她太聰明太懂得操縱人性，或者說她擅於自保，懂得如何一點一點誘發他體內還堅守著不願意爲誰開放的部分，懂得激發他的嫉妒，掀起他的恐懼，撩動他的慾望。

起初她連做愛是什麼都還不懂啊！比他遇過任何頑固堅守貞操的女人還要意志堅定地守著最後防線，半年，整整半年，他在攻打一座無門可破的城池，她撩動他又熄滅他，她會在最適當的時機讓他想起「你是大人而我是個孩子」「你已經結婚你又不可能娶我」「你也無法給我幸福」「這是你不配得到的獎賞」，這些話她甚至不須說出口，僅僅是將她帶到那些休息三百五的廉價賓館他都感覺到自己愧對她，更何況那些因爲他有家室而帶來的種種不便，給予她的委屈，他有何資格對她索討什麼。她張著天眞的眼睛堅持地說「時間還沒到」。

從開始他就輸了。

直到那晚她對她袒露自己埋藏多年的家族祕密，他才幡然醒悟，從第一次約會到後來的每一次，她心裡藏著什麼情緒，他甚至都不知道啊！他所以爲已經掌握理解的她，一直都只是他自己單方面的想像。這個心裡有無數祕密的女孩，即使把自己託付給他（那是多麼深的託付啊！他懷疑自己是否擔負得了，但他必須擔負），她對他來說一直都還是個祕密。

用這個打開我如打開一個封藏的箱子，她袒開身體義無反顧的樣子，堅決的態度反倒使他退縮，「別這樣，」他拿起外套覆蓋她袒露的下體並非意味著他不想要，他只是不忍她這樣做，他不能讓自己成爲那個只爲順遂自己慾望而勉強說服她的人，即使慾望洶湧，正因爲他意識到自己太強烈的慾望才使得他縮手，「但是我想要，」她說，他怎麼知道她不是爲了取悅他？

開始進行說服的人變成了她。

「再怎麼準備也準備不好的，不眞正去做我永遠會卡在這一關，我想克服，我不要活在痛苦的記憶裡，而且我想要，」她說。「我現在懂得了慾望，這是慾望沒錯，你沒有勉強我。」她又說。

一關度過一關。

「花兒」這名字是最初美好時光的象徵，他給予她名字，就像爲自己的作品命名，他以自己的時間、心力、血汗、愛欲，對抗著禁錮她身體的魔咒，他以雙手、雙眼，以感官、肢體、性器，親吻愛撫捏塑打造她想要的那副新的身體，「所以我是你的作品」，她這麼說而他贊同，這不是傲慢，是飽含著愛與理解的語言，他們相互支持著度過困惑恐懼交織的時刻，已經度過了，接下來他日日看見她的改變，如花朵從含苞吐露到綻開盛放，原本是幾天時間的自然節奏在她身上如電影格放，很慢、更慢的慢動作如此清晰，他伴隨著每一個細微變化直到她開到最燦爛。

他們有一段純淨美麗時光，幾個月吧！她每星期都回台中，一回來就找他，他帶著她到處去，除了窩在賓館裡狂烈不厭倦地做愛，他帶她去山上，去海邊，去他童年生長走過的每一條路、他上過的小學，學雕刻的地方，第一家工廠，他的初戀約會的場所（一個小學的操場），他父親的家（他讓她認識了他大媽跟他哥哥、弟弟），像重述自己的人生那般一一對她展現他生命的經歷，渴望她看見他之所以成爲現在的樣子，前面那一大段背景。

他們什麼都談，像累積了幾十年的話必須一次出清，他談著雕刻、談撫養他長大的阿嬤、談他的兄弟，他的女人，他不但要讓她看見那些場景，他還想讓她知道他心中對自己低語的字句，話必須說給聽得懂的人聽，她不僅聽得懂，她的眼中總透露出比聽懂了更多體會與理解，她會在適當的時刻補足他的話語，那些他羞於啓齒、找不到形容、無能描述的，那些讓他即使圍繞家人、情人、朋友，依然覺得空寂彷彿身體某部分有缺陷，他以爲他把自己照顧得很好（是阿嬤將他照顧得很好），他不自傷自憐、不怨天尤人、他能夠愛人懂得被愛、他有自己的嗜好興趣專長跟強壯健美的身體，他以爲自己是滿足而充實的，但心裡最深處確實有個落陷之地，那空缺以微小的崩落不斷將外圍其他看似健康美好之物拉垮逐漸毀壞，她竟懂得他的陷落，她能夠撫慰到他那誰都不曾發現的脆弱之處。她小巧的身體柔軟嵌入空缺處，擁有她他才感覺自己完整。

他愛她，經過了許久他才能毫無疑問地說出，這是愛，不可能不是。

做愛後半年不到，她成了熟練而道地的妖精，對於性愛的無盡好奇，沒有界線的享樂主義，對於男人的身體與慾望的精準直覺與掌握力，他親眼看著自己被這個二十歲的女孩操弄於股掌間，他從不曾過了這麼久還對一個女人有如此強的慾望，她懂得誘發這些渴望，這渴望不但基於慾望還基於恐懼，恐懼失去她，恐懼與別人分享。

他開始懂得了以前的女人想要占有他的念頭所爲何來。

她有時會透露一些些其他男人或男同學對她示好的訊息，甚至他帶著她去朋友家泡茶時，一個眼神流轉，他都可以感覺到他那些男性朋友對她產生的，瞬間的慾望。

後來，她甚至以他無法拒絕的理由光明正大地在學校交了個男朋友。

「你自己還不是有老婆。」她沒說出口，但差不多是這個意思。

他節節敗退。

她懂得一加一大於二的奧義，她懂得適當的誠實加上適當的謊言造就想像的空間，巧妙地製造兩個不曾謀面的男人之間的競爭張力，原先癡情守候著有妻子的男人那種辛苦，與跟一個經驗與智力都不如她的年輕男孩交往的無聊，這兩者加起來卻成了微妙地不斷互相加碼的競賽。

所有別人做起來會被稱作無情的事在她身上卻變成閃亮的點綴，她無論爲自己做了任何事都稱不上自私，彷彿那是上天給她的報償，她曾經那麼痛苦，如今還在承受那殘餘的傷害，但他能做什麼，她需要他的時候，無論是過去或現在，他都無法準時到場，他總是虧欠她甚多。於是當她讓他感到嫉妒，讓他因嫉妒感到痛苦，他都認爲是在償還，相對於她給予他的意義，她難道不值得他付出一些代價嗎？她渴望多一個人來照顧她有什麼錯？

她讓人無法恨她，你只會恨自己條件不夠，做得不好，你不能滿足她。他能爲她不忠的舉動找到每一種解釋的理由。

以前的女人總是想要綁住他，她們會用道德、責任、眼淚，或更多的愛，期望得到他全部的關注，企望打動他、感化他、改造他，但她不同，她讓自己成爲他，讓他體會了做爲情婦的處境。以前是她在等他的電話，等他有空，如今變成他才要偷偷摸摸等著她男友不在才能見她，他不自覺一點一點加重籌碼、開始瘋狂下注。

她像一隻脆弱又野性的鳥，把她捧在手中卻感覺她想撲翅高飛，張開手掌想讓她自由卻又拉扯她的羽毛怕她眞的飄離，捏在手心怕她窒息，鬆手又怕她飛走，他必須小心謹愼維持最好的距離，守護她但不能使她感到束縛，她巧妙地變身成爲那種使人又愛又恨、絞盡腦汁只想留在身邊的人。

琇琇

他們常去的旅館有兩家，一家叫做「卡門」另一家叫「戀花」，卡門離阿鷹打網球的球場很近，戀花則靠近她下車的站牌，都是休息三小時三百五起價的賓館。「卡門」的房型花俏多樣，她住過的就有好幾種，有貼滿鏡子的空間裡銀色的床鋪頗有幾分科幻未來的氣氛的「愛在未來」、有船型床鋪擺設許多海盜相關圖畫裝飾的「俠盜柔情」，有寬大圓形床鋪投幣會慢速旋轉，房間寬大浴室裡有個心型大浴缸的「愛在巴黎」。

「戀花」則大多是日式套房，有木頭框的紙拉門，墊高的木地板，分隔成小客廳與房間，浴室裡總會有木頭泡澡桶。

這兩家賓館裡各色各樣的房間對她來說都很新奇，都令她忐忑，有時她喜歡戀花的安靜低調，喜歡打開小的冰箱上面放著熱水瓶，將熱水倒進一旁的玻璃杯裡，放一點點茶葉，盤腿坐在地板上喝著茶聊天，感覺比較不像是幽會。

有時她又迷戀著卡門那八種不同風格，俗麗而裝腔作勢，但那種作態反而顯得她正在經歷一種超齡的成人世界。電視機一打開裡面就播放著A片，浴室的隔間跟門都是透明玻璃，洗澡時霧氣蒸騰，身體隱約可見，她所有關於性愛的知識、姿勢，都是在卡門這些房間裡從阿鷹身上學會的。

但不管是哪一種房間哪一個房型，無論她心裡盤旋著什麼忐忑害羞好奇或更隱密的情緒，見面的時候，阿鷹卻總是熱狂地剝開她的衣服，以各種體操選手般的動作拗折拉扯她的身體，不厭倦地進出。

她不知道阿鷹看到她什麼，他似乎不知道她正以一種驚人的速度在改變自己，每回性愛過後她體內滿溢著悲傷，他比例過大的成人的手掌還覆蓋在她身上某處，忽然就睡著了，她會在床上躺五分鐘，也不叫醒他，只是忍耐著悲傷退去，然後起身到浴室去洗澡，水氣氤氳的浴室裡她一次次刷洗著自己，想刷去那巨大無以名狀的感覺，希望走出浴室她又煥然一新了。

肉體上的親密，一次次的纏綿，他使她懂得了男歡女愛的愉悅，也懂得因爲愛而帶來的痛苦，那些不能見面的日子，終日等待他的電話，那些相約在車站他卻遲遲不來接她的時刻（她得到附近泡沫紅茶店借電話，打扣機給他，每次電話響起她就會緊張地在櫃檯附近張望，但都不是他），以及，她在大學裡跟其他人越來越顯疏離，她經常蹺課直接回台中，一待就是一星期，她越是不去上課就越無法融入四周環境，她盡可能避開與人接觸的機會，日子漫長而寂寞（過去她不懂得寂寞，她討厭與人相處），她只能等。

以前她並沒有那麼在乎，阿鷹有妻有子，還有一大堆每天都想找他出去喝酒談天的朋友，她早知道自己只是他生活裡的一小部分，她不確定逐漸產生的占有欲或越親密越感到空虛不滿的狀況是否因爲性愛，她不知道自己嫉妒著阿鷹妻子的這種情緒是否叫做得了便宜還賣乖，她不懂爲何每次阿鷹送她去搭火車回學校，要轉身走進月台那時刻，像最老套的愛情電影畫面，阿鷹抓住她的手逐漸拉長脫開到只剩指尖相連，直到兩手徹底分開，她站在車廂入口望向慢慢向後退去的他的身影，高舉著雙手對她揮舞，手指還殘留剛才啪的一下他的手拔除的感覺，整個分離的過程竟像撕裂般痛苦。

還不只是這些，她曾對阿鷹斷續訴說過的往事，那個祕密（如今已不是祕密了），開始以各種方式變形滲透進她的生活、她的夢裡，在任何一個阿鷹不在場的時間、地點，她飽受回憶侵擾，那是另一個無人可說、甚至阿鷹都不能說的處境，因爲說了也沒有用。

「你看見了嗎？」她想問阿鷹，她內裡封印著一頭怪獸，五個頭六隻腳七條尾巴八張嘴，當他在她身體裡搖晃著，怪獸就會跑出一點點，他解開了她的封印，卻將她引入了黑暗。

誰都看不見。

多年來她所認知的自己已經不可靠，她一向賴以維生的方式已經失靈，阿鷹愛著她，這份愛卻使她越來越困惑，那已非原來惺惺相惜、互相理解，超越年齡、輩分的愛，那涉及性愛，一但涉及性愛她就糊塗了，她不熟悉自己體內冒出的許多奇異感受，快感、慾望、某種忘我失神已非自己能控制，從肌膚從毛孔從血液衝上腦門，激烈得使她忍不住呻吟，嘴裡發出胡亂言語，臉部線條都歪斜，嘴裡湧出唾液，還要還要還要，瞬間會讓她完全脫離自己的身體，脫離這世界，拋去所有痛苦，彷彿從自己內在噴發出另一個我，那個讓阿鷹不斷親吻撫摸索取深入地要著要著的，那個，那個瞬間過去之後，她墮入無盡的恐懼裡。

過去之後她又降回地面回到自己，曾被滿足過的身體仍是原來那個，空虛近似恐懼在歡愉過後突然來到她不知該如何驅散，於是一遍一遍地要，「你好淫蕩，」阿鷹說，語氣裡卻不是責備而是迷戀，她望向鏡中的自己，長髮散落，面容霞紅，渾身都散發性愛過後的餘味，汗水像漆油亮了她的身體，淫蕩啊，有人正在為你瘋狂，願意做出各種動作取悅你，你每個吟叫都讓他感到滿足，會誘發他更多慾望。

但如果她害怕的正是這個該怎麼辦？你要如何拒絕使你快樂的事物，只因快樂過後帶來的是罪惡感與空洞。

你要如何說明愛情，如果愛情必將以此種形式出現，那些熟練的動作底下是深沉的懼怕因為那牽連著你罪惡的根源，解除咒語，打開封印，說出祕密絲毫挽救不了根深柢固的自我厭棄，你甚至不敢說出自己的恐懼，因為每說一次都會重返黑暗。

愛情，她一次次重新打造自己，以為能將自己改造成更適合生存更值得被愛，但她就是相信不了。因為他必然會離開，因為那麼美好的事物不該發生在她身上。

她的人生徹底改寫，卻寫成了她無法理解無法掌握的版本，她跟家人疏遠，不跟同學來往，生命裡只剩下阿鷹這時常見不到的情人，她越是需要他越感覺到他的缺席。但她不要成爲那種乞討著愛的人。

起初只是因爲有人對她好，大二曾在社團裡見過的理工科學長，大三下在西洋音樂史課堂又遇見，看她老是缺課，期中考好心借筆記跟錄音帶給她，拿筆記那天學長請她去吃飯，因爲都喜歡古典音樂跟讀翻譯小說，一口氣談了很多。

那天之後，學長開始給她送便當，「你太瘦了應該多吃點營養的東西，」起初也不打擾，總是騎著腳踏車來，按了電鈴，見了她遞上一紙袋的東西就走。

有天她邀他上樓，「一起吃飯也有個伴。」

她就是圖個有伴。

她開始乘著學長的腳踏車到處去，去吃飯，去聽音樂會，去校園外許多她從不曾到過的地方，這個戴著超厚近視眼鏡、書呆子模樣的學長，記憶中是個怪人，但如今在她眼中只是個安靜靦腆沉浸在自己世界裡的少年（對他的印象總是停留在學長說過的某一天，那天，他在學校操場打球，導師跑來喊他，對他說，你父親過世了，你母親正在辦公室等你，學長說直到跟著母親回到家他才發現自己把學校的籃球帶回家了），相對於阿鷹與他身邊的男性朋友，與她每星期回台中時的生活，學長的世界是如此簡單。

學長喜歡她什麼呢？她喜歡他嗎？好奇多於喜歡。她只知道她的生活不再那麼空洞了，她不再成天待在屋子裡等著阿鷹的電話，不再從星期一回學校只等著星期五到來，她的每一天都能清楚分別，況且，她有了能與別人分享的話題。

「這才是大學生的生活，」她的高中同學對她說。「改天帶來給我們認識認識。」她們說。彷彿只要不是已婚人士，只要不是阿鷹，是阿貓阿狗都可以。

但學長是個好人，不只是好，這個人也是經歷過傷痛的人（她總相信自己散發這樣的磁場，來到她身邊的人，無論男女，生命裡總有些破損，有些什麼需要被理解被撫慰），學長的父親在他國中時車禍去世，由母親一手帶大，他先讀了五專畢業後當兵，退役才又考大學，年紀比她大了五歲，他半工半讀負擔自己的生活跟學費，看似老實平凡的外貌底下卻是孤傲的性格，「我的計畫是同時考研究所跟高普考」「我喜歡你是因為你跟其他女生都不一樣」，他對自己的將來規劃周詳，沒有憧憬、沒有浪漫，他只想穩當度過生活，有穩定工作，休閒時能夠聽音樂、讀小說、假日去登山，他國中起就抱著一台錄放音機反覆聽古典音樂，幾百支卡帶聽得都磨損了。每次見面，他都會帶來許多錄音帶介紹給她，他讓她聽史特拉汶斯基的《春之祭》，他說：「在我眼中，你就是《春之祭》裡狂舞的少女。」

「你改變了我的計畫。」學長說。

她告訴學長她跟阿鷹的事，他既不表現出震驚也沒提出任何疑問或質疑，就只是聽，正如她也聽學長自己的故事。

第一次她讓他觸摸她的長髮，已經是開始一起吃飯很多天之後，他們正坐在地板上聽音樂，學長低聲問她：「我可以摸摸你的頭髮嗎？」一頭濃密及腰的黑髮是她的特徵，這許多天相處她經常忘記學長是個男性，她總以對待姊妹淘的心態看待他。她說好，他伸出手從她的頭頂順著側面開始撫摸她的長髮，動作緩慢，甚至顫抖著，當他的手沿著她耳畔滑下她的肩膀，順著頭髮垂落胸口，學長的手指懸掛在她的髮尾，像捨不得結束這個過程，她才意識到這個人慾望著她，他所為她做的一切都是在求愛。

她從不曾感覺到自己這麼「大」，彷彿年長五歲的人是她而不是學長，她甚至覺得自己好似那種歷盡滄桑的女人，面對著一個手足無措的男性，她毫不羞怯、不緊張，甚至不在意，她覺得自己能夠給予他什麼，某種溫暖，某種慰藉，即使不存在愛，她也能這麼做，「因爲身體的孤寂是多麼可怕」。

第二次，她讓他牽她的手，學長的手冰涼濕滑，「對不起我一緊張就出手汗，」他說。「沒關係，」她拿手帕讓他擦汗，讓他繼續半捏半握時牽時捧地不斷變化手勢，卻絕不鬆開她。

再來，她讓他吻她。接吻，笨拙而潦草的人如今不是她了，在一步一步看似被他接近其實是她在引導他的過程，她清楚意識到學長還是個處男，她是他第一個親近的女人。

她是在學長的眼中看見自己的形象，不過是幾個月前的事，她在阿鷹的引導下逐漸打開自己，那是她以爲永遠不會出現在她生命裡的畫面，與某個人做愛，讓某個人的身體進入她內裡，像一個女人，接受並能夠享受性愛。

她曾懵懂、排斥、恐懼、拒絕，她以爲性會使人致死，是一種疾病，她帶著這具外觀與常人無異、但內容卻絕對與外觀不同的身體，與相關的惡夢，才幾個月的時間，阿鷹竟能將她改造成如今這樣，她面對著學長，成熟穩定得甚至能做出看起來不致太過熟練卻準準到位的表現（因爲學長實在太緊張了，她不適時地幫他一下根本做不成），她看見自己對性愛的理解掌握力呈現在學長面前是如此強大的誘惑，那是她不熟悉的自己，她怎麼可能變成這樣的人？

但是眞的，她都知道接下來會是什麼了，熟知身體的每個感受，知道如何使之加強，該在何處停止，她知道自己能夠給對方帶來何等刺激，知道他笨拙的動作底下是多麼莽撞強烈的熱情，知道自己正操縱著一個人的愛欲喜樂，甚至尊嚴，曾經因裸著身體而感到羞恥的自己，如今她能用一個動作與表情決定另一個人下半生看待自己的方式。

阿鷹

他聽見她在哭。

是淑娟，不是琇琇。

他痛恨自己在這樣的時刻裡想到的卻是遠在另一處的琇琇，這個不能說的名字，因爲無論如何不能說出口，彷彿會在這沉默的時刻裡消散無蹤，他有種想要立刻對淑娟告白的衝動，將一年來發生的所有事件坦承，解釋，說明，猶如對一個神父（不，他並不信神）告解，讓她知道他其實身不由己，好像他能夠靠著這些說明解除她此刻的痛苦，但他沉默不語。

不能說。當然不能。說出來會是雙倍的、幾倍的傷害，是他無法控管不能設想的連環破壞，他閉上眼睛，設想最壞的場面，卻想不出來還會發生什麼。

「你不告訴我我也查得到。」她說，「但你爲何要讓我處在這樣難堪的狀況？」「如果你能發誓斷絕跟她的來往，我可以不計較。」「你只要說你有那個決心。」淑娟不斷哭泣著，「就算是欺騙我也好啊！說句什麼話，至少表示你還在乎我。」

我不是不在乎。他想說，但發誓要停止是不可能的，那是更大的欺騙。我停止不了。

琇琇從不欺騙他（他曾希望她不要仔細說明自己交男友的細節，他寧願她欺騙他）。奇怪啊任何一件事都能引發他想起她，即使在這面臨危險，自知犯錯不該得到寬宥的情況下，他能想到的還是她，往後再也無法跟從前一樣了，以淑娟的個性，很快地她一定會找到某一個他疏忽的線索拼湊出花兒就是琇琇的證據，然後是告發，加入這混亂場面的人數會越來越多，導致他終於眞正要失去她的可能性越來越高，然後他會置琇琇於什麼樣的處境呢？

這是個好時機，比他曾經想過要放棄那次更適當，此時，琇琇可能就在她那個大學男朋友的懷裡，正從夢裡醒來，連一分鐘都不曾想到他正面臨的事。有人照顧著她，有人愛她，儘管他認爲那個人配不上她，那是個怎麼看都像個書呆子的普通大學生（他曾在琇琇的書桌上看見那個學長的照片），他無法想像琇琇會跟這樣的人共度一生（他不能想像她該跟什麼樣的人度過餘生，甚至連那個對象是自己他也覺得不適合），他這時候還來得及收手，傷害可以在這一瞬間完全停止，他能從淑娟手裡奪下菜刀，輕拍她的脊背，爲她擦去眼淚，告訴她一切都過去了。琇琇會去結婚生子，他還能保有他的家庭。

但他不能。

連假裝一下都不能，他唯恐這假裝會成眞，她會因爲自己不可能聽到的一句違背她的話從他生命裡轉身離開。他要在往後面對她的時候讓她知道他曾爲了維護她而努力到最後一分鐘。多愚蠢的想法，但他就是這樣想。

漫長的沉默伴隨著忽大忽小的哭泣，隨著那哭泣聲音的變化他可以察覺淑娟正在調整著自己，她腦子裡正矛盾而錯亂地反覆出現憤怒、悲傷、否認、原諒，她正努力設想任何一種能將這時刻轉變成另外一種比較好的方式，他挪動著他的身體，想接近那把刀子，從躺著這個角度卻看不見她手上握著什麼，也看不見她的臉，她低垂著頭，長長的劉海遮住半張臉，另外半邊已經潰散無法辨認，他正想躍起身奪走那把刀，她突然撲倒在他懷裡，壓制著他，開始狂亂地吻他。

菜刀在這動作裡匡噹掉落地板，她似乎沒聽見，口水眼淚弄濕他的臉，雙手胡亂在他身上摸索扒抓，設法要脫掉他穿著的上衣，一會是探向他的胸口，一下又撫弄他的褲襠，這樣的舉動在他們十多年的婚姻裡從未出現，她的悲傷已近瘋狂，在這時才眞正傳達到他心裡，他禁不住撫摸著她的頭髮，害怕她會在這激烈的動作裡突然粉碎。他的觸摸卻使她突然恢復神智，啊！她嚎叫出聲，停下動作，她的臉距離他很近，她的眼神難堪至極，悲哀至極，他見證了她的難堪與悲哀，這是比背叛更大的羞辱，她匆忙起身，迅速地離開了房間。

琇琇

「我們分手吧！」她說。這句話不知對著誰說才好，於是寫在兩張紙上，一張用橡皮筋綁在學長的腳踏車把手。一張準備寄送給阿鷹。

正當她想著該如何將信件寄給阿鷹的時候，他卻在電話那頭告訴她，「她發現了」。他說淑娟發現了屬名花兒的紙條（她差點又要寄去另一封），拿著菜刀威脅逼問他是誰。

「你承認了嗎？」她問，擔心大過於驚恐，她擔心的是那已經過去的危機，生怕菜刀眞的不小心傷了他或她。

「我什麼都沒說。」他回答。

她有預感這場景，是在拍下照片那天，照片是阿鷹的朋友幫他們照的，在東勢天冷，許多次他們開車到那兒，在一家附有卡拉ＯＫ的店裡吃飯，餐廳老闆是阿鷹的朋友，專門在大雨或颱風過後去撿拾漂流木，也收集茶壺，老闆一時興起幫他們拍了照，再去時已沖洗成照片送給他們，「我想留著。」阿鷹說。她以爲他是擔心她認爲他連一張照片都不敢留，便安慰他說：「放在我這裡比較安全。」「但是照片有兩張，」阿鷹握著其中一張好像那是什麼不可被奪走的貴重物品，「我會收得很小心。」

他並沒有自己想像中的小心。好似他的不小心也是愛她的一種證明。

她曾設想過這一天，他們的戀情被他的妻子發現，那可能代表他們的關係會走入更艱困更不可能的情況，但，還有另一種可能，她能夠藉此證實他對她的心意。

她不知自己何時開始興起這念頭，但念頭一起就很難消除，之前他愛她，現在他愛她，往後呢？她無法想樣自己長久地成爲他情婦的樣子，在那些不能見面的日子，有時她想像自己生活在他身旁，如她見過那樣，那只是跟朋友分租的房子，一樓一半是他朋友的工廠另一半是阿鷹的工作室，二樓有三個合板搭建的房間，分屬於他的朋友，他跟他妻子，與他兩個兒子。有個簡單的客廳，小孩經常在那兒做功課，廚房、衛浴加蓋在走道旁，全都是簡陋而臨時的。他生活在那兒，與他的家人，那裡，並沒有容納她的地方。

剛交往的時候，第一個中秋節，阿鷹提議要找她家人兩家一起去烤肉，那晚的印象日後逐漸複印在她的記憶裡久久不散，開兩部車，共九個人，若時空轉換是她國中時期（那時卻從未出現過這種溫馨家族聚會），可以跟阿鷹叔叔跟淑娟阿姨一起去玩，她一定非常快樂吧！但今非昔比，她有點興奮有些恍惚又有按捺不住的某種焦躁，這是他們戀愛之後第一回兩人一起出現在彼此的家人面前，阿鷹表現得多麼自然，叫喚她（語氣還像個叔叔），問她要不要跟他們同一車，媽媽說：「你去坐他們的車比較好玩啦！」自然得令她擔憂過去他與她的親密是她自己想像的產物。

阿鷹對食物向來挑剔（戀愛之後她慢慢見識到了），連處理個溪邊烤肉都費工費時，他兩個兒子都在讀小學，老大長得像父親，老二像母親，大人在烤肉時，琇琇就帶著他們兩個去玩水，跟她自己的弟弟妹妹一起，五個人像小孩一樣玩，他們喊她「姊姊」。姊姊，姊姊，帶我們去這，陪我們去那，她沒比他們高多少，但兩個男孩拉著她的手好像她真是他們的親姊姊。

這字眼使她困惑，其中的親暱與敬愛讓她傷心。倘若有一天，這兩個孩子知道自己不只是一個親切的大姊姊，是可能造成他們家庭危機的「那種壞女人」，她不知如何去想像這些未來，小孩會長大，會長大到足以理解，或足以誤解。

明明是不帶惡意的事，她牽著他們的手走路去附近的小店買火柴，一左一右，畫面使她想起阿鷹跟阿豹牽著她去夜市，如今她長大了，卻大得足以傷害人了嗎？

她看不出阿鷹在想什麼，此時此刻他們只是叔叔與小丫頭的關係，她應該慶幸阿鷹表現得當，自己也掩飾良好，但她就是難掩傷心，使她難過的事太複雜了，不是嫉妒或吃醋，也不是猜疑，是一種看見眼前美好卻預見未來災難的傷心，因爲她正是那個按下毀滅按鈕的人。

大夥吃吃喝喝，月色正好，他們兩家的關係或許在這一夜到達最頂點，融洽親密得彷彿一家人，阿鷹突然說：「琇琇要不要陪我去買木炭啊！」「順便幫我買一包菸，」媽媽接著說。她必須強行壓抑才不致顯露她的快樂，甚至有點臭臉地說：「好啦！」

雜貨店位在高處，離烤肉地點十分鐘路程，之前她才幾度帶著小孩子去買這買那，來回走過。一上坡，確定不會有任何人看見他們的身影，阿鷹便攬住了她，將她拉到一旁，他們火熱地親吻，觸摸彼此的頭髮，衣物，「我知道你難過，我也很難過，」阿鷹說。那時刻，還聽得見不遠處溪畔烤肉的人們燃放沖天炮的呼嘯、唱卡拉OK、吵雜笑鬧的聲音。月正圓，樹影下飛繞著幾隻螢火蟲，沒有人傷害他們，是他們正在做著某種可能傷害到別人的事，他們如此相愛又如此傷心，在最不應該想到愛的時刻察覺到愛。

等他們終於恢復平靜走出那樹叢暗影，牽著手往雜貨店走去，不遠處有人喊著：「爸爸，」回頭，只見他的大兒子跑過來問著：「媽說你們怎麼去了這麼久。」

淑娟早就料到這一天了嗎？或者她作爲妻子與母親保護家庭的直覺，使她對於任何女性靠近她丈夫總是提高警覺加以防範。

「我們該怎麼辦？」她問他。隔著話筒，隔著好遠的距離，或許頃刻間他們之間微弱的聯繫就斷了，「相信我，我不會離開你的。」他悲淒地說。

真是太濫情了這一切，像連續劇老套的劇情爲何會出現在她生命裡？她才掛掉電話，就看見學長站在她門口。

淑娟

起初只是一種預感，而後越演越烈，預感成爲除之不去的陰影，他終日魂不守舍，神色悽惶，即使她想蒙混度過也無法假裝不看見，他忽悲忽喜，突然戒菸，戒了幾個禮拜又抽起來，常喝得爛醉，夜裡總偷偷摸摸跑下樓去。

以及氣味。

好幾個月了，他身上常散發一種奇異氣味，不是香水並非胭脂，是女人，不，也不是女人，像剛斷奶的小貓，像剛長出的嫩芽，像發酵中的麵糰，她說不清楚無法具體描述，可是她知道那不是他身上的氣味，她的丈夫愛乾淨，一天要洗上兩三次澡，他抽菸喝酒運動雕刻，菸草（有時是長壽有時朋友派菸遞上來其他品牌）、汗水（她甚至能分辨是因爲運動過後還是天氣悶熱、是剛冒出的汗水還是經過時間熬悶）、酒精（白蘭地威士忌高粱啤酒，不，她丈夫不喝啤酒，那是他酒友身上的）、木頭（多年相處她也懂得了紅檜、檜木、杉木、樟木），剛換洗的衣服殘留的洗衣粉、脫普洗髮粉（她丈夫只用這牌子的洗髮粉）、肥皂（有時是肥皂的氣味改變了，但她逮不到，那細微的差別她無法證實），什麼時刻會有什麼味道她再熟悉不過，精明狡獪如阿鷹，這個長年外遇在女人堆裡出沒的情場浪子已熟練「偷吃要擦嘴」的本事，她每回洗衣服總不忘再細細聞嗅他的衣物，沒有證據，那氣味縹縹緲緲，卻揮不散，不在他的衣褲，並非他的頭髮，而是藏在更隱密之處。

在他的肌膚底下。

或許是她太敏感產生的妄想，距離上次阿鷹外遇被她抓到多久了？三年？或更久，她算不清楚了，但至少這三年來她過得不錯，就算他偶爾曾沾染什麼女人（酒店？卡拉ＯＫ？那些職業性的女人？），也沒闖過大禍，她真的相信他變了，懂得控制，知道回頭。

前幾天鄰居王太太說常看見阿鷹在雜貨店打公用電話。

起初她隱忍，但再隱忍下去就是在羞辱自己。

他有三個月沒碰她了。

他們的床笫生活已形成穩定的模式，一個月兩次三次，總是連續的，他會來探她的胸，暗示她，她就將身體轉過去。

年輕時，她想來仍會臉紅心跳的那些日子，交往之初，他以她不理解也阻止不了的方式快速地占有了她，他是她第一個也是唯一的男人，過程美妙不可言喻，婚後他很快去當兵了，一年幾次放假，每次回來，他整夜索取不停，天啊！那是她感覺自己最渴望性愛的時候，長達幾個月的等待，帶小孩，做家事，伺候公婆，好不容易等到他回來，他曬得黝黑，精壯結實，食量奇大，性欲驚人，時常她已筋疲力竭睡去，他還來撫弄她，她的需要隨時可被挑起，總也不能饜足，即使戀愛之初他們也不曾如此契合。

早就沒有了那些歡愛纏綿。有時是她不願意，在每次發現他外遇之後，天生的潔癖使她不能也不願他來碰她，有時是因爲吵架，爲了金錢，教養小孩的方式，因爲他晚歸，喝醉，因爲他那些不切實際換了又換、自毀前途的工作態度，每次冷戰她就將棉被隔在他們之間做爲一種抗議。

但即使如此，也從沒超過一個月，他總會在某個她已經原諒只等著他來求合的時刻，巧妙地在她來不及抗拒時摟住她的腰臀，使她軟化。

但最近他抗拒著她，他們沒有吵架，甚至他刻意地對她溫柔（太刻意了感覺像是因爲心虛），但回到床上，在夜裡，他分明睡在一旁卻感覺他並不在場，她轉身向他，伸手去碰觸，他輕微躲避。這是十幾年來不曾有過的情況，他怎麼回事？

有女人，不可能沒有，自欺欺人啊林淑娟你。

她開始去他的工作室尋找線索，她知道他討厭她去碰他工作用的東西（那裡是他的王國，一草一木，一事一物，從工具到擺設，更別提那些堆積著的木頭、雕刻成品、書籍，他自有他的秩序，不許別人來更動），她很小心，悄悄地一點一點翻動，再設法恢復原狀。

找不到。

這個男人，倘若他沒有愛招惹女人的惡習，倘若他能對婚姻忠誠，他會是她心中無可挑剔的男人（儘管他不太會賺錢），結識十幾年來她仍會在人群裡因爲聽見他說話、看見他微笑而心生激動，自信、幽默、溫和、善良，他與她見過的男人都不同（她見過的那些也都是他的朋友），他說話文雅（婚後曾發生多少次衝突她不曾見過他失控說出不雅或粗暴的話），心思細膩，朋友都喜歡他，有他在的地方就有笑聲（是啊大家都喜歡他，女人也喜歡他，這就是禍害）。

當她站在椅子墊高自己拿下書架最上排的畫冊逐一翻開終於翻出那張紙條時，一時間她的視線變得模糊，雙腿發軟幾乎倒地，她緩緩從椅子上下來，深呼吸，她握著那張紙條（明信片大小），緩步走回樓上客廳，遲遲沒有正眼看其中內容（親愛的，她只看了這幾個字），薄薄的紙張變得沉重將她的手往地面垂墜，她即將證實自己的疑惑與猜測，可是她不想那麼快，她環顧這小小客廳四周，牆上掛著孩子們的圖畫，家人合照，周遭潔淨清爽，雖然不是自己的房子，卻是婚後住得最安穩的地方，過一會孩子就要下課了，她該去做晚飯，該打扣機問阿鷹要不要回來吃晚飯，**扣機**，這字眼頓時拉垮了她極力維持理智的最後努力，眞蠢，我眞蠢！她用力敲打自己的頭，阿鷹說要辦扣機時還說：「免得我出門你就找不到我」，她那時還信以爲眞不免心生感動，爲何自己就沒想到那根本不是爲了她，以阿鷹的個性他怎可能會去找個東西方便她來把他綁住，他完全就是爲了那個女人。

她攤平那張紙，開始認眞地閱讀上面的字。

阿鷹

有時周邊景物會變得極不眞實，困坐家裡那幾天，因爲長時間凝視著電視機，或空中某個點，他感覺自己眼神渙散，無法聚焦，耳朵裡常出現嗚叫，不管他走到哪，吃飯洗澡上廁所，只要他從椅子上挪開，淑娟就會神色驚慌地問：「你要去哪？」匆匆拿起皮包跟著他。

拜託別讓我們的生活變成這樣，別讓我厭惡你，即使這是我自己造成的。

這是他自己造成的僵局。夜裡，即使他知道不會但他仍夜夜被冰涼的刀刃觸感驚醒，醒來時她總瞪著眼睛望向他，似乎檢查著他的睡眠，想撥開他緊閉的眼皮揭穿他睡夢中隱藏的祕密，揪出那個他不肯說的名字。別這樣，他用棉被蓋住頭，想躲避充盈在臥房裡恐怖的氣息，恐怖，這怎會是她所能給他的印象。

「你讓我置身地獄裡，」她說。她說得沒有錯。

他把自己關在工作室裡，不斷地敲打敲打，已經延遲的工作，似乎永遠也完成不了，淑娟坐在一旁的藤椅裡望著他，不梳頭不做飯不出門不說話，以沉默拘禁著他。他敲打著敲打著讓木屑飛濺，這曾經是他夢想著的工作，是接過有生以來金額最高、自由度最大的作品，已經收了一半定金，足以供他們幾個月生活無虞，他帶著琇琇到處去找木頭，他們討論過許多次終於選定的題材，之前他因爲琇琇交了男朋友而痛苦混亂幾度中斷，又許多次在夜裡靠著雕刻安撫著自己（這是我們的第二個作品），但此時，他連最後一塊可供自己安住的世界裡也不安穩。

雕刻，他以木枕敲打鑿子一小片一小片將不要的部分去掉，雕刻是減去的藝術，要不斷削去挖掉拿開減少眞正想要的才會顯露出來。或許愛情也是如此。

六歲那年他在家具行看見木工師傅雕刻著椅子扶手的龍頭，他目不轉睛看了好久，他問師傅這叫做什麼，「雕刻，」師傅說。可以從木頭裡做出一個龍頭，這叫做雕刻，那眞是太棒了，鄉下到處都有木頭竹片，只要拿著小刀，他也可以做出好多想要的東西。此後他時常拿著小刀自己做玩具，家裡連吃喝都有問題不可能給孩子買東西，鄉野裡什麼素材都有，要什麼玩的自己做，他曾經刻過一個非常好的木馬頭，花了一個星期的時間去揣摩馬頭的樣貌，自己想辦法刻刻削削做出來，配上短竹竿做馬身、用花破布做成的馬鞍，是全村子最好看的一匹木馬了，那時他知道自己的雙手可以創造出神奇，即使一無所有、被人唾棄，即使在貧困的生活裡他依然可以創造出自己的世界。

隔壁的阿猴用一台破腳踏車跟他換了那匹木馬，後來那台腳踏車成了他去市場賣番茄的交通工具，外婆跟兩個舅舅種植的那點番茄蔬菜等人家來收總是賣不了幾個錢，大舅眼睛不好，小舅腿有毛病，就是這樣這一家子才會窮得吃不飽穿不暖，用簡單的工具自己修修補補那台破車的過程，他想出了個賺錢的法子，他要載著那些番茄蔬菜自己到市場去賣，這樣一定可以賣到比較好的價錢，想出這個點子他覺得很振奮，雖然外婆跟舅舅都說這怎麼行，他才八歲，腳踏車太高大，幾乎比他還高，但他覺得沒問題，爲了蹬得到踏板，沒辦法坐著，只能站著，拚了命總是騎得動，後座竹簍子裡載滿剛收成的番茄沉重，車子老是往一邊歪斜經常都得跳下車來重新整裝，半小時的車程他得騎上一個小時，清晨天剛亮就得出發了，去城市的菜市場叫賣，或許人家看他一身破爛又那樣瘦小可憐，許多好心的阿姨大嬸會來跟他買，一次兩次賣出了信心，他課曠得也多了，算數簡直都不會，可怕的班導更討厭他了。

一切都値得，他想要賺很多錢，外婆說大舅舅幾乎要看不見了，他要賺錢給大舅醫眼睛，給小舅醫腿疾，給外婆治骨刺，不讓她頂著一個大駝背去田裡採收番茄，想到這些他覺得應該快點長大，讀書是不可能的了，反正他也不是讀書的料，國小還沒畢業，他就去鄰鎭工業區的網球拍工廠應徵工作，起初因爲太瘦小廠方不肯用他，於是他冒用大幾歲的親戚張克森的身分且不斷懇求終於被錄用，一開始就是塗漿糊，工作台子太高還得拿小板凳墊著才搆得到，隔了幾年他才能擔任較複雜的工作，在家裡他叫王培英（這是母親的姓氏），在工廠裡他叫做張克森，但在他未曾謀面的父親那邊他卻叫江培英（他總期望著有一天，總有一天他要尋回父親的姓氏），擁有三個姓名的他必須小心分辨誰在什麼時空呼喚他而他必須回應，必須記住自己此刻是誰，但他不願忘記自己眞正是誰（他只想繼承父姓成爲江培英啊）。

他開始努力運動，沿著工廠外唯一圈一圈跑步，跟廠裡的大哥學打拳，在後面大水塘游泳，設法要長高長壯，不要再繼續被人欺負，眞高興可以開始賺錢了，他一邊工作一邊鍛鍊著身體，自己摸索著學素描，用刀子刻畫著工廠裡廢棄的球拍，沒有忘記想要學雕刻的心願。

十四歲那年他到一家照相館拍證件用的相片，知道照相館的老闆其實是個雕刻師父，他求師父收他爲徒，開始學習雕刻。

雕刻，沒認識琇琇之前他只是個狂人，是朋友家人眼中不切實際滿腦子胡思亂想的人，他心裡憧憬著童年時所見到那個可以創造出神奇事物的人，他無比敬愛他的師傅，在學徒幾年時間裡彷彿有個老師又擁有了父愛，兩年後學成離開。那時雕刻還不能成爲他的工作，他又回去網球拍工廠。

十八歲他開始接觸到刻花板這一行，做起來如魚得水再簡單不過，是他的興趣專長又能賺錢，那時人生多好，退伍後又做了幾年，隨著時日漸久他開始感到不滿，即使刻花板賺過好多錢，他身邊始終沒有眞正理解他思想的人，他們不理解雕刻對他的意義，他自己也越來越不確定，那除了是一項技藝，一個才能，應該還是別的更深刻更奧祕的，如他童年時期盼那樣，因爲他總是這麼想，所以他無法像其他同行只專注刻某種物品，刻鳥的就只會也只想刻鳥，擅長牡丹（或以刻牡丹爲生）的花費幾年時間重複的也是相同圖案，只是變得更熟練更迅速，更像一個工匠，但他不要成爲工匠，他不要讓雕刻如此重要的事物變成一種熟能生巧的技術。所以他老是在換廠，當年刻花板的工作正紅，外銷日本，能做的人也不多，每當在一家工廠做到純熟，他就換到另一家，因爲都是相同動作，只是板子上的圖案不同，換了廠工錢不加反減，因爲得從不熟練開始學。朋友都說他狂，自認爲技藝超群，他妻子說他笨，事情偏挑難的做，母親說他沒定性，一個地方待不了多久就換，滾石不生苔。

後來甚至連雕刻都無法謀生了。花板工廠一家一家遷移，倒閉，同行都開始雕佛像，到三義做藝品，天啊刻那些葫蘆、彌勒佛（他並不是覺得彌勒佛不好）、那些寫著「見我發財」的小棺材、金元寶、大蟾蜍、雕龍畫鳳的竹子，全部是虛假，全都只是錢。他也能刻（那簡直太簡單了），但他刻得費工費時，他不做廉價的東西，他不照著客戶的意見。

同行眼中他成了一個憤世嫉俗的人。

他寧可去大學門口擺攤子賣串燒烤肉啊（他對自己做的食物也有信心，做菜煮食啊也是藝術）！每天弄得一身油煙，做這個也比刻金元寶安心。

是琇琇讓他確定自己並非瘋狂亂想，她理解他所有作爲，知道他的欠缺，無論對她訴說什麼，即使是連自己都無法說明的，不能說服家人也無法安撫自己，卻貴重不容許誰來侵犯的，他什麼都能對她說，他雕琢著腦中思緒，她使之成形。

創作，這二字不再是可笑的虛名、空談，她寫小說而他雕刻，他曾聽她一字一句唸誦她寫的小說，周遭安靜彷佛只剩下她的聲音，她朗讀，不像演戲也不是說書，像是羞怯低調地像在朗讀別人的作品，他不懂文學，他這輩子根本沒看過半本小說，但是她的聲音啊她說話她張嘴，將他帶進了一個神祕的世界。

他想見她，他渴望聽見她的聲音，期望著從這時刻被凝視被檢查的狀態底下逃走，他想給她打電話，告訴她一切如常，他能夠支持下去。

他想隨便捏造一個女人的名字、身分，認罪，反省，宣誓：「我不會再跟她來往了，讓我們恢復正常生活吧！我不可能繼續過著這沒有自由的生活。」而後得到解脫。

罪惡感。

一開始的罪惡感與內疚至今卻變成對被拘禁的憤怒。

這樣的情緒一直都有，有些錯誤能夠修補，有些錯誤卻得用一輩子的時間去償還，這個婚姻至今仍像無期徒刑。

□

他趁淑娟上洗手間時偷偷跑出去打公用電話。「小心你的日記，」琇琇對她說。「你怎知道我有寫日記，」他非常驚訝。「我夢見的，夢見她打開了你的日記，日記藏在一個挖空的大字典裡。」她說。他只讀了國小，其中五六年級只是去註冊幾乎都在工廠工作，用文字寫就的東西在他眼中常是難以理解的，但他確實寫日記，愛上她之後，她給他的那些書籍畫冊，他時常翻閱，不懂之處就猛查字典，她給他寫信，他也熱情地回信（一封信要寫上幾個小時），而日記，他寫日記是因為他知道了她的祕密，但他無人可訴，他不忍再追問她某些細節，或者再提及此事，唯恐某個不經意的話語都會讓她回想起那件事，會置她於痛苦回憶中。

所以他寫日記。

多奇怪啊他竟會寫日記，他把小小的筆記本藏在一個餅乾盒裡夾放在工作室的書架裡層，他不常寫，每次寫也只是寥寥幾句，但那個餅乾盒是他的祕密，連她都不知道的。

「我收得很小心，」他說。

三天了，他想她想得好焦急，「不管我走到哪裡她都跟著我，我沒辦法打電話給你。」他說。

「我知道，你不要著急，慢慢處理。」她的聲音安慰著他，他對她說了許多，明知時間有限他仍忍不住說了又說，像囚犯的放風時刻，忍不住在操場多繞了幾圈。

「我想上去找你，」他知道這話是任性。「下午沒課我搭車回去。」她說。「你男朋友不會發現嗎？」他問，這樣的時候他知道自己問這個只是在撒嬌。

「我已經跟他分手了。」她這麼回答著。

從雜貨店的公用電話走回家的一小段路他走得飛快，腳步的輕盈是因爲快樂，「我已經跟他分手了。」她這麼說一定是眞的，她從不欺騙他，從暑假前她說「我可能會交一個男朋友」開始，這幾個月來因嫉妒造成的緊繃突然鬆開了，那些必須按捺著不能找她不能見她的日子（過去是她在承受這種忍耐），打電話過去時她語調裡明顯的客氣疏遠（那個學長在她旁邊時她講話就會變成那樣），暑假兩個多月她只回來過幾次（學長搬進她宿舍了），他因爲不想失去她，因爲他知道她爲何會如此，他只能忍耐著，只能更勤快地固定時間打電話、寫信、去找她、等她回來，他常魂不守舍，爲了壓制這種痛苦他還因此戒菸了一個月（用一種痛苦轉移另一種）。那些都過去了。

爲什麼你會跟他分手？（當初爲何在一起他都沒問）分手了還會聯絡嗎？他會糾纏你嗎？你還需要他嗎？往後若我給你的變少了你還會去交往別人嗎？有很多疑問在心裡湧動，但更多的是狂喜，因爲不需要再嫉妒誰了。他不想承認他嫉妒，但過去他確實嫉妒，嫉妒伴隨著恐懼，他常在日記裡寫字，一次一次寫著她的名字，「琇琇是我的」，這種任性的愚蠢的胡鬧般的字眼陪伴他度過許多幾欲發狂的夜晚，「琇琇是我的」，這幾個字撞進他眼中，「小心你的日記，」琇琇說，他一直以爲會出事的是那張照片（他將照片藏得非常隱密）。他加快了腳步，這次不是因爲歡欣，卻是因為恐慌。

回到家的時候，淑娟站在門口等待，她手裡提著的，正是那本日記。

琇琇

媽媽打電話來的時候她就知道被發現了。她正準備收拾簡單行李搭六點半的火車回台中，電話就來了，「淑娟跟阿鷹現在正在我們家。你們怎麼把事情鬧得這麼大？」媽媽的口氣並沒有太多責怪，卻是驚慌失措的，突然她父親搶過電話筒：「你給我保證以後再也不跟他來往！」說完就掛掉了。

世界在瞬間崩塌，感覺並不真實，她想像著阿鷹跟淑娟在她家客廳，爸爸跟媽媽正在與他們說話，這些人會說什麼呢？討論什麼？他們正在開會決定她的將來嗎？她決定不再回家了，她得去打工賺錢，否則連生活費都沒有，她應該等會立刻就去找工作呢還是要先回台中找阿鷹？回台中要住哪？阿鷹可能會被控管監視，她可能再也見不到他了。

不會的。他不會在這樣的時候放棄她。

那是連續爆炸的場面，阿鷹模擬過，她自己也想像過，真正發生時卻那麼怪異，她好怕自己會在那不在場的會議裡被談定某種無法反悔的交易，那兒，全部是她的敵人。

會不會連阿鷹也舉手反對，不管是說謊或基於善意或因為壓力，她都可以想像那畫面，要阿鷹去面對她父母是艱難的，要他當他們的面前承認他愛她，承認他不會放棄，阿鷹會如何作想？她不清楚自己到底希望阿鷹怎麼做，在那個她不在的地方，她的家人與阿鷹正在投票表決，他們眞能決定她的命運嗎？

時間被放大延長了，在接下來的時刻裡，他們做成了什麼決議？不知道。阿鷹打電話來，語氣裡盡是佯裝的歡欣，「我會去看你，」他說，「一定想得出辦法的。」「請爲我忍耐。」

他說他說他說，轉述的對話裡沒有任何傷害她的內容，從他的描述中聽來那場談判更像是謝罪，她的父母從頭到尾都在道歉「抱歉啊我們琇琇不懂事」，淑娟也在道歉「對不起啊阿鷹就是太任性」，他們三人透過不斷地對彼此道歉要讓在一旁的他顯得有罪，「你做個決定，不要耽誤了琇琇的前途，」他說沒有人怪罪她，「現在還來得及。」他們說。

只要停止，一切都能被原諒。

他說他可以道歉。他願意道歉。「你們不要再單獨見面了，」麗玉大姊說。「讓我們琇琇好好把大學讀完吧！」琇琇的父親說。阿鷹說，「那時我想激動得大叫你不要再裝了，你不知道自己做了什麼嗎？你清白無辜嗎？但是我沒開口。我知道你不會希望我這麼做。」

「你答應他們了嗎？」她問，答案並不重要。「我只是敷衍。這個時候反抗只會讓我們處境更困難。」他說。

「我絕對不會放棄你的，」他說。「我會想辦法打電話給你。」

聲音縹緲跟內容一樣不肯定。

她很快在附近中菜餐廳找到一個打工，每天晚上去端盤子，餐廳距離學校還有一段距離，剛開始學長還騎車來載她去打工，晚上十點鐘會在餐廳門口等她，陪她走過黑夜的山路，爬著坡，慢慢走回租屋，路上她一句話也不想說，好累，他想復合嗎？為何在這樣的時候還要對她好？「我沒有什麼企圖，只是不能棄你於不顧，」學長說。漆黑的夜裡，他牽著腳踏車，她提著從餐廳帶回的晚餐，「明天我買午飯給你吃。」學長說。不要，我不要這個，不要在這樣的時候用這種方式提醒我是我自己毀滅了生活裡的一切，事情不是那樣子，我願意背負，我知道自己在做什麼。

她不再靠學長接送，她要獨自走過那黑暗的路，家裡寄來的匯票一概退回，她不是在賭氣，只是在宣誓自己的決心。

已經升上大四下學期，到底讀幾年級已經沒有差別，搞不好淑娟鬧到學校來，連大學都讀不完了，她在堅持什麼？

跟學長是不可能的了，在事發之前，其實就在學長暑假搬進她的住處開始，她早已知道自己只是在躲避，靠著另一個人的善意來躲避她自己的痛苦，他們都在假裝，假裝努力能夠造成愛，假裝彼此適合，假裝她心裡沒有愛著另一個人。

二十二歲生日前夕，約好隔天要跟學長幾個朋友及她的同學一起在學校大草原野餐給她慶生，夜裡她接到阿鷹的電話，「生日快樂，」他說，「等妳回來帶妳去唱歌。」他還在說，其他她都沒有聽進去，他聲音裡的痛苦穿透了她，掛上電話她到陽台抽菸，整夜無法入睡，第二天中午學長興致高昂地來接她，她坐在他腳踏車後座，全身顫抖得好厲害，到了大草坪前面時她說：「停一下，你先去吧！我要在這兒抽一根菸。」她點了菸，陽光好強刺得眼睛睜不開，遠遠地看見學長快步走向草原上或坐或站圍成圈圈的十幾個年輕男女，正午的陽光伴隨飄散四處的烤肉氣味、有人拿著吉他唱歌、有人在一旁說著什麼許多人都紛紛笑鬧起來、學長的身影逐漸融入那幅畫面裡，他回頭看她，大聲叫喊她的名字，她的身體好像火燒那樣疼痛，他叫喚的並非她的名字而像是一個咒語，他雙手揮舞，白皙手臂突然無限延伸朝她張狂而至，人們的話語笑聲像大水自小腿往上升高，淹過胸口喉嚨快要將她全部吞沒，大家開始喊叫她，琇琇！琇琇！大家唱起生日快樂歌，學長站起來，從盒子裡拿出一個生日蛋糕，向她靠近，越來越近，逐漸清晰地他微笑的樣子變得恐怖，她突然立刻轉身拔腿就跑，死命地、像被餓狼追趕那樣飛快逃離。

其實沒有發生任何事，她只是清楚體認到，自己再也無法參與那個青春洋溢和諧快樂的人群，也無法再跟學長扮演兩小無猜的情侶遊戲，她回到自己的屋子，拔掉電話線，把窗簾放下，在屋裡獨自待了三天。

這些阿鷹都不會知道。

阿鷹

信件、照片、日記、寫在餐巾紙上的幾句話，所有關於琇琇的一切證據淑娟都找出來了，在他睡著後進行著的搜查行動如此縝密，她甚至找出許多他因為藏得太好以致於完全忘記的東西（他們曾在一個卡拉ＯＫ的點歌單上以筆交談，小小一張紙細密寫滿愛的語言），那張他摟著琇琇站在天冷橋邊的照片，寫著「琇琇是我的」潦草字句的日記，光是這樣就夠了，她像陳列證物般將所有一切攤在客廳的茶几上，「你眞做得出來啊！」她說，「你還想抵賴嗎？」「現在你想怎樣！」

「我要離婚。」他說出了最不該說的話。

「那你就等著看我去告她，等著看她被退學，把前途都給毀掉吧！」她惡狠狠地說。

「你不跟她斷，我就把他們家的醜事公開。」她又說。

妻子彷彿天生是丈夫的仇敵。她會變成如今這面貌都是他造成的不是嗎？但爲何只能是這樣子？

他厭惡眼前所見：對別人的物品翻箱倒櫃，威脅恐嚇施加莫名暴力，你錯我對，你活該被如此對待，我是你老婆我就有權利這麼做，「你還想抵賴嗎」這種句子。他不想抵賴，他不想說謊，但眞話她想聽嗎？「我要去把他們家的醜事公開」什麼時候他們家人也成了你的仇敵？淑娟的臉她的聲音她說出的字句都那麼惡毒、如此陌生，是他一步步將她逼向這樣的局面，扭轉了她的人格嗎？他該感到憤怒還是罪惡呢？

以往，每當他的風流韻事被發現，她總是哭鬧不休，卻不曾像這次展露如此可怕的惡意，那惡意是因爲她認識琇琇一家人嗎？是因爲被熟人背叛？還是因爲她手上握有太多能夠將琇琇毀掉的把柄，她想要報復？她之所以如此恨她，是因爲她體會到他對她特別的關愛嗎？到底是什麼？

能不能有另外的表現方式，不要只像是從連續劇裡學來的，連台詞都如此相像？

他或許對她苛求了，一個發現丈夫外遇的妻子，能要求她有什麼合宜的舉止，但他見不得這些，這樣的舉動只是將他推得更遠，她越是宣稱自己擁有任意處置他的權利，他就越想離開。

這十多年來他屢次想離婚，最後總不能成。他知道他無法離開，他只能逃走，但他若逃了，會置琇琇於什麼樣危險的處境？他不要兩敗俱傷，不要同歸於盡，所以他沉默以對。

她逼著他一起去琇琇家，他們彷彿已經說好談定了，只是等候他認罪、畫押，他在心裡抵抗著，這抵抗顯得多可笑啊！

幾個月的衝突因兩件事而轉移，先是他外婆住院，病危，兩個星期後撒手。喪禮過後不久他的手受傷住院。

事情發生得突然，那天傍晚阿豹突然來找他，他想起好久沒見到阿苗，兩個人就開車去阿苗的工廠，阿苗提起有一筆欠款很久都收不回來，他們倆決定去幫他談談看。原本只是跟對方談談，還去酒店喝酒，他突然看見對方其中一人在桌底摸索，直覺便用手去敲打那人的頭，忘記手上還捏著酒杯，酒杯頓時碎裂割傷了他的中指（後來他的這手指再也無法完全伸直），兩方人立刻打起來，混亂中，阿豹因爲用桌上的點歌本阻擋對方向阿鷹砍來的刀子，握著歌本邊緣的手背也劃了一刀。他們常笑說以前結拜時也沒見血，那天兩個人都血淋淋到警局，反倒像是歃血爲盟。在警局作筆錄時用衣服裹著傷口血依然流個不停，他自小怕血，無論是別人或是自己的，見了血就頭昏，在酒店裡打架時他們都還很勇猛，面對警察惡意刁難，刻意拖延，感覺血液不斷從身體裡流失，他卻有末日之感，他突然很想對阿豹坦承，對他訴說關於琇琇的一切，將她託付給他，但始終找不到適當的時機，就這麼錯過了。

這次衝突中他的右手中指被酒杯碎片割斷筋脈，在警局被拖延太久失血過多，送到醫院時他已近昏迷，緊急動手術接合，那時他好恐懼再也無法雕刻或打網球，在醫院裡麻藥退後能下床，他提著點滴袋下樓去給她打電話，阿嬤住院到過世那段時間也是如此，他依賴著她的聲音度日，他在公用電話亭泣不成聲，「阿嬤死了，阿嬤死去了！」他嚎啕大哭，「我只剩下你了。」這是任性的說法但多麼眞實，自小都是阿嬤養育他照顧他，每晚搖著蒲扇哄他睡覺，他跟阿嬤同床共寢直到他當兵，無論跟什麼女人交往，他每晚還是想回去阿嬤那張老老的大床，如童年時那般讓阿嬤輕拍他的背脊，直到入睡。

他還是小男孩的時候，光著腳走路上學，揹著外婆用舊衣裳幫他縫的書包，身上破舊的制服是小舅舅以前穿過的，他不特別喜歡上學，但是喜歡走著到學校這條當時還沒有鋪上柏油的泥土路，沿途會經過上學之前放牛的青草地、牛喜歡洗泥水澡的大池塘，可以上學是好事，但是每學期學費都是最後一個才繳這讓他很困擾，他知道家裡窮，學費都是外婆去跟人借來的，班導師每天一進門就問：「誰的學費還沒交？沒交的站起來。」他總是站著，從七八個人站著，一天天過去直到只剩下他一個，半個學期都過了他還是站著，「你有沒有羞恥心啊！」班導師抓著他的頭髮用力搖晃大聲恐嚇，任何一個可以找到的理由都要藉機修理他，這個梳著油頭的班導師說不出有多討厭他，彷彿他是個病菌一定要設法消滅。

但他還是要去上學，外婆說讀了書以後才會有出息。腳踩在泥土上感覺溫暖乾燥，沿路走著，跟鄰居孩子一起打鬧玩笑，經過村口的三岔路，遇到矮胖光頭的村長伯，笑起來彎彎的瞇瞇眼模樣很慈祥，村長伯親切的跟每個孩子打招呼，孩子們也大聲地叫著：「村長好。」他也學大家那麼叫喚著，村長伯經過他身邊時叫住了他，突然打了他一耳光，他被打得眼冒金星暈頭轉向，「爲什麼打我呢？阿伯。」他喊叫著，村長提著他的耳朵用力擰，大聲罵著：「你這個野種，以後不要從我面前經過。」

野種，野種，鄰居的孩子們嘻笑著，他垂下頭，盯著黑汙的光腳，加快了腳步往學校的方向走去。

有記憶以來他都住在外婆家，母親已經嫁到城市去了，他沒見過親生父親，母親有時會跟新爸爸回來看他，新爸爸是個「老芋仔」，職業軍人，溫和的老好人，坑坑巴巴的用鄉音學說台灣話，總是讓母親在那兒大呼小叫地罵了也不回嘴。母親心裡一定有很多怨氣，每次見到她總是在罵人，性格火爆的她總是不斷告訴他，父親是個多麼壞的男人，母親憎恨著父親，有時他闖了禍，母親會哭喊著：「你就跟你那沒良心的老爸一樣壞！我就知道把你生下來是要來討債的。」外婆總是護衛著他，不讓母親失控把他打傷。

那個他未曾謀面的父親到底是個怎樣的人他不知道，倒是聽了許多村裡的流言，父母之間有許多糾葛的情節，但從沒有人對他說清楚。

挨巴掌那天回家他央著外婆問，「為什麼村長說我是野種？」外婆哭了，氣惱又憐愛地撫摸著他被打腫的臉頰，老邁的臉上縱橫著涕淚，他有些後悔，彷彿是自己刺傷了疼愛他的外婆，「沒關係不會痛的。」他想安慰外婆，心裡也不是沒有憤恨，他大約可以知道野種是什麼意思，過去母親跟外婆數落著父親的時候他斷續地知道一些過程，父母並沒有正式結婚，父親是個赤腳仙，賣著膏藥行經他們的村莊，不知為何跟他母親有了短暫的戀愛，母親懷了他，外婆張羅著要父親與母親結婚，父親才承認自己其實在故鄉早有妻小，性格暴烈的母親對父親痛恨又眷戀，在無數的爭吵之後產下他但仍與父親決裂，兩人爭執著要他，鬧得不可開交，但最後他竟給拋下，父親回到他原本的家庭，母親嫁給鄰鎮的一個老兵，他成了不折不扣的私生子。在這樣的鄉村裡他的存在是一種恥辱，幸好有外婆撫養他長大，當兵之前他都跟外婆睡一張床，他生命裡眞正重要的女人只有他外婆。

「阿嬤死了。」他呢喃著哭號著，眼淚唯有在跟她講電話時才能盡情嚎出，他哭嚎著像個任性的孩子，他從小就懂得體諒，想要照顧身邊所有人，但那是因爲總有阿嬤支撐著他，在阿嬤身邊他能任性做個小孩。

「我需要你，」他說。

他經歷過如此多女人，卻只有她，只有她的手指她的聲調能安撫他在任何脆弱痛苦時刻，能夠立刻使他鎮靜下來，她如此年輕，卻總在他面前展露不可測的靈魂深度，他有妻有子，有眾多朋友圍繞，卻只有在她面前才感覺自己眞實如他所想像。

但見不到她。他近兩個月沒看見她了，只知道這兩個月裡她都在餐廳打工，也不知道她過得如何。他的右手紮著繃帶，以三角巾橫擺懸吊在胸前，這樣的時刻他格外需要她。

「我回去看你，」她說。「但我不確定什麼時候能出來。」他回答。

「我會在旅館裡等你。」

淑娟

某些話語尖銳如刀，某些字句醜惡如鬼，她知道說出口如覆水難收，但她想說，想讓聲音通過被憤怒與恥辱撐大的嘴，她想說，她要說，如今她除了說話還能做什麼。

是你們逼我的。

她阻止不了那傷害每分每秒將自己扭曲，那些你愛我我愛你的句子，那秀麗的字跡寫著如密碼形容，花兒，他們怎麼能如此肉麻如此恬不知恥地白紙黑字寫下自己的罪行？

爲何偏偏是她？那個小丫頭，那個曾經親切地喊她阿姨阿姨，問她頭髮去哪裡剪的？請教她治療雀斑的方法，在她家教小孩子寫功課，乖乖坐在客廳裡聽大人說話，那個大家都說聰明乖巧的好學生，怎會是她？

但她早有預感。

天啊她眞該相信自己的直覺而不是相信丈夫的良知，她眞該在一開始發現他們倆特別投緣、密切地講電話、單獨見面時，就阻止他們來往，「大姊要我載琇琇回家」「大姊說琇琇很孤僻要我們多陪她講話」「在聊雕刻的事啦！琇琇給我看好多書」甚至，她還記得每次與他們家人聚會時，阿鷹沒事就往樓上跑，一個大男人跑去小女孩的房間做什麼？是他們，他們以爲阿鷹會顧忌兩家人情分不致逾矩，是她，她明知道自己的丈夫花心風流，卻引狼入室。是誰，是誰讓她處在這樣難堪的處境，是你們，你們濫用了我的信任，讓我顯得愚蠢如小丑。他竟然還寫日記！大字不識幾個，歪歪扭扭寫下那種不堪入目的詞語，此後她的眼睛裡都是那畫面，明目張膽地寫下他對她的愛，他對她的同情，他需要她，「琇琇是我的」「我嫉妒那個學長」「有了你我的人生才能完整」，那樣一個看似清純的女學生，卻是個早就被自己父親玩弄過，如今還來玩弄男人的蕩婦。噁心。她好想吐。

她很想同情她可是她做不到，阿鷹日記裡寫下那些關於琇琇的描述，是她恨她的根源，她不是個無情之人，但她無法同情這個將要摧毀她家庭的女人。

你同情她，誰來同情我？

太多了，她翻開每一本書，每一個紙盒、紙箱，每一個縫隙，她渴望發現確切證據，但那些證據卻又折磨著她，爲什麼是眞的，爲何不是我自己的想像，爲何那不是逢場作戲，爲何有如此之多的物品一再證明著她不想知道的事實。

沒有事實。只有罪行。

好奇怪，當她跟阿鷹一起坐在那個客廳，麗玉大姊不斷地向她道歉賠不是，正雄大哥在一旁低頭沉默表情糾結，她的心頓時被弄得柔軟了，她在麗玉面前哭個不停，不是作態，而是眞心地難過著，她也不想見到如此場面，說不定一切眞只是擦槍走火，還能補救，她不是無情無義之人，並非鐵石心腸，她只是想保護自己的家庭。麗玉握著她的手，輕拍她的背，「阿鷹就親像我的弟弟，你就像我的弟妹，琇琇是我女兒，我不想看見你們之中任何人難過。」大姊哽咽地說。這話語使得她那原本想要到大學去告狀，甚至想對麗玉說出琇琇與她父親之間醜事的復仇意念也消失了，更重要的是，她無法確定那是否是阿鷹編造出的，或許所有一切都只是出自他自己的想像，他因爲認識了這個大學生，想要討好巴結她，想做出藝術家的樣子，學人家讀書、寫作，所以想像創造了這些。

她好累。結婚十幾年，她何時眞正放鬆過，沒有，即使在她認爲阿鷹最不可能背叛她的時候，她也無法稍有鬆懈。

她知道阿鷹一直覺得自己跟兩個孩子是他的負擔，他以爲她不懂得他的理想，他雖沒說出口卻始終對這個婚姻後悔，他認爲自己一身抱負滿腹才華都葬送在養家活口的經濟重擔裡。

不是這樣子啊阿鷹，家是最重要的，沒有了家庭，我們哪有立足之處？

他一言不發只是握著方向盤專注地開車，好安靜，太安靜了，他的沉默是對她最可怕的懲罰，無論發生什麼事，該憤怒該爭吵時他總是不發一言，她寧願他發怒、吼叫，如她常做的那樣，他的沉默對應著她的狂怒，他的不口出惡言，他甚至仍舉止優雅顯得她許多動作都是失控，這是她的丈夫，她對他知之甚深，十多年來他多少次傷害她背叛她，但她愛他一如當初，你以為我不了解你，你錯了，外面的女人看見的你都是優點，只有我看得見你的缺點卻依然愛你，你不懂得深愛著你這樣的人是多辛苦的事，你若能以我愛你的心的十分之一來體會我，你萬不可能以如此沉默來回應。你若能以體會琇琇的萬分之一的心情來體會我，你不可能不知道我所受的苦絕不亞於她。

我是你結髮的妻子啊！你都忘了嗎？

但她沒忘記。她永遠記得他第一次走過來跟她說話的時刻，「你要跟我出去嗎？」他說，「明天傍晚七點，冰果室門口，我只等你半小時。」他說。她還記得他那種篤定又張狂的樣子，好像不是他來約她而是她等著他對她提出邀請，翻開的大領口花色襯衫頸子上繫著銀鍊，細長的眼睛往眼角飛去，神情似笑非笑，她認得他，工廠的同事好多人都搭過他的摩托車，每次聯誼過後大家都在討論那個誰誰誰，他是最常出現的人名，誰誰誰，他跟一群人到工廠門口堵她，一次兩次三次，他就站在那兒看著她，並不過來對她說話，但她知道他是來看她的，每次一群人轟地散去，他總騎車載走她某個同事，每次都不同人，她知道他很花，這種人不是她想要的對象。

但那晚，在宿舍裡吃晚飯，同桌的女伴都在討論他對她的邀約，「你會去嗎？」大家都問她，她說：「我才不去。」但心裡是忐忑的，他很驕傲，但自己何嘗不是，「我只等你半小時」這句話像一個指令也像咒語，終日盤旋她腦中，她十八歲，她知道自己長得好看，她知道不跟他出去也會有其他人追求，但那都不是她想要的。

她想要什麼呢？

她一直等到八點才悄悄現身在那家冰果室門口，並非因爲她知道他會等，而是因爲她知道他不會，她穿上僅有的一件洋裝，騎著單車沿著靠近冰果室的小路來回繞圈，想著來到這城市這家工廠已經三年多，她國中畢業就出來工作了，等存到足夠的錢她要去上高中補校，學會計，她對自己的將來目標清楚，不會貪戀這些男歡女愛的遊戲，但她來了，遠遠地注視那個冰果室，站在一棵芒果樹下玩弄著自己的髮辮，天色已黑，冰果室門口一盞路燈映照出幾個男女的形貌，沒有他，她聽得見那些跟她年紀差不多的女孩輕佻的笑鬧聲，那並不是她的世界，但她來了，她不會後悔。

心裡還是有一點點懊惱，正當她準備跳上單車回頭往宿舍方向離去，他不知從何處冒了出來，一把拉住她的腳踏車把手，「你遲到囉！」他說，以俐落的動作拉過腳踏車坐上，「上來啊！」他說，他竟然要騎著她的腳踏車載她。

她神智昏亂只能傻傻側坐在後座，還得用手按住裙襬以免車輪夾住她的裙子，她聽見冰果室那邊響起了如雷的叫囂聲。

他是她僅有的一切，他怎能將這個奪走。

第二部

阿豹

年輕時母親帶他去觀音廟求過一個籤，解籤的人說菩薩的意思是「你是一顆藏在石頭裡的玉」，那時他不懂，只覺得大概是叫他要忍耐生活的困頓，要堅持下去，多年後的這晚在KTV包廂裡他將此事告訴琇琇，琇琇說，你這樣的男人，生命裡的能量飽滿，像一顆未經鑿刻的玉石，周身滾滿厚重的石殼，靜靜埋伏著，等待被發掘的那天。

琇琇的意思他懂，他需要機會，但大多數人是沒有機會的，他曾經有過機會也已失去，徒然在酒精與空嘆中度過一生。

他對她說了又說。

他說，他人生最輝煌的時刻，是在國中三年級跟老鼠跑去參加虎尾鎮歌唱比賽那天，他拿了第一名，獎金五百元，最重要還不是錢，是那感覺，站在舞台上，扯開嗓子唱歌，世界好像都是你的了，比賽結束有個廣播電台的主持人跑來找他，說要帶他去台北出唱片，說他唱得比葉啓田還好（他這一生中每次唱歌都被與葉啓田相提並論，有時他不禁覺得葉某奪走了他的人生）。

當然被他母親反對了。

不管做什麼，母親沒有不反對的，「看是要把你騙去賣，」母親順手就撕掉了主持人的名片，

「緊去找頭路卡實在，學人家當歌星，又不是查某郎。」

他最恨人家說他像是查某郎，只因他生得一張白臉，眼睛大嘴唇紅，若不是生在鄉下或許會被當作美男子，而他卻始終被母親嫌棄太像女人，像女人是他畢生的焦慮，任何會像女人的事他碰都不要碰，但那些鄰居阿姨嬸嬸多喜歡摸著他的臉親他，弄得他一臉口水，他又容易臉紅，惹得母親不高興，直到他上小學開始長身高，拚了命曬太陽，練跑步，想換掉這張比女人還標致的臉，他非但不具備特殊的運動天賦，跑不快跳不高，還因為有輕微扁平足而造成某些運動障礙。只能下田、搬重物，虧得他能吃苦，耐負重，於是練就了孔武有力的上半身，幸而他聲音特別低沉，穿上較寬大的褲子，沉著嗓子，國三起看起來就像個男子漢，但他討厭穿短褲，剝掉褲子他的兩隻腿又白又細簡直丟臉。

主持人喜歡他的臉，說憑他的歌聲與外表，成為明日之星指日可待。

他也知道天底下沒那麼好的事，就算有也不會發生在他身上，那些他在廣播電台裡聽見的歌星，怎麼看自己都不可能與他們相提並論，他不知道別人怎麼成為明星，洪一峰是他最崇拜的人，洪一峰還會拉小提琴呢！但他會什麼？連吉他都不會，只會吹口琴，口琴是老鼠在校園裡撿到送給他的，他吹了幾次良心不安就送到了訓導處，沒了口琴他就吹口哨，什麼旋律他聽過就忘不了，他們家就這麼台收音機，其他跟音樂沾得上邊的東西都沒有。

會不會人生的機會就在彈指間錯過了，往後長長的時間裡他無數次回想著那命定的一天，想著他如何從院子裡拾起那已成碎片的主持人名片，細細攤在掌心，那個神祕的名字「葉宗榮」，那個電話號碼，至少可以嘗試一下吧！但他什麼也沒做，他已習慣了放棄。

出生成長在雲林縣一個靠海的小村，田地不肥，豬雞不壯，一家五口都靠著那幾畝薄田過活，春天種稻，冬天種蒜，冷風裡母親剝著蒜頭的手掌都已皸裂，他父親幾乎從不發出聲音，除了自家的田，總還兼著做幾件事，到處去幫工，老是不在家，屋裡屋外總聽見母親大聲叫喚著、張羅著，母親是村子裡出名的能人，他有個弟弟，有個妹妹，他長得與弟妹都不像，弟弟像個黑熊，妹妹也是黑美人，他好像從出生就下錯地方。

「改天帶你回我老家看看，前幾年改建了一棟透天厝，一百多坪，光房間就十幾間。」他對她說了這話自己都感覺怪異，就立即改變了話題。

他說離婚後在梨山自我囚禁的生活。

那個山上的鐵皮屋，屋簷下吊掛著去皮的蛇，漫山遍野的草，那是十幾個月裡其中一天，不是最好也不是最壞的，恰恰是看起來重複而相似的許多日子裡的一個，隨著季節更迭、晝夜長短而些微變化，更因爲那種相似性而顯得特殊。

狗開始吠叫起來了。

他常躺臥在屋前的空地，將視線調鬆，眼皮垂放，天空看得出濃淡，不是黑色的，而近乎寶藍，其中點綴的星星巨大如斗，數量之多、亮度之大，令人生膩，初到這山上來的人總會驚訝於夜間的寧靜，這寂靜叫他們害怕。寂靜能夠生出很多很多事物，他將過去一遍一遍回想，彷彿靠著回憶能夠更動某些細節使之不要那麼恐怖，但沒辦法，寂靜生出的事物比記憶中更駭人，他不懂得自己身上發生了什麼，爲何使得生命落到這等局面，七年婚姻，他還記得婚宴那天大家都來了，他的妻子貌美得令所有人側目，很快他兒子出生，然後他去當兵，三年外島，再回到家，女兒出生，之後什麼都變了。

如蘭，是他前妻的名字，外貌如其名，性格卻異常暴烈執拗，他原本不想娶她的，不是不愛，卻是因為太愛，他們兩個性子都烈，光是吵架就能弄得雞飛狗跳，他記得跟她認識不久，某次口角，如蘭猛地從摩拖車上跳下，衝到橋邊做勢要跳河，那次鬧得警察都來了。

警察，他退伍回家後最頭痛的就是得去警局把如蘭領回來。她愛賭，賭四色牌，就在他當兵這段時間她染上了賭博習慣，常常孩子扔在家裡不管，跑到附近雜貨店一賭就是一整天，每次被他逮到就大吵，吵完她會發誓不賭，但沒多久又復發。

他揍她了嗎？很想但是沒有，他記得他到警局去，她甚至連女兒都帶去了，把還是嬰兒的孩子扔在一旁，跟一個警察有說有笑，狀甚親暱，他怒不可抑，那是第一次他說要離婚。

後來是如惡夢般不斷重複的戲碼，她開始逃家，每回出去就是兩三天，他說要離婚，她就鬧自殺，只要他一不在家，她會做出許多詭異難以理解的事，突然買回一大堆家電用品（天啊那些帳單），開始喝酒（她說你自己也常喝得醉醺醺），做一大桌幾天也吃不完的菜，為了避免這些事，他想盡各種辦法，找人來盯她、罵她、勸說她、關她，有天他回到家，看見她濃妝豔抹穿著奇裝異服抱著孩子坐在客廳哭。

「你把我關著我要發瘋了。」她說。

她哭小孩也哭，他也很想哭，他想說我不是刻意要關著你，但你闖這麼多禍我收拾不了。「你不愛我，你根本看不見我的痛苦！」她吼叫。他也吼叫，「你知道賺錢養家有多辛苦嗎？」然後她又逃。

他母親要他離婚，「無論如何都要離」，他自己也想離，他感覺繼續下去他們就會互相殘殺，會發生難以想像的悲劇，而且如蘭偷人，謠言傳得到處都是。

最後一次他去警局將她保出來，當天下午他就押著她去辦離婚，「除非你把女兒給我，」她說，他一直不懂她幾度逃家，在外面與人曖昧，爲何她始終不願離婚，她知道女兒是他心頭肉，他不可能給她，她以爲這樣就不會離婚。

她沒料到這次他答應了。

他這輩子都不會原諒自己，他用女兒來交換，但換回的是什麼？

「我說太多話了，我們來唱歌。」他望著琇琇，這女孩子似乎天生是來聽故事的，只要她望著你的臉，就有源源不絕對她掏出自己的渴望，那是一種特別專注的、彷彿能以凝視的表情帶你重回現場的能力，他畢生沒有見過這樣的人，能夠讓他說出生命裡最殘酷難堪的記憶。

怎麼回事啊，他忙著傾吐自己而無暇了解她，他幾乎忘了此行目的是爲了說服琇琇離開阿鷹。

琇琇

阿鷹與阿豹，這兩個奇怪的名字是他們十六七歲時混幫派使用的渾名，叫做「十二軍刀」的小幫派，集結在名爲金虎的老大（他本名就叫吳金虎）手下共十二位兄弟，這群人並不特別做什麼，與打家劫舍、包娼包賭、聚眾滋事更沾不上邊，只是些剛國中畢業就進工廠的工人，還都是毛頭小子，都在加工出口區的網球拍代工廠上班，廠區工人數百，各有山頭，結幫成派幾乎是加工區的特色，大大小小的幫派就有數十個，工頭也樂得讓那些喜歡逞英雄當老大卻並不犯事的大哥來幫他們區別管理，十二軍刀成立那年，阿鷹十七阿豹十六，最年長的金虎也不過剛滿十九歲，幫派在金虎入伍後就零散，幾年後這家網球拍代工廠因內部問題而轉手，旗下的工人也都各尋出路，當年號稱十二軍刀的這群人，除了幾人留在金虎身邊做事，大家都各自成家立業，只有每年農曆三月十五時仍維持舊有傳統聚集在金虎家的客廳。

琇琇從阿鷹口中聽及他與阿豹等人當年結拜的故事，總笑說他們根本是「十二生肖」。她見過的有金虎、嘯猴、老鼠、泥鰍、水蛙、阿苗、阿昆，沒見過的還有長腳、明義（這兩人都在二十幾歲就去世）。這些一個比一個不稱頭而且不知為何都跟動物有關的渾名卻那麼名副其實：金虎高頭大馬、聲如洪鐘；泥鰍年少時就蓄著兩撇稀疏的長鬚；老鼠則是一臉猥瑣，矮小身材據說國小畢業就沒再長高，他總像影子一樣黏在阿豹背後；嘯猴長手長腳；水蛙自小就頂著個胖大的肚子，是阿鷹的鄰居，聲音嘹亮，往往人還沒出現就聽得到他扯著嗓子在喊什麼，有他在的地方絕不冷場，擠眉弄眼，怪腔怪調，善於模仿，是所有笑料的來源。其他幾個她不常見，印象也不深。這幾人高矮胖瘦都有，阿鷹與阿豹卻都在年少時已是眾家兄弟之首，是金虎的左右護法，無論相貌性格，都遠遠超過這批當時還有些發育不全、怪模怪樣的男孩，阿鷹名叫江培英，阿豹叫做林俊明，他是金虎的外甥，阿鷹是金虎收的第一個乾弟。

她本以為是巧合，中秋節假期，從租屋處回爸媽家，晚上就接到了阿豹的電話，這是他們第一次私下交談，以往見面總跟家人或阿鷹一起，「我想跟你談一談阿鷹的事，」阿豹說。

她已大學畢業，她與阿鷹的戀情曝光已近一年，過程幾度起落，她在台中找了個小套房，找了份工作，他們仍密切往來。

電話裡的交談不像是初次，或許因爲他們早從阿鷹口中知道許多對方的事。

阿豹極力阻止，勸說，要她離開阿鷹。

「他雖是我的好友，也是個好人，但，他在情感上是不折不扣的叛徒，從年輕時我就一直在幫他解決這些風流債，你一定不知道他很花吧！這不是他第一次外遇了。」

「他以前的事我都知道。」

「你跟他在一起沒有將來。他不會離婚的，你要保護自己。」

這樣的對話好奇怪，阿豹口中的阿鷹不像眞是他生死與共的兄弟，雖然聽得出阿豹因爲受到阿鷹妻子與金虎的付託要來勸阻此事，但他涉入之深，他話語中對阿鷹的不滿，都使她費解。

「我請你去唱歌。」後來阿豹這麼說。

阿豹開車到家裡來接她，那時已晚上十點多，她穿著造型簡單的連身洋裝平底涼鞋，有點好奇又帶著疑惑，走向停放在路燈下仍未熄火的車子（那是一台老舊的白色喜美，跟阿鷹一樣都是白色老車，都停在村子入口的轉彎處），駕駛座車窗半開，阿豹正在抽菸，車門打不開，她只好走到駕駛座對著窗內的他輕聲招呼，「對不起車門壞掉了，」阿豹說。他斜過身體從裡面幫她開車門，她拉起裙襬，上車，他熄掉香菸轉動方向盤，車子緩緩向前，一切都那麼自然，開有空調的車裡發散一種奇異氣味，她知道是檳榔，阿豹或許剛把檳榔渣吐在杯架裡的白色免洗杯（新鮮與老舊的檳榔氣味是她不熟悉的，阿鷹從不吃檳榔）。

她不再喊他叔叔了，自從跟阿鷹在一起，再遇見以前她必須稱爲叔叔的那些長輩，爲免尷尬，他們都喊她名字，而她也直呼他們的名，或者乾脆省略稱呼。

「吃飯了嗎？」阿豹問她。「吃過了，」她說。「冷氣會不會太強？」阿豹又問。「我有外套，」她說。從家裡開到台中的三十分鐘車程裡，只有簡短的談話，車上音響播放著台語歌曲，對話裡有某種不自然的氣氛，阿豹與不久前電話裡大段大段的勸說極爲不同，又回復到她記憶裡的樣子，不久前，跟阿鷹一起到阿豹家，或阿豹跟金虎叔叔他們到家裡來作客，那些夾雜大人小孩大哥大姊叔叔阿姨的場合裡，阿豹很少說話，她對他帶著敬畏與好奇，這個她從小聽爸媽說過無數次的叔叔，看起來好像流氓的大人，他對她卻如此溫柔。

他們去了那家庭園式ＫＴＶ，這家店她去過很多次，去年他們三人也才一起去過，那是她最近一次見到阿豹的地方。

進了包廂，點了凍頂白蘭地跟熱紅茶（阿豹堅持要點來讓她喝的），空心菜炒牛肉、海帶、豆乾、開心果、花生米，點了滿滿一桌小菜（他一直擔心她根本沒吃飽），點了歌，等她先唱了幾首，他喝夠酒暖嗓，氣氛才輕鬆起來。

談話夾雜在歌曲與歌曲中間，起初並不是在勸退，只是閒聊，他問她大學讀什麼科系，畢業後做些什麼工作，住在什麼地方，問她爸媽在夜市生意好嗎，問她怎麼跟阿鷹熟起來（她知道他想問的是，你們怎麼會在一起？）。

她一一回答。

更多時候他們都在唱歌，「上次聽妳唱歌好驚訝，你年紀這麼小卻能把台語歌唱得這麼有味道眞不容易，」阿豹說，「我這人不會講話，用唱得還比較容易。」

她喜歡他的聲音，低沉響亮、中氣十足，她喜歡他唱歌的方式，跟阿鷹很像，又如此不同，他們一開口歌聲裡就寫滿滄桑，帶著輕微哭腔，細緻的轉音，用濃烈滿溢的情感演唱這些猶如訴說他們生命的歌曲，不像她是特意模仿，台語就是他們的日常用語，他們將她喜愛的那些歌曲詮釋得如此動人，每一個細膩的咬字都讓她忍不住想刻印在腦中。

他點歌讓她跟他合唱。

一首歌接著一首歌，那些歌曲化解了他們之間原有的尷尬緊張，阿豹變得極爲感性，歌曲空檔，他的話也開始多了。

「聽妳唱歌人會醉。」「我是要喝醉了喉嚨才會開。」他有時激昂，有時傷感，他對她說了好多話，似乎每首歌曲都有他自己的記憶，他唱洪一峰的〈放浪人生〉，說是他最喜歡的（阿鷹也許多次唱過這歌給她聽）。

身邊有你情話甘甜　留戀放未離
菸酒香味迷魂助氣　更加心不死
春風微微　吹入窗邊
茫茫不知時　啊　醉生夢死
青春枉然爲你去

放捨家庭放浪成性　爲你來犧牲
想要反省　挽救半生
棄邪來歸正　啊　浪子苦情
到底誰人會分明
黃昏那到愈想愈惱　心情亂操操
路邊的草也要等候　春天露水厚
人生快老　青春年少
應該好透流
啊　時機到了
浪子就緊好回頭

幸好有這些歌，不然像我們這種不會讀書的人要怎麼表達自己，他說。說完有點害羞地抓搔頭髮，唱完這首歌他就說了年輕時參加歌唱比賽的事。

喝了酒的阿豹變得多話也顯得善感，有時會突然說些好笑的話，突然又說著某個遙遠的往事，他說剛離婚那年他日日抱著高粱酒瓶，醒了又醉，醉了又醒，周遭發生什麼事全然不知，後來金虎將他帶到梨山，他就在山上鐵皮屋帶著一條狗住了一年多。

他說，「那時都沒辦法講話，也沒酒喝，就是除草，抓蛇，頭髮鬍鬚都不剪不剃，每個禮拜附近一個歐巴桑會帶菜上來，到底吃了些什麼自己也記不得，只記得常常將蛇剝皮，一條一條掛在屋簷，人家都說我瘋了。後來我媽帶著我兒子上來看我，我都快不認得那個孩子了，讀小學一年級，長得好高了，我兒子陪我在山上住了幾天，他說，爸，我們回家好嗎？這裡好冷。」

「我開口想對他說話，發現喉嚨很緊，像卡了什麼，根本發不出聲音，只是些伊伊呀呀不成音調，我兒子就哭了。」

「一次婚姻的失敗會摧毀人的一生，」阿豹說，「像你這麼年輕，不該將自己的未來斷送在阿鷹身上。」

終於進入正題。

他又開始勸她，說自己也爲此事苦惱，說大家都煩惱著無法處理，越拖越久，傷害越滾越大，他說：「阿鷹跟我說了你的事。」

「什麼事？」

「你的祕密。」

「什麼祕密？」

「你爸爸。」

「什麼？」

「他說他是因爲同情你，可憐你，他想斷但是怕你想不開，他對你有責任。」

有些部分她記不清楚了，只記得阿豹的話使她的腦子炸開。同情？可憐？責任？離開？那些話不會是阿鷹說的，但，祕密，那僅屬於她自己與阿鷹之間的祕密不說怎會有人知道？

我要的是愛他卻給我可憐。你們都想來可憐我嗎？說出我的祕密為自己解套，扭曲我的祕密毀掉我的愛情，這就是你們想給我的幸福嗎？你也是，你現在義正辭嚴對我勸說著，你是怎麼看待我的

呢？你以為自己永遠會在對的那一方嗎？

你們知道用多年時間護衛一個祕密是什麼感覺？

那個念頭並非如此清晰，更像是一個模糊的概念，她必須抓住眼前這個人，使他加入護衛祕密的行列，唯一的做法便是也給他一個不能對別人說出口的，祕密。

「阿鷹說的是眞的嗎？關於那個祕密。」阿豹問她，「這些日子我總睡不安穩，我不知該怎麼做，這件事讓我好痛苦。」

「爲什麼與你有關？」

「你是我從小看著長大的，我不敢相信這樣的事會發生。我常在夜裡想起你一個人痛苦的樣子，總會激動得想要大喊，不公平，這樣是不對的。」

說出來並不困難，她需要一個理由，告訴阿鷹是因爲愛，對阿豹坦承又是爲了什麼。

是眞的。她說。

阿豹問了又問，過程裡他不斷給自己也給她斟酒，電視螢幕上已經沒有新的歌曲，停在公式帶的畫面上，老是那個重複的音樂，他問她回答，他敢問她就敢說。

這是第二次，他是第二個人，這晚在KTV裡阿豹問她許多事而她回答，不經思索，那些阿鷹曾經問過的問題以前她說得破碎，經過長時間獨自摸索拼湊，這次她說得更清楚，阿豹跟阿鷹不同，或許他早有心理準備，或許他個性就是會追根究柢，許多她說不出口，她記不清楚，或者她記得但她不能說的畫面，那些還找不到一種人類的語言可以訴說、不能說的細節，阿豹不斷抽絲剝繭地問，她便一一說出口。

細節更多，畫面更清楚，但其中不解之處依然無解，她只能看見自己的部分，她無法知道全貌。

她說自從跟阿鷹說過此事更多記憶回來了，媽媽離家後，屋裡一片混亂，弟弟妹妹都還小，他們先去住了大伯家，然後是二伯，然後大姑姑、二姑姑，一家換過一家，睡沙發、睡地板、睡倉庫，跟其他小孩搶電視，在飯桌上等著其他人都吃完後不發出聲音地將剩飯剩菜撥進碗裡快快吃完，無論怎麼小心怎麼忍耐還是會被送走，最後還是三個小孩回到自己家裡，三層樓透天樓房屋子空洞得嚇人，她要上學，要煮飯，要洗衣服，要哄弟弟妹妹睡覺，每天忙忙亂亂都不知道自己在做什麼，鄰居惡意的目光，親戚善意來幫他們卻總是在說媽媽的壞話，他們每天等著爸爸工作回來，但她害怕黑夜，夜裡，等大家都睡了，他會來到她身邊。

他到底對你做了什麼？阿豹問。

或許因爲喝了酒壯膽，或許這是她的計謀之一，她要奪去他的神智，要盜走他的心，要在一夜之間泯滅他的良知，要在此時使他陷入魔境，她必須回到那現場。

她得讓阿豹親眼看見那些。

或許我是自願的。她說。

怎麼可能是自願的？他問。

沒人罵她沒人打她沒人拿著刀子逼她，有些事，若她不去做這個家就會毀滅，他們賴以維生的父親會支離破碎，若她能夠做一點什麼可以使大家都感覺好過一點，她願意去做。

爸爸看起來好可憐啊！

怎麼會可憐？你怎會認爲他可憐？這是可惡！阿豹憤怒地說。

不是那樣子，不是的你知道，你彷彿能夠看穿人心裡埋藏的那些悲哀痛苦，每一個人，在台中工作的媽媽，畫著濃妝捲著頭髮還割了雙眼皮，媽媽見了我們總是微笑，帶我們去吃牛排，去百貨公司買衣服，可是你就是知道她心裡苦，夜裡彷彿可以聽見她在房間裡裹著棉被偷哭，你看見她喝了酒，聞到她身上濃濃的菸味，住的地方出入好多陌生人，你知道媽媽想念你們，你心裡有個祕密但你不能對她說，因爲唯恐說出來媽媽會怪罪自己，會喝更多酒，會更傷心地哭泣。

你總是聽見許多人在哭。

弟弟哭，妹妹哭，爸爸哭，媽媽哭，每個人都對你展現他們脆弱哀傷的那一面，有誰犯了錯？誰做出什麼必須被如此懲罰的惡事嗎？沒有。

你想要做點什麼讓這悲傷的畫面柔和一點，你想要用自己的力量將這搖搖欲墜的家支撐起來，你想要撫慰這些正在傷心哭泣的人，所以你做了。

是我不是你。

是我。

爲什麼是我呢？

時間凝固在那個小小的屋子而她日漸成長，隨著不斷長大成熟的身體長出意識懂得爲那些在夜晚祕密發生的事情感覺羞恥，再多體會與諒解也化解不了那羞恥的感覺，那時她喜歡著班上一個男同學，開始懂得了喜歡的感覺，伴隨著似懂非懂朦朧曖昧的愛戀，更加覺得自己是不潔的，不美麗不單純並非旁人眼中那乖巧懂事品學兼優的好孩子，她有著終生都無法對別人說出口的祕密，不僅是因爲爸爸說不要告訴別人，而是，她自己都不願意看見不想記住的，誰能夠明白，誰能懂得發生在自己身上的事看來出於自願，底下卻是多少次推辭、躲避、拒絕而依然被說服、被自己的同情心軟化，她夜夜做著長大後必然會痛恨自己的行爲，安慰著別人卻找不到任何足以安慰自己的理由，她只認爲自己不値得擁有美好人生，不能夠離開這屋子到其他地方生長的，不會有人來愛我。

時間漫長一天一天重複昨天與今天相仿明天沒有任何可以期待，但沉重不能更改的時間卻還會移動，國小結束，上國中了，周遭人事物都快速變化唯有她靜止不動。

每天，她以今天蓋去昨天，用新的痛苦結束舊的痛苦，她企圖遺忘那些記憶如從身上刨去某個器官，爲了不要恨她便去愛，好似一種對自己的試煉，選擇扮演一個角色，就要演得像樣，要心甘情願，要義無反顧，選擇替別人著想，體會他人的痛苦，便是要取消自己的感受。

取消取消取消，用一種版本代替原來的版本，她想記得的是她親愛的人仍親愛的模樣，她記住了。她忘記了。

不我沒有，我沒有，我盡了一個人類最大的努力在那些危險又危險的時刻，在那危顫顫如風中燭火呼吸間一個吐氣就會熄滅會墮入無邊黑暗的瞬刻，我總是說服他，不可以的。越過那條線，就是地獄了。

說服他，以條件交換，安撫他，軟化他，同情他並堅守自己，至少要保留這個，讓我感覺自己像個人。

我們還是人類。

噓不要說話，噓，輕一點喘息，安靜，別震動，這過大的床鋪搖晃如一艘船搖晃，不能搖晃，噓，好的好的，你過來，別吵醒弟弟妹妹。

如夢幻輕輕柔柔如夢幻，她在搖晃中讓自己進入幻夢，專注心神，將意識力集中在額頭，在頭部，在被揉弄的頭髮裡，動作，用手，用嘴，用僵硬如石頭的舌，以雙手纏繞，美化它使之可以承受，柔化它使它不顯得那麼尖銳。

他哭了，點滴眼淚滾燙，一次就好，一次就好他說。

一次又一次沒完沒了，他說我好痛苦。

不不不他沒有，為什麼你跟阿鷹都只在乎他到底進去沒有。

沒有，他知道不可以。

但有什麼差別，聲音進來了，觸感進來了，我將自己守得如此之好卻阻擋不了那些進入，我進入我自己，裡外翻轉將內臟作為表皮，把骨頭縮進肉裡，我封閉縫上鎖緊以意志力將自己編織成一件衣服，是一件尺寸過小的童裝。

你看我多麼清純，時間並未將我毀壞、磨損，時間甚至無法在我光滑的身上留下痕跡，以致於無人可以解讀，無法證實，這件光滑的外衣並不是我的皮膚它只是一件衣服。

都說完了，你還想聽什麼細節，細節，人生最可怕莫過於細節，從小我就是個天才兒童我能在五分鐘將九九乘法表記熟，學什麼都快，過目不忘，我能看穿表面底下的內在，以超越兒童的能力讀書，知識、記憶、畫面、聲音，所有眼前經過的一切都進入了我的腦中，還不夠，還會自行轉化成爲豐富的細節，我以過人的記憶力記下的，再以強大的意志力消除，但是刻印在腦中的消去不了，銘刻在肌膚在感官在肉眼無法透視的血液裡的會在某一個時刻被喚醒。

一到夜晚它就來了。閉上眼睛它就來了。進入夢中它就來了。

我不看不想不聽不睡著不失去意識。它還是來了。

你還想聽什麼，還有什麼地方不明白，沒關係，我自己也沒有明白過。

「我只知道沒人逼我是我自願的。」她低聲地說。

「不是的，不是的，不是你的錯。」阿豹說，握緊她的手放到嘴邊磨搓著，「讓我保護你，」他緊緊抱著她，「我會永遠保護你。」

沒有想像中困難，她誘使他吻她，似乎只要把臉仰起來，閉上眼睛，就會發生了。

那些句子是眞的，那傷痛的感覺是眞的，她抬起頭想要他來吻她不只是爲了報復誰，但到底爲了什麼呢她不知道，他雙手捧著她的頭幾乎要捏碎她的頭顱，他吻著舔著吸吮著她的嘴像要從這個腔口將她所有傷心痛苦都吸走，他們在狹小的包廂裡擁抱纏綿，電視螢幕上還播放著未唱完的歌曲配樂，阿豹拉扯著她的長髮，將頭埋進她洋裝的領口，跟她想像不一樣，綿長火熱哀痛狂喜，帶著她從未體驗過的複雜情緒如此的吻，人的生命可以化爲兩張嘴，所有言語文字記憶在開闔攪拌的嘴唇牙齒舌頭喉嚨裡，湧出的唾液不斷湧出，吞嚥，他彷彿要吞嚥下她心裡所有的痛苦，一再地一再地親吻著親吻著。

這中間他可有猶疑？但她沒有，她無法想那麼多，阿豹像她剛才炸開的頭腦在這小空間裡狂亂舞動，「我喜歡你，但是我怕。」「怕什麼？」「我說不清楚，我想要你又害怕你。」

怕什麼？你將我掀開卻不敢直視我嗎？

前往阿豹住處的路途上，車子開得飛快，彷彿後頭有人在追趕，即使開著車他的手也沒離開她的身體，反覆地撫摸她，纏繞她，中間好幾次他們都停在路旁接吻，似乎就要在清晨的路邊交合。

太奇怪了，她身體裡有什麼被點燃，那已不是仇恨，卻更接近罪，眼前有兩條路，他們選擇了會造成不可預測痛苦的那條。「你確定要跟我回去嗎？」阿豹問她。「你知道你在做什麼嗎？」她問阿豹。「我知道，我早就想這麼做了，上一次到這裡的時候，你坐在我們之間，那天我感覺到你跟阿鷹之間有什麼，你是他的愛人，那個晚上，我多麼嫉妒他。」阿豹說。

阿鷹啊阿鷹，你知道我現在在做什麼，接下來要到哪裡去呢？阻止我。

來不及了。

阿豹

一開始他只是個說客，因爲阿鷹的妻子淑娟許多次找他幫忙「處理」，要他不管是找阿鷹或找琇琇的父母或她本人出來談。「他們這樣下去我們家會毀的。」「一定要停止。」「阿鷹以前也愛玩，但不曾像這次這樣，他是著魔了，他眞的要離開我們了。」「你幫幫我，」淑娟哀切地說。

阿鷹與琇琇的事他早有預感，就在去年阿鷹突然帶她來找他那晚，也是到這家庭園式ＫＴＶ，他好多年沒見過琇琇了，言談舉止間流露出某種既天眞又嫵媚的氣息，與他印象中那個小丫頭差別甚遠，他們三個人去唱歌，琇琇坐中間，她與阿鷹雖然沒有任何肢體上的接觸，她甚至刻意地來跟自己說話，跟他合唱，但，有種奇怪的氣氛存在她與阿鷹之間，他隱約察覺阿鷹有什麼想對他說，但仍在猶豫，感覺就像當年阿鷹去學雕刻，完成第一個學徒作品是一隻熊，巴掌大小，有點醜怪，阿鷹好興奮地帶來展示給他看。琇琇去上洗手間時他問阿鷹「你們怎了？」「別亂想，我怎麼敢？」那時阿鷹說得多麼斬釘截鐵，是啊！他怎麼敢？

但阿鷹有什麼不敢。

他們的戀情曝光還是金虎先打電話告訴他的，「阿鷹這次闖大禍了，連自己大姊的女兒都敢動。」金虎的語氣彷彿就準備要將阿鷹斷手斷腳，他知道金虎對琇琇的母親麗玉有某種特殊的情愫，他這個小舅舅一向橫行霸道，卻唯獨對麗玉敬重保護有加，對他們一家人也格外看重，以前琇琇家還開服飾店時，金虎總會叫手下的小弟去顧場，那一條夜市街在金虎的勢力範圍，他自己也被金虎調動去顧一家男裝店。這次阿鷹鬧出這種事，還不是要他去幫忙收拾。

「誰去說都沒用。」淑娟說，因爲對象是琇琇，是麗玉的女兒，他們的晚輩，還在讀大學，旁人不可能用以往處理阿鷹外遇對象的那種方式去處理她，因爲根本處理不了。

他不那麼相信阿鷹這次著了魔或多認眞，太多經驗告訴他，阿鷹也不過是把琇琇當作奇異的玩物，只是玩得較投入罷了。

但那不干他的事。

他常接到淑娟電話，說阿鷹又三更半夜不回家，一定是跑去找琇琇了，她說琇琇的父母都聯合起來欺負她，不讓她見琇琇，「都沒有人要管，你幫幫我吧」，一講就好久，哭哭啼啼沒完沒了，過程裡他常感覺憤怒與氣惱，女人爲了阿鷹傷心哭鬧的畫面他見過太多了，他能做什麼，阿鷹這麼大的人了，他能綁住他不讓他出門嗎？

後來他還是去找阿鷹談了。阿鷹的說法卻出乎他意料。

阿鷹完全坦承自己錯了，他說他「身不由己」，他說他是眞心愛她，他說他想要保護她，他說她需要他，「如果你是我，你也會這樣做的，」阿鷹說。聽到這句話他掄起拳頭忍不住想揍他，「你這叫禽獸不如！」他忿忿地說。

他當然沒眞的揮出拳頭，他聽阿鷹講，講那麼一大套就是想解釋自己的作爲，但阿鷹說了又說，「不，禽獸不如的不是我。」

阿鷹說了那件事。他眞的就揍他了。

他怎麼敢那樣說，說出這種話不怕被雷劈嗎？他竟說琇琇的爸爸欺負她。

「我說的是眞的。」阿鷹沒還手。「是眞的。」阿鷹重複著這句話。

「所以你是同情她嗎？」那時阿豹腦子裡出現很多可怕的感覺，沒說出口的還有很多，「那你到底想怎樣？」他逼問阿鷹，太亂了這些事，那個晚上阿鷹的說法有許多漏洞，但他一時間還消化不了，「若我不能再保護她，請你一定要照顧她，她太可憐了。」

同情，可憐，保護，這幾個字眼不斷敲擊著他的腦袋，他從沒有像此時這樣憎惡阿鷹。

那晚他失眠了，許多錯亂的想法衝擊著他，他還記得那晚他們三個人去唱歌，去吃消夜，琇琇笑得多開朗啊！她那青春的臉龐，那麼優秀，是誰讓她去扮演這第三者的角色，她的將來要怎麼辦？而且，若阿鷹說的是眞的呢？他不敢想像，光是這個念頭出現都足以使他痛苦，他能做什麼？

他反覆思考這件事，隔了兩個月，中間他幾次打電話到麗玉大姊家，也跟麗玉問過琇琇的狀況，大姊說琇琇已經畢業了，好長時間不回家，自己在外面租房子，工作也不太穩定，爲了阿鷹的事跟她爸爸都鬧翻了。

那件事是眞的嗎？他幾次想開口卻開不了口，他怎麼能問，那些字句他重複不了，光是湧上喉嚨都使他想嘔吐。

每隔一段時間他就會在晚上打電話去琇琇家，但經常無人接聽（他知道她爸媽去夜市工作了，他想碰運氣看能不能遇見琇琇正好回家），直到昨晚，終於是琇琇來接聽。

這是他第一次跟琇琇講電話，很奇怪，感覺像他們已經很熟了，即使他是爲了來說服琇琇離開阿鷹，那過程也並沒有什麼衝突，他說：「我請你去唱歌。」見面談或許會好些，他想當面親口問她那件事是不是眞的，他一定要讓琇琇知道阿鷹不是個可靠的男人。

他帶她去唱歌，他們說話、喝酒，他對她說了這輩子最多的一次話，卻大多不是在勸退，而是在傾吐，或許他開始的動機就錯了。開頭錯了後來也不會對，弄到無法收拾不能回頭。

那件事是眞的嗎？他問她。

她親口對他訴說一切。

可能是因爲酒精也可能是因爲歌聲，或許是因爲他對她說了心事而她說了她的祕密，但也許他早就想這麼做，她早就吸引著他只是他極力壓抑，他想了又想就是回復不了最當初的動機，找不到事情急轉直下的時間點，他只知道等他恢復意識時，服務生敲門進來問要不要續唱，他已將她放倒在沙發上，解開了她的上衣，將她剝得半光，服務生帶著「這裡又不是賓館」的鄙夷表情望著他們，琇琇的眼神裡讀不出訊息，他匆匆結帳，而她還躺臥在沙發上。

他扶起她的身體像拾起一只提包，穿過閃爍無數燈泡的走道，那時她在想些什麼呢？她眼神帶笑，臉頰潮紅，他還在回味著她的吻，那麼甜美飄忽，如此濃稠綿密，美好得令人不敢置信，他忍不住用力摟她，生怕她從眼前消失。

一切都太詭異了。

那時的自己，或者說從她眼睛裡看出的自己，是誰都不曾看過的樣子，他閉上眼睛還能感受到身體深處傳來陣陣劇痛，與無限的溫柔，像風暴襲捲掀翻他臉上緊繃的面具，在因她而造成的幻境中他釋放了自己。

他體內有一頭猛獸，狂熱飢渴，他慾望著這個曾經喊他叔叔、擁有少女身體的女人，他無法分辨自己是在什麼時刻失去控制，但他失控越界了，她小小的身體靠近他，握著麥克風在唱歌，低聲說話，她蹙眉她微笑，生動的臉上變換著許多表情，他側看她的臉，整個包廂忽然變得空曠如山上木屋外無盡的黑夜，又縮小成他夜晚用棉被包裹著自己的狹窄空間，她喃喃訴說著那個祕密，那些讓他撕心裂肺的畫面，短短幾個小時，她讓他看見聽見那麼多的她，一層一層剝落他的防衛，整個占據了他。

他要帶她回家，要抱她上床，要擁有她，要一次兩次無數次進入她，要用他所知的所有辦法靠近貼近疼她愛她，他想要她想得既痛苦又歡愉，他用力踏下油門讓車子飛快奔馳，他想要大聲喊叫。

我沒醉我很清醒我知道自己在做什麼我非得這麼做不可。

交給我。

那逐漸被推拉到高點的過程直到他將她放上床鋪，倉促急切地剝落她身上的衣褲，她孱弱白皙的身體完全袒露在白底紅色碎花床單上，長髮垂落胸前，半遮掩著胸乳，有一瞬間他曾感到遲疑，遲疑過後卻是更強烈的慾望，他撫摸她微溫的皮膚，捧著她的臉吻她，雙手忙亂得幾乎打結因爲有太多動作同時想做，愛撫彈動揉捏拉扯進出，她呻吟著有時如歌聲有時像嚎叫有時是淺笑有時近乎低泣，身體散發奇異芳香，女人啊！這一個柔軟易碎神祕難測的女人輕易可以折斷她的頸子，而他穿過她，刺穿她如刺穿一張薄紙，牢牢地要將她串在自己身上，他激動得幾乎痛哭。

琇琇

她一直沒睡，阿豹昏沉睡去時天已大亮，他緊抱著她的身體幾乎將她碾碎，她設法掙脫他懷抱而不將他吵醒，一點點將身體挪開，下床，到浴室去洗澡，熱燙的水柱沖刷著身體慢慢將她自己從幻覺中喚醒，但眞正打破幻覺的，卻是浴缸旁邊鐵製拉桿上晾掛的兩條毛巾，乾淨而破舊，俗麗花色都已斑駁，掛在那兒的樣子顯得可憐而寒傖。浴缸邊上放置一瓶家庭號566洗髮精，皀盒中乾癟無香的肥皀僅剩薄薄一片。洗手台有個漱口杯，裡面插著刷毛綻開的牙刷與擠得扁平的黑人牙膏，漱口杯旁有支刮鬍刀。

這是她第一次到男人家過夜。

她走出浴室，環顧張望四周，昨晚太慌亂根本不及注意阿豹的住處是什麼模樣，只記得他們跌跌撞撞進門，穿過堆了許多大型器械、三層合板、紙箱、雜物的一樓客廳，才走到樓梯前，阿豹就一把抱起她上到二樓。

這屋子到底多大？住了些誰？樓下那些器械物品是阿豹營生的方式嗎？他兒子呢？是否還有別的女人？

都不知道。

外頭天色已亮，是幾點了呢？不到五坪大的房間是套房，老舊的雙人床鋪、梳妝台、衣櫃、床頭櫃，大型家具沿牆邊擺放一下子就把房間占滿，這是典型的租屋風格，家具若不是房東附帶，就是長期租屋生涯中七拼八湊買來的，廉價粗俗，毫無美感可言，想不到阿豹住在這樣簡陋的地方啊！

關於阿豹，她想像不到的事太多了。

相識幾年來她只知他是阿鷹的兄弟，是金虎表舅的外甥，是每年都會到對面男裝店幫忙，沉默而好看的，神祕的叔叔，她還記得小時候他跟阿鷹一起帶她去廟東吃東西，一人拉她一手，當時她心想，長大後一定要結交他們這樣的男朋友。

上次見面他們三人整晚都在合唱，他們像孩提時那樣一人坐她一旁，小心不將煙霧噴向她，那些往後成爲她生命裡副調的台語歌曲，他們輪流唱著，當時的她或許早已下定決心要讓他們愛自己，兩個都要，缺一不可。想成爲他們的女人。

或許都是預謀，他們三人的命運早被寫就，非這麼曲折走這一趟，每一個步驟都少不得，每一滴眼淚，每一次哭嚎，每一個混亂瘋狂的白天黑夜都是必然。

她緩緩在房內走逛，用手指觸摸確認，充做書桌的梳妝台上放置一台綠色電話，話機底下壓著電話簿，台上有片透明膠質桌墊，墊下壓有幾張寫著電話號碼的紙片、名片、泛黃的剪報。綠色檯燈，燈座上的凹槽放了兩支原子筆、一包黃長壽和一個千輝打火機。

沒有絲毫菸蒂洗得很乾淨的菸灰缸，底下壓了張什麼，她忍不住拿起來，是張名片大小的裸女照，像是買檳榔會附贈的東西，印刷不良色彩不清，髮型老氣的金髮外國女人張開雙腿露出下體與濃密陰毛擺出撩人姿態，紙張最下頭還印有「水姑娘檳榔」的字樣，這紙裸女照放了多久啊？

她看著周遭一切，除了因歡愛散落一地衣物，其餘都乾淨整齊，貧瘠荒涼，她沒見過這麼貧瘠荒涼的屋子，房內沒有任何能夠顯示個人樂趣、風格、愛好、娛樂的物品，除了最簡單生活必需品，什麼都沒有。但又那麼整潔，好像除了把屋子整理乾淨再沒有其他可做的了。

那張裸女照。

她拿起那張裸照看了又看，難道阿豹是靠著這張裸照自瀆嗎？這麼粗糙的贈品，能夠怎樣撫慰他呢？她想起不久前阿豹在床上，在她身體上展露的那些令她瞠目結舌的激情動作，這個男人到底過著什麼生活呢？他與阿鷹不同，他太壓抑又太滾燙，你必須吞到嘴裡才知道他的熱度。

阿豹，這是她的第三個男人，但好像已經經歷太多了，先是阿鷹，這兩年來的相處相愛，她突然從女孩成熟爲一個女人，她沒想過自己第一次戀愛就遇上這樣的難題，成爲別人的情婦，那樣躲閃，欺瞞，那麼強烈。轉瞬間她又到了這個叔叔家裡。

她手捏著那張裸照，甚至比最親密狂亂的時刻感覺更親近他，或想要親近，她凝望著這簡陋的屋內每一件物品，注視著床上裹著花棉被露出蒼白肩膀好似懷中仍擁著她的那個身體，緊蹙著眉頭臉上不知是滿足或空虛的，陌生又熟識的臉，她想穿透這些器物、這個肉身，鑽進他靈魂深處，想溫柔地撫摸著那些她還不知道的、存在阿豹體內的東西，「這人也置身地獄裡，他跟我一樣絕望」，一定是這樣沒錯。

一時間她感覺自己最初只是想誘惑他使他曝露、違背自己信念，甚至是想犯罪、想拖拉他進入她破碎生命的那些惡毒念頭都消散了，好像有人正從窗戶外面偷看，將她內在的小小罪惡念頭一覽無遺，「動機不良」，她唸叨著這句話，多希望她與阿豹是在另一種情況底下相遇，而不是眼前看到的這個版本。昨晚，就在昨晚阿豹還是要來說服她離開阿鷹的，如今她卻在他的床上，阿豹喜歡她嗎？她沒想過這個問題，他一直將她當成小孩吧！腦子裡一直迴盪著阿豹仰起她的頭狂亂地吻她的樣子，跟她經歷過的親吻多麼不同，那麼強烈地被需索，像要將她體內的什麼吸出，不斷不斷地想要更多。阿鷹不喜歡接吻，他的吻總是禮貌而快速的，只是暖身，不該這時刻想起阿鷹但她又能想到誰，他們兩人像是光亮與黑暗的對比，是黑夜與白天的對照，阿豹皮膚白，卻更像屬於黑夜，他身上有著難以言喻的憂傷；阿鷹總像活在陽光下，雖然他總是在說謊，躲躲閃閃地跟她藏在小旅館裡偷偷摸摸地做愛，總是找藉口溜出去買菸，在路口的公用電話亭給她打電話，在人群裡給她具有安定作用的暗示眼神，但即使那樣的時候阿鷹看來也是開朗的。

憂傷、黑暗、矛盾、痛苦、神祕、沉默，阿豹身上充滿所有令她著迷的特質。

她不禁又回到了床上，鑽進阿豹懷抱裡，滿懷柔情地用力擁抱他。這舉動驚醒了他，起初他還撫摸著她裸裎的背，但只三秒鐘，他眼睛突然大睜，「你怎麼在這裡？」他大叫著，臉上滿是驚恐，這個句子一下子就有了答案，他通通記起來了，表情整個炸開，那麼的激烈悲痛，好像一瞬間他就發狂，被眼前突來的事實嚇瘋了。

他激烈地猛抓頭髮，用手掄牆，砰，砰，砰，一拳一拳發出好大聲音，她因為阿豹這樣的舉動整個人防衛起來，她已不存在這個房間。

幾分鐘的狂亂後他又緊緊抱住她，喃喃地說：我不是後悔，我沒有喝醉，一切我都記得，我只是好混亂。

他怕自己傷害了她，於是特別用力地解釋。

「不要說了我都明白，我們是酒後亂性，你送我回家吧！這件事就當沒發生，我誰都不會說的。」她的聲音自己聽來都感到冰冷，阿豹的懊悔與自責刺激著她，方才那一瞬間想擁抱他想要或已經愛上他的深刻感覺都離散變貌，又恢復了昨晚最初想要傷害他的念頭，「我知道你怕，」她說，「但不用擔心，我最擅長保守祕密。」她這話一出口阿豹臉上像挨了一記重拳，整個扭曲，不是這樣子，她所感受到的並非這麼惡意，這麼不堪，但她故意要說成這樣，似乎想摧毀她剛才因為看見阿豹屋子的簡陋而產生的莫名的憐愛，那種如此近乎愛情的纖細感受如今卻顯得荒唐，阿豹不是阿鷹，她不懂得這個男人，她怕自己弄錯了。

如果我不愛他他就不能傷害我。她突然不怕了，突然變得堅硬，意念可以改變所有事物，她知道他的狂亂悔恨只說明一件事。

此後，你們跟我一樣都是有罪的了。

她腦子裡迴盪這句話，她無需說出口。

她的話語擊中了他的要害，甚至不用說明，她的存在對他的生存就是一大威脅，昨晚在KTV那場冗長的說服，他那麼義正辭嚴地痛斥阿鷹對愛情與婚姻的兒戲，細數著阿鷹如何以一個長者的身分戲弄了年幼的她，說著阿鷹的妻子如何苦惱地來向他求助，說金虎與他父母爲此事傷透腦筋，說他自己甚至幾次打電話想去求助「生命線」，看看有沒有什麼解決之道，「家務事最難處理，但我每次都必須去從女人床上把阿鷹拉回家」，這個正義之神，這個阿鷹最好的兄弟，卻犯了自己口中的罪。她從他的眼神裡讀出了這一切，僅在幾分鐘之間，他的世界已經破滅。

有些事是永遠都不該去試探的，只要輕輕一碰，越過那界線，人就不再是自己了。

「你把我想成什麼樣的人了？」阿豹悲傷地問。

「那你是什麼樣的人呢？」

「你根本不了解我。」

「送我回家。」她說。

她還想說卻沒辦法說出口的是，時間到了，到底爲什麼發生了什麼不要再追問，如果停在這裡一切都很像一場夢，在夢裡我摘下了你的臉，而你也摘下我的，那時刻我與你多接近啊！那時我什麼都了解，比起你現在極力辯解的，設法說明的，我深深相信自己的直覺，我沒說出口的是，剛才你仍在睡，而我在你的屋子裡走動，你看你多麼孤單，正如我一樣，愛情挽救不了我們，但至少可以止渴，讓我溫暖你吧！

但我們都是有罪的，激情的罪惡，愛的渴欲，孤獨，自棄，費解，我們的罪在於我們用另一個錯誤來彌補錯誤，用一種放縱原諒放縱。

她想起了阿鷹，失蹤一整個晚上，他一定因找不到她而慌張，才一個晚上，發生了這麼多事，她原意到底是要傷害誰？報復誰？原因已無可考。

阿豹

他作了夢，也可能沒有，只記得一種酣暢的感覺密布身體每處，從瞬間爆裂的高點快速墜落，很快地陷入深沉的睡眠。如死亡般的睡眠洗去了意識，彷彿有人喊著他，阿豹，阿豹，起初是一些散亂的殘影，像沒有聚焦的影片，左右調整依然失焦，這邊亮些，那邊就暗點，互相補綴，而後那些散亂慢慢攏聚，逐漸清晰，映入眼中的是一張女人的臉。

她的臉猶如沉在光暈裡，或者該說那張臉本身就發著光，那光溫暖柔和，使他想再闔上眼睛睡一下，光度持續映照逐漸加強，照亮了四周，他的醒悟像誤點的火車發出轟轟巨響，昨夜與今晨齊聚在他眼前，強烈的光突然將他的赤裸暴露出來。那是琇琇的臉。

是琇琇，他昨晚約她了，此時她在他的床上。

這中間，他做了什麼事啊！

他躺臥在床上，看著琇琇光裸著身子臉上那糅合著無辜與天眞的表情，混亂加上混亂，錯誤加上錯誤，他竟成了那犯下最大錯誤的人。

強光曝照他的視線，光源之處是她的臉，不久前，不久前他還捧著那張臉親吻不停，她涼滑的皮膚，纖細的模樣，在在使他狂迷，當他摟抱著她奮力進入她的時候他眞的相信他們到過同一個地方，看過類似的幻境，那是對誰都不能表達的，唯有去過的人理解，在那個黑暗幽深的山上他對著幽暗果林發怔，他看得見，那是地獄，其中會出沒別人看不見的事物，妖魔鬼怪、幻化無邊，他的狗總是哀鳴著，對著虛空費力嚎叫，狗一定也看見了，而他不說出來。

一天兩天三天四天，時間不再有意義了，他揹著鐮刀走進果園，劈砍那些剷之不盡的雜草，沒幾天就又瘋長了起來。

他在她眼睛裡看得見瘋狂。

在那些夜裡她看見了什麼呢？她親眼看見人變成魔鬼，卻不因此發狂嗎？

他不可能忘記在KTV包廂裡她對他說過的事，儘管不完整，缺乏細節，內容太過不可思議，他也曾無理地再三與她確認「你說的都是眞的嗎？」

但她一開口他就知道都是眞的，誰也不會編造出那樣的事情。

她散落的敘述，冷靜的樣子，茫然像訴說別人的故事，正因爲過程是那麼平淡，反而彰顯了其中的恐怖，他一直將白蘭地注滿酒杯，一再飲盡，他不斷加快酒瓶傾倒的速度，想讓自己再麻痺一點，因爲她說出口的話不讓自己麻木他會發瘋。

他幾度想要阻止，她卻兀自說個不停，彷彿那些字句自有生命，一直在等著某個時刻出口，她甚至不知道自己在說些什麼吧！他想伸手撫摸她的臉，確認她還有清楚的意識，手一靠近她的臉頰就停住了，那樣的氣氛不容打斷，甚至不許接近，她召喚著被封印的記憶如同久遠前他召喚著鬼魂。不許半點驚動。

那些話語如同無數大小不一的蛇鑽進他腦中，占據他的神智，啃噬他的意識，那些他不曾親眼見過的畫面透過她的語言再現，一場一場快速播放逼眞得令他眼睛發痛。

他知道他就此逃不開了。

他不能不去想起她身上發生的那件悲劇，那太可怖了幾乎改變了他對人性的看法，此後，他看到的世界已截然不同。

不可能無關，他不可能這樣親近她之後再轉身離去。他怎麼可能做到。

人類怎能發生這樣的事？她怎能看來毫髮無傷？那之後的她變成了什麼樣的人她自己知道嗎？這樣的人還能愛，還能夠快樂嗎？那是怎樣的境地？他沒有線索，卻努力想要了解。他腦子裡嗚叫著這類的問句。

她的體內藏著什麼，力量之強大他幾乎無力承受，但他太需要這個了，太需要這看似柔弱無力的、童女般的身體，正因爲看起來如此柔弱，才顯得那麼剛強，他多敬佩她啊！

愛一個女人，他經驗不多，但次次貴重，你不可避免會想要早些認識她，而她就會是他想搶在十二歲那年就認識的，在一切傷害發生之前，在命運之神轉動雙手扭轉一切之前，將所有傷害喊停，停，不該發生這樣的事。

他甚至從沒這樣同情過自己，他的一生算是廢了，所有他渴望的追求的都成泡影，只剩下一個堪稱粗壯的身體兀自消耗著酒精。

同情，他曾對她說阿鷹是因爲同情她而不是愛她，但如今他知道他錯了，極致的同情才可能產生如此巨大的愛。至少在他自己身上是如此驗證。

同情地理解她沒說出口的痛苦如同自己身體的顫抖，彷彿自己也遭受過同等的傷害，而那傷害還在日日夜夜進行，只要她一日沒有解脫，他也解脫不了，就是必須用自己的身體去阻擋那些醜惡，將一切都用血洗淨。必須這麼做。

血，血債血償，有恩報恩、有仇報仇是他的信念，但他想要復仇卻找不到對象，他無法揮拳將那個傷害她的人海扁一頓，或乾脆拿刀將那人砍死（爲什麼不能？但他知道不能，這是她最不想見到的事），他不能去報警，甚至不能揭穿，也不能告訴別人，他能做什麼？她需要他做些什麼，如今，在事隔多年之後，除了沉默，聆聽，同情，他還能爲她做什麼？

他只能愛她。

愛情不只是喜悅，不是享樂，不是做想做的事，而是去做應當做的事，他當年沒對自己的妻子產生這樣的同情，以致於在關鍵時刻毅然離去，甚至捨下自己的女兒，那時爲何產生不了這樣具體的同情，他自己也不理解。

但現在他懂了，同情，將她的喜樂幸福置於自己之上，他心裡有著那麼堅定的信念，他不會放下她，不會有一分鐘腦中生出「走開」「不干我的事」這類的念頭，只要她呼喚他，他絕不拒絕。他不會對她說不。

她的身體像一個容器，彷彿可以讓你倒進任何東西，固體液體，有形無形，一開始激烈顫抖最後趨於平靜時又冰冷極了，把你體內最哀傷的記憶都吸進去，是一種換血，他感覺自己並不是在與她性交，而是連骨帶皮與她進行一場生死搏鬥，你必須放心把自己交給她，融入她，再讓自己融出，一再重複。

當然這有可能都是他自己的想像。

愛，在如此短的時間裡濃烈的愛意從體內湧出無法停止，有可能在如此短的時間愛上一個人嗎？但愛如流水如潮浪如呼吸從胸臆升起朝指尖散出，他的手勾著她的頸子，感覺她細細的髮絲纏繞著他的手掌，不久前他一次次穿過她的頭髮將她拉向自己，我愛你了，他禁不住懷抱著她有滿心的話想對她說，但她說：「送我回家。」

我知道你後悔了，這只是酒後亂性，我不會要你負責，她說。

我最擅長保守祕密。

她的表情寫滿輕視，彷彿在嘲笑他醒來時那種慌亂的神態，她無法知道這短短幾分鐘裡他腦子裡跑過這許多複雜的想法，她不相信他會對她產生這麼濃烈的愛意，她要他走開，她要離開他彷彿這一切都不曾發生。

別走開。他想說但說不出口，他擔憂後悔的人其實是她，就在他愛上她的同時，他已經失去了她。

阿鷹

他在琇琇的租屋處，一天一夜音訊全無，下了班他就直接跑去她住的地方等，他問她去了哪兒，她說：「我昨晚在阿豹家過夜。」

一時間他以爲自己聽錯了，再問，她說阿豹打電話給她，約她去唱歌，後來她就跟他回家了。回家？是什麼意思？

她說我跟他睡了。

睡了？

這是個奇怪的字眼，進入耳裡突然變形成爲他無法理解的字，但清清楚楚是說睡了，睡了就是上床了，但到底爲什麼他們要上床呢？

睡了。

琇琇的臉看來像是別人，是另一個他不認識不熟悉的，她張口發出的聲音細軟依舊，說出的話卻如此殘忍，她竟然對他訴說那些細節，好像光只是說睡了還不足以使他痛苦，似乎要透過細節的描述才能表達她對他的憤怒，她恨我？爲什麼突然恨起我了？

他腦中奔竄許多錯亂畫面。

阿豹請她去唱歌，阿豹說出她的祕密，阿豹在包廂裡吻了她，阿豹說他喜歡她，阿豹抱起她上樓，阿豹上了她！

是阿豹不是別人。爲何偏偏是他？

「爲什麼你要跟他回去？」

他哀痛地問，爲什麼跟他？你不知道他是我的好朋友嗎？

「他說你只是同情我，你爲何說出了我的祕密？」

「不是，我不是那樣說的，是他跑來找我，要我跟你分開，他在那個河堤邊上一拳一拳揍我，問我玩女人爲何玩到自己大姊的女兒？爲何要毀掉一個年輕有前途的女孩？那時我以爲我終究無法保護你，不能再維持對你的愛，所以要將你託付給他，我必須說出那個祕密，否則他不能理解你的處境。我以爲他會明白。但他想錯了。」

「阿豹不是那樣說的。」

「你寧願相信他也不相信我？」

「我誰都不相信。」

「太遲了。」

「所以你要跟他走？」

「我哪都不去，我誰都不要。」

爲什麼會這樣？

阿豹，她口中說出的那男人不像是他熟識的阿豹，不像那個他從十四歲就認識、以前人家都說他們是雙胞胎，像連體嬰，你問他最好的朋友是誰他會毫不猶豫地說出「是阿豹」，那個阿豹。

阿豹與琇琇，他眼前出現他們赤裸著擁抱翻滾的樣子，那該是什麼景象？但光是想像就足以使他窒息，他想起他辜負過的女人，他的妻子，許多曾哭喊著傷害背叛了她們的女人控訴的話語，他想起淑娟說：「你讓我置身地獄裡。」終於，終於有一日他也來進入了他曾經讓別人置身的地獄之境，言語不足以形容，往後長長的一生他都可能隨時回到這個下午，當琇琇平靜地說出與阿豹的種種，她一字一句說出的話像用刀一片片剝下他的皮膚，緩慢，冗長，似乎不會結束的凌遲。

爲什麼發生在別人身上的事可以讓他如此痛苦？他明明知道他們做愛不是爲了傷害他，天啊，做愛，爲什麼這世界上另外兩個人在另外一個地方做愛會是對他的凌遲，那個時間他在做什麼？當別人以互相進入來相互滿足時卻是在他不自知的時刻將他剝皮去肉嗎？他們難道不知道他會因此痛苦逾恆嗎？但怎麼會，一個是他的愛人，另一個是他的知己至交，他們怎會想要讓他痛苦？

因爲那根本與他無關。

他們連一秒鐘都沒想到他吧！

甚至此時，他努力維持鎮定不讓自己崩潰地坐在琇琇的床邊看著她倒水喝水抽菸收拾房子，她臉上的表情彷彿在責怪他「幹嘛這麼大驚小怪，這跟你有關係嗎？」

他清楚記得好多年的時間他幾乎每天都會看見阿豹，像是一種生活習慣，在同一個工廠的時候，即使在不同部門，中午吃完午飯休息，他們總會在中庭抽菸聊天，下了班，最早是騎腳踏車後來騎摩托車，不是他送阿豹，就是阿豹載他，先去附近麵攤吃麵，到冰果室吃冰喝飲料，就算晚上有約會，他們也會先碰了面，再分別去把妹。即使他們都已離開網球拍工廠，各自有了新工作，但仍維持年少時的生活方式，他住在頭家厝，阿豹住潭子，騎摩托車只要十分鐘，咻一下就到，有時他去找他，有時是阿豹來他家，他們會一起吃頓飯，喝幾杯酒，像一種儀式，維持到他們各自結婚，入伍，退伍，阿豹離婚後到了梨山，才停止。後來幾年見面的次數逐漸減少了，一個月一次，兩三個月一次，但無論頻率長短，次數多寡，他不曾懷疑過他們的友誼。

阿豹啊！所有朋友裡惟獨阿豹是眞正跟他平起平坐，是他敬重又依賴的知己，他們可以對坐幾小時偶爾才說一句話，卻半點不無聊不尷尬，他們即使一年半載才見一次，也不會變得生疏。他知道無論發生什麼事，他們都可以爲對方赴湯蹈火，毫無疑問。

他堅信著這些。

年輕的時候你會相信有些人在你生命中是會永恆的，尤其是朋友，他很難想像生活裡沒有他們的樣子，那跟家人或妻兒或者他爲數眾多的女人又不同，像是吃飯呼吸那麼自然，像自己身上的一個部分，沒有任何拿掉的理由。而阿豹就是他以爲這輩子都會那麼親的人。

兄弟，朋友，沒有這些人他如何度過那漫長的童年。

他還記得剛進工廠舉目無親的日子，他年紀比一般人小，個子也矮小，別的男孩總喜歡捉弄他，將他當作女孩家耍弄，外婆不許他跟別人打架，他只有躲避。

暗自鍛鍊身體，期望自己長高長壯，忍耐著毫無道理的突襲、欺負、嘲弄，直到一次當他端著整盆漿糊準備上工卻被人用掃帚柄絆倒打翻了漿糊弄了整身濕，他終於發狂不願再忍耐，決心反擊，這樣的事情不能持續下去，他發出狼嗥帶著濕黏的身體憤然撲向在一旁哈哈大笑的幾個男孩，發狂似地揮舞手腳，手抓到什麼都丟，那群人衝上來圍住他踢他揍他，他仍不停回擊。

那時候來爲他解圍的人就是金虎。

後來金虎告訴他，自己是被他眼神裡的「不怕死」給吸引了，那種豁出去僅此一次往後別想再欺負我了的眼神使他印象深刻。

「以後他就是我弟弟，想動他的人先來找我。」金虎這麼宣布。

那時還無幫無派，金虎介紹他認識了阿豹，金虎爲大，他次之，阿豹比他小五個月，雖然比他高大，卻得喊他哥，後來又有了其他幾個兄弟，叫做「十二軍刀」，不分排名，他仍是二哥。行俠仗義、生死與共，是他們的幫規。

日子久了，他與阿豹並不稱兄弟，而是直呼名字，許多時候他感覺阿豹反而像哥哥。後來大家都成年了，也都改變了，在他心中只有自己跟阿豹仍維持著年少時的雄心與眞摯，他眞的深信自己無論發生什麼事，阿豹一定會挺他到底，他對阿豹也是如此。

兄弟，他自己有兩個同父異母的兄弟，然而，阿豹才是他眞正的兄弟，是曾經與他出生入死，曾爲對方揮拳擋刀，可以爲彼此付出生命的，不是這樣嗎？

但阿豹上了她。

天下女人這麼多，爲什麼偏偏來上我的女人？

「是我引誘他的。」她說。那口氣不像是要爲阿豹說情，而是要讓他更難受。

「就只是因爲我跟阿豹說了你的祕密嗎？」他悲哀地問，這件事無論如何他無法狡辯，不管動機如何良善，錯了就是錯了。

「我沒有其他辦法。」她說。她既不道歉也不表現難過或慌亂，她的冷靜像是絕望，像要用力將已經殘破的愛情推向毀滅。

「那往後呢？你還會見他嗎？」「你想跟他在一起嗎？」

「你愛他嗎？」他問。她都不回答。

他不知道自己還能問什麼，他應該憤怒卻沒有，他甚至不忍心責怪她，不忍再說出任何可能會傷到她的話，極力控制想要發狂吼叫的念頭，想對她溫柔，想說他不怪她，也不怪阿豹，他只是難過，因爲太難過所以混亂，因爲混亂所以需要她跟她說說話，需要她來擁抱他，像以前那樣，只要一個吻，投入我懷裡，告訴我妳仍然愛我。

她看起來好疲倦，輕靠著他的身體彷彿病倒，「我想睡覺但是睡不著，」說話如耳語，「我做錯了是嗎？」她問他。

沒關係的，他說，回到我身邊，停在這裡不要離開，回來就好，不要再難過了。

琇琇

阿豹抱著她，摩擦她的臉頰，撫摸她的頭髮，他斷斷續續說著許多解釋的話，他們僵持了很久。

下樓的時候她才看清楚他的屋子所在位置，那是安靜巷弄裡一個透天厝，狹小院子裡停著腳踏車、機車，鐵架上晾曬著衣服，他的車停在附近，白天看起來更顯老舊，椅套都破損了。

他帶她去吃飯，但兩個人點了食物卻都沒怎麼動筷子，好安靜，滿桌食物噴香，周圍人們說話吃飯窸窣發出不知什麼聲音，但他們沒有言語，似乎沒有任何語言能化解這結凍的時刻。

「送我回家，」她只能這樣說。一夜沒睡，眼前景物連阿豹看起來都不眞實，手中的筷子，身上的衣物，他殘留在她皮膚上的氣味、他碰觸她的感受，幾個小時以前她心裡爲他升起的那些溫柔纏綿的情感，都消失了都剝落了，都像這齣鬧劇過一會就會停止、結束、會被掩埋遺忘。他直視著凝望著她，他那張皺紋密布的臉又新添了皺紋，眼睛裡都是血絲，「我是眞心的。」他說。

她笑了出來。

不是嘲笑不是諷刺，她笑他們被命運捉弄了而不自知，她笑他竟還如此溫柔待她，絲毫不知她心中縈繞的那些曾經惡意的念頭，她笑她若不笑可能就會哭，但是不能，這樣的時刻，她要毫髮無傷地離開現場，離開他身旁。

他要了她的電話號碼，他堅持要送她回到租屋處門口，「我知道一下子我無法讓你相信，但我想跟你在一起，無論用什麼方式，不要拒絕我。」臨別前他抓住她的手切切地說：「相信我。」

她脫開他的手快速開門上樓奔回自己的房間，和衣躺上她那一個月四千元租來的小雅房單人床上，虛脫渙散的視線四下張望，狹長的三坪房間只有簡單家具，床靠裡側擺放，正對著床的較長那一牆面擺放著阿鷹幫她做的一張多功能矮長桌，上面放著小電視音響電磁爐咖啡壺，對著窗戶較短那面牆則在窗下擺放著書架、窗邊擺放一人高的衣櫃，這兩件老家具是她跟阿鷹在一家倒閉的工廠撿來的，床邊靠樓梯間這面牆有扇對內小窗，窗下擺放房東給的書桌，桌旁有個低矮的書架是她大學時代使用至今，下了班她就在這桌上寫小說直到夜深。阿鷹來的時候他們會在地板的小塊地毯上喝茶或聽音樂看錄影帶，或窩在床上嬉戲歡愛，這房間從家具擺設到窗台上的小盆栽處處都有阿鷹的痕跡。

而今顯得多陌生，一夜之間，她熟悉的景物都覆蓋了昨晚阿豹那荒涼屋內荒涼氣氛，她眼睛所望見的景象都成疊影，這小房間變成另一個大房間的屋中之屋，像俄羅斯娃娃，拿開一個還有另一個，她自己的身體，她的思維、情感，套中有套，能夠無限制地一個拿開再拿出一個，越縮越小，直到眉眼面目細小無法辨認，她已無法分辨自己身在何地。

晚上阿鷹來了。他如往常那樣用她複製給他的鑰匙打開樓下大門，她認得出他的腳步聲，他逐漸靠近這位在四樓的房間，他打開了房門。

阿豹

第二天他就打電話給她，一天打幾次，電話裡說不清楚，琇琇說，我告訴阿鷹了。

時間開始變得快速而混亂，那幾個月裡發生的事後來他都無法分辨何者是眞何者爲夢。白天他去工廠工作，下班有人找他去喝酒，這是多年來重複的生活，但他隨時都看見她，她的聲音她的臉她說話的方式她呻吟喊叫，出現在每個地方以各種方式。

她總讓他想起他的前妻，並不是因爲面容或性格相似，而是她們在他心裡盤據的方式，那麼怪異，令人疼痛，像是身體被翻開到另一面，當你愛上這樣的女人，她就翻轉了你的世界，他母親從來不喜歡他前妻，說他的婚姻是個錯誤，「她早晚會跑。」一開始母親就這麼預言。

她們都是他消受不起的，他有自知之明，他跟阿鷹不同，凡事太當眞，他學不會如何輕輕拿起，輕輕放下，這樣的時候他特別厭惡阿鷹，幾乎從年輕時就有如此感覺，撇開男女感情不談，阿鷹是個好哥們，但爲何他總把女人的事處理得那麼糟糕。

他不願想起他，像拂開遮蓋在眼睛前面的薄翳，揮去某個視線裡的暗影，甚至，多年來他與阿鷹之間相識相處所有細碎點滴，他搖頭驅散，以免罪惡感將他逼向更黑暗的角落。

我想見你，我要見你，你到底什麼時候有空？

她說好。今天。現在，你立刻過來。

他沒想過這句話會變成往後許多如夢魘夜晚的指令。今天，現在，你立刻過來。每當她這麼說，無論是多麼疲倦，甚至已經喝醉，不管是凌晨是深夜管他是幾點鐘，她說要見他，他立刻開著車子前往她住處，她在門口等待，每次他斜過身子將乘客座那邊的車門打開，她拉起裙襬跨進車廂，這個簡單的動作卻帶給他無比的狂喜。

第幾次呢？她在他的懷裡散開如一張無邊際的網，將他收束其中不能彈動，一上車他就摟過她的身子吻她，將她按倒橫過兩張椅子拉向駕駛座這邊，肆意地聞嗅她吸吮她，他一手舞弄著她的身子一手控制方向盤，以危險的方式駕車，以更危險的方式任由她進出他的生命，踩下油門，加速前進。

每當歡愛過後，他都還沒回過神來，她就說要走，「送我回家。」她說。表情堅定不由分說，他不是不願意送她回去，只是那背後的理由令他痛苦，他寧願一早趕在上班之前開車送她回去，他也可以先送她去上班再趕回去工廠，但他知道她急什麼，她深夜來凌晨走，怕的就是阿鷹會發現。

但阿鷹不是知道嗎？他問她，反正他都知道了你幹嘛急著走。

原因我無法告訴你。她說。你快點送我回去。

他不肯他不要，再多留一會，一下下，我沒辦法親自將你送回他身邊。

他又睡去的時刻她便自己下樓走到附近大馬路上叫了計程車回去。

第一次早晨醒來發現她已經離開的時候，她甚至沒有留下一張紙條，沒有喊醒他，他也不知道她到底去了哪裡。那感覺無比恐怖，好像是自己喝醉產生的幻覺或者夜裡發夢夢見了她，他只是打了個盹，醒來她已消失無蹤。

他的世界一分爲二，有她或沒有她，等待她與見到她，再多爭辯也辯不了她，她要用自己的方式跟他來往，他沒有選擇。

她在看手錶，她在注意時間了，他知道她急著走，或者急著打個電話給阿鷹，或許他一瞇上眼睛她就會離開，像她以前曾經做過的那樣，如果她堅持要回家而他又不送她回去，她就會趁著他不注意的時候下樓，獨自在黑夜裡走到大街上了計程車，但你不知道她會遇見什麼，在這樣的街頭，什麼事都可能發生，誰都能夠將她劫走。

他很疲倦，不僅僅是因爲白天的工作，也因爲激烈而漫長的性愛，跟她做愛像在搏命，身體裡每一個精血都要榨乾，但他陷落了，他無能自拔。

他眞的相信在那時候他給了她美好的東西，一種類似快樂的事物，那麼具體，就散布在她弓起的腳背，發燙的小腿，顫動著的大腿肌肉，或柔軟的腰間，在她的臉上，那種表情是你願意用世界上任何東西去換，且再多次都不夠的。

有時他會驚訝於自己的慾望，那麼不可理喻，那麼類似侵犯，他總是將她的身體拉過來扯過去，想要看得更多一些，要製造更多的顫動。

在她身體裡，那是一種好具體的存在，在某個什麼裡面被包含被侵吞被攪拌，有時他明明靜止不動，卻仍感受到她的起伏。

「殺了我。」她這麼說。在瘋狂的時候，她不說愛而說死，她說她多麼快樂啊！像融化在黑暗裡，一點都不害怕。

他想要盡可能延長在她身體裡的時間，或許永遠不要離開。

他一直在等待著。

他想起年輕時曾經帶琇琇跟她弟妹去西餐廳吃東西，他們四人圍坐一桌，孩子們都安靜地等著，每當服務生靠近，結果是將冰淇淋送到別桌，兩個小孩就會發出唉呀的歎息聲，琇琇卻眞如個大姊姊那麼乖巧，握著水杯一小口一小口喝水，找話題跟他說（彷彿知道他來帶他們是因爲媽媽到別處去忙了，要認份，不能鬧事，好像已經習慣被這個那個叔叔阿姨帶來帶去），等到服務生終於送來好大一盤冒著乾冰白煙的香蕉船，她才終於不小心露出孩子氣的一面，讚嘆地說：「叔叔這個好漂亮啊！會不會很貴？」

這畫面一直停留在他視線裡，那時他不曾想過將來會有這麼一天，當年被他跟阿鷹戲稱爲黃毛丫頭的小女孩，她甚至沒比以前長高多少，成年後的她會使他心碎神傷意志昏亂，那永遠是孩童的身影有一日在他記憶裡會成為撩動慾望的影像，那張忽而純真忽而殘酷的臉，隨時一個表情的變化都能夠撕碎他的心。

□

那之後他沒再見過阿鷹了，許多應該會見面的場合他都避開，阿鷹打了幾次電話來，他總冷淡地回絕，他不知道阿鷹找他要做什麼，攤牌嗎？嘲笑他？喝叱他？或者只是如他說的「想談一談」，但他們之間有什麼好談，很多年前，從他第一次去將離家出走鬧離婚的阿鷹找出來，那時阿鷹的老婆鬧自殺，阿鷹卻在女人家裡洗鴛鴦浴，或許從那時起他就與他無話可說了。為何他卻隱忍這麼多年，為何他第一次爆發就搭上了阿鷹的女人？為什麼是這樣的時機，這麼錯誤的開始，使得他本來有各種可以擊倒阿鷹的理由，卻都不再合理。

為什麼他不行？他問過自己許多次，他早已經離婚，身邊沒有任何交往中的女人，他雖比她大上十一歲，卻也還能給她幸福，他跟阿鷹不同，他是認眞的。

但是不行。他說不出口。他要怎麼面對金虎，面對她父親母親，甚至面對阿鷹的妻子，以及他母親，他的家人，她與阿鷹的事早已鬧得沸沸揚揚人盡皆知，他怎麼能夠突然對大家宣布：「此後她是我的女人，我要和她結婚。」

他甚至想娶她，這個從沒對她說出口的願望，離婚多年他不曾動過再婚的念頭，他怕了，但內心深處他確實想要娶她，更準確地說，是一種想要與她同床共枕、度此一生的渴望，那種渴望與他初次結婚的懵懂不同，而是一種「新生的慾望」，是的他想要一種新的人生，是與她相關的，或者說因著她的出現而產生的想像，好像她身上擁有使一切成眞的能力，他被弄擰弄錯了的人生還有再來一次的機會，即使她根本不知道自己擁有這樣的能力，即使他也不清楚他們的將來會是什麼景況。

但都錯了，不可能，他對抗不了心中對自己的鄙視，他什麼都不擁有，唯一擁有的是信念，他深信他不成功不發達，但他有願意爲之犧牲性命的信念，正義、道德、良善，他憎恨僞善之人，他見不得別人受苦，但他已經做了自己都無法認同的事，而且他還要繼續，他不該愛上她他卻愛她，或許他眞的是他自己最討厭的那種人，說一套做一套。

更何況她不愛他，他就是相信不了。

她並不美麗，或者，這世上還找不到一種合適於她的美麗，不像他的前妻擁有那麼耀眼的身體，但她擁有的力量是無形的，像在沙地上寫字、蓋房子，一切都會在瞬間消失，隨時都在改變形狀，他甚至懷疑他時常摟抱在懷裡，一次一次撫摸深入的這個小小身體只是個幻影，是他自己想像的產物。

「你的想像力太豐富了。」她時常這樣說，聽起來是嘲諷但這是她懂得他的另一個證明，誰也不知道他擁有這般想像力。

時間突然就改變了他的臉，在與妻子協議離婚那天，下午在戶政事務所簽下協議書，糾纏幾年、惡夢般反覆的拉扯正式告終，他記得自己捏著那張裝在牛皮紙袋裡的紙，走進廁所，他幾乎要暈倒了，像被誰掐捏著脖子，或者相反，像長久掐著他頸子的雙手終於鬆開，他卻不知該如何呼吸了，不能讓任何人知道，他甚至仍那麼愛她，但在一起生活是不可能的，這個女人，是瘋掉的，她的生活裡充滿謊言，她正在摧毀他的生命。

一切終於要結束了，妻子只要求女兒的監護權，他答應了她，那是他第一次軟弱，爲了離婚，爲了不再背負著因爲妻子而產生的災難，那些沒完沒了的債務，那種不被愛的感覺，那些背叛，鬧進警察局的暴力，他放棄了自己的女兒。

他用力將冷水潑在自己臉上，卻在鏡子裡看見自己突然暴增的皺紋，瞬間撕裂了他的臉。這年他二十六歲。看起來像是三十幾。

後來他的臉就變成這樣了，當年那個唯恐被當作女孩子的小白臉，再也不清秀了，因爲過度擁擠的皺紋而顯得猙獰，那些刀刻似的線條，即使不用力也顯得明顯，小孩子常被他嚇哭。

女人，來到他身邊的女人很多，她們都說喜歡他、想要照顧他，但他怕了，很長時間裡他連聽到女人的聲音都會突然感到心悸，他並非不寂寞，他也渴望夜裡有個柔軟的身體可以摟抱，回到家有個女人等著你，結束一天疲累的工作，你可以對她說說話。但他不能，他看出去所有女人都變成毒蛇猛獸，無一例外。

應酬場合，逢場做戲，以前還在金虎身邊做事，阿鷹也在，常一群人去酒店，去理容院（那些經常就是他們工作的地方），席上有許多小姐，喝酒划拳蹭一下摸一把，那些小姐最喜歡蹭來他跟阿鷹身邊，說喜歡他們，過後大家都帶小姐出場，他也帶了，他不是不想做，離婚後無論身體心理他都渴望女人，但每當女人嬌聲地說「我先去洗澡囉！」光著身體溜進浴室，他垂坐床沿總感覺無比空虛，他會想起前妻在酒後時常打電話來鬧他，說她想回來，說日子過得不好，問他還愛不愛她？願不願意接受她？說她的男人打她，花她的錢，叫她去酒店上班，「你忍心讓女兒跟著我受苦嗎？」然而她不是眞心要回來，她甚至不讓他知道女兒住處，也不讓他們見面，看似哭訴著想要回頭的電話最後總以要錢做結。

每當想起這些他就做不下去。

女人，也曾經有朋友介紹良家婦女給他，樣貌普通、性格溫婉，有的離了婚，有的單身，他們約在西餐廳，女人小心翼翼地觀察他臉色，幾乎不動刀叉只是撥弄著盤子裡的牛排，嘴裡嘟嘟嚷嚷說著什麼他聽不清楚，這是好女人，「不會像如蘭那樣，」朋友說，他知道，但是沒辦法，這些女人打動不了他，她們無法將他從那個漆黑的山上小屋拉出，她們進入不了他曾經在一夜之間破滅的心，她們，不是他渴望中的女人。

他工作賺錢，把兒子拉拔大，存了點錢就寄去那個無底洞盼望些許能用在女兒身上，他不需要女人，憑著自己的力量也能夠存活下去，他將自己與女人隔開已經多年，結果他卻遇見了琇琇。爲何他愛上的女人都是災難？

他被自己的道德感給綁死了，但那頑強的道德感卻又綻開一線裂縫，使得他會愛上像琇琇這樣的女人，那種他實際上無法認同也不能接受的女人，那距離他的生活十萬八千里的人，那會將他引導到他所厭棄的道路，那意味著墮落，可是他愛她，他越是將自己綑得越緊，壓抑得越深，他的慾望就變得更炙熱，經過一次又一次扭曲變形之後的慾望，使得其他女人對他來說都成了不可慾望、不能慾望、無法引發慾望，他的情慾似乎得在某一種使他完全不能抵抗的特殊景況之下才能鬆綁，而那特殊景況是什麼呢？

那一晚他才懂得了這個道理。

這個女人不再是他所見過的那些女人了，她成了某個標的性的人物，像從地平線上升起的一道強光，她身上的悲劇，她那混雜了孩童與女人的身體，她複雜的愛情觀念，她那仰起頭來靠近他懷裡的模樣，軟弱無助，瞬間卻又顯得那麼剛強，她說話的聲音嬌弱而迷離，他不可避免地感覺到自己體內巨大的男性被喚醒，他渴望著親吻那個吐露出驚人祕密的嘴唇，成爲她的保護者。

以前他聽過一個故事，說有個人因爲有天收到一朵花，爲了擺放那朵花而整個改造了他的房間的故事，詳細內容他已記不清楚，但，琇琇正如那朵突然降臨的花，將他荒涼的生命做了全面性的改寫。

不管身邊是誰，金虎，老鼠，工廠裡的同事，甚至是阿鷹，或其他喊著他大哥的小弟，那些人都不是他的世界裡的人，他聽到的語言，他自己說出的語言，都不對勁，他有那麼些不能表現出來的孤芳自賞、自命不凡，而這些看似驕傲，自認爲與周遭一切格格不入的內在想法使得他感到無盡的孤獨，他甚至追求守護著那孤獨，因爲這份孤獨感使得他能從困住他的現實世界脫身，這脫身並無法使他自由，只是將自己與其他人分開，他在梨山的那段時間體會到這種孤獨的力量，直到遇見這個女人。

她的言語她的動作她的神情她思考的方式，她的靈魂，是的，正是那兩個字，靈魂，這聽來跟他的生活絕對不相干的兩個字，她靈魂裡有著他渴望的東西。

她給予他語言，那些詞彙那些言語凌空降臨他的生命，突如其來地塞滿了他的腦子，彷彿過去的世界祇是單色，如今他才懂得辨別七彩，他從她口中盜走那些話語，像擷取天上星光的亮度，閃亮閃亮，如今他耳裡迴盪著許多初學的句子，像童年時牙牙學語，這是冰塊，那是火，冰塊很冰，火很燙，狗會咬人。愛上她之後，他隨時都在感受語言的魔力。

多奇異啊怎麼可能是他，他才讀了國中，平時電視報紙也沒細聽細讀，像有人在他的大腦裡植入某種極精密的感應器，突起綿密的觸鬚接收到很多很多細微感受，以往，以往他也能接收到那些訊息，他也有豐富感受，但從來沒人爲那些感受命名，除了歌曲中的寂寞、浪子、江湖、胭脂，燈紅酒綠、愛恨離別，他懂得了更多以前忽略的，即使他不說出口，那些已有了名稱的感受不但變得具體也更加深刻，一道道刻畫在他原本就極爲細膩敏感的心靈裡，靈魂，那是他本來就擁有的，他缺少的只是語言，將它描繪形容出來。

有時，她可以理解他，許多話他才說了開頭她就能接下去，許多事他還找不到方式去說她就能精準地描述或理解，甚至她只是張著那天眞的大眼睛望著他，臉上的神情就彷彿說著「我都知道我都理解」，在那些時刻，他感覺自己被某種奇異溫柔而溫暖的光暈籠罩著包圍著，他被深深地撫慰了，看不見的破損都被修補了，他被人以最需要的方式愛著了解著。

然而，有時，她以無形的手推開他，她背過臉去，切斷與他的聯繫，甚至就是當著面，不做出任何動作不用說一句話，他也感覺到她不但不要理解他甚至還要將他推向誤解的深淵，她身上的所有都在宣稱要立刻與他切斷關係，宣示著「你的痛苦與我無關」，那樣的時刻，好恐怖好黑暗，像被她捅了一刀，或者切開身體，即使她仍躺在他懷裡他也可以感覺到那種疏離，她非但要立刻逃離現場，可能根本已經消失無蹤。

與你無關。

爲什麼她會有如此巨大的轉變呢？

或許答案他早已知道，那是一種模糊的感覺，無法以言語表達，他唯一能夠確定的是，無論如何，不管她做出什麼或沒做什麼，他都預先原諒了她，因爲她需要的就是這種毫無道理的，野蠻的，但確定無誤的，無盡的諒解。

在很少數的時刻，他可以感覺到她也用某一種方式想要拯救他，如她小時候爲家人做的那樣，那樣的時候他可以感覺到她確實用盡力氣想要撫慰他，使他相信愛，相信人生可以得救。

多奇怪啊他們拚了命想要拯救對方，卻只是讓彼此更加痛苦。

有時他醒來會看見她坐在床頭看著他，眼睛裡瀰漫了眼淚，她潔白的小小的手掌就落在他的臉頰上，好像才剛進行一場撫摸，正在盡力將他臉上的皺紋抹平。

她說她最愛他的皺紋，說他笑起來很天眞，像個小孩。

他知道那都是些孩子氣的談話，像是情人間的甜言蜜語，可是他愛聽，他喜歡她愛他的時候，那麼溫柔，那麼理解。

他就又伸手摟她，要她，因爲不知道還能怎麼做。

人生多苦，而歡樂的時刻那麼短暫。

但更多時候他張大嘴巴發不出聲音內心喊叫著，這些太複雜我不能了解，妳要把我帶到怎樣的地方去？那樣是沒有出路的。

有時我希望妳殺了我，或者不要再找我，不要讓我找到妳，或用任何辦法讓我死心，妳比較聰明妳或許想得出辦法，但這樣下去不行，我活不了。

世界如此之大但我們走出這個房子，能到哪裡去？什麼地方容得下我們？誰不會對我們指指點點？

琇琇

那段顛狂的日子長達幾個月，像夢遊像中邪像被什麼附身，像一場醒不來的亂夢，唯一的證據是那個萬花筒，她總揣著它，有時放在背包，有時塞進外套口袋，以便隨時拿出來把玩。暗紅色琺瑯材質圓筒，直徑五十元硬幣大小，十二公分長，握在手裡剛好盈滿，有點沉，卻又不像看起來那麼重，筒內貼有鏡片，夾層裡有搖晃會發出窸窣聲音的各色塑膠片。從萬花筒裡可以看見什麼奇異圖案其實並不稀奇，但將筒子對準地板、牆壁或任何物品，原本是幾片塑膠組合變化而造就的圖案，因染上背景而更新組合，背景變成主題，隨著手掌的移動變換著的圖形像流水般不停地換變，瓷磚黑色縫隙變成幾何邊框，紅色海報成為紅色方塊，阿豹的臉變為渺遠的小圓點，無論多麼熟識的東西都會變成你不認識的樣子，且會一變再變，宛如連續轉換場景的動畫。

這是阿豹在百貨公司買給她的禮物。自此她就愛上透過這圓筒觀看的世界。特別是在阿豹身邊時最常將萬花筒拿出來看，他那原本單調得可憐的房子，所有簡陋的裝飾與寒酸的家具，都成為流動變換中一個個全新的焦點。

離開他的屋子她在路邊攔計程車，手上還握著那個萬花筒，清晨的街道空氣微濕，冷得渾身發抖，阿豹說如果你那麼愛萬花筒裡的世界，真實世界對你來說是不是太單調（她知道他疑心的是怕她覺得他單調無聊），她搖搖頭，該怎麼對他解釋自己沉迷於萬花筒的原因呢？她想擁有那樣的眼睛，有一天即使將圓筒移開也能造就出變換萬千的圖案，而且能將自己所見也讓他看見，阿豹啊阿豹，你總以為眼見為憑，你不相信你看不見的，你以為自己單調，但在我眼中你是多麼複雜啊！你透過愛與嫉妒，透過恨的想像，造就出那些不斷傷害著你的畫面，不正如筒中世界所現，因為幾個塑膠片與鏡子的反映折射，一層疊進一層，層層堆疊，成為幻影。

阿豹總認為她不喜歡他買的那些禮物，只鍾愛這個萬花筒，還是她自己選的。

那些有蕾絲花邊綴著蝴蝶結粉紅色的淡紫色的秀氣衣裙，那件有著卡通圖案柔軟棉質的可愛睡衣，真的不適合她，太俗氣太秀氣太古怪太可愛，但她都好愛，甚至連金光閃閃的一條純金手鍊，無論如何戴到手上都太大而且太搶眼，沒有一個是符合她的喜好與風格的，甚至是醜陋的，但她喜歡，她喜歡的是阿豹想要讓她高興的這種念頭，她想起他一個木訥的大男人跑去店裡尷尬地問店員該買什麼，指著尺寸（他總是弄錯），包裝起來，在下次見面的時候不經意地放在床頭，說：「那個要給你的。」

她想像他一再弄錯而懊惱的樣子感到心疼，禮物，她想對他說不管你買什麼我都喜歡，我都願意穿戴，即使那樣看起來不像我，尺寸太大，不合身，我也願意以怪模怪樣上街。

但阿豹不相信，他總能在她的眼睛裡找到她不滿意的暗示，他會說：「我的眼光就是沒有藝術家好」，他不但要傷害她還要設法傷害自己。

阿鷹與阿豹，她無法比較她不想比較，但她不能選擇這一個放棄了另一個，她無法做到兩全其美。

她與阿鷹有說不完的話，他帶著她到處去見他的朋友，三義買木頭、海邊撿石頭，他們去唱卡拉ＯＫ，去club，逛美術館、玉市場、骨董店、民藝品店，那兒都有阿鷹的朋友，她喜歡與他在一起，任由他帶她去各種沒去過的地方，他們是情侶、朋友、知己，即使被淑娟發現之後必須更為小心謹慎，阿鷹也儘可能不讓她感到委屈，他的朋友都認識她，甚至會幫著她找機會跟他見面。在他知道阿豹的事情之後，他們的相處方式仍未改變，只是兩人都會刻意地避開關於阿豹的話題，有時不免還是得說，氣氛有些傷感，他們便將對方摟得緊一點來對抗那感傷。

她與阿豹之間卻都是黑夜，都是她打電話給他：「我想見你。」然後他就來了，他會怪她恨她咒罵她，但他會來，只要她呼喚。狂暴絕望的性愛，一瓶一瓶喝酒，嘔吐，沉默，開著快車在深夜的馬路上狂奔每一回都像要赴死，他要她又恨她，他怕這事實，怕自己從一個說客變成共犯，他不但愛上大姊的女兒還占據兄弟的女人，而這其中他最不能接受的，是即使他甘犯天條，犯下自己不能原諒的罪，他依然得不到想像中的愛。

他說，一開始錯了最後也不會對。

阿豹啊我們該怎麼辦？她想問他但她知道他也沒有答案，倘若意志力不能扭轉過去，錯誤的開始無法變成對的，那他們到底在做什麼呢？這樣濃烈的愛竟變成軟弱貪歡的證明嗎？無法按捺地想念抵抗著想念終於抵抗不了必須見到他的夜晚，看起來像是她任性、一時興起地打電話給他，她無法說明他對她的意義，只能一次一次打開身體，她解釋不了為何自己不選擇，為何必須兩個都要。

爲什麼不能同時愛兩個人。她將自己剖開以不同的方式愛著這兩個男人，她付出的是雙倍的努力。但是每個人都痛苦。

阿鷹的愛太遼闊，阿豹的愛太纏綿，大家都瘋了。

她不懂阿豹既想留下她，爲何不眞的將她留下，或許她懂得阿豹的掙扎，他就是沒辦法將她帶出去見朋友，甚至，他跟她在一起這件事已嚴重破壞了阿豹過去給朋友的印象，光就這點，他就不可能如他想要的那樣與她光明正大在一起。

她知道他的矛盾掙扎，但她又能怎麼辦，她不能改變自己的身分、過去、名字，不能變成另外一個人而不是琇琇，不是阿鷹的女人。

名聲、尊嚴、信譽、道義、別人看待你的樣子，在那個小小的世界裡，人與人之間最廣大的篇幅也不過數十人，卻是阿豹全部的世界，阿鷹因爲打球雕刻因爲自己性格上的易於與人親近，退伍後沒幾年就脫離了那個圈子。他的觸角伸得更開些，或許從三十人變成一百人吧！

但即使是那麼小的世界，那麼簡單的人脈，名聲，從幾個人口耳相傳散布出去的，也仍具有左右一個人處境的全部力量。

那是她不了解的，甚至經常嗤之以鼻，說來說去，就那麼幾個人，每天都把事情弄得好複雜，彷彿天天是頭條大事，卻不過在幾條巷弄裡流傳，可是阿豹在乎。

眞正能左右你的情緒，深入你的生活細節，對你構成具體影響的，也就是屈指可數的人，因爲他們與你的生活有關，直接參與你的生活。

她與阿豹也曾有美好恬靜的時刻，每次出現都非常短暫，像捧在手心的火。有一回他帶她去吃牛排，只是個平價牛排館，店裡好多人攜家帶眷，都是平時沒機會吃大餐的一般收入家庭，學生、小情侶，那種滿足於日常生活小小快樂的氣氛讓她好喜歡，餐桌上他難得地說了好多話，他說他的童年，他前妻，他父母、他女兒，他兒子，整個過程裡阿豹都沒有想起阿鷹，阿鷹的陰影不曾出現在那場談話中，他看起來好快樂。

就在結帳的時候，店裡的音樂突然播放起齊秦的歌曲，「我高中時代好迷齊秦，」她傻氣地說，還隨口哼唱起來，我是一匹來自北方的狼，走在無垠的曠野中。

「是啊！因爲他跟齊秦很像。你高中的時候就開始暗戀他了吧！」他說完這句話轉身就走了，連找錢都沒拿。

連聽到一首歌都會刺傷他。

又有一次，他說要煮牛肉麵給她吃，兩個人還一起去了市場，回家後花了幾小時做菜，那天阿豹興致很好，她又不急著回家，阿鷹跟家人出遠門了。晚上阿豹的兒子也在，國二的他長得好高大，難得三個人一起吃了晚飯，還去逛百貨公司（這天他買了那個萬花筒給她），他們眞像一家人啊！將家裡都打掃過，把樓下儲藏室的雜物清除，阿豹還騎著腳踏車帶她去附近的小公園逛，途中她說要載他，鬧了半天，好不容易他才答應，歪歪扭扭跌跌撞撞一小段路騎了好半天，阿豹在後座笑得好開心，她從未聽過他如此開朗的笑聲，笑得眼淚都飆出來，笑得兩人必須在半途停下，她牽著腳踏車，阿豹從背後摟住她，下巴磨蹭著她的頭髮，他將臉埋入她濃密的頭髮裡忘情地說：「跟你在一起好幸福。」

好幸福，他說。要我現在死都可以。

他們眞以爲幸福會在此刻停留，幸福充滿他們之間飽滿得近乎夢境，他笑著她也笑著，牽著腳踏車慢慢往家的方向走，她知道他爲什麼打掃那個儲藏室，或許是想要當做她的書房等著有一天她來住，她幾乎要激動地說出，好的，我願意住進來。

當他們拐進巷口的時候，迎面走來的竟是以前十二軍刀的泥鰍，那人後來開了一家羊肉爐，阿鷹時常帶她去吃，泥鰍見了阿豹遠遠就喊「三哥！」隨著那聲叫喚她感覺阿豹摟著她的手鬆開了，卻也沒有將她甩開，只是遲疑著，然後慢慢放開她。

阿豹停下腳步跟泥鰍說話，她兀自牽著腳踏車往阿豹住處走，她沒等阿豹回來就叫阿豹的兒子載她去搭車，等了好久都沒公車，她就跳上計程車走了。

阿鷹

他生命裡經歷的愛情苦惱大多數是關於如何選擇，很少是關於失去，與琇琇的這次不同，他不斷地面對失去，尤其在她坦承那晚與阿豹回家之後。

爲什麼偏偏是阿豹？

但又爲什麼不是他？

若他所認識的男人之間要找一個來讓她愛上而他能心悅誠服，他想不出除了阿豹還有誰能讓他服氣，他甚至許多次想到他可以退讓，倘若他們兩眞心相愛（難道不是嗎），愛情不該退讓但他可以成全，親手將她交到阿豹手中他是放心的，但情況跟他想像中不同，全部都亂了。

阿豹對她到底有什麼打算他不清楚，看起來似乎是沒打算，也不願意承認，種種作爲甚至看來根本沒種，跟他所認識的男子漢阿豹差距太遠，當然所有事情都是從她那兒聽來的，她說的版本到底有幾分可信也未可知，相識近二十年，親如兄弟，他第一次感受到阿豹身上有這麼多他無法理解與掌握的部分，而且阿豹恨他，那是恨沒錯。難道是她刻意要分化他們所以製造出那些言語嗎？不，自從他知道阿豹跑去找她，勸說她，扯出他過去的風流史來證明他是不可靠的、玩弄女人的，甚至，阿豹竟說出她的祕密，他當初那將她託付給阿豹的言詞，竟被扭曲成他不愛她只是在同情她。

一瞬間他懂了，那不是琇琇變造的，他與阿豹之間的兄弟情誼早就變質，阿豹不理解不認同他已經很久很久了。

爲什麼呢？

那絕非只是因爲爭風吃醋，不是因爲要爭奪琇琇，一定起因更早，只是他不自覺，他努力回想他與阿豹之間的相處，去年阿豹還爲他擋了一刀啊！他撫摸著手指上的疤痕，那怎麼也無法伸直的拉扯。

兄弟情誼，竟毀在他對女人的態度上。

他赫然想起阿豹離婚那年的變化，是啊，或許從他們各自結婚，他自己因爲外遇不斷而起的家庭糾紛，阿豹那時面對的是自己的老婆經常離家，愛賭（甚至偷人，雖然大家絕口不提此事），好幾年反反覆覆的離家又回家，吵鬧著離婚，最後終於離婚，那段時間，他們的生活恰成強烈對比，他的行徑跟阿豹老婆的相似，而他的妻子淑娟反而像與阿豹同一陣線，都是受害者。

或許，在那時阿豹已經開始恨他了。

但，爲何如此？女人跟兄弟有何關係？即使他是個糟糕透頂的兒子、丈夫、父親、情人，是人生的失敗者，但他有自信在對待兄弟的部分無懈可擊，他一生從未做對兄弟不義的事。但會不會，會不會在某個時刻某個環節他傷害了阿豹卻不自知，他突然感到恐懼，會不會他自認爲的重情重義、認定他們倆是生死之交，只是自己的一廂情願。

他想起金虎，那曾經是他大哥的人，實際上他們後來早已疏遠，金虎早就變了，從年輕時俠義精神使他願意跟隨的金虎，到後來開始圍事、整賭、與高利貸合作、催帳收帳，許多作爲早已變質，只是貪錢，他幾次推辭不願幫金虎工作，後來漸行漸遠，其他兄弟也都轉行，只有阿豹還死心塌地跟著他，多年前他就曾告誡過阿豹要小心，金虎在利用你，他早不是我們當初認識的金虎哥。後來果然證明如此，阿豹差點被金虎給毀了。（或說早已毀了？）

難道，他驚恐地想著，阿豹不是恨他，而是想要不斷地向他證明，誰對誰錯，甚至爲了證明自己的選擇對，所以固執地留在金虎身邊直到心碎神傷，逼不得已，才離開。

他一直將阿豹視爲兄弟，而阿豹卻將他當作對手。

到底是從什麼時候開始的？

往事湧入他腦子裡使他看起來就像立刻要腦中風的樣子，有兩個畫面在他眼前交錯，第一個畫面是他騎著摩托車載阿豹四下去尋找如蘭（因爲如蘭騎著阿豹的摩托車離家了），當他們闖入那個民宅時，如蘭衣著不整（實際上只穿了內衣褲）來開門，他即刻退出去讓阿豹與如蘭獨處，他在退出房門後走出那棟民宅，看見一個蓄著鬍子的胖子只穿著上衣沒穿褲子鬼祟地在屋後的竹林急忙穿上長褲，他本想衝上前將那個男人抓來痛毆一頓，卻繼而又想到這樣不正是表明了如蘭在這裡就是在偷人，於是他假裝沒看見那個男人，轉身走回大門口。

阿豹提著如蘭那個小小的行李包就在那兒等著他，他自認爲臉上的表情並沒有透露什麼，但阿豹卻發現了，厲聲問他：「人在哪？你看到他了？」

他不知該如何解釋，只吶吶地解釋，「什麼人？」

阿豹什麼話都沒說，提著刀子就往屋後衝，那個男人早就溜掉了。

另一個畫面是，同樣地被破門而入，來的人是阿豹跟老鼠，他還不知發生什麼事，只聽見外面的女人尖聲喊叫，那時他正在浴缸裡泡澡，只圍了條浴巾就出門探看，阿豹看著他，將身上的外套丟給他，冷冷地說：「淑娟都自殺了你還在這裡洗澡！」

會不會，那就是誤解的源頭，他自認爲是在保護阿豹的自尊反而卻傷透了他，他成爲如蘭偷人的唯一目擊者，而後他讓阿豹去女人家將他找出來時面臨那種被羞辱的難堪。

如今阿豹愛上了他的女人。

都錯了。

琇琇

有時她感覺自己置身事外，阿鷹與阿豹之間的拚搏、對抗、比較、似乎更早就開始進行，那濃烈如愛情的角力，阿豹一直企圖證明阿鷹錯了，「你這樣的愛情觀是錯的」，應該更謹慎更珍惜，不該外遇，不能欺騙，不可以糟蹋女人。但離婚的人是他，把她藏在家裡不能見人的是他，反反覆覆用自己的嫉妒來折磨來毀滅愛的，也是他。

阿豹的沉默、失語、不能表達，他的絕望、痛苦、矛盾，比什麼都更吸引她，他們之間不可能快樂，因爲將他們綁住關連著的一直都是黑暗與苦痛，要以彼此的肉身做爲犧牲，沒有其他方式。

有時她感覺阿豹想殺了她，而自己想毀了他，在那個不到六坪大的房間裡，他們一次次搗毀屋內陳設，翻滾四處，他曾將她放在洗手台上做愛，因動作太大而扯壞台上的鏡架，他總掃落梳妝台上的物品，撕破她的衣服，用力拉扯她的頭髮，而她則猛擊他的身體，咬嚙他使他哀嚎。每一次性愛都在搏命。

她似乎可以理解阿豹的妻子爲何變成那樣子，他似乎是最單純的人，只想守著他愛的女人與他的家，只是如此簡單願望卻無法實現，因爲他的愛太像牢籠，太誘人太窒息太纏綿也太費解。

「一開始錯了，後面也不會對。」阿豹經常這麼說。那麼，每個環節都是錯上加錯，是做錯一個決定再用更多錯誤去彌補。

「爲什麼只能做對的事？那生下來就是錯誤的人該怎麼辦？」她嚎叫著。

阿豹會用各種方式吻她，有時是捧著她的臉細細地吻著嘴，一點一點纏繞她的舌頭，有時是猛地從背後將她的頭扳向後，像吸食毒品那樣猛吸住她的嘴，有時是在做愛的動作中突然暫停，用一隻手指掰開她的唇，隨後又用力將自己的嘴蓋上去，猛烈令人呼吸不及喘不過氣的吻持續在每一次性愛前中後，幾次回到家照鏡子她才發覺嘴唇已紅腫不堪，他似乎是在吸食她而不僅是吻她，像是要透過這動作將她體內隱藏的所有東西都吸引出來。

或許是愛。

她深陷其中不能自拔。

阿豹的眼睛大而幽深，眼旁布滿皺紋，過於白皙的膚色像長期活在黑夜裡，五官像是用刀鑿刻出來的。

在那些黑暗的日子裡，她總想留下關於白天的記憶，任何一次大大小小阿豹與她一起去過的小吃店，如那家他們徹夜不眠隔日開車送她回家途經的清粥小菜（他們的住處相距極遠，開車就要五十分鐘），那時他們眼睛都布滿血絲，腰腿痠軟，將早餐吃得像消夜又像是人生中最後一頓飯了，儘可能地延長延後，快樂而疲軟，絕望又興奮。

他相信她的時候他們都很快樂，計畫著許多，好像都可能實現，她像拾荒老者一路跟隨，撿拾每一片阿豹遺落的句子、他表露的自己，她開口，想說出什麼使他快樂，但一開口就錯。

她擁有得不多生命裡所能付出的愛都在他們兩人身上耗盡了，名副其實被擠榨得一絲不剩。

一開始做錯了結局也不會對，一開始要怎樣才會對？誰能帶他們重返那萬劫不復的時刻，阻止這一切？沒有誰能這麼做，來不及。

「你為什麼恨我？」他說。

問題是她不恨啊！阿鷹也說她恨他，為什麼每個人都這麼說？為何她盡力付出的愛看起來卻像是恨，她努力付出的都是傷害？

多奇怪，好像自己並非別人眼中所見，又或者自己並非自己眼中所見，她所認知的與她眞正表現的中間是巨大的落差，因為愛不是那樣子。

愛，你不能既愛這人又愛那人，你不能同時愛著兩個互相牴觸的人，你不能選擇這邊又選擇那邊，倘若這兩邊互為對手，你不能先愛上個有婦之夫又愛上了他的兄弟。

但為什麼不能？她都能愛那個傷害她的人，她為何不能愛自己選中的人？

這不是愛。阿豹說。

這樣不正常。阿鷹說。

你們怎能奢望我身上長出正常的東西呢？

那些夜晚，每一夜都是狂魔，只要她見了阿豹，阿豹就不願讓她回家，「我不要親自送你去他那兒。」她便在他熟睡後獨自下樓走夜路去招計程車回家，總是夜裡來，清晨去，瞞著家人，瞞著阿鷹。

她不想說謊，如果可以她情願一吐為快，情願他們用力拉扯將她分為兩半各自拿去，但她唯恐說出來是更大的傷害，她見過阿鷹傷心的樣子，她說出口關於阿豹的描述每一個字都像在砍殺阿鷹的性命。

所以她不說了。她不說，她沉默，她要以自己的方式盡可能地去維護她的愛情，他們明明都需要她，她感受得到，她不可能忘記阿鷹對她的意義，或阿鷹說過自己所能給予他的，那是她生命中最初的託付，他們好不容易才熬過艱難困苦，對抗著所有人的反對，堅持要繼續在一起，她不能放棄。

在阿豹看似憎惡憤怒的言詞裡，他推開她，否定她，但其實他看見她的時候眼睛裡都閃著光亮，那光亮閃耀閃耀多麼罕有，那是她所能爲他做的唯一的事。

阿豹似乎隨時都感覺到阿鷹的形影，出現在他們正在吃的陽春麵、魷魚羹、藥燉排骨湯，他們喝著的啤酒（她懷疑這是阿豹此後不再碰啤酒的原因），「這都是他喜歡的吧！」阿豹不再說出阿鷹的名字，僅僅說「他」，惡毒的時候他會說：「你的愛人」。

在阿豹身邊她是失語的，因爲解釋不清、說明不了，因爲說出口的都像謊言。

她看不出阿鷹承受了什麼，原本他們無話不談，而今話題爲了要避開阿豹這個炸彈，他們的話也說不順暢了，「你爲何不離開我？你們若是相愛我可以成全，但你什麼都不說我放不下心。」阿鷹說。

眞的嗎？離開你對你比較好嗎？你確定嗎？

她說不清楚。人能夠同時深愛著兩個人嗎？在她身體裡奔竄著的確實是不可分割的對阿鷹與阿豹的愛，形式不同，內容相異，但都是愛，她還想愛得更多，因爲她也懷疑著自己終究無法愛誰，她能夠付出的只是身體。

只是性。

阿豹

他不該在那時放開她的手，他也不知道自己爲何放開了，泥鰍迎面走來喊著他，三哥，三哥，一個熟人，一聲叫喚，這一整天他們辛苦建立的信任、親密、不久前他還感覺到幸福得幾乎可以立即死去，突然都消散了，現實突然將他擊倒。

現實，現實中他是三哥，而琇琇是二哥的女人，現實中他是那從來不會讓人失望的阿豹，他承擔不了別人眼中自己形象全然破滅的結果。

對不起，對不起，我說過絕不會放開妳，絕不拋棄妳，絕不在關鍵時刻離妳而去，但我做錯了，我鬆開妳的手讓你獨自黯然牽著腳踏車往前走，我沒有攔下妳，我軟弱了。

當他回家後發現她已經離開時，他忿忿地捶打自己的頭顱。

他打電話給她，在電話裡對她解釋，向她道歉，她只是說：「我知道你在想什麼。」

就這樣，簡短得令他害怕。

事後幾天爲了彌補也爲了證明他的努力，他帶她去了老鼠家。

過程好尷尬，正如他預期，他那些朋友阿鷹都帶她去認識過了，很難找出自己身邊還有什麼朋友與阿鷹沒有重疊，而她不曾以阿鷹女人的身分出現過，老鼠什麼都沒說，但是他的眼神很怪，那種眼神他能夠分辨。他確信老鼠絕不敢質疑他，從十歲認識至今老鼠不曾有一次敢對他大聲講話，但今天老鼠的眼神裡有著他沒見過的東西。

說不過去啊朋友妻不可戲。

就是這句。

老鼠心裡難道他的地位比不上阿鷹嗎？不可能，但就是說不過去。

他很難想像要如何將琇琇帶到那個三月十五的聚會裡，讓她喊金虎舅舅，跟大家一起敬酒，但阿鷹竟然輕易地帶她去見了這麼多人。

什麼都晚了一步。

琇琇會說，只要不在意別人的眼光就好，我們過我們的生活，不需別人同意。這話有理也沒理，如果這些人就是構成你世界的全部呢？你要如何自外於他們，而率性地說，反正我也不在意。

因爲我在意。

你總會有你在意的事物。你在意的事物有些你喜歡有些你不喜歡，但你不能假裝不喜歡的就不存在。

看見琇琇的時候，他忍不住會想爲她放棄一切，那樣的時候他覺得什麼都擁有，生命好富足，漫長漆黑的等待終於有盡頭，只要握著她纖細的腰，柔軟的手，所有辛苦都得到回報，世界那麼混亂而她會爲你騰出一塊地方，漆黑而深邃的眼睛，能包含消融你所有的苦痛。

一星期一次，兩星期一次，或者一個月一次，一年一次，好像都沒有差別了，等待，她是他生活裡最奢侈的享受，在長長的工作時間裡流淌著汗水，揮舞著手臂，塑膠融化的氣味，高溫、惡臭，從全身毛孔裡不斷發散出來的黏濁汗水，持續不斷的機器鳴叫，這就是生活的全部了。忙碌髒亂喧囂的生活裡竟能有她的存在，彷彿泥水中冒出的潔白花朵，他必須悉心保護。

三年前他來到這家塑膠射出工廠，是眞正與金虎無關的工作。從國中畢業開始他跟著金虎到處跑，做網球拍、待工廠、收帳、圍事、整場子，開過卡拉OK、羊肉爐、賭場、痲將館（我需要你的時候你不在，以前如蘭總是這麼抗議，那時他都在哪呢？二十四小時隨叫隨到他都是金虎的人），離婚後從山上回來，他曾下定決心離開與金虎相關的行業，自己到外頭去做過外務，是發送牛肉乾的業務，工作時間很長，可是獎金也多，他負責跑店面，說服他們採買廠裡的出貨，賣口才的事他實在不擅長，但那次他幹得不錯，沒兩個月金虎包下了那家網球拍工廠，以後的幾年他就在那兒爲他賣命。

朋友都說金虎在利用他，他不是不知道，金虎的江山有一半是他幫他打下的，流血流汗賣命出力的是他，最後他什麼也沒得到。從小他已經習慣什麼都聽舅舅的，隨著年紀增長，發生過許多難堪事件，他心裡並非沒有自知，也不是不提防，可是你相信了一輩子的人很難再轉向，有人利用了你一生，你很難在關鍵時刻拒絕，他總記得金虎對他的好，記得當時是金虎押著他帶到山上，才免除了他喝酒致死或闖出大禍的可能。他記得所有金虎對他的恩惠。

若不是因爲母親想要改建房子，他跟金虎的關係或許不會眞正改變，當時他還看不清楚金虎對他的心機，母親說要錢，但是他沒錢，這是誰都不相信的，金虎房子一棟買過一棟，設廠開店買車，他在金虎身邊這麼久不可能沒撈到什麼油水，但就是沒有，除了固定薪水，偶有分紅也是很小數目，每個月繳房租，養兒子，給女兒付生活費，以及一大堆他自己也搞不清楚用途的花費，月中借支，薪水一入袋就扣光了，他母親說需要錢，她不相信他沒錢。

他跟公司借支了十萬，標了兩個會，把現金交給他媽。

身邊沒有女人理家是不行的，當然像他前妻那樣理家的方式也不行，但朋友來開口，朋友到家裡吃喝，一群人出去，免不了要付帳，錢花掉的速度有時會讓你感覺到可怕，好像只是一轉眼的事，一個月的辛苦就這樣消失不見。

更何況大家都喊你大哥。

大哥大哥，他是有名無實的大哥，連金虎都知道何時該假裝沒看見帳單，可是他不懂，他做不來，他臉皮薄，誰誰誰借錢他沒辦法說不。以前去收帳，他瞧見那家人老母親坐輪椅，老父親中風躺床上，孩子小的小還流著鼻涕、包著尿布，夫妻倆對他哭窮，說沒錢給小孩買奶粉，他不但狠不下心收帳，還掏了幾千塊錢給他們，這類的事經常發生，金虎常罵他，說他不是吃這行飯的人，但他根本也無意賺這種錢。

金虎說要把工廠股份轉賣給別人，權利金只要五十萬，他說那賣給我吧！沒有功勞也有苦勞，他還沒有自己當過老闆，但金虎說他不適合，一口就回絕了。

很難相信金虎會這麼說，他不懂整個廠區還有誰比他更適合，他只是沒學歷，大家都敬他為地下廠長，調度工人，分派工作，機器操作，無一不通，從五個人的小公司開始設立至今三十五人規模，哪一個步驟沒有親自參與，但金虎說他不適合。

他手上沒現金了，金虎不支持他頂不下來。

離開工廠那天，下著大雨，他騎著摩托車在路上狂奔，人生所有隨著車行速度往後退去，弄不清緣由卻都碎成粉末，一切彷彿都已成空。

混了一輩子，風光過落魄過，很多人都喊他大哥，酒桌上誰敢對他大聲，誰不對他點頭，然而，眞實人生裡，醉酒醒後，他只是個沒什麼專長的人，妻離子散，夜夜孤單從床上醒來，得再喝半瓶高粱才能入睡，除了混流氓，他做了幾年網球拍，遇上工廠轉移到大陸，他很後悔當初沒有去學做黑手，那至少是個手藝，有個手藝在身絕對餓不死（就像阿鷹去學雕刻，不就搖身一變成了雕刻家嗎），但後悔又有什麼用。他在老鼠的介紹下進了這家塑膠射出工廠，從學徒幹起，一點一點學，搬離潭子，遠離金虎的生活範圍，雖然沒交惡，但在他心裡已跟過去的兄弟恩情告別，只把金虎當成舅舅，年節還是來往，卻已不願再爲他賣命（或許他也沒什麼利用價値了），塑膠工廠像個熱烘烘的地獄，每天下班都像脫去一層皮，但是只要肯吃苦，賺得到錢，兩三年下來他也贏得其他工人的敬重，雖然下了工大家總是找他去喝酒，錢也存不住，但已經是新生活的開始了。

何況他遇到了琇琇。在工作與工作間，在一個又一個重複的動作裡想起她，想著關於她的任何事物都能改變他所處的環境，能夠讓肉體上的勞苦減輕，除了每個月領取薪水，等著下班放假，生活裡還擁有其他可期盼的事物。他非常期盼。

但女人是多麼擅長讓你失望啊！尤其是她，每一次醒來發現她已經離開的時候，他都恨不得吞下自己的舌頭，多麼痛恨必須在清晨時獨自穿過那陌生的旅館走道，獨自下樓（多可笑啊他們後來甚至不回他家了，簡短幾小時就到旅館去休息，他討厭帶她去那些地方，他不懂為何她要將這段關係變成只是上床，她以為他是阿鷹嗎？她竟要把他們的關係弄成上床下床拍拍屁股走人的偷情嗎？）。他感覺自己被當成妓女已離開現場的嫖客，承受著櫃檯小姐鄙視的目光。

更可恨的是開車回家的路上，他總想著要給她打電話，不知道她是幾點離開，是否已經到家，他已經那麼恨她，卻還要擔心她的安危，許多次他都想轉到她家的路上，前去敲門，當然他不可能這麼做，她就是吃定他這點。

為什麼不能，答案很清楚他不想對自己說。

他不可能擁有她超過二十四小時，因為她第二天還得回去跟阿鷹交差，因為阿鷹是正牌而他只是地下，她沒說出來但他都知道。

她怕阿鷹難過。

就不怕我難過嗎？他千百次想，當你在我懷裡的時候你想到什麼，甚至這裡，這個名叫新都飯店的某一個房間，這個絕對不是一時興起路過說「我們來住住看！」的飯店，也都是阿鷹帶你來的吧！他就是在這些房間裡奪走你的童貞，早我一步地擁有了你。

他不點破她，她說去哪就去哪，可到底有什麼地方是專屬於他們的呢？

可以給我多一點時間嗎？除了在床上的時候還能給我別的嗎？

但他唯恐自己除了性也無法給她什麼，她看起來什麼都不想要。

你無法以別的方式讓她快樂。什麼都不要的女人最可怕，她說什麼都不想要不需要，意味著她想要你的一切。

他也曾試過給她買禮物，比如一件衣裳，一個皮包，一件睡衣，一個手鐲，但他看不出那些禮物是否帶給她快樂，他不懂得她眞正想要的，那些他自認爲美麗的物品一擺到她面前卻顯得俗氣，俗氣，因爲他自己就是俗氣的，他沒有在第一時間裡發現她的笑容就會立刻諷刺地說：「我挑的東西就是沒藝術家挑選的好。」他不知道自己腦中可以創造出這麼多諷刺刻薄的語言，每天，關於她的時刻，無論她在不在身邊他都能發明一種新的嫉妒，新的傷害言語，他的嫉妒激發了他的創造力。他無法從她喜悅的面容裡看見她的愛，因爲那是對誰都能給的，他當然不想要讓她痛苦，但是，每當他說出什麼嫉妒的話，她臉上瞬間閃過的表情，彷彿被針尖插入皮膚，猛地閉上眼睛，緊收一下手，再慢慢調整自己呼吸、放鬆，睁開眼睛直視他，他從不知道人的臉部能在這麼短時間內產生如此多表情變化但她可以，等她張開眼睛，似乎已經避過或度過剛才他用言語帶來的攻擊，她的眼神裡濕潤潤地飽漲著溫柔（因爲愛的痛苦而盈眶的淚水），她會過來拉住他的手，摩擦他的掌心，她不多作解釋，只是緩緩撫摸著他，那動作比任何語言都能證明她知道說出這些話他自己也很痛苦，她想要解除聽者與說話者此刻的悲哀。那樣的時候他體會到她的愛，某種愛，或許比不上對其他人（又來了，他的腦袋傷害著自己），但是眞實的，獨屬於他的，於是他上癮了似地反覆試探，一再地對她索取那些她以痛苦付出的感情。

但有時，她無情得令他恐懼。她不見他，不跟他說話（她說現在不方便，那就意味著阿鷹在她那兒），她的聲音聽來像是不曾與他認識，像是他一廂情願在糾纏她。

他體諒，他原諒，他知道她的苦衷。

原諒她是他愛她的方式，原諒她，接受她，放任她，凡是她想要他能給的都無保留地付出，直到她說夠了爲止。

他常這樣想著。

但事情總是不如預期。

他還是經常感覺到痛苦。

見不到她的時候，會以爲是最後一次了，或者希望已經是最後一次，刻骨的折磨已經停止，宣判已經到來，那該有多麼痛快，多麼徹底。

他不免懷疑她等著的也是這答案，她希望他是能夠做出決定的那方，在她打電話給他的時候，他能毅然說不要，有一個人應當放手，而他是男人，該是做出決定的那個。

但他又懷疑並非如此。

她需要他。

或者不如說他需要她。

天啊多麼婆婆媽媽，多麼不像他自己，爲何連這樣的小事都決定不了？

但如果做不到該怎麼辦？他有那麼強的愛的意念，卻同時也產生那麼激烈的嫉妒與恐懼，他那麼想保護她，顯露出來的卻像是在傷害她，他其實多麼脆弱啊！母親早早看穿了他，從嘲笑他女人般的臉皮，到撕毀他的那張名片，甚至親手毀滅他的婚姻，老天爺啊他終於能夠承認這件事，是母親，她不贊同的事他就達成不了。

他是易於耽溺的，容易上癮，他能夠承受肉體上的各種痛苦，他有很強的意志力，但是他對於他愛的女人，他沒辦法強硬，他會想出千百種理由爲她們解套。

那些日子天天都猶如黑夜，好漫長，即使與如蘭關係最惡劣的時候也並不如此，不是痛苦程度的問題，而是型態，婚姻後期長達幾年的關係裡充滿戲劇性的爭執，是一齣鬧劇，交雜了吼叫、憤怒、衝突，但與琇琇之間所有戲劇性變化大多在他腦中，喧譁的爭吵只是他內心的獨白，他懷疑之所以會再度面臨這種情感上的難題，原因可能是上次的餘毒未除，他從未眞正從離婚的傷痛裡恢復。

他只是在躲避。

有些事是永遠也恢復不了的，如他猙獰的臉皮，那些一夜之間生就的皺紋，像一本記錄詳細的傷害史，或許她一眼就把他看透了。

但她能夠懂得他，清醒的時候他總這麼想，她理解黑暗，如別人理解光明那麼多。

那種黑暗是沒有任何指引的，即使他在梨山自我放逐那一年半的生活也沒有這樣的糾纏，日日夜夜他受著想像的折磨，腦子裡總有人在對他喊著「錯了」「你做錯了」，他越陷越深越找不到出路，那種痛苦是肉眼不可見的，因爲不能顯露出來，因爲唯恐誰都不會了解。他甚至無法對她說明。

爲什麼想到了母親，在她面前，其實是與母親距離最遙遠的，因爲她象徵一切母親不可能應允的事物，是最激烈的反叛，遠比他跟人混幫派，隨著金虎到處飄盪，不成材不成器的種種作爲還要招惹母親的怨怪，然而，她是此時他最想保有的事物，她是他人生中最後一次爲自己任性率性盡興的選擇。

他有滿腔柔情想對她傾吐，他想溫柔待她，如果他夠清醒的話，如果他並沒有在生她的氣，並不是處在嫉妒的情況下。但怎麼可能，他對她的愛有多深他的嫉妒就有多熾烈。多像女人，他這麼想，他恨她讓他表現失常，讓他失去作爲兄弟的義氣，男人的自尊，他腦子裡總徘徊著阿鷹，她與阿鷹相處的細節，那些他知道的不知道的，她曾說溜嘴，或他再三逼問的，太多了，太難了。

他把自己弄得多可笑。

要如何讓錯的事變成對的，爲何那會是錯誤？即將、永遠得成爲祕密。

他忍受不了她那如鏡子般光滑的身體每一寸都記錄著她與阿鷹的故事，無論經過多少次的撫摸也覆蓋不了，掩埋不盡，他知道如今阿鷹也在感受他所承受的嫉妒，她若不是在他床上就是在阿鷹身邊，但，難道他寧願她會在任何其他地方嗎？不能，若還有其他男人呢？或最後他與阿鷹用力拉扯卻將她撕裂了呢？他想起那個搶奪兒子的故事，他會寧可看她將自己剖成兩半嗎？

她不在眼前的時候，他常想不起她的臉，那張他多次愛憐地捧起來細細親吻著的臉孔好似空白的畫布，隨著每次見面時增添著細節，又在分離後抹去輪廓，他想起自己尙未愛上她之前，阿鷹的妻子跑去金虎家哭訴阿鷹與她的外遇，那天他也在場，金虎的老婆說了一句：「那個小丫頭根本還沒發育又不漂亮，阿鷹是迷上她什麼？」他忍不住開口說：「難道錯的會是琇琇嗎？」

他不懂爲何金虎老婆說琇琇不漂亮，那些字眼好像跟他心中那個弱小的女孩子毫不相干，那時他便已感受到愛憐，他不容許誰來評斷她。

那一雙眼睛可以將你帶入幻境，讓你重返生命中各個燦爛、恐懼、歡樂、哀痛的時刻，且旋轉不休，正如她不斷變換著表情的臉，好像也在改變著五官皮膚長相，那已超越美醜善惡，變得如同靈魂之鏡，映照在她臉上的彷彿是自己夢想中女人的幻影。

阿鷹也體會過這樣的幻境嗎？這也是阿鷹深陷不能自拔的理由嗎？他不要別的男人也能從她眼中經歷這些。

破曉時分飄過安靜的街道，將她送回家再自己開車回去，車窗外寂靜無聲，所有景物看來都瀰漫了一層灰色的霧靄，這條路他走過無數次了，漫長的幾十分鐘車程，車裡只有他一個人，不久前她還端坐著的座位空盪得像從來沒有、且再也不會有她坐在上頭，他回想著這一次見面他是不是又說什麼不該說的話，他是不是口是心非地責怪她，故意用難聽的話語爲難她，讓她傷心，從她的表情你看不出她內心的感受，會不會正是如此他才這麼沒有安全感，他才感受不到她的愛，但她一離開他就後悔了，無論多麼強烈的懷疑與妒忌，不管她身上殘留的是阿鷹或任何男人的痕跡，失去她才是最可怕的刑罰，失去她，送她回家而後再也見不到她，光是想像就覺得眼前一黑，胸悶肺痛不能呼吸，每次分開他彷彿都會死去一點點，要再見到她才能修補復元，而她從眼前消失就像陽光驅散了晨霧，黑夜結束陽光乍現一天又開始了，沒有她的一天開始，是他最傷心的時刻。

阿鷹

他不知道她要什麼，或許他知道，她兩個都要，但那卻是最不可能的，他可以理解兩個都不想放棄的心情，因爲放棄意味著傷害，正如他之所以不能離婚（雖然看起來像是他想離婚而淑娟不肯，但有可能是他沒有拚命爭取），也不願與她分手，「選擇」，有人說不做出選擇不能稱爲愛，因爲愛是需要負責的，你無法同時對兩個女人負責，這似乎言之有理，但對他來說愛不是那麼僵硬的東西，所以他也不能要她做出選擇，這違反他的信念。

但好痛苦。眼看著她愛上阿豹，看著她爲那份愛受苦，遠比當時她交男朋友造成的嫉妒更深更複雜。

那晚之後她彷彿變成另一個人了，說話心不在焉，臉上總露出恍惚的表情，眼神裡似乎燃燒著什麼東西，是愛情，他看得出來，那麼膠著，如此熾烈，甚至連他們熱戀時他都沒見過的表情，帶著難以言喻的痛苦，滾燙得幾乎滿溢而出。

他還有什麼好留戀。

但是他留戀，他捨不得，唯恐這次放開手就是永遠地失去了。

女人，他經歷過的女人不計其數，從沒人讓他如此痛苦。

所有他自己懂得的關於愛情的道理都不管用，他什麼都明白，也能對自己說個分明，於情於理，他都是有道理的那方，兄弟如手足，女人如衣服，即使他長期有各種外遇，他從沒動過兄弟的女人，但阿豹不同，年輕時鬧得轟轟烈烈的離婚事件是阿豹生命斷裂處，他處理得那麼大氣，那麼壯烈，朋友都敬重他是條漢子，遺憾他娶了蛇蠍美女，但這次不同，阿豹碰了他的女人，這將成為阿豹終生的汙點。

汙點，哼，阿豹害怕的竟是汙點嗎？如果他眞的愛她，難道不願意爲她背負任何罪名嗎？這不是他認識的阿豹，阿豹不是這種人。

但如果是呢？如果阿豹就是不願對她負責，等他放棄了琇琇，轉身阿豹就遺棄了她呢？或者並非遺棄，而是用種種吃醋計較來折磨她，讓她遭受比現在更大的痛苦呢？

他怕做錯決定，他唯恐自己毅然與她分開自以爲是在成全，卻可能招致她的毀滅，因爲一開始是錯誤的後來也不可能對，這是她反覆對他講述的，阿豹的隱憂，因爲阿豹總是只想做對的事情。他只能做對的事。

這種擔心不可能不帶著自私的念頭。他知道，愛情忽來忽去，轉瞬便可消逝，他必須在這最後時刻全力一搏，儘可能延後分別之日的到來，他還承受不了，他明知道現在任何稍微用力的拉扯都可能導致更大的傷害，但他就是放不了手。

這天他在琇琇家樓下等了四個小時仍不見她回來，他知道自己已別無選擇，他害怕親眼看見她從阿豹的車子裡走出來，又希望能夠親眼看見阿豹跟她在一起，他想知道答案，他要三個人一起來面對這件事，做個了結。

但等到夜深，等到眼睛酸痛，他只看見遠遠地，她獨自騎著她那輛紅色摩托車，轉進這條巷子，晃到他面前，她的表情既無驚喜也非驚愕，只是淡漠。「你跟他出去了吧！我等了你四個小時。」阿鷹聽見自己口中說出這些話都感覺刺耳。

漫長地等待她的時刻，他就著路燈寫了一封信給她。

妳要記得有人曾如此愛你而不願意改變你。不願要你做出你無法做出的決定。

我願意為你付出一切，但我卻無法讓他用你想要的方式來愛你，倘若我就是那個使他無法勇敢愛你的理由，我的存在就是使他將愛你視為罪惡與錯誤的原因，真的我不知道自己該憤起而戰，還是應該毅然退出。但我惟恐無論我做什麼都只是加深你的痛苦。

他看著她逐漸渙散終於崩潰，這是事發以來他第一次見到她哭泣，她握著那張紙，不想讀，卻又看見了內容，或許與內容無關，或許是這個晚上阿豹又傷了她的心，或許她根本也不是去找阿豹而是自己騎著摩托車在路上晃蕩，她疲憊得像個破掉的娃娃，無聲地大顆大顆眼淚落下，半個身子攤在床邊，「我只是想要快樂一點，」她喃喃地說。「我做不到，做不好，不管怎麼做都會有人難過。」光是她的臉，她那無力地癱瘓在地毯上的樣子，僅僅是爲了這個，爲了撐起她的身體，讓她感覺自己沒有錯，他都願意做任何的努力，這夜晚恐怖地消磨自己的等待，等待過程裡無邊的折磨，嫉妒，幻想，憤怒，恐懼，那些都不算什麼了，那都是他該爲她付出的，他用手胡亂地抹去她的眼淚卻湧出更多更多。「我不值得你對我這麼好，」她說。不是這樣的，他說，別人說來是矯情，她說出來卻心酸得令他疼痛，如果他還有任何沒有爲她做到的，倘若他還有可以承受而沒有承受的，他願爲了讓她稍微快樂一點而去做任何事。

這天晚上，他沒有回家，隔天，再隔天也沒有，他拋棄了他的家庭。

琇琇

幾個月的混亂，最後以阿鷹離家出走做結，他就這麼連身分證都沒帶，只穿著身上那套衣物，開著車子，決心不再回家。他們很快去找了一個平房，養了幾條狗，住在一起。

那本該是夢想中的事如今成眞卻顯得不眞實，這幾年來她一直期盼著的不就是這樣一天嗎？無人約束，不需躲藏（但走在大街上他們仍會心驚，生怕遇見任何一個熟人，他們都去剪了頭髮變換髮型，唯恐報紙上正登載著警告逃夫的尋人廣告），阿鷹終於可以脫離家庭束縛，與她共同生活。

有些事你期待太久等到眞的實現卻發覺不是想像中那樣，雖然看起來非常相似。戀愛之初，最熱烈的時候，那時她還在讀大學，他們總是計畫著，等到她畢業了，等到他自由了（離婚或分居或任何可以光明正大跟她在一起的方式），他們要弄一個有庭院的屋子，有一部分當阿鷹的工作室，一部分作爲她的書房，院子裡要種花草，要養狗，或許開一個小店，或者做點什麼可以賺錢的小買賣，最重要是創作，她寫作他雕刻，誰也不能把他們分開。

他們找到的那個房子正如他們曾經幻想，在馬路邊的平房，剛粉刷整理完畢準備出租，租金低得讓人覺得撿到寶，房東說這裡以前開過理髮院、小吃店，店鋪看起來很小，但進入裡面別有洞天，是一長串的空間，第一個間已經整修過裝有多盞明亮電燈、有鐵捲門、整面玻璃鋁門，隨時可以營業，第二間天花板低矮空間也較狹小，但有個小天窗，當作書房剛好，再來是廚房衛浴設備，最後那間很寬敞，採光也好，大窗戶對著後院，地板也整理過，最重要是那個小院子，小巧可愛，前任屋主留下幾個盆栽，還有個石頭砌的小魚池。

他們根本沒錢，阿鷹跑去一個朋友那兒借了一點錢租房子（他離家時身上只帶了一千多元，沒有身分證，因爲長期以來淑娟總擔心他會離家，早就扣押了他的身分證跟提款卡），琇琇丟了工作，因爲淑娟神通廣大弄到了她公司的電話號碼，沒等淑娟趕到公司她就離職了。他們花了幾天到處找舊家具將那個空屋布置到能住，他們到阿鷹一個久未聯絡的朋友家弄來一些簡單的工具以整修那個老房子，那個朋友還送了他們三隻剛出生的土狗。

他們每天都翻報紙的求職欄找工作，阿鷹先找到，在一家園藝店幫人植草皮，每天可領現金一千二百元，一天工作十小時，是勞力活，粗重辛苦，但阿鷹沒抱怨。

她還沒找到工作。阿鷹說，沒關係，你在家寫作。

因爲在園藝店工作的鍛鍊，使他身體更健壯，氣力更飽滿，他們像回到最初相愛的熱情。熱情之外還有一種恍惚的幸福感。

早上她會煮稀飯（那是她唯一會煮而阿鷹吃得下的東西），中午她自己出去吃，到了傍晚她就將冰箱裡的菜洗好切好，把米淘好放進電鍋，等著阿鷹回來做菜。

晚上他們常去附近市場買菜回來開伙，或逛夜市，或只是單純地騎摩托車到處亂逛，他們都喜歡這樣無目的的亂逛，阿鷹不管去逛什麼店似乎都能跟店家變成朋友，沒多久他們已經把西屯一帶的店家都逛遍了，知道哪裡有好吃的牛肉麵，那邊有好吃的肉羹、滷肉飯、炒飯。即使逃亡生活裡阿鷹仍時常冒險帶她去那些吃了幾十年熟悉的老店，幾次險險被人發現，他才慢慢開發且接受住家附近的吃食。

幸福而恍惚，她一直不知道阿鷹在家裡是什麼模樣，以前她常幻想，但想像卻讓她痛苦，因爲那個居家的、爲人父人夫的阿鷹是她不可能擁有的，而如今他們共處一室，她日夜看著阿鷹，從一開始找房子、租房子、整理房子，到後來他去找工作，開始上班，到現在，一個多月以來，所有的一切都是他在打理，他那與生俱來的樂觀與創造力，讓這原本寒酸窘迫的逃亡生活變成了一場華麗的夢，他太完美了，好奇怪，怎會有人是這樣，這世上他只與你一人相依，他出去賺錢，回來後做飯，夜裡還狂熱與你做愛，他將一個破舊的平房布置得如此舒適，他溫柔待你，還常開朗地笑著，照料好院子裡的植物跟小狗（三隻小土狗一黑一花一黃，黑色那隻帶回來第三天可能趁著後門沒關緊溜走了，那晚阿鷹翻遍了整個社區在找那條狗），所有你想要的他似乎都正努力地讓它實現。如果現實生活裡的他是這樣的人，任何女人都不可能放他走。

他眞是這樣嗎？或者是因爲他目前無更想做的事所以把全副精力都集中在這個屋子與她身上。

因爲離家，離開朋友，他只能把時間都拿來愛她。

她無法確定，她不知道自己的心滿意足是阿鷹用什麼換來的。

阿鷹眞的快樂嗎？她不知道，他因爲戶外工作曬得越來越黑的臉，回到家總還掛著笑容，他不再去找任何老朋友了，因爲離家出走的事淑娟一定找遍了所有認識的人，在他朋友的眼中，交女朋友還可以包容，但拋家棄子是如何都說不過去的。她沒有回爸媽家（因爲淑娟可能日日都埋伏在她家門口），她也不去找朋友了（其實這幾年下來她還有什麼朋友呢？），他們只剩下了彼此，和那些狗。

做愛做愛做愛，說話說話說話，吃飯吃飯吃飯，散步散步散步，看起來都很好，但骨子裡有什麼不對勁。寂寞，當阿鷹在做其他事的時候，或他站在院子裡澆花、玩狗，只要當他背對著她，她總感覺阿鷹的身影看起來有點寂寞，那種寂寞說不上來，或許並非因爲擁有太少，而是因爲失去太多，或者是只要他獨自一人他便會想起他的家人、小孩、妻子、朋友，想起他原本正要開始有轉機的事業，不久前有個藝廊和他接洽開聯展的事，他那些做了一半的作品，甚至，他懷念的僅是他以往總可以到處認識許多有趣的人，這個人，那個人，賺錢的機會，邁向更多可能未來的機會。無論是什麼，那都是她一個人無法給予的。

愛情，他們現在擁有全部的時間來相愛了，而全部，顯得那麼空泛。

一開始錯了最後也不會對。目標正確手段錯誤。

她不確知阿鷹的寂寞從何而來，但她不要讓他有這些感覺，甚至她不要看見他每次轉過頭來總是一副對不起剛才我在發呆冷落你了，不不，**我沒有在想你以為我在想的那些事**，她不要他總是帶著抱歉的神情摟抱著她說，有你就夠了。

我知道那是不夠的。將阿鷹從他熟悉的生活軌道裡拔除，就如離水的魚，如從野地裡抓來圈養的狼，如剪斷了他的翅膀，他是個雕刻家手上卻沒有雕刻刀只有鋤頭，他是兩個孩子的父親，卻成爲拋棄他們的人，以前他想要自由，而如今自由了卻如同坐牢，必須將過去全部斬除。

阿鷹甚至去跟對面西裝店的老闆泡茶聊天，這周圍許多店家，日日閒晃著的老人，每天都會經過來慢跑的國中老師，剃頭店的師傅，賣豆花的小販，還有好多，正面來看，阿鷹已經開始將此處當作是家，他是需要朋友的人，沒有了老朋友他就結交新朋友，而確實大家都喜歡他，逐漸地，晚上會有鄰居來家裡泡茶（那個應該當作工作室的店鋪慢慢有了泡茶的圓桌木椅，幾件阿鷹去找來的樹瘤、老家具，園藝店老闆送給他的木頭），他越是努力將這兒當作未來基地，複製著過去那些交友習慣、生活方式，她就越覺得這裡不適合他。

她不相信他眞如表面上看起來那麼開心。

做出這一切，建造這個家，是爲了什麼，爲了愛她嗎？

她終於擁有他的全部那她就快樂了嗎？

他放棄了一切，她損失的只是一點點，失去了一個原本也不怎麼喜歡的工作（但老闆正是少數支持她跟阿鷹戀情的朋友的丈夫，她怎有臉再去見那個朋友），失去了跟家人的聯繫（但也好啊也好免得給他們增添更多麻煩），但那看來只是一點點的失去背後有個更大的失落，她失去了阿豹。

在阿鷹的眼中，難道她也有那種寂寞的背影嗎？當她坐在地板上看書，趴在矮桌上寫字（書房一直都還沒有書桌，所以她都在臥房寫作），或看著錄影機裡播放出的電影（她有好多電影要介紹給阿鷹看啊！但他太累了，他時常看著看著就睡著了），當她握著掃把在掃地，在洗手台上洗衣服，她會哼唱著某些歌曲，這些歌曲會將她帶引到某處，記憶裂縫滲出的畫面，畫面裡有個淡遠的身影，像某個勾子突然將她抓住。是阿豹，是的有時阿豹的模樣突然從腦子裡竄出，她沒有意識到自己正在想念他，想得那麼劇烈又那樣自責，這樣的時候她怎能想起他，任何時刻，只要腦中閃現阿豹的形影她就會憤怒得以手搥牆（她終於懂得了這個動作的意義）。

有什麼弄錯了，但說不清楚，太晚了，這畫面，這屋宇，阿鷹所爲她付出的建造的這一切若早在幾個月之前，她該會欣喜若狂，感動莫名，但如今，夢想成眞卻更變成眞正的夢，夢裡，她擁有一切想要的，卻並不眞的快樂，她迷失在自己建構的夢境裡。

阿豹

她失蹤了，他連續打了好多天電話都無人接聽，他不得不上門去找但房東說她已經搬走，起初他以爲她是要躲避他，等到阿鷹的妻子淑娟打電話給他，說阿鷹已五天沒回家也沒去上班，說她找到琇琇上班公司的電話地址，但等她趕到，公司的人說她已遞了辭呈打包離去。

兩人就此人間蒸發。他才確定她是與阿鷹出走了。

失去她音訊的兩個月裡，他時常開車漫無目的地閒逛，去的都是他與阿鷹以前常去的區域，他會若無其事地到他們共同的朋友那兒泡茶，爲的只是打探他們的下落，但什麼消息都沒有。他不禁想起自己對她的一無所知，不知道她工作的性質跟地點（雖然她已經離職了），不認識她的朋友（他自己也沒帶她去認識他的朋友），不能去找她的家人（他爸媽知道他們的事了嗎？），這世界上能將他們聯繫在一起的只有她的意願，當她願意找他，當她做出聯絡他給他訊息的動作，他們之間斷裂彷彿不存在的關係才能恢復連結，如今她終於不願意了，切斷，砍除，消失，她單方面決定他就得承受。

這多奇怪啊！他難道沒有設想過這一天嗎？她以某種方式離去，他毫無辯解、挽救的機會。他想過，當然想過，每次見面都像最後一次，每次等待都是永遠的等待，每次她離開他都會驚恐地認定他再也見不到她，等到她眞的離去了，當時那些自認爲是最後一次，唯恐來不及的拚命索取，那些分離的焦慮、失去她的恐懼，都顯得好單薄，想像能夠將那些恐懼擴大到無限，但眞實卻比那些他自己製造出來的最後一次焦慮症更恐怖更繁複，回想他過去對她的指控、猜疑，對於失去的恐懼如今看來只像是在撒嬌，像是對上天或向她索取更多的關愛，像是他根本知道她不會眞的離去，他只是在安全的基礎上「胡思亂想」。

眞正的失去根本不是想像中的那樣。

在一起時好混亂無法分辨這天與那天的差別，但失去她之後的每一天日日面目清晰。

他周遭開始騷動起來，如湖心投下一個石子波紋慢慢散開越擴越大，他時常接到各種電話，都是關於阿鷹的，淑娟又開始天天打電話了，金虎也打，還有其他幾個老朋友（他猜想他們應該也是被淑娟纏得沒辦法了），說大家見個面來討論一下怎麼動員去找。

他老覺得自己並非身在此地此時，當所有人（琇琇若在這兒她會嘲笑他這種說法，所有人，你以爲有多少人啊？你認識的每個人眞的都在乎嗎？）透過電話筒對他說著關於阿鷹與琇琇種種，他的反應與回答多麼機械化，好像那並不是他認識的人，至少不是他深愛著的那個女人，他彷彿在描述一件從電視新聞裡聽來的事，嗯嗯，對，太過分了，再怎樣也不應該，好，看看有沒有照片，還有誰那邊打聽看看，躲得了一時躲不了一世。台灣這麼小不可能找不到。

他在自欺欺人。

這些人，他們不知道他愛她嗎？他們不能從他特別冷淡的語調中聽出他強抑的痛苦嗎？他不能分辨自己希望大家找到他們還是找不到，兩種自相矛盾的想法彼此拉扯，他既希望透過這麼多人動員可以將她從人海裡找出來，他又擔心他們的舉動正在破壞她辛苦得來的愛情，這許久以來他第一次意識到，或許，已經不是或許而是事實，她愛阿鷹想與阿鷹在一起，她渴望阿鷹離婚，企盼著阿鷹爲她作出更多努力，證明他確實愛她。

如果，倘若，那眞是她想要的，他應該幫忙不是嗎？他若如自己理解那樣地深愛著她，如他承諾過那樣只希望她快樂，將她的喜樂置於自己的需要之上，那他應該阻擋這些瘋狂找尋他們下落的人，而不是成爲其中一員。

愛情啊愛情，他自以爲是地狂愛一場，弄到最後他仍是那個當初被委託來阻斷她與阿鷹戀情的「說客」，無論如何都會站在與她相反對立的立場，被她當作敵人狠狠推開。

到底經過多久了呢？時間已經失去意義，他每天仍上班下班，晚上就騎著摩托車、開著汽車，在馬路上奔馳，穿過大小巷弄，越過縣界市郊，他不知道自己這樣的舉動能有什麼結果，但他停止不了。尋找，帶著錯亂的心情找尋他不想找到的人，這動作已經不再只是被淑娟或金虎「要求」著必須去找，實際上除了淑娟其他人早已不再熱中此事，只當成是喝酒時閒談的話題，而淑娟能做的都做了，最後轉向求神問卜，藉助神力。只有他，他仍不死心地在夜裡開車經過那些街道，陌生或熟悉，接連幾個小時不停歇，他放慢車速搜尋左右兩旁的民宅、商店、行人，他眼睛掠過每個長髮的女子，這世上竟有如此多女人蓄有這樣的長髮，她們穿著各色服飾做各種打扮，洋裝、長褲、窄裙，高矮胖瘦，他總是先注意到頭髮然後再去細看那人的長相，不是她，當然不是，沒有人擁有她那樣纖弱的身體，每一個看起來都比她胖比她高比她醜陋或比她美，沒有人恰巧是那樣的尺寸那樣的重量，他可以一手提起，一手盈握，卻伸長雙臂也攬握不住，輕得可以飛起，似乎要被風吹散，又沉重得壓住他的心頭使他不能呼吸，對啊以往她都穿著什麼衣服呢，這個人裙子太短不像她，那個人的鞋跟太高不像她，另一個穿著牛仔褲那雙腿太細太長也不像她，她都穿些什麼她喜愛穿些什麼他想不起來了，記憶中的她似乎總裸裎著身體，或者該這麼說，她當然穿有衣服，但最後總是會被他粗魯地卸下脫去，他總要就著光線先細細看她，像是一種奇怪的嗜好（他心裡常有變態之感），像是刻意按捺著不去親吻她（一上車已經先吻過了，但總要等到進入房間，只有他們兩人，性愛即將開始），要延長這已經夠久的等待更久些，他拉過她的身體靠近自己再往外推，推到手臂伸直的盡頭，望著她，已經無數次仍像第一次那樣貪婪放縱，以目光之舌舔吻，細密品嘗，等眼睛已經滿足了他才要覆蓋以眞正的吻，才允許自己用手去撫摸，拉近，摟緊，占有她。

他在那些不是她的人身影裡回味著她的氣息，他要在這些不是她的人群裡將她指認出來，似乎因爲那些人都不是她而使她顯得更加特殊，因爲不可能在這許多尋常女子身上發現她所擁有的特質，正因爲單身的有伴的牽著小孩提著包包的每個女人都不該是她，她才存在這條他不熟悉的街道，在他無法辨認出她的時空，她就無所不在。

你瘋了，你瘋了。以前她曾說過，而今他喃喃自語。

於是當電話響起他厭煩地想到又是他們又是他們又有人要來打聽他追查的結果，他又得重複地說著一樣的話，他厭煩地不想去接聽，但鈴聲響動，鈴鈴鈴鈴，狂熱執拗對抗著他的抵抗，他懶洋洋拿起電話筒。「是我，」她說。

他一定發出了聲音但是她沒聽見，是我，她又說，一幕幕在大街上穿過他車旁的女人千百個突然都湧現到他面前，那些不是她的人之中浮現出一張他想望已久的臉，在不可能的時刻聽到她，他激動得口齒不清。

「我知道，我知道，」他慌張地說，他聽得出她打的是公用電話。

「明天中午你有空嗎？」她問，他當然沒空他要上班啊但是他說有。他說好，要我去哪裡載你。

她跟他約在西屯國小校園門口。下午一點半。

掛掉電話時他耳朵裡還迴盪著鈴鈴鈴的電話鈴聲。

他臨時跟同事調班改休假，她跟他約一點半但他十二點多就到了，在附近繞了又繞，想找看看有沒有什麼糕餅店麵包店，他想給她買點吃的，一些巧克力或者小塊蛋糕，西屯區他不熟，繞來繞去什麼也沒買到，時間過得好慢，又像太快了，等她從計程車裡現身走向國小門口，他總覺得自己還沒準備好。

她的髮型變了，她將長髮剪短（後來問她她說是怕萬一被人認出），清湯掛麵像個高中生，但他還是認得出她（他想起自己之前那些在街上尋找長髮女子的動作，如果那些人之中真有她而她已是短髮他能認出嗎？）。他問她這些日子都去了那兒，過得好嗎？她只說：「我五點前得回去。」

她有什麼地方改變了，看起來幸福卻又茫然，清秀的短髮配上簡單的穿著（難道是沒錢了買不起好衣服？），她的表情動作依然生動，但並不直接回答他的問題，只說往前右轉再前進，像歹徒指示放置贖款位置，隨著她指示的方向，他們開車進了一家汽車旅館。

他不知道她爲何找他，但他渴望她近乎發狂，有太多問題想問，這兩個月來他對她的反覆思量，他絕望或激勵自己的各種打算，那一晚到底發生什麼事使得他們倆毅然出走，已經停止了嗎？接下來該如何呢？

他所擁有的時間只有三小時，他要如何在三小時裡表述這六十多天來在他生命裡的巨大起伏，好奇怪時間彷彿被刻意轉慢了，他夢遊般將車開進車庫，熄火，下車，打開車門，走過去她那邊扶她下車，他牽著她的手走向那通往二樓房間的樓梯，短短幾級階梯，她在前他在後，感覺前方茫然未知，階梯似乎通往天境，她站在門邊等他用鑰匙打開房門，進門後她靜坐在床邊，脫下鞋子，解開外套，他凝望著她每一個動作，細長、潔白的手指緩慢撥開鈕釦，一顆一顆，像在摘取某種果實，米色薄外套底下是一件白色長袖T恤，胸口印有一排細小的咖啡色英文字母，她穿著牛仔褲，膝蓋部分有些磨損，光著腳的兩條細腿在床沿擺動，他眼睛如攝影機鏡頭逐一掠過她身上的穿著，企圖深入纖維縫隙（倘若這是唯一的一次，是最初的一次，這是他所能見到她全部的衣物，覆蓋她彷彿那許多朦朧費解的事物僅有的線索，他要像個耐心的偵探，牢牢記住所有細節），他懷疑自己怎麼忍得住不去碰觸她，不去剝掉她身上還穿著的衣褲，不像以往那樣衝動地激情地野蠻地將她脫到一絲不掛，他怎捨得時間分分秒秒飛逝，而她的動作如此緩慢像永遠不會解開，仍會以穿著白上衣藍色褲子的形象靜定在這兒，而後飄然遠去。

她對他攤開雙手，過來，她說，讓我看看你。她對他微笑，美麗的笑容有某種無奈。來，來抱我，她說。

兩腿像拖著鉛塊又像已經癱瘓，明明很近的距離但他到達不了。以往，若是以往，無論在何種情況下，白天黑夜，在臥室裡，在旅館中，無須她叫喚，他自會去摟她抱她親吻她，他曾對她做出自己都沒想像過的許多色情的舉動，抬起她雙腿架在自己的腰上以雙手托住她的臀，他拉開她的雙手像張開手風琴的摺扇，從左向右，以他粗糙的臉頰滑過。他將她放倒在浴缸裡，以蓮蓬頭水柱嘩啦啦沖刷她，在水中摸索她，將頭埋進水裡尋找她的乳頭，含著她細細的陰毛。

他曾瘋狂彈奏她的身體如一具樂器，發出令他癡狂的聲音。

艱難地移動沉重雙腿朝她靠近卻像是遠離，他蹲坐在床邊地毯上輕靠著她的腿，只是靠著，雙手握住她的小腿，像抱著飄向自己的浮木，他心裡太過悲傷以致於沒有氣力勃起，她的手緩緩撫摸著他的臉，似乎懂得他此刻的無能為力，又或者她也沒有做愛的情緒，沒拉上窗簾的窗玻璃透進明亮光線，隱約聽見外面聲響，有車子駛進，有車子開走，中午時分，其他房間裡的情人都在做什麼呢？他以雙手環抱著她的腿，感覺她身體起伏隨著呼吸起伏。寂靜，寂靜如叨絮，沒說出的話在靜默間喧鬧，寂靜如同永恆，他渴望就這樣永久倚靠著她的牛仔褲，在她腿邊，這雙腿曾將她帶離他身邊如今又將她帶來，這神奇的腿，細瘦如鹿，曾在他的掌握裡變成張開的樹枝，開滿燦爛的花。

阿鷹為她拋家棄子，丟了工作，而他做了什麼，他遲疑他軟弱他考慮太多，在這場決鬥裡他已經落敗，但她在這樣的時候還找他，或許正如她曾說過的她確實愛他，至少她在乎他，又或者她是在對他求救？他忍不住要想，或許她根本不希望阿鷹離家，或許她已害怕這逃亡的生活，或許他們身上沒錢了，有太多可能？趁著她去洗手間，他將皮夾裡的現金全塞進了她的包包裡。

「他對你好嗎？」他忍不住問她，這時他們已經解開原本靜止如畫的動作，雙雙躺臥床上，這是個愚蠢的問題但他必須問。

他對我很好。她只簡短地回了這一句。

「這是我最後一次見你了。」她突然這麼說。

「爲什麼？」他問。

「我也不知道我爲何找你，但我忍不住，我總是想著你會大街小巷去找我，找不到我你會心亂，會痛苦會擔心，但是阿鷹已經爲我做了這樣的事，我卻還想著你，我好恨自己。」

「可是我想念你，昨天聽見你的聲音時我好想哭，走到這一步已經回不了頭。」她說。

這竟然是她第一次對他表露自己的情意。她從不曾如現在這樣眞切地說出她想念他，她曾爲了他心亂。

他爲了她說出的話痛苦不堪，過去他所有吃醋的舉動嫉妒的言語，反反覆覆對她試探，刁難她責怪她，此時看來是多殘忍多愚蠢，他到底需要什麼證明？他在證明什麼東西？此時她就在眼前，柔軟的身體像已經被痛苦折斷，他不免疑心自己跟阿鷹根本都做錯了，他們兩個大男人自以爲是的愛讓她承受了什麼樣的痛苦啊！

「留下來，我現在什麼都不在乎了，我會帶你回家，帶你去見我的朋友，去任何你想去的地方，我不怕了。」他既是懇求又是承諾，不懼怕她會嘲笑他。

「來不及了。」她說。

來不及了。

那像宣判一樣的句子衝擊他的聽力使他耳鳴。他每個決定都晚了阿鷹一步。阿鷹就是比他敢，敢的人得到、不敢的人失去。在失去她消息的那些日子裡他做了決定，只要能再見到她，只要他能再擁有她，他願意付出一切代價，但那時他自己也知道已經太遲了，這個不計代價不就是她一直渴望的嗎？她什麼都不要，但她要的就是有人願意爲她付出無條件的不計代價的愛，只有那種愛才能讓她相信自己值得被愛，才能讓她相信這世界上有人眞心愛她，人生值得活，他都知道，但他沒做到。

她不讓他送她回家，「你不知道我們的住處對你比較好。」她說。等紅綠燈時她突然開門下車、穿過車陣到馬路對面鑽進一條小巷，就此失去蹤影。

後面的車子不斷鳴按喇叭發出刺耳聲響，人車奔流的大街如河流呑沒他的車子，他身陷其中遲遲不能動彈，不能相信她就此從眼前消失，他握著方向盤哀號了起來。

阿鷹

他們太了解彼此了，這樣的了解有時會造成過度的體諒，會使他們已經很艱困的處境變得更困難。

你後悔嗎？她問他。

我沒有後悔。他回答。

甜美家常的生活裡總有些停頓靜默的片刻，兩個人同時安靜，只幾秒鐘，但那幾秒卻蘊含太多可能，我解讀你，你解讀我，你後悔嗎？你害怕嗎？這是你要的嗎？

他打造著這房子如同打造另一個作品，但工具都不在身邊，自年輕時就使用到現在的雕刻刀，是他設計款式到鹿港找一個老師傅訂做的，若要說後悔他只後悔當時沒把自己的雕刻刀帶走，當然還有身分證，如果要依此邏輯推想，來不及帶走的東西實在太多數不勝數，離家的決定確實是意料之外，沒有預謀，沒有計畫，他只是開車出門，來到她家，就沒有再回去。

他是在第一天晚上就下定決心了，但那種決心太過縹緲，決心裡只有愛她、要設法解除眼前困境的念頭，無暇顧及其他（或他不願設想），那是只要稍有遲疑便會破滅的微弱決心，因爲他是有家庭的人，無論當初是否是心甘情願結的婚，不管婚後發生過多少衝突，就算他愛上其他女人（即使是她，他自認他不曾如此深愛過一個人），雖然他也多次提出要離婚，但那絕不是如他現在所做這般，**拋棄**。

他曾平心靜氣與淑娟商談，對她說我們不適合當夫妻（不是愛不愛的問題，我不適合當誰的丈夫），但我願意照顧你一輩子，我也會盡力撫養小孩，我們可以像兩個親人那樣共同將小孩撫養長大，也扶持對方，他將那遠景描繪得好清晰，畫面裡不再充滿著爭吵、抓姦、嫉妒，他們互敬互愛，以另一種方式白頭到老。

「別作夢了你。」淑娟說。

家庭，沒有夫妻哪來的家庭，沒有父母小孩怎可能快樂健康成長。淑娟說。

他打電話給水蛙跟阿苗，請他們帶錢去他家，「其他事別多問了，現在解釋不清楚，」他說。他想過等到工作穩定了，每個月再寄一些錢回家，他想過應該寫一封信給淑娟，讓她知道他不是要遺棄他們，他只是離開那個房子，往後仍會如以前那樣設法照顧他們。

往後如以前那樣？唉，怎麼可能？

他都可以想像到現在他家裡是什麼景況，淑娟必定會翻閱電話本找遍所有名字打電話，她必定會去他父母家、金虎家、琇琇家、阿豹家，去任何一處她知道他去過的地方，她會日夜哭泣，孩子們會不安，會找爸爸，她可能會安慰他們，更可能會對孩子們說他是個多麼可恨的人。

像他母親那樣。

淑娟曾對他說過自己身世，她是個養女，因爲家裡生養太多女兒將她送給別人撫養，成年後見過她的親生家人，但彼此卻淡漠如陌生人，如何都無法生出血肉骨親的深刻情感，養父母沒有女兒，有五個兒子，父母兄弟沒有差別待她，都將她當作親生女兒，但自從她知道自己是養女，她便小心謹慎，付出幾倍的努力，操持家務，採摘葡萄，燒飯洗衣，她不多話，臉上總保持著適度的微笑，「因爲不是親生的，別人疼愛你是因爲你乖，這些疼愛只要稍有不慎就會失去。」她說。

「我是養女，你是私生子，你一定跟我一樣想要擁有自己的家，你可以體會我的感受。」當年戀愛之初她曾如此對他說。

那時他猛點頭，因爲感動而說不出話來，他沒眞正明白這話語與點頭之間的託付與承諾，他只是想像著她努力維持既不顯得太快樂也不會太悲傷的笑容，想像她還想求學卻對養父母說她要外出去工作，那種堅持要盡快獨立的模樣。

如今感覺好模糊。她曾經像琇琇這樣令他無比心疼感傷，他曾能夠深刻體會她的夢想與痛苦，但後來他卻成爲那給予她最多傷害的人。

母親，他腦中輕易可以想出一百句母親辱罵父親的話，母親與父親相處不過短短一年，她對父親的記憶卻如此之深，數十年前的對話都言猶在耳，每一個對話、動作、眼神、表情，都添加母親的批判才會再現於他眼前，他早已懂得過濾掉那些惡意的描述如剔除魚肉裡的刺，他的孩子懂得剔掉那些刺看見他良善之處嗎？

他曾恨過他父親，因爲母親要他恨，母親在訓練他恨，人怎麼去恨一個自己不曾見過的人呢？但他恨，那種恨並不強烈更像是包含著失望，像是透過某種類似恨的情感來親近那個見不到的人，因爲不曾感受過父親的愛，他便以母親口中的恨來接近父親，對恨的想像彌補了空缺，他與父親之間不再是毫無關連的人。

然而見到父親之後，即使只是三天裡簡短幾句談話，這個不曾照顧過他的人依然得到了他毫無疑問的敬愛，他見過父親的元配妻子與兩個兒子，大媽帶來家庭相簿給他看，一張一張照片裡的父親，三十歲、四十歲、五十歲，大媽解釋著這張是什麼時候拍的，當時父親都在做些什麼。在醫院病房外的等候室裡，他的兄弟親切與他交談，兩人都說著父親常提起他，想像揣摩他正在做什麼，說父親曾私下跑去他阿嬤住家附近等他看他，「阿爸常說，培英最像我。」聽到這句話他哭了，那時父親已經彌留，臉部覆蓋氧氣罩已無法言語，探望時間裡他不斷凝望父親那被罩子蓋住半邊的臉，培英最像我，父親說，那句他來不及聽到的話彌補了他終生追尋欠缺的父愛。

他能夠想像父親當時離開他與母親不是出於惡意，他知道十多年來父親想念著他不亞於自己對他的思念。報復，母親將他的存在，將斷絕父親見到他的可能當作是最殘酷的報復，母親成功了，但也可說失敗，因爲他與父親確實太相像，他們的人生裡都不存在恨，他們即使不見面也能愛著對方。

他不願自己的兒子恨他，因爲他明白一個兒子恨著自己父親是何等痛苦之事，那會如何將人置於絕望處境，倘若不是因爲他阿嬤如此愛他，他不敢想像自己如何在那一大段別人總喊罵著「雜種，雜種」、他親耳聽見母親咒罵父親「爛人，沒良心，色鬼」，而自己也不自覺開始對父親失望的日子裡，他如何相信愛，相信自己的價值。

但他離家了。

琇琇，是上天專門爲他準備的一份禮物，奇異古怪而動人的女孩，時而熱情時而冷漠，不知道爲什麼這樣憤怒，這麼防衛，有時會刻意說出傷害他的言語，她也確實做出了傷害他的事，然而每當他凝望著在書桌前握著鋼筆專心寫著小說的她，他無法轉開視線不去看她，這是個轉瞬就會消失的女孩，好像一轉身她就會從懸崖上翻身跳下去（幸好他們這個房子並不是懸崖，但眞正的險境在她心裡），他的心好疼痛，在他看不見的地方，在還來不及認識她的時候，發生了足以摧毀她的悲劇，誰都來不及阻止。他只知道要愛她，付出再多的代價他都不願意鬆手，讓全世界的人嘲笑他唾棄他吧！讓世人都說他是個忘恩負義、沒有良心的男人，他沒有辦法，上天爲他帶來這個她，向他揭示了生命的美好，用的卻是這麼殘忍的方式。像他母親預言的那樣，說他長大一定會成爲像他父親那種不負責任的男人，他記得那年跟父親相認，他曾經那麼恨他，但第一眼看見父親的時候所有的恨意都消失，那不是母親口中如洪水猛獸的怪物，只是一個哀傷而絕望被疾病折騰瘦得只剩骨架的老人，他幾乎可以理解爲什麼父親會離他而去，那存在大人之間的情愛糾葛，一個錯誤連接著一個錯誤，讓大家都進入無法回頭的局面。

父親遺棄他而他遺棄了自己的孩子。

因爲他除了是父親、兒子、丈夫，他還擁有其他身分，**男人**，一個心中仍有愛欲有需要有渴慕的男人，如雙面鏡映照出既是個成年男子又是個孤獨少年的影像，一生漂泊浪蕩，卻毫無道理地貪愛著琇琇，他可以想像自己的妻子將會如何在往後長長的餘生裡咒罵他，會如何在孩子面前數落他，把他形容成一個可怕的父親與丈夫，繼續這樣下去他的孩子長大也會恨他，會因爲對自己父親的恨意而受到非常大的損傷，將來，他會因此而痛恨自己。

他有自己的家庭但他一直那麼孤單，直到認識了她，多麼令人費解，該如何對別人說明，然而他愛她，他需要她，他想要進入她那封閉而隱匿的內心，讓她知道這世界是值得活的，這麼美好的孩子不該承受那麼多的苦難，然而他害怕著命運，擔心自己永遠沒辦法做到那麼好。

他打造著那個房子讓它更舒適更牢固，但這裡能維持多久呢？每天發薪水時他總擔心著會計會問起他身分證補交了沒？每天開車上班時經過附近的國小，看見一個接一個走進校園的小學生，那些高矮跟他兒子相近的男學生，打打鬧鬧不安分地動來動去，喧譁地魚貫走進校園，他會忍不住在校園門口停住，心裡萬分哀痛懊悔他從也沒有像那些家長般陪著他兒子去上學，下了課也不是他在幫他們看作業，他甚至不曾幫孩子換過一片尿布（他退伍回家老二都兩歲了），在離家之前他就不是個盡責的父親了，他有什麼資格哀痛，然而他痛苦，老大跟老二只相隔一歲多，大的長得像他，小的像媽媽，懷孕生產的過程他幾乎都沒參與，當兵前淑娟已經懷孕，但卻像是三年當兵退伍後才證實了自己已經身爲人父，家裡已經有了兩個兒子，十多年來他與孩子相處的時間不多，孩子卻喜歡他崇拜他，他記得孩子們以敬畏眼神看著他的模樣，老大說將來長大也要當雕刻家，老二說他要學畫畫，只有學校有指定工藝勞作他們才會來纏他，他們兩個會爭先恐後把勞作課老師發下的材料拿進他的工作室，搶奪工作台一角，安靜地拿著美工刀、黏土、木片、圖畫紙，煞有其事地在那兒工作著，偶爾偷偷看他，完成後既歡欣又畏懼地把成品拿給他看，渴望得到他的一句讚美。

他記得他帶著孩子們去游泳，噗通噗通兩條魚似地他們躍入水中，戴著泳帽的頭小小的從水裡冒出來，他們早已學會蛙式、自由式，卻總要回頭來找他，他一向不寵溺小孩（因爲溺愛的部分他們的母親已經做得太多），所以他從不牽著小孩的手走路，他教小孩騎腳踏車，從不去扶車子的龍頭，要他們自己快快學會，要獨立，他總是這麼期待他們。

孩子們不曾要求父親疼愛，甚至許多他遲歸的夜晚，睡夢裡他聽見小孩在客廳吃早餐準備上學發出窸窸窣窣聲，兄弟倆還會叮嚀著對方：「不要吵醒爸爸」，他們只是需要他存在，在那個屋子，他們要求的那麼少，卻深信那是永遠不會失去的。

但他離家了，他拋棄了他們。

自私，幼稚，不負責任，他身爲兩個小學生的父親，他坐在車子裡看著那些根本不是他的兒子的學生走進校園，忍不住淚流滿面，但他下了班依然開車回去那個平房，他做菜給琇琇吃，因爲沒有洗衣機，每次看見琇琇在洗手台費力地擰轉他的衣褲，他總疼惜地連忙跑過去幫她。一回琇琇扭傷了腳，他拿著熱毛巾幫她按摩熱敷，聽見她極力忍耐還是不免發出細微的呻吟，他撫摸著她的腳踝，纖細如一般人的手腕，因熱水或發炎而紅腫的突起，他心痛如絞。琇琇瞞著他白天跑去附近的檳榔攤工作，每天剖幾百顆檳榔，剖得右手虎口都發炎了，那雙應該用來寫字的手浸泡在雙氧水裡弄得潰爛，因爲過度用力連杯子都拿不穩（曾經她的十指纖纖白皙形狀美如飛鳥，她發呆沉思時會將雙手交叉擱放在腿上，他會突然走過去按住那雙手，別動，他說，人會因為一雙美麗的手而愛上這世界嗎？他吻她的手，擱置，停放，彷彿準備起飛，那即將飛舞的手攫獲了他的心），他竟然五天之後才發現，發現後才強烈要求她懇求她不要再去上班。他從不曾以如此體會來體會他的家人，老天啊他不是個好父親，沒資格做好一個父親，他只是個被愛情綁架了的男人。

愛情，使他黯然神傷、令他蝕骨銷魂，逼迫他牽引他進入瘋狂之境，多少次他感覺自己無所不能，繼而發現自己什麼都不能，他哭哭笑笑，忽喜忽悲，他相信他懷疑他嫉妒他恐懼，而終於他已經全部擁有她了，全部，至少在肉眼可見的範圍，然而，他仍在她眼中看見失落，他深恐自己對家人對孩子的掛念不用說出口她也感受到，她感受到的甚至更多，如他體會她，她捨不得他因為去植草皮曬得臉脫皮，她不忍心他離開所有朋友，放棄原有的工作，她擔憂他不能過著想要的生活而感到乏悶，他們擁有彼此卻彷彿失去更多，因為那樣的失落他們就更用力地對待彼此，讓這個小屋整潔舒適美麗彷若永遠的居所。

永遠，他們因為知道這不是永遠只是暫時，才那樣地拚命。

他做不到的阿豹做得到嗎？有時他會想，他必須費盡全力的阿豹只消輕輕提起，他必須拋棄一個家才能給予琇琇她需要的愛，而阿豹欠缺的正是一個妻子，一個女人，倘若阿豹說讓我來，這些你感覺痛苦的讓我來做，我必然可以做得更好更自然，這麼一來兩全其美，皆大歡喜，倘若阿豹這麼說呢？他唯恐，不，他確信，即使阿豹這麼說，他也放不了手。

那天他忍不住偷偷打電話回家，接電話的是他大兒子，老大剛上國一，身體開始抽高拉長，「爸你去哪了？為什麼都不回家？」老大開始變聲了，在這兩個月的時間一定又長大了些。「我在外面處理一些事，過一陣子就回家，」他安撫著。「你不會回來了對吧！媽媽說你跟別的女人跑了。」老大吼叫著，掛掉了電話。

他可以想像妻子是如何對孩子說自己的，就像當年母親對他描述的父親，他無能反駁，如今他只是個身陷愛情風暴的人，他的作爲沒有一處可以做爲孩子的表率。

他到底在做什麼呢？

他還握著電話筒，她已從浴室出來，「你想回家就回去吧！」她說。

最終他辜負了所有的人，他既無法成爲眞正的好人，也無法做壞到底，只顯得當初離家的決定像是因爲爭奪她而做出的任性舉動。

「回家後我還是可以跟你在一起，現在這樣行不通的。」他說。

「你回去也好，我心裡反而比較輕鬆。」她說。

後來她說，我下午見過阿豹了。

他想問她爲什麼，但他並不想知道答案。

她懂得如何報復他，只要他犯了一點錯誤她就會以他無法反駁抵抗的方式來回敬他，在她的世界裡，每個人都是有罪的，如果你忘了這點，她就會以某件事情提醒你，他偷偷打電話回家，她偷偷見了阿豹，這樣的行徑有何不同，他們心裡都另有掛念，都是背叛，這個惡夢不會醒來，不會有出路，會一直重複循環下去直到將他們的愛消磨殆盡。該怎麼辦？

第四部

小妹

有人突然喊了她，喊的卻是她姊姊的名字，從前接電話時就常有人將她與姊姊的聲音搞錯（打來的永遠都是找姊姊而不是找她），但還是第一次有人對著她喊出姊姊的名。等她回頭那人才很抱歉地說：「對不起我認錯人了。小妹，不過妳們兩個背影眞的好相像。」這個人是姊姊的高中同學，她以前見過。「琇琇最近還好嗎？好久沒她消息了。」那人問。她簡短解釋姊姊已經搬回鄉下，在爸媽的朋友那兒工作。「她那人啊就是讓人擔心。」姊姊的同學搖搖頭走了。

她是珍珍姊姊叫琇琇，認識姊姊的人都喊她小妹。

有這樣一個姊姊不知幸或不幸，這個大她四歲的姊姊，即使在她們已疏於聯絡之後，仍以其他方式回到她生活裡。

慢慢走回租來的房子，提著剛買回的晚餐爬上三層樓梯，她讀大二，在學校附近跟同學分租一層公寓，她住靠窗的邊間，四坪大的房間裡養了兩隻貓（貓是姊姊養在阿鷹工作室外的野貓生的小貓仔），屋內堆滿了東西，小學時的課本作業簿，高中制服書包，早已穿不下的衣服褲子，某一次電影的票根，包裝紙，購物袋，紙類布類物品類，分門別類收納在書櫃、衣櫥、紙箱、儲藏盒，以十九歲的人生來說，擁有這些數量的東西不知道算不算多，在許多次搬家過程裡也發誓要忍痛把某一些再也用不到的東西丟掉，但丟棄卻是她最不擅長的事。

這次是姊姊送給她許多衣服，姊姊丟掉而她撿回。總是這樣的。她每次收下一件姊姊不要的物品，房子就變得更擁擠些。

滿屋子物品其中有許多是姊姊給她的，贈送、轉讓、丟卻，以各種方式來到她手裡，皮包、首飾、擺設、書本、鉛筆盒、衣服、鞋子（姊姊的尺寸比她小一點，她穿起來總是打腳），男朋友。

她記得以前有個男人常帶她跟姊姊出去，那人喜歡打保齡球，後來姊姊說，我不喜歡運動你帶我妹妹去吧。

爬山，打球，看電影，總有人想帶姊姊去各種地方，姊姊說，你帶我妹妹去吧。

姊姊以爲所有自己不要的她都會喜歡嗎？

但那其中確實有許多是她所愛。好像經過姊姊的手，撫愛或遺棄，都染上了傳奇的色彩，即使是那個姊姊口中「人很好但是好無聊」的保齡球男人，確實是個言語無味長相平凡的人，可是那人對姊姊很深情啊！對她也很好，每次總是開著車子繞兩個不同的地方先去載了姊姊又來載她，姊姊都戲稱那人叫做司機。姊姊每次要到回鄉下就會打電話叫司機去載。接來送去也沒見那人有什麼抱怨。

姊姊大三下學期交了一個男朋友，暑假還把他帶回家來跟他們家人一起去玩，姊姊老是叫他學長，她只好也跟著叫學長，那時她弄不懂姊姊爲何不久前才對她說自己如何愛著阿鷹，一轉頭她又交了男朋友，她問姊姊那阿鷹怎麼辦，姊姊說，他會諒解的。

諒解？彷彿諒解她是責任，好像不諒解是不講理，若因此感到難過就是自私了，不多久又沒見到學長打電話來，她問姊姊，姊姊只是輕描淡寫地說，分手了。

還是常見有不熟悉的男生打電話到家裡來，姊姊每次放假回家，都會跟阿鷹出去，但有時是其他人送姊姊回來，她看見不同的車子進出村口，看見姊姊拿著某個禮物回家，隨手一擱，姊姊說：

「又是巧克力，我又不吃，給你。」

好奇怪，任何人在姊姊面前都像失了魂，任她予取予求，無論姊姊提出什麼任性無理的要求，看起來都像理所當然，彷彿不能滿足她才是自己的錯誤。所有人都愛姊姊而不愛她，即使對她好也是因爲姊姊的緣故，姊姊送給她的禮物，都是輕易從別人那兒得來，而一時興起又不想要的，姊姊爲何總是那麼自以爲是地把自己不想要卻認爲適合她的人事物推送給她呢？那舉動看起來是大方，是在對她好，但這看似大方慷慨的舉動時常觸痛她，姊姊就是那麼自我中心，以爲整個世界都以她爲中心旋轉，就算動機是出於愛出於善，最後也會因爲她的自我中心而變成對別人的傷害，正如阿鷹，他們不是壞人，但總是叫你傷心。

媽媽口中的阿鷹，姊姊口中的阿鷹，這個名字從很久以前就出現在她的世界裡，像是故事裡總會反覆出現的主要人物。

阿鷹，她時常獨自低語唸誦著這兩個字，這絕不是姊姊一時興起給她的禮物，不是那些食之無味棄之可惜當作司機使喚的男人，這個年紀大她近二十歲的男人，是她們的叔叔之一，小時候的事她沒太深印象，記憶中進出店裡那些叔叔阿姨裡確實有些後來也到鄉下的家裡作客，她太小了不記得曾經跟他們互動。後來姊姊總愛說起那時，說她小時候就喜歡那兩個叔叔，阿鷹跟阿豹，「後來他們眞的都愛上我，」姊姊說。她的眼神看起來那麼得意，一點也不像阿鷹說的有任何內疚矛盾或痛苦。阿鷹眞傻，阿豹也是，如果他們有機會見過姊姊其他時刻的樣子，還會那樣癡傻愛著她嗎？

即使不合理不公平，像飛蛾總會撲向燈火，月亮注定被群星包圍，那些人就是愛姊姊，她當時是被阿鷹對姊姊那種瘋狂的愛給吸引了嗎？她弄不清楚順序了，或許更早，或許她也像姊姊那樣在還是少女的時候就喜歡阿鷹叔叔那種特別的樣子，他說話他談笑他看著你的表情，跟姊姊一樣，那麼自信、自然，當他們出現，他們張口，光就會打在他們身上，人們的目光就會朝著光源之處，凝視，追隨，仰慕。

阿鷹跟姊姊戀愛那幾年，有幾次他帶她們三姊弟出去玩，後來也常帶她跟姊姊兩個人，開著車，去好多地方，姊姊怕累怕曬太陽，常抱怨跋山涉水弄得一身髒有什麼意思，阿鷹教他們打網球，姊姊也是學兩三次就不肯學了，他送給姊姊的網球拍就擱放在家裡吃灰塵。阿鷹當學徒時第一個雕刻的作品，那隻傻傻的好可愛的熊，他送給姊姊，結果呢？她敢確定姊姊根本就不記得自己把它扔到哪去了（原本放在老家她跟姊姊同住的房間書櫃最上層，她常拿出來擦拭，後來收進了櫥櫃，姊姊從來不問起）。

愛惜，這兩個字在姊姊的世界裡並不存在，因爲已經擁有的不必愛惜，因爲即使她隨意扔棄別人又會繼續拿來，因爲她連浪費的動作做起來都如此動人。

浪費，糟蹋，拋棄，辜負，是姊姊的專長。是使她有別於其他人而顯得特殊的標誌。

有這樣一個姊姊到底幸還是不幸？

姊姊揮霍愛情如富人揮霍金錢，但愛情卻是她還不曾擁有的東西，被愛，若有人像阿鷹愛姊姊那樣愛著她，不是父母的愛，而是愛情，那彷彿可以帶給你所有事物的，帶你去各個你自己不可能到達的地方，心甘情願，義無反顧，雙手奉上，如姊姊所擁有那樣，若有人能像阿鷹愛姊姊那樣愛她，甚至只要一半就好，她絕不可能像姊姊那樣做，她絕不會棄這人於不顧，絕不會做出傷害他的事。

她跟姊姊不同。

剛開始她跟弟弟都很困惑，姊姊告訴他們：「我跟阿鷹叔叔在一起了，他是我的男朋友。」姊姊沒有解釋過程，語氣裡有不容質問的堅定，那時她才讀高中，再見到阿鷹還是喊他叔叔，後來她才知道姊姊之所以告訴他們只是為了方便，因為阿鷹會在爸媽不在家時來家裡找姊姊，或送她回家，因為姊姊知道她跟弟弟不會把祕密洩漏出去。

那確實很難理解，但她跟弟弟都接受，凡是姊姊做的事他們從來不會懷疑，姊姊啊！從小就是他們倆崇拜仰慕依賴的人。那些只有電影電視裡才會出現的情節總會發生在姊姊身上。

如姊姊與阿鷹之間轟轟烈烈的愛。

轟轟烈烈。任何事姊姊都得搞得轟轟烈烈不可，彷彿平淡的人生不值得過，平凡的人不該被記住。起初，姊姊每次假日回家來，總是喜孜孜地告訴她好多關於阿鷹的事，說他又帶她去那兒玩，說阿鷹的故事（她最喜歡聽這個部分），姊姊好會講話，能夠把一件事講得生動逼真彷彿就在眼前，她能用語言讓你哭，讓你笑，讓你也親自參與那其實與你無關的事物，當姊姊喜歡一個人（或某件事）的時候，會將他捧上天，將他所有優點誇大強化，說得讓聽的人也忍不住喜歡上他。姊姊的眼睛裡只看得見她想看的，她能從任何事物裡提煉出她想要的部分，丟棄或忘記她不喜歡的。

等到姊姊厭棄了那人或那事，她看到的就只剩下早先被刻意忽略的缺點。她甩開那些她已厭棄的情人如她甩開她擁有的物品，任何東西只要到手她就不愛惜。

但阿鷹是不一樣的，她沒聽過姊姊批評他，她用的是另一種更糟的做法，她傷害他。

有時弟弟會私下問她：「大姊到底是怎麼了？」他問的是姊姊那些奇怪的作為，比如好幾個月不回家，再回家時卻是生了大病讓爸爸開車去從大學裡接回來，比如後來姊姊又跟阿豹叔叔在一起，讓阿鷹好傷心（這些細節還是姊姊親口說的，她常自顧自地說著想說的話，將她跟弟弟當作是絕對不會反對的忠實聽眾），她曾在村口看見阿豹叔叔的車，看見姊姊穿著漂亮的衣服上了那車，姊姊還問她要不要一起去吃消夜？（她才不要，這件事裡她是站在阿鷹這邊的。雖然她也覺得阿豹叔叔是個好人。）

比如姊姊跟阿鷹一起鬧失蹤，淑娟阿姨跑到家裡來鬧，她記得好清楚那次，阿姨帶了一個奇怪的女人（他們說要叫林仙姑）到家裡來作法，爸媽也由著她鬧，林仙姑拿著符咒貼滿她跟姊姊的房間，還逼她要拿姊姊的衣服給她們（後來她拿的那件是家裡過季的庫存衣物，不是姊姊穿過的），仙姑跟淑娟阿姨說阿鷹著了姊姊的魔，才會離家出走，她們說這樣對姊姊也不好，所以要作法解除（他爸媽根本不信這一套，他們一家人之所以配合演出只是爲了息事寧人）。

那時好混亂啊！常聽見爸爸媽媽在吵架，爸爸總是罵媽媽沒把小孩教好，又說都是她交了壞朋友，才讓那些人來帶壞他女兒。那時淑娟阿姨三天兩頭就到家裡來，一來就是坐一下午，在客廳裡哭啊說話啊，害她跟弟弟都不敢到二樓去看電視。

後來姊姊打電話給她，是她跟媽媽趁著爸爸去醫院照顧阿嬤連夜到台中去給他們送錢，三萬元，錢還是從她的存款裡領出來的。

姊姊跟阿鷹住在一個眷村的平房裡，造型很奇怪的房子，前面第一間阿鷹說以後要當工作室，但現在只放了一點木頭，還沒有工具，中間有個小空間，姊姊說以後要當書房（擺張小床你來了也可以住喔！阿鷹說。她記得當時他說話的樣子），接著是廚房兼衛浴，最後一間是臥室，後面的小院子養了幾條狗，阿鷹把臥房布置得很特別（他那神奇的手），喝著阿鷹泡的茶，吃他煮的炒飯跟竹筍湯，姊姊放了音樂給他們聽。那時刻，她好喜歡那個房子裡的一切，窗戶掛著竹簾當作窗簾，老舊的木頭大床，架高的木頭地板上鋪著榻榻米，放置一張矮桌（姊姊得意地說這些都是阿鷹去撿來的），收拾得清爽雅致，他們四個人圍繞著小桌子聊天，原本很擔憂的媽媽看來也像放了心，阿鷹說他正在一個園藝店植草皮（難怪他曬得好黑好黑），姊姊說因爲淑娟找到她原本上班的藝廊電話，她一接到電話就離職了，現在還沒找到工作。

他們都沒錢了，可是看起來好快樂。那天她眞以爲姊姊會跟阿鷹相愛終老。

母親

麗玉眞的沒想過阿鷹對她說的那些事，但阿鷹說了。

那天，阿鷹在電話裡說：「大姊我有事要跟你私下談談，」好啊，她也正想跟他談一談，琇琇去跟大學老師吃午飯，正雄去醫院照顧她婆婆，阿鷹到家裡來找她。

坐在阿鷹的車子裡，在前往阿鷹跟琇琇住處的路上，只有她跟阿鷹兩人，好多年來她不曾單獨跟阿鷹見面了，她記得以前在台中的時候，阿鷹常開著金虎的車子載她，去上班，去辦事，去夜總會，有時司機是阿豹，他們兩人就像她的私人保鏢，眞奇妙，那時他們都還是年輕的男孩子，卻都已經結了婚有孩子，他們喊她大姊，尊敬她，照顧她，她大他們六七歲，他們卻又會像對待其他小姐那樣虧她迷糊笑她傻，她自己有三個哥哥兩個弟弟，但跟阿豹阿鷹在一起是不同的，她的兄弟不曾見過她在台中上班的樣子，她寧願他們只記得她另外那一面。婚前，她在父親的電池工廠上班，她沉默害羞，嫻靜乖巧，若不是家道中落她應該有機會讀更多書，到城市去工作，或許像母親那樣讀護校去當護士，甚至讀到大學或師院可以當老師，她喜歡當老師，她記得琇琇小時候她還在家裡，琇琇多聰慧還沒上學就能寫字，她一筆一畫在小黑板上教琇琇認字、畫圖、算數，村子裡誰見了不嘖嘖稱奇，琇琇將來可能會讀博士、能出國留學、甚至可以當老師當教授當醫生做律師或成爲科學家，所有可以想像得到一個優秀孩子能夠有的未來他們都曾設想，琇琇是他們夫妻倆的驕傲，是他們的希望。但結果卻都不是那樣子。

父親母親在日據時代都受過高等教育，家裡卻出了幾個流氓（她大哥病歿，二哥三哥都是嘉義地區混幫派的，她那個每天琴棋書畫的老父親還被兒子牽連落得去當廟祝，她老爸爸最怕黑，竟讓他去守廟看門啊！好久遠的往事），而她也只讀了國小（她六年都是班長啊都考第一名，跟她第二個女兒一樣），就在家裡的工廠幫忙。但她從不怨怪命運。

命運，命運大大地捉弄了她一生，但她不懂得反抗只懂得認命。

車子從鄉間道路駛向市區，幾年前，許多次她叫了計程車從台中沿著相反道路開到她剛才出發的地方，在夜裡，計程車停放在村子入口處，正是阿鷹剛才等待她的地方，她摸黑拐進小路，不想遇到任何鄰居，她小心翼翼拿出鑰匙，開門上樓，不想吵醒熟睡中的孩子，她只想看他們一眼，想抱一抱才五歲的小兒子祥祥，或者把琇琇的生日蛋糕冰在冰箱，或是把珍珍她想要的彩色蠟筆放在床頭，她的丈夫正雄知道她回來了，也不發出聲音，他們倆靜悄悄地在樓下的客廳沙發上不出一點聲地做愛，她知道她丈夫寂寞孤單，他受苦了。

計程車一直在外面等待，熟識的司機從不問不該問的問題。離去的時候，她會把頭埋在手心裡靜靜地哭泣。那麼細微的哭聲連她自己都聽不見，只是任由眼淚滑落，不去撫拭，車子行經她曾多少次徒步走過的區域，鄉間景色一成不變，以前她會帶著琇琇走這條路去工廠幫人煮飯，帶珍珍去買菜、去好遠的美容院剪頭髮（美容師是她嫁到這個村子時第一個熟識的女伴），或者抱著祥祥去散步，或者又抱又牽又拉地拖著三個孩子去野餐，那是少數農忙結束的時候，也不用上班，正雄還在家具店工作，她會準備一些點心飲料跟一塊塑膠布裝在提籃，帶著孩子到十五分鐘路程外的土地公廟旁大榕樹底下，鄭重其事地攤開塑膠布，把點心飲料都擺好，四個人在榕樹下度過悠閒一個下午，琇琇總是好奇地到處探看，爬樹，精力充沛地跑來跑去，珍珍不管到哪都在畫圖，或安安靜靜地玩著她的布娃娃，祥祥則賴抱著她，他很晚才學會說話，有點結巴，走路顛顛倒倒，但就是愛跟媽媽說話。

琇琇不知哪兒摘了花來給她，搞笑地握著養樂多瓶子假裝是歌星，說各位爸爸媽媽弟弟妹妹我來給你們唱首歌（每次一聽到各位這兩個字她就笑了），古靈精怪的琇琇總知道如何逗媽媽開心）。

那時一切美好得不像真的，她不擁有琇琇那種豐富的想像力，她預想不到將來，若她能預見不過是幾年後的事，若她知道兩三年之後他們將會分離，她會摟抱他們更緊一些。

她不能預料的事實在太多了。

阿鷹常說她愛搞笑，沒大沒小地喊她「憨面仔」，說她打麻將老輸錢，笑她借錢給其他姊妹總有去無回，以及其他秀逗事件，但其實，那些，那些於她真的是小事啊！裝瘋賣傻過一生，倘若裝瘋賣傻，吃吃笑笑，可以讓周圍的人開心，能讓自己減少一點痛苦的記憶，那些小錢、小虧、小小的失落又算什麼。

世界倒塌只在彈指間，一夜醒來已經到了另一個國度，她努力維持清醒，恢復鎮定，任何痛苦時刻她從不曾想到死，她與她的丈夫絞盡腦汁，商量又商量，要想出求生之道。

逐漸熟識之後阿鷹曾貼心地問過她，阿姊我知道你心裡的苦。

但阿鷹不知道，因爲沒有苦，任何痛苦比不上失去自己的孩子，肉體上的，精神上的，其他姊妹或者吸毒或者酗酒或買衣服買珠寶花大錢以求減輕一些痛苦，但她不需要，她只要想著她的孩子正在健康快樂地長大，甚至，只要在心裡唸誦他們的名字，所有痛苦都消失無蹤。

但她不曾想過，她或許錯了，她的孩子並沒有健康快樂。

阿鷹吞吞吐吐，不斷地點菸又熄滅又點菸，打開車窗，又關上車窗，加快速度，又放慢速度。「有什麼話都可以說沒關係，」她安慰著他，相識十年，阿鷹曾陪伴她度過各種艱難困頓，有什麼不能對她說，即使後來她知道阿鷹跟琇琇在一起，眾人紛紛不解，不原諒，但她可以了解，琇琇，她的女兒，人們怎麼可能不愛上她，儘管後來阿鷹說琇琇跟阿豹在一起，阿鷹痛苦，阿鷹不解，她甚至也可以了解，琇琇啊琇琇，從初生落地那一刻她就知道自己的孩子是不凡的，她將來必會奪走許多男人的心，她能夠使人爲之心碎。

但並不是那樣。

阿鷹要說的不是愛情。

他吞吞吐吐著煙霧，斟酌考慮如何開口，但是他說了。

過程裡她沒有打斷他，儘管他說的話近乎瘋語，如果說話的人不是阿鷹而是別人，她必會拿起皮包用力搥打那人的頭臉，甚至將他推下車。

但是她相信。

她不能相信他說出的事實可是她相信，好奇怪這人與你親如兄弟，這人深愛著你女兒，但他說出的話可以瞬間摧毀你一生中僅有的信念，他說的話不該是事實，不可能是眞的，但是她相信，那是暗藏在某個角落，在事件的另一面，在她目光無法觸及之處，是她無論付出多少努力都不可能想像得到的地方，但她不得不相信。

那人傷害了她女兒，在她不在家的時刻，那人是她丈夫。

她以爲她會哭但是她沒哭，她以爲她會在頃刻間發瘋如她失去第一個孩子那時，但她沒有，彷彿這時如果哭泣便太不負責任，太廉價，太無情。

好奇怪啊這世界不但要摧毀你一次兩次三次，還要摧毀你直到末日。

阿鷹哽咽著，聲音猶如囈語，「很久以前我就想告訴你，但我怕你自責，」阿鷹說，「琇琇不讓我說，琇琇說她之所以保持沉默就是不想讓你傷心。」

沒有比這句話更叫她痛心的了。琇琇啊琇琇，她的乖巧懂事竟到達這等令人費解的地步。

所以她不能哭，不能發瘋，她必須鎭定。

車子駛進鬧區，靠近那個平房，不久前她曾帶著珍珍來給他們送錢，那時她以爲再忍耐一段時間，只要取得她丈夫的諒解，只要幫阿鷹找到一份好工作，事過境遷，風平浪靜，琇琇會得到幸福。

或者某種幸福。

如今她知道不可能了。

他們坐在那個兼作客廳書房的臥室裡，等待著琇琇回來，外面天色仍亮，屋裡的電燈也開著，但她總覺得周遭一片黑暗，黑暗包裹著這地方包裹著她的身體，小狗在旁邊不安地走來走去，腳爪刮搔著地板發出刺耳聲音，他們靜坐著，等待著，好像聽見摩托車引擎的噗噗聲，好像聽見開門門栓嘰呱，她突然害怕琇琇回來，她感覺自己根本還沒想通還沒準備好該怎麼面對她。

阿鷹說他已經跟琇琇談妥，他準備三天後回家，「大姊對不起，我沒照顧好她。」阿鷹的聲音聽來遙遠如從隔壁或後院傳來，這事她早有心理準備，她可以將琇琇接回家，她父親再怎麼生氣也不會將她趕出門，甚至，她父親面惡心善（如今她已經不確定這詞了）已經跟朋友談妥幫阿鷹找到了一個送貨的工作，還想好琇琇可以去當阿鷹的助手，即使阿鷹回家，也能每天跟琇琇見面。

「我會去做那個工作，琇琇應該也會答應。我只是回家，不是要拋棄她。」阿鷹又說。

我想靜一靜別說了別說了，琇琇就要回來了。

她張口但沒有聲音。曾經，在許多啞然失語的時刻，如第一次穿著高衩旗袍上濃妝，第一次被客人灌醉酒嘔吐，第一次走進暗黑的房間等待客人進來，第一次讓陌生人碰觸她的身子，她也如此時微張著嘴，又闔上，靜靜吞吐著悲哀。但那時她有著足以安慰自己的理由，可是現在她沒有了。

「我要告訴你只是不希望你以為琇琇看不起你，不想讓你誤解她，她之所以有許多怪異行為是因為那件事。」「我必須告訴你因為我一個人撐不起她的悲傷，我盡力了，但我拯救不了她於黑暗絕望中，我好擔心。」他說。她突然有些憤怒，又覺得自己的憤怒毫無道理，他們的作為彷彿將琇當作皮球扔來扔去，他們輪流踢著她的悲哀從這人扔向那人，阿鷹曾將球扔給阿豹，阿豹愛上了琇琇，而此時阿鷹又將球扔給她，她卻不知所措，她身為這孩子的母親啊！是她的不在場造成了她的苦難，而她竟無能為力？以前朋友總說她堅強，敬佩她能將債務還清，洗淨頭臉，回家作個好母親，以前她也曾感嘆地覺得自己責任已了，總算沒白費幾年的辛苦勞碌，但如今她已不相信那些了。

她該做什麼，跟正雄離婚？痛打他？斥責他？怨他怪他？若她痛罵他責打他，他是否應該先痛罵責打自己？責任已無法釐清。

琇琇已經回來了。

阿鷹

一盞路燈，因故障而發出明滅的光。一條河流，陽光投射其上反照出天空。一隻受傷的鳥，舞蹈般在泥地上踢躂跳躍。一座山，濃淡合宜地展現各種層次的綠。一個瘦怜怜的女人，提著行李牽一條狗，她會到哪裡去。

他心裡分明是痛苦的卻還飽含詩意，他想像她牽著他們的狗走向阿豹的家，或者阿豹開車來接她，他們走在河邊，越過那河，經過那盞他想像中的路燈，途經那隻迷途小鳥她或許會停住，低頭注視鳥兒凌亂怪異的舞步，她的眼睛常像相機鏡頭眨巴眨巴閃著光凝視各種經過眼前的事物，「我在想小說呢！」她會這麼說，「有那麼多我想寫而不會描寫的人物景物。」

事發前並無任何徵兆，或者他沒有察覺，或是他輕忽誤讀了她的神情。

離家的決定倉促，回家的事他卻考慮了好久，那天他打電話回家，那天琇琇說她見了阿豹，之後十幾天他們過得恍惚，園藝店的工作無預警地結束了，因爲店裡接下一個大社區的中庭建案要移師到宜蘭，他不可能這時跑到宜蘭去，就丟了工作。

「別擔心，我會再找其他工作，」他安慰著她。「你回家吧！我不要看你再去做粗工了。」她說，「我可以繼續住在這裡，直到租約到期，」她又說，「不用擔心我。」

叫他怎麼不擔心。他們談了又談，她說得多，他說得少，她極力勸說的神態好像要減輕他心裡的愧疚，努力爲他找一個下台的方式，不讓他感覺自己做錯了，她冷靜而面面俱到的分析，說經過這次離家，可能造成幾個結果，他這次回去，有可能淑娟會以更嚴密的方式控制他的行蹤，他可能必須處理這段時間因爲失蹤而造成的損害，但也有可能，反而獲得某種程度的放鬆，只要忍耐一段時間，淑娟必然不會再逼迫他（因爲擔心他隨時會走），「記得把身分證隨時帶在身上啊！」她笑笑地說，「樂觀點。」

那時她是眞的樂觀嗎？（他不免惡毒地想，或許她要他回家是因爲她想跟阿豹在一起。）但他又知道她不是那樣想的，「這次是我最後一次見他了，」她曾說。她不會欺騙他。某些時候，他們心靈相通互相感應的能力連彼此都感到吃驚，這時刻，看她笑著以樂觀的方式勸他回家，他所感受到的是無比的愛，是那種他知道她本質裡會有的，不斷地理解別人，而且可以理解好多人，甚至是仇視她傷害她的人，他知道她正在設想一種對大家都好的方式，而那方式裡她唯一沒設想的人就是她自己。

但沒關係，妳不替自己著想我也會替妳設想的，相信我，我每天都會來看妳。

琇琇說她大學時最疼愛她的老師要到台中來演講，他跟她約好要吃午飯，「我們可能會聊很久，如果太晚回來你自己先吃晚飯不要等我。」那時一切如常，她還開心地打扮自己，「如果看起來憔悴老師會擔心呢！」她上了一點淡淡的口紅，穿著他最愛的那件白色洋裝，出發前還細心地擦拭摩托車椅墊以免弄髒裙子。

琇琇跟老師去吃飯，他去找了麗玉，麗玉常打電話來問琇琇的情況，他知道這幾天正雄都去醫院照顧他母親，這時間她可以出門。雖然他信誓旦旦，也相信自己會努力做到，但他心裡仍有不安，或許好長時間他都不能單獨離開家門（淑娟會像影子一樣跟著他），他根本不確定自己回去要面對的是什麼，有決心是不夠的，他需要更多支持。

有這念頭不是一兩天了，兩年多前（竟然過了這麼久啊！）琇琇告訴他的那晚至今，他無數次想著應該告訴麗玉，雖然這違反琇琇的意願，雖然上次告訴阿豹之後的結果很慘，然而，他記得麗玉心裡始終橫梗著琇琇跟她不親近的事，以前她在台中工作，暑假孩子們會來跟她住，琇琇總是來了幾天就走，「琇琇一定是早就知道我的工作性質，她不諒解我。」麗玉悲傷地說，她說琇琇從高中二年級就搬出去住，這多年來她就是跟她不親。他們在一起的事爆發以來，麗玉嘴上不說，但心裡是支持他理解他的，可是他不要麗玉只理解了他卻不理解琇琇心裡的苦楚。

這是險招（他總在危險邊緣徘徊，生怕自己一個決定錯誤又造成不可收拾的困境），然而經歷這許多，什麼都試過了，光靠他一個人的力量做不到。

真要說出口不容易，在前往琇琇家的車程裡他已模擬過許多次，甚至演戲般地獨自在車廂裡喃喃自語，唸誦著想好的對白，要怎麼說才不會傷人又能讓人理解其中的恐怖，要如何使那恐怖維持在恰巧讓麗玉理解琇琇卻又不怪罪自己的程度？好困難。

但他說了。

他不敢對著麗玉的臉說，他直視前方道路，蜿蜒前進，麗玉一直安靜不語沉默得令他惶恐，這樣做真的對嗎？但他說了又說，話一到嘴邊彷彿已忍耐太久自行滑出，兩年多，他忍耐此事兩年多已苦不可當，而琇琇卻忍耐了快十年。

女人啊，她們身材比你矮小瘦弱，但她們忍受痛苦的能力超乎想像。你怎能不去愛她們。

某種程度來說他對麗玉也有一種愛，親情友情，不是肉體上的，而是一種敬愛，他沒有姊妹，身邊的女人不是妻子就是情人，他很難與女人保持這樣的情誼，毫無危險，就是安心。相識多年，麗玉的形象換了又換，他曾見過麗玉最美麗燦爛的時刻，在酒店、在夜總會，她打扮起來有種豔麗卻又嫻靜的氣息，在一群小姐裡她並不奪目，但挑剔的客人都會看上她，他們不太會逼她喝酒，她又不擅跳舞，他們喜歡拉著她的手跟她說話。

琇琇的容貌不及她母親，但她們身上發散的那種吸引人使人想吐露心聲的能力卻如此相同。

回鄉下之後大姊老得很快，每次見面總覺得她又凋萎了一些，他常懷疑麗玉過得並不好，中間幾年失去她的消息，感覺她想與過去台中生活斷絕，後來他才知道那並非她的意志，是他丈夫的主意。

麗玉的丈夫正雄，嚴格說來他要喊他一聲姊夫，以前在台中的時候他偶爾會看見正雄來，靜悄悄坐在一旁也不說話，就是猛喝茶（他不喝酒不抽菸不打牌，也不像其他小姐的男友或丈夫那樣一臉猥瑣或卑微），你從他臉上幾乎看不出什麼能夠解讀的表情。

至今他想到仍會氣憤得顫抖，騙誰啊你要騙誰，你騙得了琇琇騙不了我，那時你明明每星期都到台中來，你還敢說你寂寞痛苦。

他說話語氣激動了起來，過一會才想到這樣會使麗玉難堪，又壓低了聲音。

麗玉一直都沒說話，當他們席地對坐，在屋裡等待琇琇回家時，那一大段沉默的時間裡，麗玉只是低垂著眼睛，臉部線條全垮，表情既不是懊惱也非痛苦、自責或懷疑，是一種他不曾在她臉上見過的，像有人將她身上某個感受表達的神經維路抽走，猶如陷溺在某個逐漸僵固的透明硬塊裡，會以如此鬆垮的表情靜止凝固直到琇琇回來。

他不能忘記琇琇從開心地喊著「我回來了，帶了小籠包要給你吃」，進門就兀自自言自語說著：「老師人眞好，今天聊得好開心，他帶我去吃一家很貴的餐廳，吃完還去喝咖啡，我有喝紅酒喔！」她還說個不停，但一看見麗玉在屋裡就停止，「你怎麼把我媽帶來了，晚上不用做夜市嗎？」她問。「等一下就回去。」麗玉勉強擠出這幾個字。

才一秒鐘，只是一個訊息閃過腦際，他驚訝於琇琇對氣氛的理解能力如此準確，她走過來拉他往廚房走，「你告訴她了！」她問。「對。」他說。他彷彿聽見她身體裡發出一陣哀嚎，不是從嘴裡發出，她的臉甚至沒有變化，她停住了幾秒鐘不動，猛眨了幾次眼睛，又聳聳肩，甩動手腳，好像正在調整姿勢，又像在準備什麼，她以奇怪的方式在小廚房裡扭來扭去，又抓頭髮又摸臉頰，還走到洗手台前對著鏡子看了一陣，他看著她這一切舉動，彷彿默片演員（不久前她才給他看了卓別林的電影），每個動作都傳達出許多訊息，努力，她正在努力做著某種她仍弄不清楚的嘗試，但心慌意亂，手足無措，可她還在努力，努力不在母親面前表現出混亂。

這時他知道他自己錯了。他知道這舉動不只是危險而且非常粗暴、非常衝動盲目、完全展現他自己性格上的缺點，他終於理解為何當琇琇知道他將事情告訴阿豹之後，琇琇會如此憤怒。

出發點是善意的造成的結果卻未必都正確。

天色漸黑，琇琇獨自說著許多話，卻跟那件事毫不相干，她像是在表演相聲一般說著許多好笑的內容，不讓他們之間出現任何沉默時刻，他也努力跟隨，某些好笑的笑點，他們三人都笑了，琇琇一會去抱狗來玩，一下子又去放音樂，還突然拿出一件襯衫說要送給她妹妹，又說起老師說要幫她介紹工作，她說有個大學同學將她的小說打字，上個月暗自替她送去參加文學獎比賽，「怎麼可能得獎嘛！」琇琇自嘲地說。

「你小時候最會得獎了，獎狀塞滿了抽屜。」麗玉突然冒出這句話，說完這句還想說什麼，卻哽咽不成聲，麗玉拿起皮包起身快步走進了浴室。

□

之後單人相聲結束了，麗玉從浴室走出來時臉上掛著淡微笑容，「先送我去夜市吧！改天我再來，」她說。他們三人進了車子，又是一大段恐怖的安靜，琇琇已經不再表演，而是單獨坐在後座，長久地凝視窗外。到了夜市入口，麗玉只對她說了一句：「妳不用進來沒關係。」

麗玉的身材以不似當年那樣高眺苗條，穿著樸素的衣服，甚至有點發胖，她緩步走進夜市的身影看起來有某種難以形容的畏縮，彷彿路邊每一攤位的人都會突然攻擊她似的，微縮著身子，緊抱著皮包，逐漸沒入夜市的一盞盞燈光造成的光暈裡。

那天夜裡，他腦中有許多疑問與擔憂，但琇琇舉止如常，一直都在看書，他以為她會怒罵他，跟他吵架，或質問他爲何要告訴麗玉，但她都沒問，他過去摟她抱她，她也順從地回應，洗澡刷牙上床，做愛的時候感覺她有點恍惚，但那時刻又不方便多說什麼。

隔了兩天，麗玉打電話來，那時他心裡噗通猛跳以爲大攤牌時刻到了，但麗玉說，「上次說要請你們去工作的那個朋友在我們家，你跟琇琇要不要回來一趟？」

那兩天裡他一直等待著什麼，說不上來，感覺琇琇也在等待那個他等待著，不能說出口的什麼，等待的日子裡他把琇琇的摩托車整理好（最近老是突然發不動，以她的氣力怎可能自己架起車子用腳踩踏直到發動？），他們說好狗一人照顧一隻（黑色的那狗始終沒找到），要先帶去打預防針，他還把院子裡的狗屋屋頂用木板加強。他帶她去吃飯，去台中後火車站吃以前他們最愛吃的肉羹麵，再去干城車站的五金街逛逛，他習慣性會去那兒買工具，那兒有個專賣各種刀類、既能製刀又懂收藏的人，琇琇曾說過很喜歡他那兒一把骨董刀（這件事他一直感覺兩難，他曾想過要送給她，但又怕她用來自殺），已經好久都沒來這一帶了，但如今他們都不怕，既然已經準備回家，有沒有被熟人認出已經不重要了。

變化。他們等待著一個臨時的、突來的、巨大的變化，那變化如此之大近乎奇蹟，能將他們的處境往更好的地方扭轉，等待著從麗玉知道琇琇的祕密後（那已經不能再稱爲祕密了，但他在自己的腦袋裡只能用這樣的字眼來描述），有可能會改變什麼，而那改變會讓琇琇感覺好一點。

變化，千變萬化，怎麼變都有可能，變化裡包含著期望、失望、絕望，含著所有你想要不想要的可能，變化，他們企求一個變化，而卻不知那變化的內容該是什麼。

他們難得放縱地花費那所剩不多的金錢，買的都是早就該買或想買的物品，一把刀子、一盞桌燈、一個書桌、一張椅子（也都是老東西，他們開車到了埔里，去他一個開民藝品店的朋友那兒買，請他們送貨），買了琇琇一直說想要的球鞋（那時他們相約要開始運動了，他想陪她到附近公園慢跑），去玉市場買了一個銀手鐲（這是他送給她的第三個銀手鐲了，她手腕細，得彎折到極小才不會鬆脫，長時間彎來折去沒多久就斷掉）。這些採購，這許多準備，他做得細心，做得虛心，琇琇始終表現出喜悅的樣子，其實她向來如此啊！他不記得她對他抱怨或索討過什麼，她對別人所求不多，卻是因爲在她身邊你總覺得自己對她不夠好、有所虧欠，他才做了這許多許多盲目的事。

他帶她回家了。

這條路幾天前他才反覆走過，每次在這鄉間道路上車子流暢地行駛，他總會想起她小時候，不是他已經認識的她，而是更小，兩歲、三歲、五歲，學走路、學說話、上小學，那些他沒見過的她。琇琇說她連一張自己小時候的照片都沒有，她的父母總像要銷毀什麼一樣將過去全部消滅，小時候得過的獎狀、獎牌、制服、書包，所有一切，當時他們匆匆搬離鄉下的房子，來不及（或根本無意）帶走的所有物品，不知是小偷或鄰居或什麼人侵入，不知是許多次分批或一次清空，等到他們再搬回來，所有能移動的一切都被清空了，能代表過去任何一個回憶、能表現與童年時相關的任何一點點象徵，除了那屋子，都消失無蹤。

是因爲這樣，所以她後來幾乎不愛惜任何物品嗎？他是個戀物愛物的人，不但自己創作，也收藏，他連一條牛仔褲都能穿上二十年，鞋子穿到破也捨不得丟，他從年輕時代至今都在同一個理髮店剪頭髮，在同一家照相館拍證件照（這相館老闆是他雕刻師傅的朋友，師傅早就退休了），除了在家，外出時他固定去幾家小吃店吃飯，不惜開車繞遠路刻意趕去。他自己也納悶以他對物品的愛惜，對熟悉店家的忠誠（忠誠二字竟會出現他腦中），爲何他身邊女人卻一個換過一個。但琇琇不同，他曾送給她許多東西，她好像也擁有許多物品，書本啊收藏品啊，各種各樣，但她使用對待那些東西方式有時會令你擔憂，她沒有刻意毀壞，但東西就一下弄壞了，遺失了，他記得他曾刻過一個玉石印章給她，石材非常美麗罕有，水滴形狀，他不擅刻字（這是他的弱點，因爲對文字太敬畏太沒把握），花費許多時間才做好的，她一接手，放在掌心裡把玩，「好美啊！」

話剛說完隨即那玉石已經落地，頓時碎成兩半。

當時她臉上可有心痛表情？他不記得，因爲自己的心痛以致於無暇注意她的表情。那不是她第一次弄壞或遺失他送給她的物品，他在她二十一歲生日那年送給她的手錶，大學畢業時送給她的鋼筆，不久後都不見了（光是鋼筆就買了兩次，手錶後來她說不想再戴了，換改戴手鐲，手鐲到底是斷了還是弄丟了還是怎麼了他也無法確定），他有位雕刻同業送給她一個木雕菸灰缸，她一直都很喜歡（大學時她收藏好多菸灰缸，他也四處幫她尋找，一畢業全都不知弄哪去了，只剩下這個），想不到那天小妹來家裡，一直說好喜歡這菸灰缸，琇琇竟隨口就說好啊那你帶走，他搞不懂這兩姊妹，小妹又不抽菸。

但無論她多麼奇異的行徑他都不怪她。他能理解的就理解，不能理解的他就包容，因爲她不是別人，不是任何一個你可以輕易編派給她某個罪名，輕易去責怪的人。

因爲源頭在那兒。在他正開車要帶她返回的地方。

他不懂得什麼哲學心理學，但他自己也有童年，經歷過重大失落，孩提時的任何事他都清晰記憶，但她不同，她曾遺忘最重要的記憶，多年後才又重新想起，記得的畫面卻是如此傷害，那是什麼樣的人生景況呢？每每思及此，他的腦子會變得不太管用，變得遲鈍、混亂、衝動又頹喪，人到底要如何對抗或對待往事呢？何況這不是發生在他自己身上，你所愛的人，世上最難的就是發生在所愛之人身上的悲劇，你就是找不到一個更好的方式去背負。

把所有東西都砸破沒關係，不想要依賴或真愛任何物品也沒關係，不想擁有回憶，不想被回憶擁有，不想被任何會提醒、會固定、會將你叫喚到某個時刻裡的東西包圍，所以弄壞所以遺失所以送人，都沒關係啊琇琇，但請不要遺失弄壞我，不要輕易弄壞遺失我們的愛，不要離棄你自己。

有人打開她家門，他們進屋了。

□

他只是去隔壁喝杯茶。

那個西裝店老闆很喜歡他（以前淑娟老是說，你別在那兒一廂情願了），每次看見他都要找他去泡茶，會把他收藏的茶壺、茶葉都拿出來獻寶，話題一扯開，就從幾十年前開始說起，一說起來就幾小時不停。其實他還滿喜歡這個老先生，話雖多，話題卻很有趣，況且這人曾經是他來到這條街上第一個朋友。

他先是聽見狗的叫聲不尋常，以往他一開門那隻叫扣桑的黃狗總狂吠不停（扣桑生得一張老氣橫秋的臉，性格卻不安躁動簡直是個破壞狂，但琇琇疼牠，他則喜愛另一隻被他喚做puma的白底黑斑狗，他們就像兩個小孩各有所愛那樣一人寵愛一隻），他只聽見puma低低吼叫著，似乎正在撞擊著後門想衝進屋。那時他就感覺事情有異，他進屋，沒見到琇琇在家，他打開通往後院的門，puma猛地衝進屋撲向他，沒看見扣桑。他屋裡屋外尋找，才注意到那台紅色摩托車已經不見了。

琇琇沒拿走太多衣物，只提了那個黑色塑膠皮製旅行袋，帶了扣桑，騎走摩托車。

沒有紙條，沒有留言，沒留下隻言半語。

但他知道她走了，屋裡有一種她已經離開且不會再回來的氣氛，表現在那已經收拾好的桌面（以往總是亂糟糟堆滿稿紙書本髮夾橡皮筋、原子筆鉛筆鋼筆，不，鋼筆也不見了），表現在原本吊掛在後院竹竿但已收進屋摺疊好放置在床上的衣物（沒有天黑琇琇不會收衣服，一收進來就扔床上總是要睡覺才胡亂摺疊塞進櫥櫃，可那些衣褲現在摺疊得好整齊，從沒見過她疊得如此平整），還有，說不上來太多了，看起來毫無異狀的房子細看才能發現其中不同，地板掃過了，開水煮好放進了玻璃水壺裡等著放涼（水還燙手可見她剛走），桌上還放著去皮切成四片的蘋果、果肉已略有褐斑（她何時會削蘋果了，以往都是他一刀到底削出好長一捲果皮讓她開心地整顆拿來啃），他記不清自己到底到隔壁去喝茶喝了多久，如此短的時間裡她怎能做了這許多事，她做這些事時心裡在想些什麼，爲什麼能夠做這許多卻不能走到隔壁來喊他一聲，或給他寫張紙條。

告別，屋裡充滿告別氣氛但沒有告別言語，不擅家務的她做著這些事是爲了讓他比較不難過嗎？

告別，告別了這裡要到哪兒去呢？去阿豹那兒？即使是要離開我去他那兒也可以告訴我啊！我可能會挽留你會攔阻你，但我會讓你走，我甚至願意親自開車送你去，可是不要這樣子走，這樣一言不發離去彷彿不如此無法走掉，彷彿我的愛只是圈牢。

告別，想搶在我離開之前離去，因爲你不許別人離開你，你不能眼睜睜看著我回家，你不相信我還會回來，你無法一個人面對這屋子的空洞冷清如我此刻面對這樣，你不告而別因爲是你勸我回家而最終你無法承受嗎？他不斷自言自語，在屋裡走來走去，他碰觸她的衣服、書本、提包，撫摸她用過的杯子（她一天就會用掉好多杯子因爲不喜歡剛洗好的濕杯子），他失神地遊蕩在並不大的屋子裡每一間每一處，直到天黑，夜深，她沒有回來（不是去遛狗了不是去租錄影帶不是去買菜買飲料，是走了），悲傷地想著難怪她要走，倘若不是她先走，而是正如約定好那樣明天或後天他收拾衣物回家，那麼留在這屋子裡面對整室遺留物品的人，孤伶伶望著曾經滿載相處回憶、必須獨自睡在那張床鋪（那張床對她來說太大了）的人是她，那是何等景象，那將多麼淒涼。

但是別走，別用這種方式離開。

我只是回家一下，還會回來，這不是說好的嗎？我們還要一起工作，每週至少可以見五天。會比現在這樣躲躲藏藏好很多，為何變成生離死別，弄成這樣悽慘情狀，說好了講定了，妳說別擔心，妳說會照顧自己，妳叫我回家。

別走。

生離死別，不可能啊，如果真的不行我也可以不回家，不回去了永遠不回去了，都可以商量，做好的決定可以反悔，可以重新決定，「我別無選擇」他彷彿聽見她這麼說，將狗鍊解開，牽著狗緩緩走向機車，喃喃對著空氣說「我別無選擇」，可是怎會沒有選擇？想到此處，他發狂似地四處翻找那把他送給她的刀子，刀柄雕工精細，刀身沉重，年代久遠，絕美的工藝品，甚至稱得上藝術，那刀子哪去了？

別這樣。

當他翻出那把刀時不知該哭或該笑，刀子好端端放在原本放置的地方，還在外包錦緞內為木造的盒子裡。

琇琇

當阿鷹在她身上動作著的時候，她瞥見天花板上有三個細小的孔，像是有人在那片白上扎針，粗大的針插入又拔出，留下明顯的針孔，好清晰，他們住進這個屋子兩個多月了，多少次她曾如此仰臥，但從沒見過那三個孔，感覺痕跡之新像是剛才被製造出來。

她凝視著那孔縫與阿鷹的身體進行某種交錯，像是她喜愛的那個萬花筒，如果這時拿出來對著天花板會看到什麼呢？她不曾在阿鷹面前拿出此物，就收藏在行李箱的底層，像已經被打包封箱關於阿豹的記憶。阿鷹動作著動作著他的動作熟練製造出一種韻律，他的運動天分良好，身體健壯體力驚人，他曾帶給她許多次肉體上的歡愉，像一個技藝高超的舞伴，能將手腳笨拙的她調教成稍具規模，在他的帶領下，自己好像也變得舞藝過人。

但那阻止不了悲傷。

妳不用進來沒關係。

這竟是媽媽對這件事唯一的說法。

阿鷹動作著，汗水滴落她的身體，她發出呻吟，喘息，體溫升高，但腦子裡一直反覆播送著那句話，妳不用進來沒關係，妳不用進來，不用，沒關係，你沒關係，不用進來。

句子變形成各種形式，不用你進來，不用沒關係，妳妳妳，不不不，進來進來進來，不妳沒關係進來。

重新構句也無法使那句話的意義更豐富一些，無法改變那句話背後的無奈與無力。

從夜市回台中的路上，阿鷹發怒了，既發怒又道歉，他氣惱自己唐突的作爲，氣惱所有人，氣惱著這一天以這句話作結，他道歉又道歉解釋又解釋，她很想說點什麼安慰他，但說不出口，剛才她已經花掉太多力氣講笑話，花費太多力氣表演，那些時間如果他們拿來詳談，隨便說點什麼都好，說點什麼讓媽媽不要那麼傷心，說點什麼讓媽媽知道那並非她的錯，說點什麼彌補這失去的十幾年時間裡媽媽一直以爲她不愛她，以爲她瞧不起她的工作，她應該說點什麼讓媽媽知道這一切都是悲劇沒有誰罪大惡極，她明白她了解她很抱歉自己變成這樣子，很抱歉因爲自己無法更健康來弭平那件事造成的損傷，但不是媽媽的錯，誰都沒錯，她應該說點什麼就是不該說笑話，不該假裝沒有感受，不痛苦不傷心，她應該說點什麼表達她自己的需要，她應當哭而不是笑，她如果哭了至少媽媽可以安慰她，但是她笑了，她說著笑話讓眾人沒有機會討論、發言、表達，她竟用自己的意志阻止了這唯一可能相互撫慰的機會。

都破滅了都消失了都錯過了，祕密不再是祕密，已沒有保護的意義，你最想保護的人已經受害，你最害怕的事已經發生，都消逝了都消失了都消滅了。

阿鷹動作著阿鷹說話阿鷹親吻她想要使她快樂製造某種高潮一波接一波不停歇的潮浪，阿鷹啊高潮已過你沒發現嗎？事件最高潮已經退去，然後我們無事可做，我知道你努力了儘管我必須說你弄錯了但立意良善動機純正，我們無其他事可以再做，只能做愛做愛做愛，你知道高潮之後一切顫抖震盪消退，事實來到眼前，是荒漠，是無垠無限無盡的荒涼，那荒土上站立著你，你奮力舞動雙手划向我，這事本與你無關，你涉身其中，涉入過深，我不忍見你如此頹喪，這般自責。我的人生已是一片荒蕪，這跟你無關，你怎能叫一片荒土上長出樂園呢？你用力拉住我不使我下沉，但你怎能對抗那片早已形成的荒漠呢？流沙吞沒我吞沒我，對不起我爬不起來。

□

阿鷹帶她回家，這是事發以來他第一次跟她正式與她家人見面。

席上還有爸媽夜市裡認識的朋友林先生夫妻（可怕啊又是另一個林先生），這個林伯伯以前開鞋子工廠，後來倒閉，夫妻倆就在夜市賣皮鞋，總想著要東山再起，因爲也喜歡玩音響，跟她父親很合，她早認識的。

他們相談甚歡。

阿鷹就是有這種能力，第一次與人見面，他總能讓人信任，林伯伯去年開始從事一項副業，做手錶寄售，本錢大利潤高，「等於是幾百家店幫你賺錢」，聽說一年賺進六百萬（她好怕這又是另一樁騙局）。

但他們不需出本錢，林伯伯需要的是人力。

她父親眼睛不好沒辦法開長途車，所以找來阿鷹，工作很簡單，阿鷹開車，她做會計，本錢貨品都由林家提供，每招攬一個店家先付一千元，日後每個月去點貨換貨收帳，收回帳款扣掉成本四六對分，林家六他們四，怎麼看都是划算的合作。

一兩小時就談完了，大家喝茶聊天，林伯伯知道阿鷹做雕刻也懂民藝品，還打算帶他去大陸陪他買賣骨董。她父親沒說太多話，但彷彿阿鷹是他女婿或者極信任的夥伴，她母親呢？母親忙碌地準備茶水、瓜果、準備晚飯，她弟妹在一旁看電視，彷彿這是個再尋常熟悉不過的家庭聚會，不但全家團圓，還多了個女婿，又有個可以賺錢的工作，好和樂。

奇怪，不是要攤牌？不是要對質？不是可能發動家庭革命，引發家族風暴，可能會被逼著說出羞恥祕密，難堪言語，會有人哭有人罵有人否認有人逼供，或者有什麼更激烈更暴力更難以收拾的什麼，應該發生嗎？

可是沒有。

都沒有啊！

阿鷹跟林伯伯說他手上有些工作要先處理，相約兩星期後開始上班，「不用急啊！這工作非你不可，處理好再來沒關係，」林伯伯說，「而且還要談談去大陸的事呢！」「好啊好啊！不急。」她父親對大陸的投資也有點興趣。

她急切地張望，阿鷹沒反應，媽媽沒反應，她幾度想插嘴但找不到時機，又有客人在旁，斗大的眼淚幾乎要逼出，她不斷喝水喝茶剝瓜子想讓自己鎮定，想去拉一下阿鷹叫他別那麼投入，「你忘了今天要做什麼嗎？」她想說，她是不是已經隱形了所以沒人看見她急迫慌亂的表情。

沒有人。

直到林伯伯夫妻離開，阿鷹跟她父母又喝了一點茶，「我們要去夜市了，」她父親說。「你先跟琇琇回去吧！」她母親說。「我們也想去台中玩！」她弟弟妹妹說。

好啊！阿鷹的聲音聽起來好樂。

這是她第一次感覺到恨，可恨啊這世界，可恨啊她並無任何可恨之人，可恨啊命運玩弄她一次不夠，可恨啊阿鷹你揭開了我的底牌，卻忘了有這麼回事。

我沒有活路可走了。

可恨啊卻還不能夠死，太可笑了這時候死，爲何不是那時，如今求死不得因爲顯得太可笑，因爲對不起那個苦守著祕密忍耐以爲能夠犧牲自己成全別人的人，可恨啊那祕密並不是祕密，苦守著並無價值，揭穿竟不值一毛錢，無法改變任何事，可恨啊她並不恨誰，命運玩弄她因爲她誤信了自己的能力，高估了自己的價值，可恨啊試煉你一次又一次但你不肯認輸，所以活著繼續試煉你，考驗你，可恨她竟還有此般信仰。「她沒問他」，她知道了，阿鷹將祕密告訴媽媽，媽媽吞下了那祕密，卻想出了幫他們找工作以度過未來，她父親認爲幫他們找到一個好工作就算是和解，世界如常轉動，大家都認爲那會是更好的方向，轉瞬間她就理解了母親的作爲背後的含意，母親忍辱負重，能忍人所不能忍，忍過了那些在歡場工作的屈辱，也能忍過知道自己丈夫作爲，卻依然決心要保護整個家庭。家庭，他們那曾支離破碎的家如今完好如初，不允許誰因爲失控失常來加以破壞。

我能忍你也能。

忍耐。

既然當時忍了現在爲何不能忍，既然當時可以犧牲現在爲何不能，都是往事了啊你要我如何是好，往事既成往事忘記吧忘記吧，現在不是很好嗎？將來會更好，只要你忘記。

你要理解爲何祕密揭穿世界依然運轉，所有人事恆常不變，因爲這才是犧牲想要換得的。不變，不摧毀，不完全倒塌使其他人受累，她母親昂然站立臉上帶著屈辱的笑容，她昂然站立帶著殘破的身體，他們昂然站立在那個搖搖欲墜的屋子，所有人將手指向他們，命運以車輪輾過，擠壓，輾碎，而他們要自行拼湊，那個屋子裡的幾個人，願意付出一切代價只求家庭完好，所以她被推出去作爲犧牲，她被選中因爲她有她的信仰，她深信愛更大於恨，她甚至無法憎恨任何人。

但是我不要！

能不能有一次，一次就好，一句就好，不是對不起，無須道歉，不要哭泣，別自責，所有任何會讓她感覺到痛苦的語言都不要出口，一次就好，將她當作小孩，是個任性的無理的不聰明不可愛不懂事很軟弱的小孩，不用理解那麼多也可以得到父母的愛，一次就好，用任何形式展現，讓她知道她所受的苦並非沒有意義。

然而她知道不可能。她竟然比他們都大都成熟都堅強足以洞穿那混沌不清的遮蔽直視其內容，那句無以名狀的話不需說明，也無人可說，那個她渴望的手勢、姿態、動作，凡人做不到，凡人啊如他們多麼卑微用盡力氣只求活命，只能保護自己，和幾個所愛之人，凡人如她，儘管懂得愛的眞正意涵，但她也無法做到不求，無法眞正原諒，她閃躲她體會她以聰明才智加以變形、理解誤解、她自認爲某種保護、幫助可以拯救自己拯救家人，然而卑微如她，卻還會求助，還拖拉了阿鷹阿豹與其他男人又拖拉了她母親，加入這不可能得救的混亂。

因爲人無法拯救人，人不能赦免罪，而她不信神，他們都不信神，沒有一個無形的有形的力量大於他們的什麼，可以洞察一切，撫慰一切，能夠將他們從絕望傷害中拉拔出來。

還沒有。找不到。

所以閃躲否認遺忘。

有時全有，她感受到所有人內心的痛苦悲哀，人們一字排開，一排兩排三排人數眾多龐大，相關的不相關的認識不認識，親人情人熟人陌生人，每個人的面孔一群群一簇簇如花朵如旋轉的車輪在她面前轉動又轉動，他們內心的曲折轉彎，每一個暗處，每一條摺縫，她以爲自己瘋了怎會感受到那麼多，龐大又細微，彼此衝突互相矛盾，說出口沒說出口喧鬧靜悄太多太多，她置身其中，在滂沱人海，湧動起伏一層層一陣陣湧進來滲進來止也止不了，那許多感受將她覆蓋吞沒滾攪進去，不可能感受這麼多，當你感受到每一個人的痛苦你若不是已經瘋了也即將要瘋。

所以全無。她阻斷一切感知。不看不想不聽，不與人有關連，她在人群裡消滅自己，逸出、奔逃，所見所聞每個人都變成毫無表情、無知覺、與她無關，如棋盤上的棋子，如戲台上的戲偶，如沿途經過被她以鞋尖踢翻的石頭，那些戲偶棋子石頭卻活動起來還發出聲音，吼叫著呻吟著哭喊著，但與我無關，陌生人熟人情人親人，都無分別，她靜靜走過，以求全身而退，那些手腳眼睛嘴巴張大拉扯她，她靜靜走過，讓那些人穿透她，如穿過一透明之物。沒有中間狀態。

不要再穿透我進入我漠視我遺忘我，不要假裝沒有發生任何事好像都是我自己的妄想，不要啊阿鷹你不要加入他們，然後你回家，然後我們一起去賺錢，你成爲我父親的合夥人，你們將來要賺大錢了，我怎麼辦？我還沒準備好收拾好這混亂的心情，但這時，這時我還能說什麼，不能說，太愚蠢了，太可怕了，我說出的言語已成瘋言癡語，你們都安然度過，爲何只有我耿懷難忘。

不要加入他們。

她必須離開。

珍珍

姊姊又失蹤了。

媽媽問她知道姊姊去哪了嗎？媽媽說，別告訴你爸爸，我們趕緊把姊姊找回來。

那時她已經開學了，升上大二，因爲高中留級，她的年紀比班上同學都長，她讀園藝系，卻喜歡上戲劇，花很多時間在戲劇社裡學習。下個星期她初次參與演出的戲劇即將在學校演出，但姊姊造成的混亂又吸引了所有人目光，她知道家人不會來看她演出。

總是這樣子。她從小愛畫畫，小學的美術老師好疼愛她，每次她畫完圖，老師總會將她的圖畫放在講桌上叫全班同學來看，有時，老師會抱著她讓她坐在他膝蓋上，一口一口餵她吃巧克力，她曾想過長大後要當畫家。但她後來又喜歡上製作模型，用火柴盒做出書本，封面書背用彩色筆仔細描繪，姊姊好喜歡她做的模型她也慷慨相贈，她第一個眞正的作品是用火柴盒和硬紙板做成的書桌模型，那是姊姊用過的書桌，三和牌書桌，一體成型，附有一大面書架跟可以伸縮移動的檯燈，底下還有放置書包雜物的小格子（姊姊國中一年級時堅持一定要買這樣的書桌，那時她自己都還沒書桌呢！都是在客廳的小茶几上寫功課），搬到店裡的閣樓後，姊姊說她要中間那個位置，中間面窗，書架會擋光，就把那書桌讓給了她，他們常從姊姊的書桌直接爬到隔壁的鐵皮屋屋頂，姊姊會帶著書本坐在屋頂上看書，她就在一旁畫圖。

那書桌如其他姊姊不要的物品，姊姊丟棄而她拾起，她細心地把髒汙都擦拭乾淨，擺上媽媽買給姊姊的兒童百科全書（那時姊姊已經不讀這些兒童小百科了），她花了整整一個月時間模擬出那個書桌的所有細節，書架、架上書本、檯燈、小黑板、抽屜、底下的置物格、踏腳板，製作模型的那段時間裡她好快樂，她想過以後還要做一個大房子，有花園有陽台，有無數大房間，她正在學習如何裁切塑膠板，如何複製出類似玻璃、水晶的透明材質，她的第一個作品完成時，姊姊考上了省女中。

她記得爸爸騎著腳踏車去豐原火車站看榜單，隔壁百貨行老闆的兒子也跟姊姊同一年考高中，老闆是他們的房東，所以當姊姊考上省女中而房東的兒子只考上豐原高中時，爸爸臉上得意驕傲的神色掩藏不住，但他們很低調，不太聲張，房東拿來兩串鞭炮，一串掛在他們店門口，另一串掛在百貨行門口，鞭炮同時燃放，火光、紙屑、煙塵、巨響充滿整條街，大家都來跟他們道賀，姊姊，姊姊那時看起來多開心啊！

沒人注意到她剛完成的模型，他們不知道那對一個國小學生來說是多麼艱鉅的工作，他們不知道那個作品對她的意義，那是她第一次能將姊姊不要的東西變成誰都無法奪走僅屬於她自己的，是創作，有別於她畫過的圖畫，得過的獎狀，那是作品啊！

奇怪總是被細節淹沒，無論記憶、生活、情感，她觸目所見都是細節，她能將肉眼所見轉變成另一種微縮版的模型存放心中，其中充滿對孩子而言太過困難的技術，她收集郵票、錢幣、商品標籤，她勤於剪報、熱中攝影（媽媽從台中回來時給了她第一台傻瓜相機），小小閣樓由爸爸設計釘製的書桌床鋪，小巧實用每一個空間都不浪費，她從小就欣賞崇拜父親的各種才能，她知道自己也擁有這些才能，然而她不是木匠、不是畫家、不是作家，她只是個學生，她靜悄悄製作著模型，速度緩慢，經常完成後又拆掉重做，因爲反正沒有人會在意。

曾經她比姊姊美麗比她亮眼比她更早登上舞台，那是她的舞蹈時光，搬到豐原之後她去上了芭蕾舞課，那時姊姊還比她高（不多久她迅速抽高長壯，以後姊姊永遠比她矮小了），國中後期的姊姊或許是最黯淡的時候，姊姊長了青春痘，也有點胖，她記得她去上舞蹈課，穿著粉色芭蕾舞衣舞鞋長長的頭髮紮成馬尾垂懸腦後，從教室鏡子裡她看見自己，精靈似地旋轉身體，抬頭、舉手、提腿，小巧靈動可愛一如仙子。

那時姊姊留著西瓜皮，滿臉熬夜苦讀後的憔悴，每次她下課回家，都看見姊姊在跟爸媽吵架，姊姊臭著臉，說她考試讀不完不要賣衣服。

她躡手躡腳爬上閣樓的樓梯，腳下還踩著那雙軟底鞋，輕飄飄彷彿要飛起，她跟弟弟年紀小不用幫忙，也幫不上忙，她安靜坐在書桌前裁切紙張，畫圖，靜聽樓下的騷動吼叫，永遠高高在上的姊姊如今在樓下，狼狽尷尬、心力交瘁，那時她還滿同情姊姊的。

她的燦爛時光短暫。姊姊穿上綠色制服，臉上的青春痘消除，也變瘦了，不多久姊姊就搬到了台中，每星期才回家一次。開始冒青春痘、長胖、被聯考壓力折磨的人變成她自己（她讀的明星國中從一年級起就有升學壓力）。

關於姊姊的所有事情她都牢記，因爲姊姊曾經是她所有注目的焦點，她仰望的對象，曾經，她多麼崇拜姊姊，多依賴她，但後來她卻如此恨她。

恨，沒有恨生不出愛，缺少愛的恨不能具體，姊姊讓她好失望。

某個時刻，在某個時刻她仰望著的那張臉變得猙獰恐怖，而姊姊竟然毫不自知，她隱忍著姊姊各種任性作爲已經太久，正如小時候三個孩子一道出門，姊姊貪看路邊風景，姊姊不認路總是忍不住亂走，節奏忽快忽慢，突然拐彎進某一巷口、暫停在一棵大樹下，或轉進一家雜貨店、文具行，也不管她跟弟弟有沒有跟上，她只得緊抓著弟弟的手跟在姊姊後頭，視線根本不敢稍微離開姊姊身上，每回姊姊突然想起他們，才回過頭來找，又怒罵她：「怎麼都不好好跟著？」

但姊姊又討厭她跟她。雖然乍看之下不像討厭，自小，姊姊去哪都愛帶她，姊姊的朋友都認識她，可姊姊的眼神裡常流露出「不帶妳去妳會哭吧」的無奈，她討厭姊姊用那樣的眼神看她，更討厭的是，她眞的很愛跟著姊姊到處去。

姊姊不守信用，她說話不算話。

姊姊失蹤後阿鷹來找她，他那失魂落魄、自責自怪的樣子令她詫異，他問她關於姊姊的下落，阿鷹喃喃訴說自己爲何決定回家，「我知道我的決定讓她傷心了，」他說，「但是我沒辦法。」阿鷹的樣子看起來好傷心啊！到底怎麼了呢？阿鷹說姊姊失蹤了，他說他好擔心，他說起姊姊跟阿豹的事，話語都混亂聽不清楚來龍去脈。

那時她想這麼說，「不要再爲她受苦了，不値得，我不會那樣對你的。」但她什麼都沒說，她被自己突然冒出的念頭嚇住了。

阿鷹，是姊姊的愛人，這個大男人正在她面前爲了姊姊傷心落淚（阿鷹哭了啊！疲憊的眼睛泛著淚水但忍住沒掉落，他那張好看的臉上布滿因姊姊而生的哀傷），她想伸出手去撫摸那張因愛而扭曲的臉。

愛情，那是她不懂得的東西，她十九歲了，這十九年來她可曾有過喜歡的男生？國小到國中，都會有人將她跟別的男同學的名字刻在書桌桌面，某某某愛某某某，她也記得有人對她報以愛慕的眼光，但從來沒有誰眞正傳給她一張情書（如姊姊收過或寫出的那樣，姊姊總會展示給她看），從沒有人爲她落淚（小時候她曾因發燒而白血球過高，那時爸爸急哭了，這樣的眼淚算數嗎？），她不曾愛過誰，也沒有誰愛上她，愛情，她都是從姊姊那兒聽來的。

阿鷹離她好近，他們並肩坐在她的房間裡，阿鷹喝著啤酒，抽菸（她好怕菸味從房門縫隙傳出，讓室友聞到了）。

好怪異阿鷹喃喃地敘述著，而姊姊下落不明，她心裡卻有一股說不出的甜蜜滋味，彷彿這一刻僅屬於她，眼前阿鷹的苦痛傷心都是爲她而生，會降落在她生命裡成爲比那些迷你模型更具體更細緻的愛的造景，這甜蜜之中還有一絲絲自責情緒，她竟毫不擔心姊姊安危，反倒疼惜著阿鷹的處境，那自責糅合著甜蜜又生出更多溫暖，攪拌著攪拌著從肚子一陣微微震動升到心臟怦怦亂響，再轉到喉嚨轉成咕嚕嗚叫（她一激動喉嚨就會咕嚕叫，姊姊說好像貓咪），咕嚕聲從喉嚨竄進她腦子裡引發成暈眩，阿鷹離她好近，身上發出汗水、酒精、菸草氣味，她暈眩著朝他靠近，讓阿鷹靠著她的身體努力想支撐著他不讓他崩潰，突然阿鷹抱著她對她訴說自己的狂亂痛苦。抱著我，抱緊我，別放開，我不會傷害你的。她想說但沒開口，她雙手不知該擁抱他還是垂放身體兩側，而後她決定，幾乎是胸口發痛地回應著他的擁抱。來我懷裡，讓我安慰你。

阿鷹說了這句她永遠忘不了的話，他說：「妳好像妳姊姊。」然後他吻了她的嘴。

她吞下這句話如嚥下一枚苦果，這苦果不但生根發芽還日漸長大，後來，阿鷹總是問她爲何不懂，為何還要計較，不懂的人其實是阿鷹，正如不懂的人是姊姊，你們這種永遠不缺乏愛的人不懂得要守護一個不屬於自己的愛情有多麼辛苦多麼寂寞。

好寂寞。

這是她極力守護著的愛情，她愛他，這跟姊姊絕對無關。

她是在何時愛上阿鷹的呢？好久了太久了久得找不出源頭，分辨不了原因，她深愛著這個一直愛著她姊姊的男人，愛意之深彷彿這輩子她來到世間都是在等待此刻，等著他來吻她。

她還在讀國小六年級時姊姊已經上了高一，後來她上了國中，姊姊搬到學校附近出租給學生的宿舍住，假日才會回來。那時姊姊口中的高中校園多麼神奇，從小她們姊妹倆就睡一張床，姊姊每天總會告訴她學校發生什麼事，姊姊的世界永遠不乏新奇事物，永遠那麼像電影情節。

姊姊帶她到學校去認識她的同學，那些人包圍她正如姊姊口中所說，同學都那麼好，那麼聰明優秀，學校連走廊都乾淨明亮，那就是她想要去讀的學校。

但等到她終於考上之後，她進入的卻是一個殘酷競爭的校園，考試考試考試，挫折挫折挫折，她國小六年都是班長，都拿第一，國中也是以全校前三名畢業，上了高中，卻一次又一次嘗到挫敗，這裡的人都太聰明了，她以過去那種苦讀的方式無法應付，她慌了，然後就是留級，姊姊遇到的那些有趣的人，發生的那些離奇的事，都沒發生在她身上。

沒有。只有留級。一次不夠，是兩次。

姊姊說她們班上最聰明的同學也被留級，是學校制度有問題。

她說得輕鬆，看起來像安慰，但是不管用，畢竟姊姊也沒被留級，她成天不讀書，光是跟同學玩，談戀愛，翹課，她還是考上了國立大學。

姊姊得來不費吹灰之力的，她拚了命也得不到。

她對阿鷹獻身，任他奪去她童稚的身體，倉促草率，胡亂動作著，然後阿鷹昏沉睡去。「你愛我嗎？你將會愛我如愛姊姊那樣嗎？或者一半？更少？總有那麼一點點吧！」「你知道我愛你嗎？你一定不相信，或許你醒來會後悔吧！但我絕不後悔，這一生我擁有此刻已經足夠，此刻是屬於我而不屬於別人的。」她腦中出現許多話語雜亂喧騰但她不說，她安靜側身躺臥在阿鷹旁邊，那張過擠的單人床，她捨不得閉上眼睛。

阿鷹

「你殺死我了。」她說。

琇琇潔白的身體融化在白色背景裡，胸口插著一把雕刻刀，那不像一個人而像是牆上的一幅畫，刀柄斜斜畫出線條，沒看見血，鮮紅的炙熱的流淌出會形成線條或紋路，沒看見，如果不是她開口說話，他甚至沒注意到鑲嵌在白色牆壁上的她。

「你殺死我了。」她說。語音輕柔，像耳語。

但我不是故意的。他說。那時我以為妳去阿豹那兒了，我以為妳離開我了。

「所以你就可以殺死我嗎？」她又說。

他醒來。

床邊躺臥著的是他的妻子。

事隔多久了呢？一個月？兩個月？應該更久，再過一會他就會起床，吃一點早餐，然後開著車子到達琇琇家，她會在屋裡等他，然後拿起那個裝有計算機、帳單、原子筆跟零錢的小包包，他們會跟她父母說幾句話，然後他就開著載滿手錶的車子載著她開始今天的行程。

很短時間裡他們就招攬了一百多個店家，阿鷹分得獎金六萬，琇琇四萬，點數還在增加中，第一個月業績十二萬，扣除本錢跟老闆六四分帳，還有五萬收入，第二個月業績倍數成長，難以想像啊這行業，不多久後他們能賺到多少錢呢？工作時間長但他們總在一起，他們說好不做超過兩百家店，一條路線跑十五到二十家，每個月只要工作十五天，收入夠讓阿鷹拿回去養家，讓琇琇上一個會，存點錢以後可以專心寫作，剩下的半個月裡他們想做什麼都可以。

不可思議啊那是多麼好的日子，一切都在好轉中，大家都很開心。

但他心裡埋伏著恐懼，有個炸彈隨時可能爆發將這所有事物全部消滅，是珍珍。

如何也抹不去那一夜發生的事，那一夜，以及之後的許多天，三次？五次？更多或更少？後面都是在補救了，但越補救越恐怖，每次他聽見扣機響起，上面顯示著12345的號碼，都彷彿槍聲響起，她從沒問過那是誰，她一定以爲是淑娟，怎樣也沒想到那是她妹妹。

你殺死我了。

這句話總是在腦中發出巨響，在夢裡，在白天，甚至他就在她旁邊而她安靜不語，他也聽得見。

當時她若無其事地打開大門走進屋來，他正在打包、清掃，準備將房子退租，把東西都搬回琇琇老家，但是她走進來，就像剛下班，或剛到市場去買菜，像不曾離開過，或只離開了五分鐘，扣桑又吼又叫跳進屋裡撲到他身上咬他，她說：「我回來了。」

那是她失蹤後第十天。

而那天，他早上才剛從珍珍的租屋處回到這裡。

她的笑容她的聲音她的臉出現在這個屋子裡就像從前那樣，他竟恍惚以爲她不可能回來了嗎？他的等待只維持了九天，他犯下罪行但無法開口對她坦承，他背負著那必將是死罪的罪，迎接她美好的笑容，他接過她的行李箱，她的臉曬黑了些，有些疲憊，她安靜走向他，將頭靠在他胸口，短而刺的頭髮似乎穿透他的襯衣，她以臉磨蹭著他的胸，像正在撒嬌的孩子，他一手提著行李握把，一手摟抱她。「我回來了，」她說，「好累啊！」她又說。

「去哪兒了？」他問。

「我帶扣桑去環島，」她說。

「你不是去阿豹那兒嗎？」他問。這時他心裡發出哀嚎，難道他竟希望她是在他那兒嗎？多少次他悲痛絕望地想著，即使要離開我也應該告訴我，即使在阿豹那兒也可以對我說，他每次想起自己正在這屋裡等著她回來，而她卻正在阿豹家裡與他做愛，連電話都懶得跟他講一句，他就痛苦得捏掐自己的喉嚨。而今他竟希望那時她確實在阿豹家，確實正在做著自己開心而令他痛苦的事，越殘忍越好，那些殘忍都能稍微抵銷一些他犯下的罪，但她說不是。

「那阿豹爲什麼說,『她不想跟你講話』?」他問。他記得,他打了好多次電話阿豹終於來接聽,他問阿豹,她在你那兒嗎?阿豹說,**她不想跟你講話**,這句話不正意味著她在他那兒而她不想接他的電話嗎?不,不是的,不是我聽錯了,不是我理解錯誤,對,我知道那句話還有別的意思,但那時我眞以爲是那樣子。

「反正我沒去找他。我帶扣桑去環島了。」她說,她沒解釋清楚,但他知道她說的是眞的,她曬黑的臉,疲倦又興奮的神情,還有,以他對她的了解,天啊他曾經了解她但他忘記了,她不會說謊,她不需要說謊,她不想說的事她絕對不說,但她不用說謊。

試驗我考驗我而我通不過這試驗。

他很想伏在她腳下對她懺悔、道歉,清清楚楚解釋,爲什麼昨天跑去找珍珍,而早上醒來卻在珍珍床上,如果她知道他是因爲愛她,因爲痛苦與絕望而生的幻覺,因爲想拉住一個什麼來支持自己,因爲他軟弱,因爲卑劣,因爲慾望,因爲千百個自己也解釋不清的理由,所以他做了那件事。她會了解的,正如當時她對他解釋說明她爲何去阿豹家爲何跟阿豹做愛,啊不,他不能,他不能說出來,因爲她會以爲他在報復她,她會以爲他試圖製造一種類似的情境來復仇,來使她體會他當時的痛苦,她上了他兄弟所以他上了她妹妹,他眼前一黑彷彿看見地獄之火焚燒她的身體,倘若他說出口,他會眞正完全失去她,他不但要失去她還會失去過去所有的美好,他不敢想像她會用什麼方式懲罰他懲罰她自己,她可能眞的會死的。

「爲什麼不告訴我一聲就走掉?」他問。

因爲那時沒辦法說話。因爲那時若說出話來可能會罵你傷害你,因爲如果繼續留在這屋子我可能會殺死我自己。她慢慢解釋那天他們回家時她發現一切如常，媽媽並沒有把事情告訴她爸爸，祕密不再是祕密，而她的生命瞬間破裂，她腦子裡一片混亂，她能想到的只有走開。

「抱我，」她說，「一個人騎車好孤單，夜裡好黑，住的旅館好破爛，我好想念你。」她說。

這世界上竟有這樣一個女人，折磨你，考驗你，懲罰你，傷害你，而她不管做了什麼，當她投入你懷裡，當她訴說著她心裡所想，一句話，一個字，發出一點聲音，瞬刻間，你就被她握在手心，鬆緊捏放都隨她意，你絲毫沒有反抗的能力。

然而，他現在眞的是他自己眼中的禽獸了。

第一次情有可原，那第二次是爲了什麼？他也時常反問自己。

中午醒來時，他並沒有失去記憶，只是白天所見那小房間與前夜不同，好擁擠，珍珍的臉看來也不那麼與琇琇相似，更白淨，圓圓的臉上有著細長的眼睛，側面與琇琇很相像，尤其時她背對著他在窗邊的書桌前不知做些什麼，長髮披肩，那模樣就像琇琇靜坐在書桌前，但更安靜些，那是一個改良版的琇琇，身體更豐潤，較高大，始終帶著羞怯專注的眼神望著他，他還清楚記得昨晚一切，他來找珍珍打探琇琇的消息，以前常陪琇琇開車送珍珍回到這宿舍，從沒上樓，但他知道她住哪，以前三個人出去的時候珍珍總是靜靜在一旁聽他們倆說話，他出走跟琇琇同住的初期麗玉曾帶珍珍來他們住處（那琇琇已經拋棄了的屋子），珍珍曾對他們說：「有什麼困難我都會幫助你們。」所以他來求助，也確實得到撫慰，在珍珍面前感覺好安全。

珍珍發覺他醒了，就走到床邊來，坐下，身體傾靠著他，動作一如昨晚，沒有疑問、柔順、無論你向她索取什麼她都會毅然付出的姿態，昨晚他吻她或解開她釦子等動作，她靜默地接受，沒有反抗，沒有拒絕，沒有疑問，那意味著什麼呢？

她好像在等著他對她說點什麼，但又可能只是想靠著他的身體，等著他去撫摸她。琇琇的混亂、費解、神祕、衝突，她那許多令人不安的、無論在她身邊或離開她，你的心思總會隨著她的狂亂而起伏，隨著她的情緒而躁動，與琇琇相比，珍珍安靜柔順得令人憐惜。

在這屋子裡他突然發覺自己已經失去很久的某種能力又回來他體內，那種在女人身邊就能感覺到自己強大、自由，他的心思情緒都能夠自己掌握，他可以對女人好，疼愛她們、憐惜她們，但誰也不可能在他身上綁上一條絲線將他如傀儡般操弄，他母親不能，他老婆更不能，他又成爲自己的主人了。

狂亂而孤單地發狂般在屋子裡等待琇琇回來或打電話給他的那些日子裡，他懷疑自己瘋了，每天，他持續地翻搜琇琇遺留的物品，每一張紙片，每一個小東西，甚至翻開每一本書惟恐遺漏了她隱藏的片段訊息，那些雜亂的筆記裡寫著許多他不懂得的東西，像是小說又像日記，凌亂的字跡彷彿咒語，無法解讀。他可能沒有理解過這個他自認爲深愛著、並且用盡力氣去保護去疼愛的女人，他掌握她使用過的所有物品卻離她更遙遠，她變得更難以理解，隨著時日過去，**她傷害他**，她用某一種曲折複雜肉眼看不見方式持續地在這幾年來反覆傷害他，她的愛（或她渴求的愛）變換著形式（那日日更新的傷害越來越熟練）考驗他，他爲了堅持這份愛將自己付出到早就超過極限仍不斷付出，他精疲力竭，無路可去。

他對珍珍說（正如他以往對其他女人說），我沒辦法給你什麼。

她說，我要的衹是一點點，你偶爾來看看我。

他本來計畫著，回去之後將東西打包，退租，屬於琇琇的都送回她老家，他只要帶走簡單物品跟那條狗，回家，然後按照預定計畫去林先生那兒上班，他想把自己重新整頓起來，這段時間裡破壞的、失去的，他願意用幾倍的力氣去修補，但，誰都別想再把他拴住了，他也不是要回去當個好爸爸好丈夫，該賺錢回家，該盡的責任，他想斟酌盡力，而更多時間他要用來雕刻，來修補幾年裡自己的損耗，失去琇琇他也失去了自己重要的一大塊，但，此後他的生命更輕盈了，他再也無須為誰神傷，為誰心痛，沒有誰再能將他引領至瘋狂境地。

但她卻回來了。

巧手一揮，粲然一笑，好像過去幾天只是自己作了惡夢，是自己胡亂思想，她微笑著說，抱我，我好累，好想你。她墊起腳尖吻了他的臉。輕輕一吻彷彿莫大恩寵。

他應該憤怒但是他不憤怒，只是困惑驚喜交雜，你是在玩弄我嗎？你知道我為此受到多少傷害嗎？你知道我做了什麼嗎？那些爭論的話語他說不出口，她又拉住了纏繞在他身上的那些絲線，拉扯著，牽動著，她仍能夠主宰影響他的情緒他的人生，他仍深愛她如過去那樣，那是不可理喻的愛，那是對身心健康有害的愛，那是可能會毀滅他生命、家庭、事業、人際關係與一切一切的愛，然而他愛，他撫摸著她黝黑的臉（曬這麼黑不好看喔，他說，都曬傷了痛不痛？），他解開她的衣服，將臉貼在她的胸口，那小巧如孩童的胸乳底下激烈地心跳，他曾以為她死了啊！在他心裡她已死過一回，隨著那樣的死他的某個部分也死去，他有點想哭，又想笑，她回來了，又要回來繼續折磨他，傷害他，但她能夠帶給他的快樂無人能給，如此刻他親吻著她而她發出熟悉的吟叫，這世間只有她是以這樣的方式吟叫在歡愛的時刻，他深入她彷彿墮入一無底深淵，但他好快樂，伴隨著毀滅的可能，那種快樂超越快感，快樂得近乎恐懼，她回來了，而此後，他心裡深埋著一個即將引爆、而爆炸後他再也無法用意志力用感情用愛去補救的危機，他有罪，他有罪，他因為如此愛她、因為自己太過軟弱而犯罪。

他願意受罰。

阿豹

接到阿鷹的電話時他楞了一下，「琇琇在你那兒嗎？」阿鷹問他。

「她不想跟你講話。」這句話說得卑劣但不算是謊話，他不加思索地說出來也不感到心虛，距離上次跟琇琇見面至今半個多月，阿鷹會打電話來一定是琇琇不見了，琇琇既然什麼都不說就離開阿鷹，那一定是不想跟他說話也不想見到他，他詮釋得也沒錯。

然後他掛上電話，心想，不久後琇琇就會打電話給他了，指定一個地點，要他去接她。

但是太久了。

等待已成習慣，成為信仰，成為使命，等待變成微弱的希望，成為安慰自己的方式，等待那不會響起的電話，一日復一日，太久了，過於漫長的等待裡他將回憶拆開，將這些時間裡發生的所有事件逐一回想，越深入越惶恐，沒有證據顯示琇琇從阿鷹那兒離開會來到他這裡，沒有跡象能證實她最後是選擇了他，他甚至沒有辦法知道她那邊到底發生什麼事，從頭至尾，他只是個局外人，只是一廂情願（甚至幸災樂禍地）以爲琇琇終於做了決定。

他鼓起勇氣打電話到她家，接電話的人是麗玉，他一聽見她的聲音就掛斷了。

有什麼好怕？但他不是怕，事已至此，阿鷹都打來他這裡找人了，難道麗玉會不知情？**大家都知道了**。

於是他晚上打，假日打，他已熟知麗玉夫妻倆到夜市工作時間，他希望接電話的人是琇琇的弟弟或妹妹，他們可能認不出他聲音，就算認出也不要緊，打聽看看，他想知道發生什麼事。

揮不去那種猥瑣卑劣的感覺，爲何只要與琇琇有關自己就會變成一副卑劣不可告人的形象？連痛苦都顯得不正當，誰在乎他的感受？沒人在乎，在這整件事情裡他一直是個局外人。可惡啊她把他的生命搞得一團混亂他卻連對她生氣的管道都沒有。

那聲「喂」多像她啊！「琇琇，」他喊。「我不是琇琇我是珍珍。」即使那聲音這麼說著他還是認爲是她，「是我啊！」他忍不住又喊。「請問你是誰？」那聲音說。

以前琇琇說過她跟她妹妹聲音很相像，打電話來家裡的同學總是搞錯，但那整通電話講完他都還不相信那不是琇琇，儘管內容與說話的方式越聽越不像她，感覺好像是他第一次打電話給琇琇想說服她離開阿鷹，那時她的聲音跟她以往留在他記憶裡的樣子毫無關連，像是初識，不是他曾從國小國中一直看著長大不斷變化樣貌的大姊的女兒，而是某個他在別的地方認識的女人（女孩？少女？他分不清楚該如何形容她），好像他們正在進行電話交友（好久以前他曾在報紙廣告裡看過這類廣告，男來店女來電，那時他孤獨寂寞也好想按著電話號碼打去詢問但終究還是沒有），像是他曾交往過的一個筆友，當兵時期他早已結婚，有個女孩是同梯隊友的妹妹，一次面會後竟給他寫信，一封一封寄來總共寫了三十幾封信給他，那是他生命裡最接近外遇的時刻，如蘭不愛寫信，他每日書寫又長又厚的家書每次寄去總好久才有短短幾句回答，後來他把寫家書的熱情轉到給那個女孩的回信上，他已經記不得女孩的樣貌，但她的信眞美，字跡秀氣，文辭優雅，女孩正在讀護校，信中都會抄寫她喜歡的書中字句，有時會附上圖畫，壓扁的花瓣（每次那些玫瑰花瓣從信紙間掉落都會引來其他同袍訕笑，你的筆友來信啦！我要看！），信紙上飄散淡淡香氣，這些信件往返成爲當時他生活裡一大慰藉，但就在一次放長假回家後，他看見如蘭挺著肚子，那時她正懷著女兒因爲水腫還得站在廚房，因爲需要清洗太多碗盤而生氣，如蘭吼叫著「都是你，都是你，誰叫你讓我懷孕，誰叫你把我娶回家，他們都在欺負我！」那些羅曼蒂克的書信突然變成他內疚自責的另一罪證，他回部隊後把信都燒了，不再回信。

在電話那頭的珍珍說著話，他問什麼她都回答，可是他根本不太記得珍珍的長相了。

那是琇琇的另一種與他溝通的方式。

珍珍說姊姊失蹤了，阿鷹也找不到她，說家人都很擔心，說琇琇帶了一條狗騎上摩托車就此消失不見，「但我沒有很擔心，」珍珍說，「我姊姊很聰明，又有很多朋友，她一定是去找朋友了，所以請你也不要擔心，一有消息我會通知你的。」她說。

那感覺好像回到尚未愛上琇琇的時刻，一張不熟悉的臉，甜美的聲音，他是個長輩，是個成年人，對方只是涉世未深的少女，那時，一切都在他掌握中，他理智冷靜，說話得體（琇琇不曾見過這樣的他，她看見的若不是他在嫉妒生氣就是狂亂地對她表達那不能說出口的愛），猶如過去所有都能修補，他還來得及表現出他眞正想要對她表達的情感。

他喃喃對她訴說，但那個人根本不是她，他對著一個酷似她卻不是她的聲音發出對她的渴求，這長時間裡他的擔憂他的難處，好像能夠藉由珍珍的口中轉述到琇琇耳裡，又或者他根本沒有細想，那個聲音就是誘發他說出所有不曾說的。

他必須傾吐。

剛開始幾個月他時常打電話去她家，白天打，晚上打，深夜打，清晨打，那時他已經知道阿鷹回家了（淑娟許多次打電話來對他抱怨，阿鷹回家的事一下子傳遍了所有朋友間），他甚至還知道阿鷹去當送貨員，他第一個反應是琇琇還跟他在一起，那個工作只是個幌子，但他沒把這念頭說出，他像個間諜，仔細從淑娟打來抱怨的電話裡設法找出琇琇的蹤影，拼湊出她與阿鷹間的進展。

變態了你，他瘋狂打著那不出聲的電話，有時是她爸爸（聽見那聲音時他經常忍不住要飆出三字經），有時是她媽媽（大姊，在僵持著的沉默裡大姊有時會說，是阿豹吧！我知道是你，你出個聲音，你說說話，這樣子不好），有時是琇琇，是我，我知道是你，她說。

瘋了你。他可以與她僵持一分鐘兩分鐘甚至更久，他不出聲她也不出聲，但他們知道是對方。他聽得見她在呼吸，她一定也聽得見他忍住的狂吼，爲什麼這樣對我？爲什麼？

他們都不說話。

有時她會發出聲音，好像在哭，又像在笑，她喃喃說著，不要再找我了，我沒辦法見你，沒辦法，沒辦法。

但那又像是他自己腦子裡生出的回答，自問自答，自言自語，張口結舌聲音就是出不來，妳看看我都變成什麼樣子了？我變成個騷擾人的變態，我成了啞巴，妳奪走我，又遺棄我，妳將我從黑暗中拉出來，又把我推回去，妳知道那有多黑暗多恐怖嗎？妳知道但是妳還是做了，妳犧牲我如妳犧牲自己，結舌張口，我又成了那在漆黑果園裡狂亂奔跑的人，幻影叢生群魔亂舞，妳可以做點什麼不讓我這麼痛苦但是妳不做。

妳放棄我。

男子漢啊你曾經是男子漢但你現在是個變態了，他每次握住話筒另一手按撥著電話鍵盤他都想把手掌切斷，那不是我的手，那個號碼是瘋狂的暗示，她不在那兒，她早就消失在那個人車洶湧的街道從一個巷弄裡離開，但他沒辦法相信。

有天，他在公司接到兒子導師打來的電話，說孩子在學校跟人打架，把對方打得頭破血流，他請了假跑到學校去，赫然發現他兒子長得好高，竟然比他還高，身體壯得像頭牛，他沒細問緣由劈頭就揍了他兒子，那個高大的年輕人也沒還手也沒出聲，打得連老師跟對方家長都跑來拉他，那時候，他看見兒子閃著瘋狂的眼神，表情裡竟然都是恨。「你打死我好了！」他兒子吼叫著。

像有人將手錶時間校對，有人將他腦中鬆脫的螺絲拴緊，有人從瘋狂崩潰邊緣將他喊住拉回，是他兒子。

這個孩子上國三了，不愛讀書愛打籃球，身高已經快一米八，好像還在長高，他從梨山上回來後孩子一直跟著他，自己起床自己上學自己回家自己睡覺，他有時忙得幾天沒見到兒子一眼，零用錢總是放在抽屜讓他自己來拿，兒子從不多拿，以前他喝得昏天暗地，回到家跌跌撞撞上樓，經過兒子房門口還聽得見收音機的音樂，好像在等著他回家。

兒子見過琇琇，不知道他怎麼看待這個父親的女人，他沒問過，只記得好幾次琇琇獨自回家，還是去隔壁喊他兒子叫他騎車載她外出去搭計程車，他們三人曾一起吃飯（僅僅那麼一次），餐廳飯桌上琇琇努力找話題跟他兒子聊，雖然談不上熱絡，但他看得出他兒子很努力要接納這個父親帶來的女人。

無論如何，他都做得太超過了，如此失魂落魄已經太長時間，人事不知周遭一切全然不管不理，只沉浸在自己的痛苦裡，這樣太過分了。

接下來發生的事很快速，恰巧公司在大里新設了一個分廠，他就申請從太平調到大里（老鼠就住在大里，有個照應，那兒對他而言是個全新的環境，離原來的生活圈更遠些），老鼠的親戚在郊區有棟空置房屋，三層樓的透天厝，以便宜的價格租給他，他換了工作，搬了家，試圖讓自己再度振作起來，那個屋子有個小小的花園，屋前不遠處就是河堤再遠處是山，除了一整排與他們所住相同的樓房，四周都是未開發的荒地，那兒荒涼寂靜很適合他。

他還保留著最後一點希望，是那個不變的電話號碼。

但他不再打電話去她家了。

琇琇

你們把我想錯了。

她閱讀著那張信紙上的字跡但無法辨識內容，只能看見幾個關鍵字。

那天你來
做愛的時候
傷心
姊姊
你們傷害我了

那天下午她到阿鷹工作室去，郵差送信來時阿鷹正在忙，她便幫忙收信，當她瞥見信封上那特有的斜斜的字跡，已經知道了寄件人是誰也可以猜想到內容，她看見阿鷹接過信件遲遲沒有打開，她不該問但是她想確定，「是我妹妹寫來的吧！可以讓我看一下嗎？」

阿鷹慢慢拆開信封，遲疑著不願把信件交給她，她堅持，他只好把那張信紙交給了她。

到底是什麼時候發生的？維持了多久？爲什麼會發生？發生了什麼？她將信紙還給阿鷹，腦中因壅塞太多疑問而顯得空白。

她不想知道了。

這個工作室是他們到林先生公司上班後半年建好的，工作很順利，他們存了點錢，阿鷹的朋友有塊地便宜租給他，阿鷹找人來搭建鐵皮屋，自己又花費許多時間打造，是他擁有的第一個完整寬敞適合他自己的工作室。

有了共同的工作使他們相處頻繁，感覺更有目標了，除了手錶寄售的工作，阿鷹的雕刻事業也有進展，而她自己，奇蹟似地竟然有出版社要出版她的小說，合約已簽訂，稿子也送打，再過兩個月就會出版，當時他們搬離那個小屋，帶著悲劇的心情阿鷹回家，她搬回鄉下跟父母同住，帶來的卻是不敢置信的好運。有時阿鷹會開車帶她去工作室，她陪著他慢慢建造那個地方如以前他們建造那個平房的一切，阿鷹說等存夠了錢就在工作室附近租或買一個小公寓，距離近些，想見面就能見面。

她回到她童年時住過的房子，那個她當年與阿鷹戀愛的房間，樓下住著她父母，她還沒找到與他們親密相處的方式，但一切都和平，每個星期有三四天她跟阿鷹開著車子跑遍各大縣市鄉鎮，兜售著那些廉價的手錶，他們把工作做得像是在旅行，阿鷹帶她去見識她沒有見過的台灣各地，各種行業的人們，她懂得運用小時候賣衣服的本事去對店家進行說服，阿鷹懂得跟人做朋友，有些店家不但接受他們的寄售，還會請他們喝茶，跟他們聊天，那些隱藏在大賣場、超市、文具店老闆身分底下的，有人以前是混幫派的（從良的兄弟後來開了羊肉爐又開超市，那種人跟阿鷹多談得來），有的老闆白天當公務員下了班就畫畫，開家小店讓老婆賣玩具文具用品（這個中年男子的畫作平凡，但臉上有一種奇特的狂熱），有好多奇人。阿鷹會在每日重複的工作裡找出新鮮，如某個地方獨特的小吃（民雄鵝肉，北港肉粽，新港鴨肉羹），他們有時工作到一半兩人就開著車子跑去唱歌，或乾脆去溪邊玩水，甚至當天工作沒做完就跑到鹿港去找阿鷹的朋友，夜裡他們去住在一家廉價的小旅館，徹夜歡愛到天明，林先生對阿鷹很敬重，雖然對他們不積極的工作態度感到頭痛（琇琇的父親常感不滿），但也沒有辦法約束他們。

沒有見面的日子，她關在房間裡寫小說，寫她的第二本書。

她很小心，知道擁有這一切並不容易，她抵抗著對阿豹的思念與歉疚，媽媽說家裡常響起電話，一接起就掛掉，她也接過，對方總僵持著不肯掛斷，讓她一聲又一聲重複地問，喂，是誰。她知道是誰，爸媽也都知道是誰，她甚至能夠感覺到對方的呼吸，感覺到那人曾開車到村口固執地等待，遠遠注視他們家的燈光，讓狗徹夜狂吠。

但她不能。

她甚至接受其他男人的邀約，在阿鷹沒來的時候，她讓他們開車載她出去，去吃飯，去逛街，喝咖啡，去舞廳跳舞，酒吧喝酒，她沒讓他們碰她，知道這樣的張力可以維持到讓男人爲她花費心思，花錢花時間，像一種垂釣的遊戲。她沒越界，阿鷹沒干涉，這樣的生活是她平衡自己的方法。

不知是意念召喚或者是神奇感應，不久前她才跟阿鷹提起自己高中時暗戀過班上女同學的事，她說她知道自己愛男人但經驗僅限於阿鷹跟阿豹，自小她卻被某種雌雄莫辨、俊秀帥氣的女生吸引，那橫亙了她少女時期所有幻想，甚至是她寫小說的起點，是她生命中少數阿鷹不理解也不知道的部分，「那是愛情嗎？」阿鷹問她，「妳們也如我們這樣相處嗎？」阿鷹又問。「都是我暗戀別人，連手都沒牽過呢，那大多只存在於我自己的想像，可是有一次有一個人眞正讓我知道那也是戀愛。」她就說起童玉雁的事。童玉雁啊童玉雁，從小大家都喊她阿雁，是她的另一個祕密。

打籃球的阿雁，跑步的阿雁，騎腳踏車後座載各種女生的阿雁，講義氣的阿雁，「無情」的阿雁（國中時好多同學爲她心碎），阿雁曾是她的童年玩伴，是年少時最信賴的朋友，她們一起度過混亂的童年、困惑青少女時期，曾經在她上大學之前的暑假她懵懂恍惚與阿雁度過幾個星期愛戀時分，「那時候我沒機會理解，就退縮了，我一直想找她就是找不到，如果是現在啊現在我已經懂得那是什麼了。」她對阿鷹說。

出書後不久，某一夜就這麼奇妙有人在樓下喊她，她下樓，分別幾年不見的童玉雁出現了。消失後又出現，恰巧在她最需要的時刻出現，爲她帶來的世界正是她書裡描寫過的，她自己也不清楚爲何她明明有男友愛男人，小說裡寫的卻都是女人愛女人的故事，阿雁屬於她小說裡的世界，證實了她的想像。

第二天她就帶阿雁去認識阿鷹，他說：「說是風就是雨，妳眞厲害啊！」語氣裡不知是嘲諷還是無奈，可是他接受，阿鷹跟阿雁和平相處好像達成共識，一加一大於二，阿鷹說，妳太大了需要兩個人來照顧。阿雁說，先來後到我懂得分寸我不嫉妒。左邊是阿鷹右邊是阿雁時常三人同進同出，阿雁跟阿鷹好像失散多年的舊友，和諧得令人不敢置信。

所有事物進展飛快，工作室開張，小說出版，阿雁出現，她的人生彷彿正要起飛，她成爲一個作家了，快速成名超出自己預期，她有兩個情人一男一女如天平兩端給予她不同的愛情，她跟阿鷹之間有些什麼已經改變，但並不是不好，可能更好，更順利，雖然有時淑娟會突然懷疑，抓狂地跳到阿鷹車前擋住他去路，堅持要跟他一起去送貨，但鬧個幾天因爲抓不到把柄就放棄。阿鷹說淑娟跑去唸佛，辭了工作，孩子也不管，他滿心都在準備第一個展覽，夜裡也常睡在工作室，有幾個人路過看見那造型奇特的屋子進來看看，阿鷹認識了許多喜歡他作品的人，他甚至有贊助者了。

這是她想要的人生嗎？她不確定，手錶寄售的工作不可能做一輩子，她也不會永遠跟阿鷹在一起，阿雁對她很好，她們的戀愛如夢如眞，阿雁給予她這些年來未曾被滿足的、超額的愛，那愛甚至擴及她的朋友、家人（以前無論是阿鷹或阿豹都是家人朋友不接受的），尤其是她父母，或許經歷了這幾年與阿鷹、阿豹間的風暴洗禮，他們對她結婚生子已不抱希望，更或許阿雁比她更像一個合格的女兒（女婿？）輕易地在他們家贏得了地位，她反而因爲阿雁的出現恢復與家人的連結。

某種幸福，兩倍的幸福，以往阿鷹與阿豹都沒能做到的，修補她與家人的關係，修補那惡夢帶來的扭曲，阿雁以突如其來的魄力與決心橫切入他們家，彷彿要藉由她這個外人的加入將破碎的家重新喚醒。一切看來都很好，所有人都朝向希望，但她總有隱隱的不安難以言喻，親情是阿雁渴望的，父母的愛、完整的家是阿雁的夢想，阿雁深知她的祕密不可能不知道那卻是她恐懼的來源，某一刻她也被阿雁的熱誠感動，被她的信念說服，阿雁與阿鷹阿豹對待那個祕密的方式不同，阿雁不憤怒不狂亂，只是安靜地聆聽。說出祕密那晚阿雁與她在老家頂樓的房間過夜（她們說了好多話想將這些年沒相見的日子都補齊），父母就在樓下打地鋪（多年夜市生活造成的習慣），她不確知阿雁會有何反應，她們徹夜說話在清晨時疲憊地靜靜入睡。第二天醒來她發現阿雁已經開始行動，她下樓時阿雁已在廚房幫忙媽媽做菜，阿雁以熟人的姿態入駐他們家，每天都帶來不同的變化，起初是勤跑她家，替媽媽煮飯，幫爸爸去買菜，帶奶奶去看醫生，陪爺爺泡茶，後來她乾脆住進她家了，帶了兩隻狗，直接搬進琇琇家跟大家擠著打地鋪。

這是什麼辦法呢她還看不出來，但阿雁想要做的她會努力去做到，家裡缺錢缺人手，最缺乏的是希望，她父母一輩子都想翻身，而阿雁勤勞刻苦是上天預示他們可能翻身的最好機會。

是預感嗎是錯覺？還是某種什麼說不出的怪異感應，「不可能如此平順，會有不幸事件發生」的惶惶威脅總是存在她心中，但阿雁出現後她的人生明明就好轉了，阿雁開著車帶她去演講，阿雁開著車帶她去見朋友，她與外界的聯繫甚至因為阿雁而恢復了，她有了讀者、新舊朋友、與家人關係緊密（那時開始她們每天都在家裡吃午飯），經濟狀況也穩定了，阿雁體貼入微，觀察細密，願意為她付出所有，可是這幸福不真切因為這圍桌吃飯的一家人並未和解，他們只是跳過那傷痛，她自己甚至也沒察覺這警訊，回到這個家，修復這個家，阿雁的動機純良，但她們不知道將要付出的代價太大了。

她所知的只是一種離開的念頭如往常那樣，她常想著要離開眼前所有一切到更遠的地方，獨自地，在某個地方寫小說。

她常回想她帶著扣桑騎摩托車去環島的那幾天（後來她只騎到台北就回頭了），一開始，其實她是想死的，如果不是帶了扣桑，她或許會在某個骯髒的小旅館自殺，或許會變成一個妓女，會跟某一個來跟她搭訕的男人走了，或許會遇上變態殺手將她劫持，或遇到更恐怖的事，但她無暇顧及，背包裡有一萬元，錢用完之後她可能會去打工，或者做出些自己也不理解的事。

那條狗救了她。她帶走扣桑只是因為這隻狗只認她，從小除了她餵飯這狗什麼都不吃，起初她想將狗帶去以前一個大學同學家寄養，她在那同學家借住了兩天，想讓扣桑適應環境，但她只要一離開，狗就狂吠不停，她只好又帶著牠走。

一路上，走走停停，扣桑好乖，坐在踏腳墊上專注地看著周遭風景也不亂吠叫，給牠什麼都吃，每到一個小鎮或村莊停留，總有小孩子跑來看她的狗，她就讓扣桑跟小朋友玩。常有人問她要去哪裡，一個女孩子騎這麼遠路不害怕嗎？她總隨口編造，說自己在做田野調查，說是學校要做報告，說她住在鄰鎮隔天就回家，那時她心裡隱約閃現的念頭除了尋死，除了不斷重複思索那天在家裡所有人見面的情節，想著人生至今種種在何處糾結，想著阿鷹、阿豹，更多時間裡她什麼都不想，只是讓眼前景物進入視線，那些綿延的稻田，田邊的三合院，筆直的縣道有時拐彎沿途風景變換，行經的路人，不同地區的小吃店、雜貨店，白天傍晚黃昏黑夜，世界對她展現的是連續不斷的人事物，都與她無關，這個人那個人有好多人都在與她無關的地方生活著，大樹下總會有老人拿把凳子就圍坐著，有人在下棋，有人泡茶，都是些熟人日復一日在這兒聊天，她停好摩托車牽著狗走進，有人會好奇地望著他們，會問她幾句話，小姐哪來的？要去那兒啊？有沒有什麼需要幫忙？要不要喝杯茶？她拿過好多這樣善意地遞過來的茶杯，或冷或熱或濃烈或苦澀或甘醇的茶水，見過一張一張好奇的善意的臉。她想過，如果能活下去，她將要如此繼續觀看人生，繼續走向某個她不熟悉的人群裡，聆聽他們說話，寫下他們的故事。

如果能活下去。她要去旅行，去各個城市或國家，以各種能夠謀生的方式一邊工作一邊寫作。

但該如何活下去？該如何死？都不自然，她只是茫然地繼續發動摩托車，上路。

一晚，她住在某家旅店，那是個偏僻小鎮，僅有的一家旅社樓下一角還有張躺椅老闆娘在幫人洗頭髮，店裡有幾個像是妓女的小姐在樓下聊天，房間窄小棉被有臭味，燈泡也不太亮，她老覺得自己聽見隔壁傳來咿呀叫床與床鋪搖動的聲響。她睡得極不安穩，夜裡醒來，不能再睡，許多年前那種會將她搖醒的恐怖噩夢又來襲，她拿出沿途買到的水果刀，心想著就是今天了就是現在，此刻，這帶著臭味的床鋪、逃亡的終點站、鄰室妓女與嫖客的談話、搖晃的床鋪，是她人生的隱喻，她握著刀子卻不知如何下手，幾天來的疲乏撲打她的身體使她激烈地痛哭，那隻狗，有個好笑名字與老氣臉蛋的小土狗，突然像人一樣撲身向她，張開兩隻前腿似情人以手環抱她，用大大的舌頭舔著她臉上的淚水。

人生的隱喻啊後來是一條狗變成情人撲倒她在床鋪上舔食她的臉，她涕淚縱橫，又哭又笑，這隻沒有她餵飯就不吃的狗，與曾在某些時刻需要她渴望她幫助而活下去的人，多麼相似，她臉上帶著有狗口臭味的淚水與唾液，模糊又模糊，她抱著狗昏亂睡去。

死，並沒有那麼簡單。

不到半年啊！此時她回想她當初的預感，悲痛中忍不住要發笑，那惶惶的威脅竟以這種形式出現，即使她會編寫小說也想像不出此種急轉直下的劇情，她閱讀著那封妹妹寫來的信，並不了解內容，阿鷹在一旁解釋又解釋，她沒聽懂，但她不想死，也沒有其他想說的，有什麼地方弄錯了，她必須想清楚，才能說出來。

弄錯了。

阿雁，他們把我想錯了。她轉頭看阿雁似乎這時只有阿雁是她的同伴，但這關阿雁什麼事？

「我常擔憂又畏懼地想，就害怕這一天來到，我知道我傷害妳了，這不可饒恕，但我並不想傷害妳，珍珍也不想，這件事，我不知道該怎麼解釋但發生了，是在妳失蹤那幾天，我好絕望，所以我去找珍珍問她妳的下落。」

阿鷹還在繼續說著。

她想起的卻不是那些，珍珍啊，這些日子裡有多少次他們總帶著珍珍出去，從小，她去那兒都帶著珍珍，媽媽說她偷看珍珍的作文簿，珍珍寫著：「姊姊是天上的月亮，我是地上的小草。」媽媽說妹妹因爲妳承受到太大的壓力了，要更小心注意妹妹的情緒啊不要傷害刺激她，那時珍珍才國一。

「我知道不該繼續，但我不忍心，珍珍說她想要的很少，只要擁有一點點，只要我能去看看她，她只想靜靜陪在我們身邊。」

「我看見她總是想到妳，我與她說話總是提起妳，似乎話題裡沒有妳我就不知該對她說什麼，所以她傷心，她說什麼都不要，但她難過自己只是妳的替身。」

阿鷹你別說了，你以爲這樣會讓我比較不難過，但卻只是讓我更難受，你們把我想錯了，這時刻，我想到的不是背叛不是傷害，而是，你怎能讓我這麼長時間裡在我妹妹面前做出每一個她會因此而嫉妒與痛苦的動作而不自知。

你怎能讓我在她面前展示著你對我的愛，你怎能讓我成爲她愛的對手？

我不嫉妒我不傷心我不怪你也不怪她，因爲還有其他更強烈的情緒，人生太苦太難這只是其中一個表徵，我們經歷過的事豈止這一個難題，但是我不想自己無意間竟成爲這樣的角色，我不要扮演這個傷害我妹妹奪走她所愛之人的角色，如今你對我說你不愛她，你以爲這樣我會得到安慰嗎？你錯了，我情願你愛她，我眞心希望你們相愛，我盼望這一切是因爲愛，而不是爲了恐懼。

但是我沒辦法了。

我甚至無法讓你清楚知道我不是爲了報復你所以要離開你，但我沒辦法繼續，不可能了，我妹妹愛著你你知道嗎？我生命裡最重要的人就是我的家人，我曾像母親一樣照顧弟弟妹妹，童年時我們相依爲命，世界上只有我們三個人照顧著彼此，那是我妹妹啊！我曾發誓要疼愛她善待她，而我卻帶給她如此大的折磨（可怕的是我竟沒有察覺，還將她當做講心事的對象對她訴說你），我怎麼能夠若無其事地繼續這一切，我怎能如以往那樣讓她親眼見到你摟著我，帶我去各個地方，大膽地盡情地對我表露你的愛。

我情願你愛她，甚至你愛著她只是你不自知或你不能對我坦承，你擔心會傷害我，但你現在手搭在我肩上，設法要摟抱我，想要親吻我，想從我靜默的嘴裡找到足以安慰自己的話語，你想要我原諒你，想要我說我不恨你，我無法原諒你因爲我不怪你，我沒資格原諒誰，我這個人存在，僅僅是以這樣的存在對別人已經構成傷害，這麼多年，這許多年來我讓每個人傷心，每個對我善意的人，包括你，阿豹，我母親，你妻子、兒子，現在又加上我妹妹，我沒辦法了，太多了，你們被我拖進我個人的悲劇裡，你們設法要拯救我，要愛我，你們都盡力了我看見了我感受到了我享受過了，太多了，眞的，到此爲止吧！

你下不了決心但我可以，這必須我來做，這樣說可能會讓你傷心但我顧不得你了，只有我離開才能結束這一切重複又重複的傷害與痛苦。

阿鷹那是我妹妹啊，我什麼都願意給她，但我給她的是什麼，你不是個禮物不能輕易送人，但她是我妹妹，我不能奪去她所愛如我奪去其他人的，對不起我必須這樣做有一天你會明白我的心思，即使不明白也沒關係，愛情，我擁有過太多愛情但我只有一個妹妹。

阿雁帶我走，帶我離開這裡我必須立刻離開，我沒辦法了，甚至啊晚上我就會看見我妹妹，還會如往常那樣跟爸媽一起看電視吃消夜，但我將看見的會是什麼呢？我沒辦法維持了阿雁，我已太累太累，你或許會問我發生這種事要不要跟阿鷹分手，你或許也正在等待我作出選擇，好結束長達幾個月的三人關係，然而，阿雁，請不要問我任何問題，不要叫我做出決定，因爲從來不是我在決定人生我只是被命運推著走，推著我拉著我將我拋擲進入我無法迎接的風暴又一次再一次，這次我累了，讓我靠一靠。

第五部

阿雁

她載著琇琇離開阿鷹的工作室，路上琇琇沒有說話，臉好像被什麼東西劃開，潰散成她不認識的樣子，琇琇不哭不笑，有些發傻，她試著想說點什麼來安慰她，但剛才的情況真的太尷尬，工作室裡還有其他客人在，她看見琇琇閱讀那張信，臉色一沉，阿鷹跑過來對她說：「對不起我有事要跟琇琇單獨談。」將琇琇拉到一旁，她看見他們倆激烈爭執著，「載我回家，」琇琇拉著她的手對她說，她便帶著她走。

「我妹妹跟阿鷹在一起。」琇琇只說了這一句話。

重逢之後第四個月，這些日子裡她幾乎天天看見琇琇，每天卻都還在適應她的變化。記憶裡的琇琇一點也不像長大後會成爲別人的情婦，陷入如此糾葛情感關係（她到底有過多少男人？）——即使她此時就坐在她車裡，不久前她才發現自己的妹妹跟她男朋友在一起，她甚至連哭也沒哭，清新的臉上也沒有那些複雜關係留下的痕跡。

認識琇琇的那年她們國小六年級，她讀信班，琇琇是愛班，人群裡琇琇並不起眼，可是她記得她，有時她跟同伴打球經過她教室門口，女生她都會注意，就算只是小學生琇琇也顯得太矮小了些，那種瘦小令人印象深刻。國二國三同班，她們住同一個村子，家裡都是單親，她媽媽多年前就離家到城市工作只有過年才回來，琇琇的媽媽跟她爸爸離婚（關於此事琇琇從不說明），偶爾會到夜市幫忙，在那個鄉下小村莊她們的家庭狀況都是會惹人議論的，或許惺惺相惜，她們算是兄弟情誼吧！好奇怪對一個瘦小女生稱兄道弟，或者說琇琇就像她妹妹（她寧可自稱他而不是她，小學起她就不肯穿裙子，國中開始她就把裙子當抹布塞在書包，只有進校門時拿出來圍著亮給教官看），她就是想照顧她。

她記得琇琇陪她去考五專，考完試她對琇琇說：「你陪我去一個地方。」那時，她將水果刀藏在書包裡，準備跑去刺殺那個跟她母親外遇的男人，琇琇毫不知情，傻傻地陪她去，後來她什麼都沒做，那個男人只是個糟老頭，因爲採摘水梨跌斷了腿還裹著石膏，她本以爲會是姦夫淫婦的場面，卻是個破舊的房子裡兩個悽慘的男女，她羞愧又憤恨地帶琇琇走了。她們騎摩托車回豐原，晚上她住在琇琇家，那個小閣樓裡，他爸媽把大床讓給她們睡，夫妻去樓下打地鋪，那晚，她對琇琇說好多話，說她母親在她小學時就離家去工作，母親總說自己是她父親三萬元買回來的，但明明不是那樣啊！她曾好多次見過夜裡父親母親在床鋪上搖晃著，她父親好勇猛，六十幾歲的老人還能一次搖晃好久（她總覺得自己的性能力是遺傳自父親），父親是廣東人，一口鄉音濃重連她都常聽不懂，母親與父親言語不通，但也生了四個孩子（那夜裡的晃動有幾十次吧！）她是老么，自小就被母親當作男孩來養，但母親走了。

她對琇琇說，她是前幾天聽見父母吵架，才知道她一直以爲母親在台中工作但實際上卻是因爲有了男人，她好恨父親爲何不追究，爲何家裡沒人處理這樣的事，卻任由母親走掉，母親愛回來就回來，想走就走，置她父親的尊嚴何地？所以她查出母親在台中的住處，所以她要去刺殺他們。

「不能做這樣的事情啊！」琇琇說，「不能恨你母親。」她又說。

夜裡她曾偷偷親吻琇琇的臉頰，不知是基於什麼原因，琇琇睡得好熟並不知情，「謝謝妳陪我。」她在心裡這麼對她說，「如果不是妳在我身邊，那樣難堪的畫面我要如何面對？」這個吻她一直認爲是感激的吻。

琇琇上女中而她讀工專，一開始琇琇通車，早上她會騎車到豐原去接她，兩人一起搭火車，琇琇先在台中下車，她再自己搭到彰化，國中時她就交女朋友了，不是她眞正喜歡的那個隔壁班女生，而是她班上同學，有兩個女生到她家裡來玩，都說要跟她一起睡覺，夜裡，她把手探進了比較高瘦的那個同學腿間，不學自會，沒人教她該怎愛女人，沒人告訴她那是怎麼回事，但她會。

愛女人，寵女人，不抱著任何期望而付出自己的愛，她眼看著身邊交往幾年的對象終於會去交男朋友、會說想要嫁人，這是定論，是她這樣的人的宿命，她早學會接受。

所以琇琇是哥們不是女朋友，女朋友會換會跑，哥們不會。

曾經，在琇琇要去上大學那年暑假她親吻撫摸過她，當時她跟女友住在豐原，離琇琇他們的服裝店很近，有次琇琇跑來找她玩，她女友回家去了，就像以前一樣琇琇總會睡在她胸口（只是哥們），但那晚她吻了琇琇，琇琇臉上發散某種好乾淨的香味，她不再是那個傻楞楞的書呆子了，她親吻她摸索她而她隨她擺布。

她們非常短暫地戀愛了（是戀愛吧！琇琇總說她弄不清楚那是什麼，你不是一直把我當弟弟嗎？琇琇問她，她自己也不清楚），然後琇琇去北部讀大學。

剛開學頭幾個星期假日放假琇琇回來都會去找她，第一學期還沒過完，她再去服裝店時琇琇一家人已經離去，服裝店換人經營，新的店東也不知琇琇家人搬去了哪裡。

同樣那段時間裡，琇琇也正在找她，想告訴她他們搬回鄉下，但阿雁已離開原先的公司跟住處，聯絡不上，琇琇說：「我打電話去你家，你爸爸說，這裡沒這個人！」

她們能夠一起核對記憶時，已經又過了好多年。她五專沒讀完就休學，那段時間跟家裡鬧得最凶，自從發現母親外遇，她吼叫著控訴父親的軟弱：「你這樣還算個男人嗎？」將父親氣得中風，她就不再是家裡最受寵的么兒而成爲一個逆子，她抽菸、喝酒、打架，索性不上學自己在外面租房子找工作，家人跟她斷絕關係她也自絕於家庭，她先是去一家西餐廳學做吧檯，繼而吧檯師傅帶她去做電動玩具，在店裡做開分員，後來做抓娃娃機，她暗戀店裡的會計曉蕙，好長時間裡她早上去接曉蕙上班晚上送她回家，假日她們會一起去爬山（曉蕙吃素爬山念佛，她曾陪她去打禪七光是不能抽菸就逼得她快發狂），沒有親密舉動，沒有告白，她守護著她，直到曉蕙交了男友，她目送著她嫁人，還特別請假去當伴娘（那是她第一次穿上女裝，多滑稽啊她應該是新郎結果卻穿著彆扭的女裝演伴娘）。婚前一晚曉蕙對她說，「如果你是男的我一定嫁給你。」這句話她一生中聽過多少次，彷彿成爲她人生的配樂。

曉蕙之後是曉雙（正如琇琇與她妹妹的翻版），小不點曉雙總跟在她跟曉蕙身旁，曉蕙結婚後她頹喪離職跑去做賭博性電玩外務，學會之後她自己組檯跟人合夥開店，當時股市上萬點，店裡生意跟股市一樣長紅，算錢算到手軟，被警察抄過兩次，第二次就抓進警局關了三天，是曉雙跟她的合夥人湊了錢把她保出來。「我愛你，」曉雙說。第一次有女人對她說愛，「我願意跟你浪跡天涯。」不知哪裡學來的對白曉雙說起來像在演連續劇，可是她好感動。

她愛女人就像呼吸般自然，她沒考慮過其他可能，但女人愛她什麼呢？曉雙說愛她，即使不是愛她也萬分感激，她疼她寵她，找個屋子跟她一起住，要什麼都買給她，想去哪兒都帶她去，那時錢很好賺，有時一天拆帳對分就好幾萬，工作不像工作像在玩，買車換車如換玩具，她打牌釣魚玩車，喝朋引伴她身邊都是男人，男人是哥們，女人是珍寶，兩年過去什麼都沒留下，曉雙說待在家裡好無聊想去上班，介紹她去朋友的娃娃機店上班，第二個月曉雙就跟男人走了。

女人愛她什麼呢？「可是你又不能娶我。」曉雙說。那時她已經懷孕了。

她愛女人但女人離開她個個義正辭嚴她無法反駁，這是命。

琇琇不一樣。

曉雙離開後她反而跟她母親恢復來往，那時母親的男人已經病死，無家無伴一個女人開間小雜貨店，她每隔幾天就去看她媽，她沒有原諒母親，嘴裡總說因爲擺了機子在店裡得去開檯，生意不好她還倒貼錢給她媽，母女倆沒話講，一講話就吵架，她媽叫她改名，說名字裡有雁所以飛來飛去老不安定，她媽幫她相親，她媽不知道她看見男人只想跟他們喝酒釣蝦，她媽自製草藥說會幫人治病，她媽賺了錢都貢獻在對面宮廟裡，還問她要不要去當乩童？她媽說：「你長得這樣一表人才怎麼不嫁人？」她想回嘴說老媽你還知道我一表人才，一表人才的人只能娶老婆怎能嫁人？他們母女相處的滑稽景象不亞於當年她去當伴娘。

老媽的店開在大雅，離琇琇老家十五分鐘車程，有天她突發奇想開車去他們家附近繞繞，打聽打聽，竟然就碰見琇琇在家。

多神奇，她怎麼找她都找不到，一次經過，卻發現她們早搬回那個老屋。

看見琇琇的臉就想起家，想起那個眷村裡的房屋，屋後一棵大樹，她從小就愛躲在樹上，讓她老爸在樹下喊她吃飯，想起老爸做的水餃、饅頭，想起她跟兩個姊姊打架吵架，她帶女朋友回家睡覺，姊姊總是偷偷跑來敲門，想起她老爸一年不說超過三句話，安靜孤獨如後院裡的大樹，她五年沒回過家了。

分別時她們十八歲，再見面已經二十四，琇琇說她剛出版一本書（她記得啊國中時琇琇作文寫得很好，但沒想到她會變成作家），琇琇說她有個男朋友，「但阿鷹有太太。」重逢這夜她們去看夜景，吃火鍋，喝啤酒，她帶琇琇回去那個原本跟曉雙同住的房子（她已經一個月沒在那兒過夜，她只回去餵狗，女人不在的屋子太可怕了那景象她寧願去住汽車旅館），這晚她們說了好多話，像要把些這年裡發生的事一口氣說完，她說得多，琇琇說得少，她一直在喝啤酒，而琇琇不斷地抽菸（天啊她不敢相信模範生琇琇長大後會抽菸），這一夜發生的事太奇異太順利像夢境又如此真實，她卸下琇琇的衣服，「其實我一直都愛妳。」她對琇琇說。她現在弄清楚了，那類似親情，說是妹妹（琇琇怎可能是弟弟，她故意模糊琇琇的性別以沖淡她們之間的情慾張力），但始終圍繞的核心是愛，她記得離家前大姊嫁人他們家人搭火車到宜蘭參加姊姊婚禮，她沒帶當時的女友，而是帶了琇琇，琇琇也毫不考慮就陪她搭車兩天兩夜遠行。琇琇一直在她生命裡扮演重要角色無人可以取代。

看見琇琇的臉就看見了家。戀愛之後她的人生找到了目標，第一是愛情，第二是事業，第三是家庭，想不到她一下子全部擁有，琇琇啊她眞的爲她帶來太多，她想不到自己愛女人這件無望的悲慘的事，有一天竟有可能**公開地**「組織一個家庭」，甚至是她人生的轉捩點。她將與琇琇的家人「共創一個事業」，起初是琇琇的媽媽提議要拿貨讓她去夜市擺攤，不用出錢連攤位都幫她找好了，賣完再來拆帳，然後在夜市認識了琇琇手錶公司的林老闆，他們好欣賞她，請她去當老闆娘助手負責公司最主要業務，她非常努力，但得到的回饋卻無比踏實，琇琇的父親常跟她討論各種投資合作的可能。辛苦錢、血汗錢，跟以往賺賭博錢不同，她現在是有家有室的人了，要一肩扛起琇琇過去承擔的重擔，還要應允她更堅實的幸福，過去啊錢賺得快花得快，人生只是賺錢花錢彈指即過，而今每張鈔票都得來不易但她能忍耐，她感覺自己背負很多，卻情願背負，正因這沉重的負擔才讓她的生命從差點失手殺死母親那天起的自我放逐至今，第一次降落在地，第一次，她找到了活下去最好的理由。

琇琇在想些什麼呢？她蜷縮在車門邊靜默不語，神智好似已被剛才那場面擊碎，阿鷹跟她妹妹在一起被她發現了，接下來會如何呢？他們會分手了吧！這甚至是她夢想的一天但她不敢這麼設想，這些日子來的相處，表面上她與阿鷹相處和諧，她始終暗自觀察著，逐漸發現他的種種作爲已非琇琇原先所描述，她不相信阿鷹愛琇琇，眞正愛她不會拖拉幾年不離婚，不會這麼散漫不努力工作，他連自己的家庭都照顧不了還想來照顧琇琇，他做得不好不夠只是琇琇不懂得分辨，果然啊果然他傷害她，他竟然偷偷跟珍珍在一起，最基本的廉恥都不懂這種男人她看不起，琇琇會離開阿鷹嗎？發生這樣的事琇琇還不能痛下決心嗎？無論如何，是她該介入的時候了，該結束這三人四人糾葛的關係，該帶著琇琇離開這傷心地，到外面去共組一個家庭。

跟我走，她對琇琇說，我不會辜負妳的。

珍珍

情人。這字眼於她如神祕咒語，甚至超越愛情、婚姻，你是某人的情人，某人是你的情人，而這人，你低聲呼喚喊出他的名字彷彿便擁有他的全部，這擁有旁人不知，他本人也不察，無須與他人細述，僅是她自己的祕密，情人，她已年滿二十二，留長髮辮高高盤起如一頂冠冕，她穿著自己縫製的白色長袍如鄧肯赤足在山巔狂舞，在曠野，在藍朗天空下，她應當擁有一個情人如他，雖然他並不知情，他不許人擁有，或說他早已被其他人奪去。

姊姊到底是如何離開或放棄阿鷹的呢？這她不能也不敢料想的結局，隨著時間增加而結局已經寫成，留在阿鷹身邊的人是她而不是她姊姊。

剛開始那幾個月，近一年時間裡，她總是他們的小跟班，有些時候阿鷹會如以前那樣開車帶著他們出去，姊姊依然大方，吃喝玩樂沒忘記她這一份，有時，阿鷹會如帶著兩個孩子那樣一手牽她一手握著姊姊的手，不流露痕跡地讓三人出遊的畫面顯得自然，她常常是攝影師幫阿鷹跟姊姊合照，姊姊不愛拍照，照片裡多是阿鷹，或者姊姊不情願的笑臉，有時，姊姊會說，還不如我幫你們兩個拍。

一個人的時候她整理著那上百張照片，少數幾張只有她跟阿鷹，照片裡阿鷹攬著她的肩彷彿真是她的情人，她認眞比對著阿鷹與姊姊的合照，阿鷹的表情與動作相似，好像只是換了個女主角，她自己笑得靦腆，姊姊呢？

照相機無法捕捉姊姊如其他人無法捕捉姊姊，印在相紙上的那張臉，怎麼看都只是個平凡的女人，笑得勉強，經常晃動，面目模糊，阿鷹說，琇琇不上相啊！姊姊說，我不是不上相，是不上道。哈哈哈，別想把我框在照片裡，除非等我死。她笑著在鏡頭前旋身，趴搭趴搭弄出奇怪腳步聲往其他地方走了。

姊姊不保留照片，阿鷹不能把照片帶回家，所有的相片都完整保留在她的屋子裡，按照地點、時間，裝冊，細心寫下攝影當時情境。

姊姊不知道，誰都不知道，只有阿鷹跟她知道，那看似妹妹跟著姊姊與她男友出遊的照片中隱藏著她與阿鷹不能對他們吐露的祕密情事。

隱藏得如此之好以致於像是根本沒有發生過。

她記得那段混亂如夢魘的日子，失蹤的姊姊成了所有人營救的焦點。阿鷹找她，阿豹也找她，他們發狂似地搜尋姊姊的下落，將對方視作敵人，以為姊姊在另一個人那兒，他們都以為姊姊會告訴她去處，會對她說明自己的心態、決定，但事實上姊姊去了哪？她可能被一個又一個叫做司機叫做便當（那個姊姊在大學裡交過的男朋友）叫做水手（別以為這是個讚美，姊姊是在嘲笑那人的身材比例，哈哈好像大力水手）的男人用車子載走，帶去各個地方玩耍了，她告訴他們但他們不信，姊姊最會保護自己，她不會讓自己陷入孤單，她隨手一招就會有人趕著來安慰她，愚蠢啊你們這些男人為愛昏頭，你們這些人把愛情弄得像是信仰，你們膽敢自比為神嗎？竟企圖做著只有神才能作的事，想要救贖別人，想用愛情去拯救她？你們這些自以為用生命護衛她的人，不也是另一種形式的威脅者嗎？你們正挾持著她的性命以成就自己的愛情。

「妳不知道妳姊姊的痛苦，不懂得她經歷過的悲傷。」「我願意進入地獄將她營救出來。」阿鷹說。「她迷失了自己而她無能爲力。」阿豹說。哼，你們這些不信神的人竟膽敢說出神的話語。

「我感覺自己有罪。」後來阿鷹這麼說。但一開始不是的，她清楚記得第一次，他在她屋裡過夜，早上醒來他好自然地起身（他臉上可有後悔表情？沒有），抽菸，在屋子裡巡看（阿鷹始終光著身子如昨夜），問她是不是該去上課？大學讀什麼科系？幾年級？（這些阿鷹以前問過了，但他一定不記得），問她喜歡做些什麼，等會中午想吃什麼，阿鷹知道這是她的第一次吧！她太慌亂太詫異沒有反抗或猶疑，她信任他，更重要的是她愛他，他對她所做的一切舉動，即使是因爲傷心絕望而需要撫慰，或只是喝醉了不能控制，或是，有千萬分之一的可能阿鷹也喜歡她，都無所謂，她不在乎那些背後的原因，重要的是此刻此時，阿鷹在她屋裡，健美的身體大方地袒露，他逗她笑，擺出動作問她「想不想拍照」「可以免費當你的模特兒」，她拿起相機按下快門，喀擦喀擦一次次如姊姊最害怕的那樣，姊姊說相機會攫走人的靈魂所以不能對它顯露眞正的自己，可是她想要，以前三個人一起聊天，姊姊雖然懂得多看得多，但只有她跟阿鷹眞正是喜好相近，他們都愛好美術（姊姊喜歡的是知識），阿鷹雕刻而她畫畫，她攝影，她製作模型（阿鷹讚賞過她擺放在家裡客廳櫥櫃的幾個模型），她正在學習做舞台道具跟布景，她眞正懂得阿鷹送給姊姊那些小小雕刻品的價値（對姊姊來說那只是禮物）。

她按下快門記錄這一刻，留住這一刻，僅屬於她誰都不能拿走，不與誰分享。

後來姊姊毫髮無傷、若無其事地回來了，如她所預料那樣，那中間發生的變化，家人、阿鷹、阿豹、甚至她自己爲姊姊所做的努力，都在姊姊彈指間被彈得老遠，彈開，散去，不重要。

除了自己與自己的傷痛姊姊眼中還看得見什麼？姊姊就像是一隻小小的妖精，肚子裡有個深不見底的窟窿，她見什麼吃什麼，你伸手向她，被她的歌聲引誘，她就將你吃乾抹淨。

除了三人一起出去，阿鷹很少單獨來看她，一個月一次，兩個月一次，匆匆來匆匆走，來往之間總像是在躲避什麼。

阿鷹見了她總是一臉哀愁，「我們這樣是不對的。」他說。他用言語傷害她而自己不知情，她沉默著對抗，「琇琇若知道了她會如何呢？我根本不敢設想。」阿鷹說。那你還來？那你在這裡做什麼？你就不能不要在我面前提起她嗎？你怕她難過，你把我弄得像個罪人，把我辛苦護衛的愛情弄成懲罰，我做錯什麼了？你吃定我如姊姊吃定你，你以罪惡感來合理自己的行爲，我能拿什麼來合理自己？我不需要合理，在你絕望痛苦的時候她對你做了什麼？那時是誰來安慰你？你都忘了都忘記了但我沒忘。

她記得姊姊二十四歲生日，阿鷹說要送她一個禮物，那時阿鷹的工作室已經蓋好，有時，她會到工作室去看他，那個時間姊姊說她在家寫小說，但其實姊姊總是跑出去玩，去喝酒去跳舞，去跟奇怪的男人約會。

阿鷹雕刻著那個圓桌桌面，大型浮雕，雕刻姊姊的側影，「我想給她一個驚喜。」阿鷹說。他手上沒有姊姊的照片，也沒有素描，他說他要憑著記憶來做。

她看著那雕刻一點點浮現、成形，鐵皮屋裡迴盪著枕木敲打鑿子削去鑿開木頭上不是的部分留下是，她心裡有種奇怪的感覺，那個阿鷹認為是姊姊的人，那浮現在木頭上姊姊的側影，那張臉、那眼睛、下巴、耳朵、頭髮、胸部，根本就是她而不是姊姊啊！

她心裡升起奇異的念頭，沒有點破阿鷹，會不會從頭至尾阿鷹愛的人根本就是自己而不是姊姊，因為阿鷹看不見姊姊真正的模樣，盤旋在他心裡在他記憶裡的，後來都是她，甚至，她教阿鷹畫素描，還為他擺姿勢作模特兒，那些姊姊根本不知道（或許永遠也不會知道）的事，全部都展露在那個大型作品裡。

姊姊太自我中心她只看得見她想看的，阿鷹為愛盲目他自欺欺人看不見事實真相，以致於當他歡喜地開車載著那個木雕作品到她家去，那時姊姊的生日也過了，但全家人都在客廳吃飯，眼看著阿鷹將木雕抬到二樓，展示給大家看，姊姊臉上有一些驕傲神情，但她不流露自己的驕傲，只淡淡地說：「難怪你叫我最近不要到工作室去。」

好像啊！好像啊！怎麼能夠做得那麼像！媽媽說，爸爸也讚美，弟弟好奇地去撫摸那木頭的質地。

竟無人發覺那張臉根本不是姊姊而是我。但阿鷹看著姊姊，不是看著我。她驚見木雕上的臉突然間與姊姊的臉交織融合，自動填補，那些不是她不像她的地方都變化了，或者改變的是姊姊的臉，姊姊的臉很難形容，既不是美也不是醜更不是平庸，其中有某些刺眼的、耀眼的、一直在變化的東西，那個神祕的什麼在木雕上無能展現，是因為無能展現那個所以顯露出來才變成她自己嗎？她就是將姊姊身上所有閃亮神祕不可捉摸的部分去除掉之後的剩餘嗎？

阿鷹望著姊姊，目光像伸出一根蝴蝶的口器，拂過姊姊的臉，還企圖剝開臉皮深入內裡，那既不是愛也不是讚賞更不是喜悅，而是貪婪，他貪婪地透過那細微肉眼無法辨識的口器汲取的姊姊頭腦裡的汁液（阿豹或其他男人是不是也這樣呢？她彷彿看見姊姊的身體插滿無數長長的口器，如梳子上密密的梳針，他們自認爲在愛她，卻是在對她索取自己身上的匱乏）。

貪婪、狂熱、不可理喻、不能自制的眼光，等到她終於成了阿鷹的情人，姊姊已退出她與阿鷹的生活，她苦苦守護著這個得來不易的愛，阿鷹從未用看待姊姊那種眼神看過她。

都沒有。

甚至，後來姊姊交了一個女朋友，阿鷹你說說這是怎麼回事，可是阿鷹不在乎，姊姊背叛他一次兩次，她不但背叛阿鷹她還要強迫他同意，但他同意了，阿鷹竟還樂得跟她們一起三人行，那個女生，她記得小時候常到家裡來玩的大哥哥（記憶裡就是個哥哥，但結果是姊姊），是個很溫柔的人，叫做阿雁，姊姊總會遇到神奇的人，不管男女，人們來到姊姊身邊都像天使帶來無窮盡的禮物，阿雁搬到他們家了，爸媽都喜歡她，阿雁對她也很好，時常帶她去打羽毛球，會買巧克力給她吃，走了一個阿豹來了一個阿雁，而且那時候姊姊是作家了，一書成名，阿雁常開車帶著姊姊到處去演講，阿雁給姊姊買了漂亮的衣服，把她打扮得像公主，成天接接送送，伺候得無微不至，阿鷹來找她的時候總是難過著，竟還對她說：「如今我都沒辦法單獨見你姊姊了。」他竟然都不怕她傷心。

她無法不認爲是姊姊一個人用盡了其他人的幸運，但她不能這樣想，姊姊得到了一切卻像什麼都沒得到，阿鷹說，**別嫉妒她，你姊姊的心是個黑洞，那樣的人生不可能快樂**。

阿鷹對她說姊姊童年的事。

多麼奇怪，她對阿鷹說這並不是眞的，是姊姊想像出來的，你們也知道姊姊寫小說，從小她就會編故事，她的想像力比誰都豐富。

但又像是眞的。「誰會編出那樣的故事，誰會把自己的人生變成一本小說，編造出如此悲慘遭遇？」阿鷹怒問。

難說啊，姊姊不是一般人。

我的看法跟你們不同，那些年裡我都在姊姊身旁，那屋子裡發生的所有事我也在場，她說，可是阿鷹不相信她說的。

那是姊姊的版本，她有她自己的版本。

童年的事情她記不眞確了，但無論年紀多小，她卻清楚記得，他們的家庭並非姊姊口中所述，她記得每年姊姊生日，媽媽都會從台中回來幫她慶生，買好大的蛋糕，邀請全班同學，在家裡舉辦派對，姊姊收過的生日禮物有腳踏車、手錶、鋼筆、鋼琴，她記得姊姊考上高中時爸爸多高興，立刻給姊姊買了她一直想要的吉他，她記得爲了讓姊姊準備大學聯考，他們那個在店鋪裡的小閣樓第一次裝上冷氣，她記得爸爸開車帶他們去給姊姊陪考，爸爸拿著補習班發放的扇子在一旁幫姊姊搧涼，考完試還帶他們去吃牛排。

姊姊擁有過他們另外兩個小孩都不曾擁有的注目跟寵愛，但成年後卻把自己塑造成一個悲慘的受虐者，將她的父母羅織編派罪名，描述成殘忍恐怖的虐童者。

這樣公平嗎？

但如果是眞的呢？

如果那些已經過去無法對證的家族歷史裡，確實在某時、某處、某刻，姊姊受到了某種傷害而她不知道，所以姊姊後來變成這麼自私殘忍怪誕的樣子，都不能怪她，同樣從一個倒塌破損的房子裡走出來，他們一家人都滿是塵土，渾身是傷，都是受害者，但若姊姊親口說，事實不是你們看到那樣。

若姊姊說，我承受了你們無法想像的傷害。

我是破損中的最破損者，我承受的是傷害中的最傷害，你們全都加害於我。

這世界虧欠我。

如果那樣，眞是那樣，她將無言以對啊！

但爲什麼啊爲什麼姊姊連痛苦都比別人來得巨大正當，她身邊所有男人女人都會愛上她，都想拯救她，她說的話她做的事她哭她笑她善良或邪惡，她不管做出什麼殘忍的事總有人會爲她找理由，想源頭，而其他人其他事物在她身旁都顯得黯淡。

「妳老是在生悶氣。」阿鷹總是這樣抱怨。他不知道她沒有姊姊那麼動人的語言，她心裡各種情緒互相糾纏，她也有豐沛的感受，會心碎會感動，她不能說不想說不敢說。她不曾如姊姊擁有過多到可以揮霍可以輕忽可以送人的愛。

這兩年來姊姊已經退出了阿鷹的生活，甚至她可以確定他們再也沒有見面了，但又如何，只是讓他更懷念她吧！像姊姊那樣的人，在活著時就像死去，存在時已像消失，眞正消失後卻無所不在。你能拿一個幽靈如何是好。你如何打敗一個愛的鬼魂。

倖存者。她曾在書本裡讀到這樣的詞句，說那叫做創傷。

姊姊就像從大爆炸現場、從越戰生存下來的人，那她呢？像她這種因爲生命裡有個人將你身上所有一切都曝光成黑白殘影，因爲身邊這個人身上的光度太強以致於自己的存在變得稀薄，因爲你走過的是她行過的路徑，你一路跟隨撿拾她身後遺下、你寶愛她所拋棄的，你成了她的影子，這樣的人，也算倖存者嗎？還是只是個二流的模仿者？

同情是需要想像力的，愛情也需要，嫉妒亦然。想像力足以使人們穿越肉眼所見的事物，使人能夠體會他人，能夠製造出栩栩如生的畫面，她也是個創造者，孩提時她創造那些縮小版的房間模型，成年後她在大學裡學習製作舞台劇道具布景，這些是人們看見的（有人看見嗎？）而人們看不見的創造在她心裡，在她那看似慢速轉動缺少言語的人生幕後，慢慢堆疊，舞台上有一種黑衣人，她記得自己剛進入劇場學習時扮演過這種角色，無名無姓無背景資料，只是負責搬動下一場的布景道具，或在某個演員身後操作某個不能被觀眾看見的動作，其實觀眾都看見那些黑衣黑褲黑臉影子般快速晃過去的人，但沒有人想知道他們個別是誰。

那就是她，她是在姊姊身旁的黑衣人，即使主角已經離場，她那足以淹沒自己存在的黑總褪不下脫不掉。

唯有她自己知道。

她在清晨醒來，阿鷹喊她，來，來，妳看有一隻鴿子停在窗台。

那時天色已大亮，她的房間有個很大的窗台，窗外有鋁製花台，種滿她喜愛的植物，她走向阿鷹，阿鷹光著身子蹲坐在椅子上瞪著那鴿子看，灰色的鴿子濕漉漉的圓眼睛周圍鑲有白邊，她走向阿鷹，阿鷹抱著她，靜謐時刻，好靜好靜，只聽間隔著玻璃窗傳來鴿子喉嚨咕嚕嚕聲音，好像她自己，如今她已經不會發出那如貓咪又像鳥叫的奇異聲響，她是一個有情人的成熟女人了，她的愛不完整，被某個巨大陰影覆蓋，但那是她的愛啊！

阿鷹以奇怪的姿勢抱著她，像摟抱著一個娃娃，或一隻小貓，她用腿夾緊阿鷹的身體以防自己掉下來，阿鷹抱著她走向床邊的鏡台，他將她放在床鋪上臉貼著她的肚子，說，你看我們在鏡子裡的樣子。她從鏡子裡看見了某個反射影像。

多年前，多年前她曾在老家大床的邊櫃鏡子裡看見的並非幻影，不是夢境。

天啊！

纏繞在她腦子裡某個糾結的念頭後來隱密生出更多不可辨識的複雜念頭，糾纏處忽地鬆開，她想起全部順序了。

她曾因爲那景象而羨慕嫉妒姊姊，因爲姊姊是被選中的人，三個小孩裡只有姊姊是被爸爸搖醒的，那時，她剛上國小，夜裡被奇異聲音吵醒，但不敢轉過身去，她正對著鏡子，鏡子裡映照出朦朧景象，她看見爸爸抱著姊姊，姊姊身體像覆蓋著一種光，光亮亮的，沒有穿衣服，她看見姊姊被爸爸摟抱在懷裡，親吻著，她看不見姊姊的臉但她看見爸爸，爸爸的臉上也有光芒，某些她不懂得的動作與細細聲音不斷交錯在鏡子裡，那時她好嫉妒，爸爸好像在餵姊姊吃什麼她不曾吃過的東西，爸爸趁著大家都睡著的時候將那禮物只贈送給姊姊，她看不見姊姊的表情，只聽見她的聲音，她很想轉過身去說，我也要。

「不要吵醒弟弟妹妹。」姊姊說。

「對，不能讓他們知道。」爸爸說。

於是她閉上了眼睛渴望趕快入睡，朦朧中、恍惚中，她很快睡了，那身體上閃著光芒的姊姊，被神奇光暈包裹著，正在享用某些她不知道的美好事物的姊姊，那印象太深纏繞了她所有記憶，改寫了記憶，改變了她對姊姊的看法，她曾跟姊姊多麼親近，她依賴、仰望、信任、喜歡這個僅有的姊姊，像媽媽又像個朋友又好像老師的姊姊，會說出神奇話語、做出奇怪舉動的姊姊，幼年時鏡子裡的一瞥，錯誤的解釋，錯看的影子，姊姊擁有她沒有的，姊姊有的她也想要，從幻覺變成眞實，經過許多現實挫折的暗示與變形，逐漸發芽成形長成怪物吞沒她，吞噬了所有她對姊姊的熱愛，到阿鷹出現後，變成無法消除的比較，甚至變成恨，扭曲了一切。

如今，如今在這一刻她從鏡子裡看見阿鷹抱著她，她想起阿鷹對她說過的關於姊姊的童年，那她不願相信也無法相信的，如今，如今她知道那是什麼了。

她在阿鷹懷裡哭了起來，這哭來得太遲，這哭無法改變什麼，但她仍不斷哭泣著。

阿鷹

他看見那隻鴿子，他喊珍珍來看。後來珍珍哭得很厲害，他不斷安慰著她，他們之間經常是這樣的，無論他來或不來，珍珍總是會傷心，當然見面的時候好一點，但只要他稍不留意提起了琇琇（一開始他確實企圖要透過珍珍來打聽琇琇的消息，但那只是因爲除此之外他沒有其他方法了啊！琇琇已完全離開了他的生活），珍珍就會因此發怒、生悶氣，或不出聲地哭著。

那樣眞的很可怕。他們之間沒有可以溝通的語言，他完全搞不清楚珍珍在傷心或氣惱些什麼，他這一生中從來沒有遇到誰跟他說話而他聽不懂，但是，珍珍說話他聽不明白，那不像人類的言語，像是咒語、密碼，問題是，他缺乏解碼解密的興趣。

某些部分的他已經死去了，或者說闔上關上了，在失去琇琇後，他很想對珍珍或淑娟或其他女人說，這不是針對妳們，而是我心裡某些東西已經沒有了，並不是不想給妳，也不是不願付出，**是沒有了**。

但他還會繼續生活繼續行走繼續跟女人交往如過去那樣，實際上他的人生某個程度來說已經好轉了，因爲工作室開張他認識了一群朋友，那些多是愛好木雕者，有學者、公務員、畫家、創作者，他們都喜愛他，也購買他的作品，支持他贊助他，工作室裡每天幾乎都有朋友來喝茶，以前只跟琇琇討論關於創作的話題，如今幾乎天天在談好似家常便飯，兩年來他已建立一個穩定而不斷擴散的人際網路，這些人將他當作圓心環繞著，這是以往無法想像的生活，這該是與琇琇一起分享的生活，但沒有她，一切顯得多麼怪異。

曾經他擁有一個愛人，她的雙手纖細、狀如飛鳥，可是失去了，因爲他犯了錯，他犯下不可原諒的錯誤她果然不原諒他，她以無法反駁的方式快速切斷了與他的關係。他知道這一天早晚會到，但情況之恐怖還是超乎他的預期，骨牌倒塌般一連串效應來不及阻止，琇琇發現了珍珍寫給他的信，他以爲她會發怒但是她異常平靜，接下來幾天裡，她先是要他退出手錶業務工作，給了他一筆錢，她仔細安排工作上的交接事宜，不但跟他分手，還把他們一起工作的機會也砍斷了。

他無法阻止。

在琇琇發現珍珍的信件之前幾個月，琇琇帶了一個朋友來見他，「他叫阿雁，是我國中同學，我們好多年沒見過面了。」琇琇興奮地說。眼前這個叫做阿雁的人，看來非男非女，留著短髮，一身襯衫牛仔褲，叼著菸，不高的個子開著一部大車，仔細觀察仍可見秀氣的五官，說話聲音雖低沉也帶有女性的細緻，這樣的人在他的世界裡不存在，但他第一眼就對阿雁有好感。

他或者她，琇琇說，她是我女朋友，所以是她。琇琇變化速度太快了，難道她變成男人嗎？為何會有女朋友？但像男人的明明是阿雁？琇琇說不可以這樣講，她說阿雁不是像男人，她是T。T？幹嘛跟我講英文我又聽不懂。他有好多疑惑，但琇琇生來與其他人不同，她身上發生的事無論多怪異都顯得自然她不需說服也能你讓你相信。

阿雁性格豪邁，心思細膩，他們一見如故，親如兄弟，每次帶琇琇來找他，都會細心地準備他抽慣的香菸，帶啤酒，阿雁點菜時會特別幫他叫他愛吃的菜，一群人說話時她總靜靜坐在一旁，貼心地隨時幫他倒茶水，對琇琇的照顧更是無微不至，阿雁敬他如長兄，他看得出她對琇琇的深情，那陣子他們常三個人出去，去吃飯、喝酒、唱歌，阿雁還開著另一部車子陪他們去送貨，每次出門都開兩部車，除了送貨時間，阿鷹總是讓琇琇搭阿雁的車，每當他開著車子跟在阿雁的車後頭，到了一個定點時，知道阿雁會開車送琇琇回家，看著他們的車子逐漸遠去，他心裡有著複雜難辨的情緒，知道有人照顧疼愛著琇琇，而這人他信賴，這人是女人但有著男人的優點，這人不將他當作情敵而是前輩，三人行怎麼說都怪異，但看來是最適合琇琇的方式，有時他感到寂寞，除了工作時間，琇琇很少單獨跟他一起了，有時，他確實會有些許驚恐，阿雁以令人無法設防的方式開始慢慢取代他的位置，然而，這些猜測或驚慌又如何呢？什麼都比不上琇琇的幸福，他至少可以安慰自己說，到了過年過節，他無法陪伴琇琇，他也知道她並不寂寞。

更何況，是阿雁總比是阿豹或其他男人對他而言來得好，他的嫉妒會少一些。

蠶食般一點一點咬囓，白蟻般逐漸逐漸啃蝕，阿雁侵入他與琇琇之間以安靜無聲的方式，逐漸取代了他的存在，有次因為淑娟又鬧起來，他無法準時去上班，等他能脫身出去打電話給琇琇，她說：「沒關係阿雁已經帶我出去了，他很會認路喔！」那天隱隱有不安之感，但又慶幸，沒有因此耽誤了重要的工作（那天有個商家要歇業，他們必須準時去將貨物取回清點貨款），阿雁啊！她既不用上班也沒家人，她的生活二十四小時可以拿來愛琇琇，他怎麼比得上她。

三人行的天平靠著琇琇的意志力維持，但逐漸歪斜，琇琇根本沒有私人的時間，阿雁已經搬到她家去住了，她父母多喜歡她啊！阿雁早上去買菜，中午做飯，晚上還到夜市去幫忙，琇琇沒去送貨的日子她就開著車子帶她到處去，有時她會送琇琇來阿鷹的工作室，但阿雁總在一旁，時間到了再帶她回去。

這樣不對勁。他對琇琇說。怎麼會弄得我們變成在偷情了，在送貨的途中阿鷹將車直將開到卡門賓館，他已經快一個月沒機會碰到她身體了。

我也不知道怎麼會變成這樣？琇琇回答，當初說好我不會跟你分手，阿雁答應的。

琇琇妳眞傻，或者傻的人是我，愛情裡怎可能沒有嫉妒沒有占有，妳把所有人當作是我了，妳以爲誰都能像我這樣包容妳嗎？不，我也非包容，我也有我的嫉妒與占有之心，只是我沒條件占有妳，我嘗試過但我失敗了。

琇琇，當我們發現事情不對勁，當妳也感到阿雁想占有妳，妳可曾想過反抗，可曾想過阻擋？

可能想過接下來我們會越離越遠？終致分開？

妳說不會的妳不會放棄我，妳說妳爲此跟阿雁大吵甚至不惜分手，但是琇琇爲何我看不出妳的決心，我看到的都是猶豫？妳愛阿雁是嗎？妳愛她沒關係，就像以前妳愛阿豹，往後妳還會愛上許多人，妳燦爛如花火天生該燦爛盛放，還會繼續燦爛，誰都不能獨享妳的光芒我也無意將妳占有，妳活過我們普通人活不出的層次，妳高高飛起還會飛得更高更遠，妳在我生命裡是如此特別的存在，不是別人，我不會用那些倫理道德來約束妳，但別這樣走開彷彿我只是個陌生人，別用冰冷漠然眼神看著我好像我罪該萬死，妳不是別人，妳的目光妳的看法會決定我的人生妳知道嗎？

妳不原諒我我無法原諒自己。

琇琇發現珍珍的信件之後，他全然敗北，所有他還能爲自己爭取的小小空間全都失去，霎時間，阿雁取代了他的工作，她找了個房子把琇琇接去住，幾天之內，不但琇琇全然否定他，連琇琇的父母、公司的老闆林先生，全都將他當作陌生人似地客套生疏。

最終他連琇琇的下落都不知道了。

明明是他被拋棄，她卻能做得像是他辜負了她，而他還無法反駁。

因爲她能做的別人不能，因爲她能傷害你但你不能傷害她，因爲你若先有愧於她她幾倍回報於你都是應該（他光是有妻有子就已經愧對她，更何況他還上了她妹妹）。因爲這世界在她童年時辜負傷害了她，愛上她的人只能努力去彌補那無人可償還的罪。珍珍總是說：「你們把她寵壞了，你們這群人將她捧上天，把她弄得是非不分，目中無人，你們激發了她的邪惡。」可是珍珍妳不懂，妳不曾體會過那近乎妖魔的力量，在她面前，是非善惡都不管用，誰對誰錯是她說了算數。

珍珍妳不可能不懂，妳在她身邊這許多年，日日夜夜妳看得見她，妳說，當她望著妳的時候，當她微笑、她流淚，妳說那樣的臉誰能夠忍心對她咆哮、控訴、發怒？妳做得到嗎？我做不到。

當她善良、溫柔的時候，全世界你找不到更溫柔善良的人了，她甚至連對路邊的貓狗都付出愛心，她會因為一朵花凋萎而心碎，她能體會旁人細碎隱密的情緒，她引發你回顧自己的童年，你的夢想，她啓動你身上最強烈的保護機制，她讓你體會愛情的強度可比地震海嘯。如果你見識過那樣的她，你不會質疑為何她能奪走你的神智。

但她離去的時候，姿態如此決絕，彷彿你給予她極大的痛苦，她不立刻逃開你就會粉碎，她放大擴大你給予她的傷害十倍百倍讓你羞愧無地自容。

對，珍珍說得對，我們寵愛她，把她捧上天，彷彿她理當得到如此的愛，珍珍總質問為何上天不公平，為何有人得到全部、有人失去所有，珍珍妳說這是不是命運？妳問我為何將愛情弄得像是信仰，不，不是這樣，因為愛本來就是信仰。因為沒有信仰不可能愛。

那時的他還能有什麼解釋呢！是因為珍珍的事，因為他傷害了琇琇她必須想出方法對應，但是方式太怪異，太殘忍，轉瞬間，彷彿大夢初醒，有人替代了他的存在，奪走了他所有的東西。對方還是一個女人，曾與他稱兄道弟。

等他恢復鎮定才了解那是無法挽救的，琇琇決絕的處置方式，都讓他們的愛情他們之間任何可能全都砍斷，甚至，好像還要把過去相處的記憶也清除乾淨，她退還了他曾贈與她的一些物品，她不再接他電話（最後他甚至不知道她搬到哪裡去了），幾年相愛，歷經幾多波折，但無論發生什麼總能攜手度過，可是這一次，她不給他絲毫機會。

怪誰呢？是你啊！你上了人家的妹妹。

你越線了。

分開的幾個月有一段日子他記憶不深，生活像浮在水面只是表淺印象，他每天開車從家裡到工作室，也沒做什麼，就是磨磨雕刻刀，掃掃地，整理前面院子的植物，從白天待到黑夜，恍恍惚惚地，不斷質問著自己，「是否應該得到如此下場？」他會對著虛空模擬著與她的對話，是的琇琇是我犯了錯，但誰不犯錯，妳也會犯錯啊！好，妳可說我犯的錯誤比妳大，我犯的錯誤不是一次還是很多次，妳能夠指責我說謊而妳沒有，但如果謊言是因爲善意呢？如果我眞正意圖並不是要傷害妳但作爲看起來像是那樣，爲何妳不能以我曾經諒解過妳的方式來理解我，好，妳不想原諒我，因爲妳不能被傷害，那妳懲罰我吧！懲罰我傷害我，用任何方式，但別用這一種，妳如此這般離去不給我辯護、挽救的機會，妳如此這般將我抹去無視於幾年相愛，如此這般妳離棄我，到底是爲了什麼。

朋友來了，他泡茶，有人說話，有人問他問題，朋友帶著另外一些朋友來，有男有女，白天喝茶，晚上喝酒，模糊光影中他看得見這些人的臉，臉上寫滿善意。

他忍不住想問他們，我是不是罪人？我是否犯下我眼中所認爲的罪行而不自知？有一個人你自認爲愛她，你發誓要用生命保護她，這世間你最不願意見到她受到任何傷害，但最後是你傷害了她，無從辯駁，不能修補，我是什麼人呢？如今你們圍繞我身邊，看見的我是何種樣子？

他不斷自問自答任由時間繼續流逝但他無法移動，所有事情都要好轉了，但內心有個部分不斷破損崩落塌陷，其他人的善意無法挽救，他擁有了自己的工作室，有人要收藏他的作品，只等著他做出來。創作，人失去了信念要如何創作，倘若這人已經不是他自己他還能做出什麼？門前他栽種的竹子逐漸抽高長大，尖長的葉片翠綠，陽光晴好，名叫puma的花狗懶洋洋翻過肚皮曬太陽（扣桑呢？她帶著那隻狗住進了別人家），有人對他說話他聽不懂，有什麼東西遺失找不回來，但不能繼續如此。

她在什麼地方過著什麼生活呢？那與他無關的生活裡可還有什麼能支撐著現在的自己，一定有什麼在這劇烈的愛被摧毀之後遺留下來，但他弄不清楚。

與琇琇分手後半年，他持續與珍珍來往，他回家，與妻子淑娟維持某種還算穩定的關係，一年後，生活出現裂痕，先是皸裂而後裂痕漸大越來越深整個綻開，提醒著他不能繼續恍惚度日，開始出事的是他的大兒子，上國中之後經常蹺課逃學，然後老二也跟上，淑娟幾次哭喊著：都是你，都是你離家的那段時間摧毀了我們家，孩子學壞都是因爲你。

他第一次去警察局把老大保出來是因爲吸毒，第二次再去，因爲他偷摩托車，周遭的漩渦日益擴散，曠課、偷錢、吸毒、逃學、離家，他越是將自己躲藏在工作室裡以逃避那些他不忍見也無法直視的亂局，他兒子闖下的禍就越來越大越不能收拾。兒子？不久前還是騎著腳踏車上學的國小孩童，什麼時候變成與「吸毒」、「偷竊」沾得上邊了？他們居住的地區有好多國中生逃學跑去住在一個宮廟裡不肯回家，他們在那兒學跳八家將，據說那裡有提供毒品。

他接過鄰居找來的錄影帶（鄰居的兒子也蹺家跑到那宮廟去住，所以他們四處去蒐證），影帶上播放著一場廟會，那群半大不小的孩子臉上塗抹油彩，穿著奇異服裝，拿著各式刑具，周圍鑼鼓喧天、鞭炮四起，煙霧紙屑將畫面搖晃成夢境，那些孩子如有神力搖晃著搖擺著，好多好多孩子，其中哪個是他的孩子他認不出來。

他竟認不出他自己的孩子。

琇琇

那不是最糟的一天。

某一天晚上，貓狗都在睡覺，大家都不在，那個三層樓的樓房只聽見手錶滴滴答答，工讀生下班了，阿雁跟外務出去送貨了，她正在整理紙箱裡的筆記本，突然翻到某張紙條，紙上塗塗抹抹寫了又劃掉，字跡凌亂，那是她曾經試著要寫給阿豹的信。

阿豹，好長時間她沒有想起這個名字，那是她劃出的禁區，包含阿鷹，與其他更多複雜瑣碎的過去，都埋藏在這個紙箱，她第一本書的手稿，阿鷹曾寫給她的信，那幾年寫的日記，阿豹送給她的所有禮物，那個萬花筒，她拿起握在手裡將眼睛貼上去看，依然幻變著形狀。

她無法清楚記得日期，不能照順序想起事件發生始末，周遭靜默猶如過去並未發生所有事物只存在她的想像，但是她記得，三年前她從阿鷹身邊離開，接下來的事情像順水推舟，阿雁真心待她願意將她從那難堪的處境裡拉出來，到哪裡去都可以，像從水裡將她撈起如伸手撈起一個漂流的嬰孩，解決那混亂的局面，有許多人願意這樣做，他們紛紛發出訊息而她解讀，她看起來如此脆弱以致於身邊所有人都願意幫助她，她要的不多只是一個喘息，但人們要給她全部。

阿雁將她從阿鷹身邊帶走，卻將她帶進另一場災難。

沒有其他人在家。

將手指放在電話鍵盤上就能輕易想起的電話號碼，她撫摸著鍵盤如撫摸一隻熟睡的貓，只要稍微用力，按下鍵盤，撥打號碼，發出另一個求救訊息。

即使沒人在家她說話也壓低聲音，因爲用力說話會引發爭吵，因爲再用力一些身邊的事物就會倒塌掉落，她不確定阿豹還在那個號碼裡，但是他在。

每個週日阿雁都會跟朋友去釣蝦，以往這時間她就在家裡寫小說，或某個邀稿，中午她會騎腳踏車去附近買便當，晚上自己煮麵，她住的地方到台中得走十幾分鐘路程轉搭兩次公車，除非阿雁開車載她，否則哪裡都去不了。所以明天她可以叫阿豹來接她，或者自己走路搭車到台中去見他，明天，她明知道這樣一來事情會往更糟的地方發展，她與阿雁這段時間的爭執、冷戰（阿雁最擅長冷戰，她意志力之強能夠一個月不跟她說一句話令她發狂），她原本能訴說自己的委屈痛苦，一旦她見了阿豹，全都成了背叛。

但是阿豹的聲音將她帶走，從這個混亂的房子，這沒有人說話只有手錶滴答作響的屋子，說話會引發傷害，傷害會帶來毀滅，這裡曾經是家，雖然屋子裡養著太多貓狗而充滿飛舞的毛跟體臭，雖然他們至今沒有買過一個像樣的家具，所有的錢都拿去投資，但這裡曾經是家，曾經她與阿雁有過美好的生活，她隨著阿雁搬過好幾個地方，終於找到這個透天厝可以養狗又能充作倉庫，她知道阿雁渴望一個家，她也願意給予。

但後來都崩壞了。

阿豹的聲音聽來依舊，他還願意跟她說話，可能還會答應見她，如果她提出要求，阿豹是不是會帶她離開這裡呢？

離開？她已經逃家兩次，每次都失敗。

她沒選擇阿鷹也沒選擇阿豹，她選了阿雁，與他們全然無關，與那場混亂不相干，不可能搞混搞錯的人，阿雁如此愛她如此拚命，很快地接下阿鷹的工作，博得她父母的信賴（勤奮認眞負責，孝順又懂事，工作能力之強，肯吃苦耐勞，他爸媽都好喜歡她啊！），他爸爸後來還因此跟林先生翻臉，將她跟阿鷹以往經營的兩百家客戶全買下，他們要自己創業了（貪婪啊！貪婪是喪鐘噹噹敲響聽見了嗎）。

某些細小的變化在看不見的地方，但她無力阻止，以前她跟阿鷹一起送貨時，做一休一，只打算賺夠生活費，送貨變成深入民間、累積生活歷練的奇特經驗，但後來他們自己當老闆了，公司越擴越大，二十四小時都得注意營運成本、業績成長、人員管銷，她父親再度爲了投資而冒險，這次她親自參與，她不能讓支票跳票如過去那樣，她不能成爲那個讓他們家覆亡的原因。

可是每日工作工作，持續不斷工作直到身上最後一滴力氣被榨乾，這不是我要的生活。

這裡沒有人生。

我在這裡沒辦法寫作。

有一種人，他身上沒有缺點，他做的事都是正確的，他肯吃別人不能吃的苦，忍耐旁人無法忍耐之事，你在他面前是卑微的，因爲他爲你扛起所有你無力承擔的，他工作十四小時，你不能工作十小時，你不忍見他如此勞苦，但他不做的你得做，他做得越多你虧欠他更深，阿雁多麼酷似她父親啊！他們用一種意志力讓你投降。

但這裡沒有人生。

命運輪盤轉動轉動，有人投下賭注，埋下炸彈，你成爲人質。

阿豹啊我現在是人質了，你聽不懂我說的話因爲我聲音很小，我聲音很小因爲我習慣低聲說話，你一定會問我爲什麼不早點去找你，爲什麼當時不選擇你，我也想問自己爲什麼，因爲太天眞，因爲幻想被救贖，我做了那樣的事我怎麼還可能得到幸福。

但我以爲會有。

某一刻，我以爲我做出正確選擇，爲過去自己犯下的錯誤贖罪，終結那些混亂，我以爲人生可以輕易推倒重來，重來，如我最擅長那樣，從一個人身邊離開投奔另一個人，但這是婚姻了，後來變成婚姻了雖然沒有婚姻效力，結合愛情、工作、經濟、家人、責任、支票、債務，糾結成一個龐大複雜的網絡鋪天蓋地將我圍困其中，不可能逃開。

阿豹我上星期服藥自殺但我沒有死成，可笑的是我只睡了十幾個小時就醒來，醒來時爸媽都在這裡，阿雁也在，猶如我鬧了天大笑話，他們在客廳說著什麼我沒聽清楚，我瘋了，是我不能吃苦我無法忍耐，是我幼稚任性，不負責任，我甚至想以死逃脫，這是不可能的。

阿豹你曾問我人是在何時墮落深淵、面臨萬劫不復的時刻而不自知，阿豹你說你書讀得很少，但這段話你說得多深刻啊！這些年我一直反覆想著，凡人如我，如你，如阿鷹、如阿雁，如我父母，沒有誰惡意要置某人於痛苦境地，但命運轉動，輕易將我們導向萬劫不復之時，沒人喊停，當時沒停現在當然也停不了。

阿豹啊！當我看見你站在車子前面，馬路上奔流著車輛如猛獸，我穿越馬路中央奔向你，但那時我渴望的是所有車輛都經過我通向我將我輾碎，因爲自死不可能，如果在最靠近你的地方死，在你面前，所有的祕密都仍是祕密，我無須對你說明、解釋、細述這幾年來發生的一切（太難堪了我說不出口），我會如一張紙輕薄被車輛穿透，粉碎在這馬路上，你見到的仍是記憶裡最美時刻的我。

但我知道這只是幼稚可笑逃避的想法。

我什麼都沒對你說，我知道你想問，但你沒開口，你握住我的手彷彿安慰著我說沒關係，我在這裡，那些都不用解釋。

阿豹我很想對你說出所有事情，但如果我開口，一切都轉移到你這裡了，可那些事是我自己種下惡果，不能轉嫁到你身上，相信我，我已經盡了所有的努力。

但是會不會我弄錯了，正如我此時投奔向你而你全然接受，如我當時奔向阿雁她毅然接收，我始終自私只顧慮自己我從不替他人設想，此時你笑得如此爛燦彷彿我給你什麼禮物，但不久後我將帶給你的痛苦或許不亞於從前，倘若你知道如此，你仍願意帶我走嗎？

他們先停在那個小院子裡，夏日午後，葡萄藤纏結棚架造出陰影，十幾隻色彩紛亂的大小雞隻躲在角落納涼，阿豹撒了米，讓雞隻蹦跳紛紛從蔭涼處跑出來啄米。阿豹對她解說這屋子，說地勢較高所以地下室應當算是一樓，那兒是他兒子的房間（他在讀體專，一百八十五公分八十幾公斤，是個帥哥了呢！阿豹說）。他帶她進屋，大片窗玻璃將室內照耀得明亮，稱不上漂亮，卻整潔清爽且帶有閒淡的家居氣味，她知道阿豹愛乾淨（奇怪她沒刻意挑選但她的情人無論男女都有輕微潔癖），也見識過阿豹單身後維持住家整潔的習性，可這個屋子跟以前阿豹的住處不同，已經能夠展現阿豹的性格，無論是牆上掛著的掛鐘、月曆，幾塊大小石頭擺飾、幾件老家具，或櫃子上放置的那把吉他，櫃子底下高高低低一大排空酒瓶（阿豹還是喝很多酒嗎？），處處散發著阿豹正在過一種她沒見識過的新生活的氣味，阿豹現在有女人嗎？這屋子有種溫馨的氣氛。

她沒問，她還沒準備好要問他問題或回答他的提問，她為眼前所見阿豹的改變感到衷心的歡喜。

他抱著她上樓像扛起一件家具，那張床她還認得是第一次做愛時那張床，阿豹正要卸下她的衣服那麼他將會看見她殘破的身體嗎？阿豹吻她，他張嘴含住她的嘴唇她立刻就哭了。

多久了多久時間過去了但這樣的吻還會令她顫抖，他的氣味彷彿只是昨日還殘留在鼻腔，太久了沒有人觸碰她的身體她也不觸碰別人，太久了都是在冷戰在爭吵她跟阿雁各自背對入睡，阿雁要喝很多啤酒才睡覺，而她得吃藥，無法言語不能對話只是工作工作工作，阿雁以沉默懲罰她，懲罰她無能處理她與家人之間的拉扯（她總倒向家人那邊），懲罰她讓她弟妹都搬進她們的住處，她管教不好弟妹讓他們爬上頭，毀掉她們原有的生活秩序。秩序，阿雁最喜歡秩序，誰要來破壞她的秩序她就會抓狂。

不該想起這些但她想起了，此時阿豹狂亂地親吻愛撫她，那曾是她非常熟悉的舉動，曾經她感覺自己美麗盛開如鮮豔的花，在阿雁的手指裡穿過，她們曾經如此相愛曾那麼快樂，她以爲這就是人生最後景象，但後來沒有了，都是傷害，她恐懼著阿豹會聞到她身上散發出的腐敗的氣息，她恐懼著一旦阿豹深入她她又要面臨新的、更可怕的懲罰。

但那多美好啊多美好，該有人如此撫愛她碰觸她使她喊叫讓她呻吟，她還想被愛被需要被渴望如阿豹現在這樣，她正在背叛阿雁，背叛，不忠，這些字眼以前她不懂現在她懂了，她應該想出另一種解決辦法而不是從靠著另一個人的撫愛來逃離生活裡的混亂，但能不能，就放縱一次，沉淪，放縱，享受，她哭泣著在感到快樂的時候恐懼，阿豹吻著她的眼淚，捧著她的臉如久遠以前那樣，「別哭了，別哭，不管發生什麼事我都會幫你處理。」阿豹說。

阿豹你不知道的，那些，誰都處理不了。

阿豹

他還在等待那通電話，甚至沒察覺自己在等，他搬了家，換了工作，隨著時間過去，周遭一切都有了劇烈變化，深夜的電話鈴響他依然會心驚（他搬家了但仍保留了舊的電話號碼），當年將一切凍結的時刻隨時可能會回到眼前。

四十八個月，是太長太長的時間，相對於他與她相處的那八個月（包含她與阿鷹在外的三個月），他清楚記得她離去與出現的那幾個日期，像有人用刀子刻畫在他手腕上，四十八個月又三天，後來他已經不去計數，但時間自動累積。

她說會在百貨公司前面等他，星期六下午。他將車子暫停在馬路對面，走下車，張望著廣場人群尋找那個是她，認不出來，他探身向車廂猛按了幾聲喇叭，等他回過頭來，她已經站在馬路中央正設法穿越。

風吹撫她的長髮與裙襬，兩旁的車子來往彷彿將在她身上交會，他用力揮手，危險啊！他大喊，陽光強烈擊中他腦袋使他頭暈，她快步跑著來到他面前，「好多車啊！」她笑著說，他望著她發傻說不出話來。「上車吧！警察要來了。」她輕推他的身體催促著他。

一千多個日子，後來他已經不抱任何期待了，但那個始終不變的電話號碼如他曾下定決心要等待她，固執地，沉默地，以旁人不能明白自己亦無法解釋的心情，等待她打來，如現在這樣在某處出現。

如此時。

「是我，」電話那頭她說。昨天晚上，他難得地沒有加班也沒出去喝酒，天氣悶熱有些中暑在家裡看電視休息，晚上九點鐘電話響，因爲正在躲避朋友酒攤邀約他遲疑了一會才接，是我，她說，四年多沒有聯絡，但那語氣就像昨天才打過電話見過面，如以前那樣她總是以兩個字開頭，是我，彷彿很確定他正在等她的電話。

通話中有一種迂迴與小心，「你好嗎？」帶著寒暄的氣氛，不像她，他以爲自己會很激動或很冷淡，卻沒有，通話品質不良，她撥打的是行動電話，好像壓低著嗓子，或者喉嚨痛，聲音不太自然。

我很好，妳呢？我後來搬到大里了，妳在哪裡。

「只是想知道你好不好，問候一下。」她說。

「是想知道我死了沒有吧！」他說。說這話沒有嘲諷意味，有許多次他眞以爲她在等著他死，等著他們的關係以某個人的死亡作結。

「只是想聽聽你的聲音。」她說。

以前總是她說，什麼時間，什麼地點，她下達指令而他全力趕赴，但這次她沒提起要見面，眞只是寒暄幾句，而後說再見。

對話不超過一分鐘。

五分鐘之後電話又響了，這中間他躺在床鋪上盯著電視機腦袋空白，設法將剛才那電話裡她說的話忘記，長久的等待等來的不該是這樣一通平凡的電話，但或許這樣也好，她對他那種不可理喻的影響力已經消失了，她身上的魔力，她對他所有複雜深刻的意義都不見蹤影，如同一通寒暄問候的電話，電視裡播放著某部警匪槍戰電影，達達達的連環射擊聲音淹蓋了第二次鈴響，等他察覺時鈴聲幾乎斷滅，他及時接起電話。「你想見我嗎？」她說，「明天下午我會到台中去。」她又說，「兩點鐘，中友百貨公司門口。」她說。

她沒等他回答，就匆匆掛掉了電話，但這樣的方式才是她，才像他等待已久那個她，忽來忽去，她不需解釋也不給解釋，她不問他現在的狀況，不想知道他是不是已經結婚身邊有沒有女人，方不方便見她，她不問他是否還愛著她，是否想念她，她不問這些因爲她知道自己不需提問，那是他自己的問題。

不久前，兩個月吧或更久一點，他才結束跟一個女人的關係，那之前也有幾個，都很短暫，他搬到這個房子之後生活方式改變許多，開始種花、種菜、養雞，屋前院子有小片草坪，養了許多竹雞，種了葡萄、文竹，他跟老鼠還在附近的水利地上圍了一小片地種蔬菜。大房子三樓兩個房間都空著，一樓客廳、二樓他跟兒子的房間，他兒子到外地去讀體專很少回家，老鼠幾乎每天傍晚都來家裡，工廠的同事也常來，呼朋引伴喝酒的夜生活經常上演，但他能推就推，推不掉就喝到爛醉，剩餘的時間多半花在整理庭院與照顧那些雞（長不大養不肥也不準備殺來吃的雞，生老病死在短短時間裡，養大了就送人，一批批新生的小雞仔是他最喜歡的），他還買了一把吉他，指法是自己買書回來學的。

倘若他這時有正在交往的女人，琇琇打電話來他還會見她嗎？這問題在他交往第一個女人時他問過自己，沒有太多戲劇性起伏的來往，在附近開檳榔攤、已經離婚的中年女人（還大他一歲）阿紅，豪爽大氣身體豐滿笑聲洪亮的女人，有次因爲附近小混混來鬧事，恰巧他去買檳榔，幫她喝退了那些小子，那晚阿紅請他喝酒，酒後很自然地他在她屋裡跟她做了愛，之後每個星期他會去找阿紅幾次，不是愛情更近乎相互取暖，而確實溫暖，下了班沒事他就往阿紅家跑，幫她修理檳榔攤的遮雨棚、房子換電燈等，阿紅會煮飯給他吃，他也常把朋友帶到檳榔攤裡面的客廳喝酒，彷彿那是他的第二個住所。

當時他自問，倘若琇琇回來了呢？她突然又找他了呢？雖然他跟阿紅之間沒有承諾也不談情說愛，但，他不敢也不能想像琇琇出現在這個檳榔攤裡的畫面，她的存在會將他已經擁有的穩定生活全部摧毀。

後來阿紅在檳榔攤後的裡屋擺了兩桌讓人打麻將，屋裡的喧譁，洗牌的聲音，某些過去他厭惡的感覺又回來了。

斷得並不痛苦，只是改變買檳榔的習慣，騎摩托車得繞遠路而已。

第二個女人時間更短，對方有丈夫，但丈夫坐牢去了，是一家賣燒酒雞店的外場服務員，店裡有投幣點唱機，他跟朋友常去吃，女人總會來他們這桌跟他敬酒，陪他合唱。

第三個，是在一個宴席上認識的，她丈夫幾年前已病逝，她獨自扶養小孩跟中風的婆婆，晚上在一家卡拉OK當副理。交往那段日子他總帶朋友到那家店去光顧。

怎麼斷的呢？他不記得了，好像是女人問他要不要搬去跟她住？他說他習慣自己睡覺（他說的是實話，有人在他身邊他就睡不著，後來他也像琇琇那樣會在女人睡著時離開），女人不高興地嘟囔了幾句，他離開之後就不再見她了。

某種時候可以跟女人上床，不會有麻煩，不會讓自己傷心，這些猶有風韻的女人，或離婚或獨居，她們懂得照顧男人的身體跟心情，他不知自己何時學會了分辨，但他確實會了（他學會了輕輕拿起輕輕放下，學會了不負責，學會說出善意謊言，學會辜負），開始與結束都不造成太大的波瀾，有女人的時候他照顧她們，沒有的時候他照顧自己。

此時他開著車子從市區開到市郊，車上載著琇琇，之前那輛車給了他弟弟，他又買了另一台二手車，是藍色的Toyota，車門沒有故障（他多懷念每次琇琇在車外等著他從裡面將車門打開時臉上的表情啊），車裡車外保持得很整潔，琇琇穿著一身米色連身裙，頭髮剛過肩膀，劉海用一個黑色髮夾別在一旁露出額頭，她的臉上有著他沒見過的滄桑，這些年發生什麼事情了將她改變成這樣？但當她輕手輕腳走進車子，過去的她就回來了，她習慣性把雙手交叉擺放在膝蓋上，纖細的頸子柔和地轉動，將臉朝向他，往事彷彿保存在時空某個角落直接從過去移轉到現在，仍像他第一次去她家載她要到那家KTV，她一進入這台車子就改變了車廂內的氣氛。

車程裡他們並沒有多說話，她將手伸向他，他就握著那隻手收放在懷裡，她傾身靠著他的肩膀，他們就維持這樣的姿勢，讓車子流暢向前，靜謐美好似夢遊。

她一走近那個院子就發出了驚呼，「好漂亮啊！」她說，指的是這一帶的風景，僻靜的河邊道路只蓋了這一排透天厝，每一戶都正對著河景，可以遠眺山色，那天白雲碩大成串，朵朵堆疊，她看得目瞪口呆。她開心地走進院子裡看那些雞，嘰嘰咕咕逗弄小雞讓牠們嚇得撲翅亂竄，她看著他栽種的那些植物，一一喊出名字。

「我好喜歡這兒啊！」她說。

然後他領她進屋，參觀一樓，客廳很大但沒有太多家具，鄉下老家改建時搶救下來、老式的碗櫃上擺了一些他從河邊撿來的石頭（她說，小時候阿嬤家也有這種櫥櫃耶我好喜歡），裡面放著泡麵啊餅乾零食，幾張板凳也都是他小時候坐過的。

她慢慢地看著這其實很簡陋的客廳，巡著逛著，然後發現那把吉他，拿起來撥彈了幾下。她手指撥弄的動作，吉他發出的聲音，形成某種奇異又調和的氣氛，他赫然發現自己這段時間裡所做的一切，布置房屋，整理庭院，養植花草植物禽鳥，包括保護整理自己，所有的準備都是爲了這一刻啊！爲了等待她出現在這裡如此發出驚呼，等待她恬靜地撥弄吉他低聲唱歌，等待她最終會回到他身邊像現在這樣，他得做好準備。

他大步向前抱起她直奔二樓，如他曾經做過那樣，將她放置在一張大床上如拆開一個禮物，抬起她的臉用力親吻她如吸食一種毒品，老天啊他等待這時刻等太久了。

琇琇

起初只是幽會，見了一次還想要第二次，每個星期六她都說去台中找朋友，但那時她都在阿豹家，她的朋友仗義，夜裡還幫著送她回家以圓謊，這樣見了四次。

阿豹對她的態度跟以前都不同了，星期六在他家，除了狂熱地做愛，他們總會一起吃飯，傍晚時家裡會有許多客人，都是阿豹的朋友，大多是她不認識的新朋友，一群人在屋裡打撲克牌、喝酒，她也坐在那桌上，阿豹將她介紹給大家，大家都喊她嫂子。有次阿豹的妹妹跟妹婿來家裡，阿豹帶著她跟妹妹一家出去吃飯，那對夫妻年紀都比她大上幾歲，但他們也都喊她嫂子。

嫂子，好奇怪的說法。以前跟阿鷹在一起時也沒人這麼稱呼她，她驚訝於這樣的稱謂竟會出現在她身上，以前她沒想過這樣一天，她跟阿豹曾經是無望的、絕對想不出任何解套辦法的關係，然而那些因爲阿鷹而起、使阿豹痛苦矛盾的衝突都消失了，這群朋友裡唯一認識她的是老鼠，但好像都沒關係了，就算有人知道她曾是阿鷹的女人，阿豹也不會因此將她推開假裝不認識她。每次見面都待到不能再待爲止，她不再連夜逃走，有時他送她回家，有時他送她去朋友家，沒有見面的日子她時常找機會給他打電話，一聊就好久，說這說那說個不停，四年不見，他們竟在此時才變成一對愛侶。妳老實告訴我沒關係，妳是不是有別人了？第五次她見完阿豹回家，阿雁突然問她。她坦承了。

因爲她的轉變太明顯，一切阿雁都看在眼裡。兩年來她們朝夕相處，阿雁對她一舉一動再熟悉不過，即使這半年來她們大多時間都在冷戰，即使，她開始看精神科、經常癡傻獃立陷入無能狀態，起初是眞的，假日時她在台中市區的幾個gay朋友會專程開車到鄉下來載她出去，像是默契，她去跟朋友見面，阿雁就去釣蝦或打麻將，後來朋友帶她去找阿豹夜裡再將她送回去（她的門禁是十二點），她的生活表面上看來如常，但細心如阿雁，怎可能沒發現她臉上表情的變化，她時常處在癡迷狀態（不是以往的癡呆），她有時會躲在房間講電話，笑聲洩漏她的快樂在那個持續冷戰的屋子如洩漏她的祕密，她想過要坦承，卻找不到更好的時機。

幾次了？妳到底見了他幾次？阿雁問。妳有什麼打算？她又問。

我想分手。她說。

妳偏偏就要這種時候鬧這些問題嗎？阿雁吼叫著。

關於分手，沒有對的時間。

我們之間沒有愛了嗎？阿雁問她。

她常有時空錯亂之感，一起在車上經過那些幾年來熟悉的鄉鎮，阿雁開車，她在一旁，到了定點下車，她點貨算帳，阿雁搬貨換貨，她們是最好的搭檔，一文一武，從一開始擺地攤（阿雁搬到他們家之後不久她父親幫她們在夜市找到攤位，媽媽說阿雁做電動玩具畢竟違法不是長久之計，阿雁也主動說她要轉行），後來阿雁取代阿鷹接下手錶業務，很快地她父親出錢讓她們自己成立公司，大張旗鼓開張，一下子將業務擴張到幾百個點，營業額衝高，業務擴充，阿雁好適合獨當一面，而她什麼都配合，因為那是愛情，愛情裡總有一部分是必須做自己不喜歡但對對方有益的事。

從何時起阿雁變得那麼嚴格不近人情近乎偏執呢？什麼時候開始她們之間的對話除了工作就是爭吵？是是非非誰對誰錯來不及細數，等回過神來她們已成怨偶，她是夾雜在家人與工作之間被兩邊拉來扯去的人，她們那棟三層樓房子先搬進她剛大學畢業的妹妹，後來又是阿雁以前的男同事（阿雁找他來負責開發北部業務）。帳目不清，工作職責不明，阿雁不明白為何幾年下來還得拿錢回去給她爸爸軋票，她爸爸不懂為何公司至今沒有盈餘，她妹妹想進公司管帳，阿雁不喜歡珍珍的工作態度（早在阿雁發現妹妹與阿鷹的關係之後，她已認定珍珍一直在欺負這個姊姊），珍珍討厭阿雁的霸道（霸道這字眼一出現就成了標誌），阿雁說珍珍生活習慣不好，只會添加大家麻煩，珍珍為了抵抗阿雁的管教於是更刻意讓那些阿雁討厭的生活習慣顯得刺眼。

先是吵架，任何大事小事都能吵，琇琇希望公司營業量控制在一定範圍，不想增加工作量，擔心大額投資增加風險（她心裡對投資做生意總有恐懼，童年時因為破產而生的陰影如今重返她的生命），阿雁希望快速將公司業務擴充到穩定，以面對其他同業競爭，奪得市場占有率（這些字眼對琇琇來說都好陌生），阿雁能吃別人不能吃的苦，一天只睡四五小時，一星期工作七天，醒著的每一分鐘都在工作，她壓榨自己的健康，承受莫大的壓力（所以啊阿雁每晚要喝六瓶啤酒才能入睡，早上又得喝幾瓶咖啡讓自己醒來），因爲壓力太大所以脾氣不好，**而你們還給我找麻煩**。

光是兩個人吵還不夠，還要加上珍珍，她樓上樓下跑，安撫完這個換那個，只爲了一個沒洗的杯子，阿雁怒不可抑在客廳裡咆哮，珍珍聽見那咆哮於是又弄髒另一個杯子，她希望息事寧人於是偷偷將兩個杯子都洗了，阿雁便對她吼叫，都是妳寵壞的，妳寵妳妹妹，寵狗，寵工讀生，寵得人人造反把公司都毀了。

她妹妹跟阿雁冷戰，阿雁就跟她冷戰，冷戰啊冷戰好冷每天忙不完的事做完而無人願意跟她說話，她兩年沒出書了，都傳說她已江郎才盡，但她的問題不是寫作也不是才華，而是沒時間沒心力，她寫了許多殘稿堆積在電腦裡一個又一個檔案，各種恐懼將她籠罩，恐懼啊那些不停止的支票，不停止的叫貨電話，不停止的趕路趕貨，不停止的冷戰。

以前阿雁總是說，忍耐幾年，等到賺夠了錢，公司穩定了，妳就能沒有後顧之憂地寫作。

但現在忍耐的不只是不能寫作而是不能面對生活。

阿雁這裡沒有生活，每天妳喝酒而我吃藥，妳在客廳而我在房間，距離如此之近但我們無法說點什麼讓對方感覺好過些，阿雁我病了，是眞的不是假裝，再下去我會發瘋的。

曾經，那是幻想嗎曾經她們好快樂，賺足夠生活的錢，住在一個租來的小房子，養幾條狗，她們可以談好多話，說分別這幾年裡各自發生的事，說童年裡相互理解或不理解的遭遇，不用工作時她們開車去好多地方，她陪阿雁去釣魚，阿雁陪她去演講，她們帶狗去野餐，去認識朋友，一開始有阿鷹，後來離開阿鷹只剩她們兩人，但她們在**創造生活**，用最簡單的方式布置房子，那時她寫完第二本書，正在準備第三本，阿雁說過去醉生夢死如今能眞實生活她好珍惜，阿雁說離家多年卻在她家裡找到親情，她爸爸媽媽弟弟妹妹都好喜歡阿雁，甚至她自己，因爲看見阿雁那麼投入在與她家人親近，她自己也逐漸從疏離的狀態解除，慢慢找到一種跟家人相處的方式，那時世界好大彷彿伸手就能拿到所有，那時她們沒有許多錢，但有好多時間相愛。

阿雁你問我爲什麼？爲什麼要從你身邊離開，爲何背叛你，爲何跟阿豹見面？我沒有辯解的理由，你問我愛何時消失，愛爲何不能重來？

阿雁我想問問你，當我大聲抗議著，這樣不對，這樣我維持不下去，當我說我不要這種生活，我不能讓工作把我呑沒，當我還提出可能解決的辦法時，爲何你只是冷漠對我。

阿雁我還想問你，你說都是爲我好，你說所有努力都是爲了我們的將來，你說你冷漠你憤怒其來有自，但爲何我說出我的感受你不相信，我發出聲音你聽不見，我說不要這樣對待我，不要用這種方式跟我說話我會討厭你的，你還以爲我只是在鬧情緒？

那不是愛，阿雁我認爲那不是愛。

你很忙很累都是爲了我，於是你對我好我加倍對你好你又對我好我再加倍還你，轟隆一聲巨響，生活全面倒塌，將我壓垮了。我不是偷懶不是軟弱，不是的，我白天工作到深夜，深夜寫作到凌晨，只想感覺自己還活著還走在自己想要的道路上，我睡不著不是因爲不累而是太累，我睡不著所以起不來，因爲我病了，你不相信靈魂會生病，你是不相信還是沒時間相信呢？你是不愛我還是沒有能力愛我？我是不愛你還是因爲愛你會讓我痛苦所以逃開？在這裡我不能愛自己無法愛他人所以我到別處尋找。

但，你堅持到最後我臨陣脫逃，我無可辯解。

人生，在還有選擇的時候我們選錯了路，一路向前沒機會回頭，生命綁架了我們，所有人都成爲人質，你問我爲何是阿豹，我也問自己，多年過去，我眞的還愛著他嗎？那殘餘的，未被完成滿足的愛情，是否已經成爲心裡某個殘念，某種轉移，在被生活大大地損耗之後，我企望某處還有個人可以寄託，讓我從眼下這不可能解決的處境裡暫時逃離，我先是度假似地每個星期去見他，後來我想離開你了。

爲何是阿豹？他問我，我也問自己。

愛情，吸引別人，被某人吸引，有人會狂熱地火熱地愛著我，我知道我身上有這種能力，但我害怕，那些愛最後會變成我傷害別人、別人傷害我的源頭，這之前，我只愛過三個人，你、阿鷹跟阿豹，你們都是從我童年走出來的人，我可以選擇其他更陌生的人，或男或女，這些人或許也能爲我帶來我渴望的生活，一個兩個三個更多機會，但我沒辦法愛他們我不能愛上對我過去一無所知的人。

如果不是阿豹你會開心點嗎？

但其實啊我沒有認眞思考，這個屋子這個工作帶來所有的轉變已經磨損我的自信，我甚至忘了我曾經是個作家我還能寫作會出現在某個場所有人討論我的作品，有許多人欣賞我愛慕我，我只感覺自己凋萎殘破、一無是處，我甚至找不到任何人可以求助因爲我無法正視鏡中自己，**阿雁我生病了那是一種病**，我看見的世界已非眞實，我看見的你恐怖似妖怪，我不再記得生命裡的美好，也不記得你給予我的美善，只有恐懼。

相處至今曾經美好後來變成恐懼，相親相愛認識一輩子了怎麼會變成這樣？但是的阿雁後來我好恐懼你，對不起我知道你聽到這個會難過，但我怕，有時我失手跌落某個物品我會不斷地道歉，對不起對不起對不起是我不小心我會注意的下次不會了，但四周並沒有人，我對著空氣道歉，一次又一次。

有時你朝我走來，臉上有某種嚴肅表情，我以爲我妹妹又惹你生氣了，以爲某個店家又跳票，或者我剛才算帳時算錯了數目，以爲你會突然大聲叫罵我，你伸手向我我忍不住躲開，不，我不是以爲你要打我，只是那朝我伸來的手臂突然變成指責的延伸，我必須躲開否則我會被刺穿。

阿雁我害怕你一如我害怕生命，我恐懼你你一如我恐懼我父親，你們以某種我說不清楚但好相似的方式入侵我的生命，沒有說出強迫的語言卻一再強迫我做不願意做的事，讓我接受強迫還認爲是自己所願，因爲你們沒有強迫而我感到威逼但找不到控訴的理由我躲無可躲、逃無可逃，這不是你的錯，或許沒有人犯錯，但我感受到痛苦如此眞實，不要叫我忍耐，不要叫我體諒，不要叫我否認我的感覺，別說我太敏感，更別說我自私，因爲那些話語對我來說都沒有意義，因爲加深我的自責或使我厭棄自己並沒有好處，我早已自責已經自我厭棄，所以我才逃開一次又一次。

阿雁，我要離開了，阿豹的車子就在巷口等待，我知道不告而別很可惡，當我在收拾行李時我什麼都不想帶走，只拿了幾本書跟幾件衣服，因爲這裡才是我的家但已經破滅了，我不相信我還能創造一個家庭如我們曾經擁有，阿雁或許錯的人是我，我沒有能力維持這樣的夢想。家，家庭，家人，是我必須逃開的，阿雁，人可以依靠著愛情得到拯救嗎？你胡亂拯救我，我胡亂拯救你，如此用力，如此拚命，但弄錯了，阿雁對不起我要離開你，將你一個人遺留在這個殘破的地方繼續那沒完沒了的工作，昨晚你弄壞了我的電腦我大聲罵你，其實我是故意的，我只是找個理由可以更合理地離開你。

電腦弄壞沒關係，小說遺失沒關係，阿雁，當我走下樓，搭上阿豹的車，我生命裡某個部分已經死滅了，但我不能留下因爲我不相信我們不會互相殘殺，我不相信會有轉機，對，我自私，或許我一直都自私自利而我還以爲自己是犧牲者。

那天當我把藥物都吞下時我並非眞心想死，好奇怪啊也不是作態而是我感到逼迫，我感到我必須做出什麼讓你們正視**我正在被殘殺**這個事實，因爲話語不被相信，因爲事實沒法被發現，因爲我找不到任何一種早上醒來說服自己走下床繼續這一天的理由，但我不想死，我活著至今因爲我有我的信念，我活過那樣的童年是爲了活到將來，將來在遠方，對那個年少的自己我曾允諾將來，讓自己變好變強，堅定走過人們指指點點的路途，我允諾自己撐過一天又一天，我守護自己的靈魂不讓別人侵奪，我深信那是誰都無法玷汙的。

但我辜負了當時的自己，當我手掌裡攤開散布著那些細小的藥丸，白色、藍色、粉紅色，我不能相信自己眞有這樣一天，躲在廁所就著自來水一口一口配著某一色藥丸吞下，那不是我，不是我曾允諾給自己的將來，我的靈魂被毀壞了我保護不了，後來你衝進廁所奪去剩下的藥，你一定以爲我在演戲吧！

阿雁，不是因爲你弄壞了我的電腦，因爲那是代價我知道，我傷害了你所以你傷害我以某種你認爲我會感受到痛苦的方式，但你不知道，眞正使我感到痛苦的是在更早之前，在我吞藥的隔天，我在傍晚醒來，媽媽進房間來看我，後來她走出去，我聽見你們在客廳說話。

沒有人，沒有任何人來問我發生什麼事，問我爲何這樣做。

被掩蓋了，被轉移了，被漠視了如過去那樣，因爲這個家裡沒有人有能力體認事實，因爲說出實話的人是瘋狂的，因爲，甚至軟弱如我也只能以死抗議，而不敢大聲對你們說，正視我，看著我，不要把頭轉過去假裝沒事，不要等著明天，讓明天來掩蓋今天，如過去那樣。

我沒說我說不出話來，我知道等到夜深，等到天亮，相同的，重複的一天又將來臨，果然，隔天我默默跟著你下樓，我們搬貨，上車，出發。繼續工作，繼續生活。

她清楚知道自己某部分已經死去了。

阿雁

琇琇正在打包行李就在三樓她妹妹的房間裡，她要走了，可能會有人來接走她，她知道但她不能阻止。

她知道有一天琇琇會走，會以某種她無法阻止的方式離開這個屋子，她可能會像她過去的女友那樣去交男朋友或者嫁人，她早有心理準備，事實上琇琇也走過，當著她的面讓別人將她帶走，還企望她幫忙收拾行李。

很難想像琇琇會如此殘忍，她都認識她二十年了，那張無論做出什麼卻總帶著無辜表情的臉，她再熟悉不過，但如今她不敢確定了，她們相互傷害將彼此逼向崩潰邊緣，已經崩潰了不可能修復。

她或者他，她不知如何定位自己，這是她人生的難題。

但琇琇說，性別不重要。

每次琇琇變心的時候，她都有警覺，琇琇不善於說謊，她那簡單的生活方式一成不變都在她掌握中，她注意她的一舉一動一言一行，她走路的方式，說話的語調，她說假日跟她的gay朋友出去，一開始是眞的但後來是謊言（琇琇的朋友她都認識，那些人都幫著她說謊），她知道，她願意忍耐，但忍耐是有限度的。

不要考驗我。不要企圖挑戰我的極限。

琇琇，我叫罵妳斥責妳恐嚇妳，我說活該妳小時候被那樣傷害，因爲妳是魔鬼，**昨晚我對妳說的話不是真的**，妳以爲我會殺死妳或殺死自己，妳以爲我會把妳養的貓帶去丟掉，但那不是眞的，妳教我要懂得分辨妳話語裡的眞實，妳曾說人們會說出自己並不想說的話，我們要從那些惡毒的話語裡找出背後隱含的深意，所以當我怒罵妳，當我咆哮，當我，對不起我知道我做得太過火了，我將妳的電腦浸泡在水中毀掉所有的小說檔案，當我做出這樣瘋狂的舉動我知道妳不可能相信那背後有什麼善良的意圖，可是，妳把我逼瘋了妳知道嗎？

妳總是把人逼到瘋狂，妳引誘出人心裡潛藏的惡魔，妳使人愛到極致於是恨到極點，妳說妳只要一點點，我卻給妳全部，但妳要的那一點點確實必須以全部來支撐才能給予，妳要的那點從不固定，有時妳要快樂，有時妳要幸福，有時妳想要安全，有時要穩定，我都會當眞妳知道嗎？正如妳隨口說起想要什麼，我會記在心裡，設法買來送給妳，但妳拿到之後並不特別開心，妳會說：「我只是隨口說說」「其實我也不需要」，但那些都沒關係，可是這次妳要的是自由，自由與愛要怎麼相容，我不知道還有什麼是我沒做好沒做到的，我願意再改再努力，但妳背叛我，妳背叛我一次，兩次，我不知道我還能怎麼辦。

但琇琇我並無意傷害妳，正如妳無意傷害我，可是我們都做出傷害對方的事，誰能夠挽救我們於如此情境底下，我不知道。

但妳要離開了。

我常說妳不懂得我的痛苦與我所背負承擔的，或許我也不曾懂得妳背負承擔的，這世界對我們太殘忍，這些考驗太嚴苛，但如果我們相愛，愛情能夠幫助我們對抗這些。妳跟別人不同，妳不懼怕世俗眼光，妳甚至可以大方對朋友家人公開我們的關係，妳是第一個讓我感覺愛上女人並不羞愧的人，妳教我懂得認識自己的價値，讓我體會作爲一個T仍能保有的驕傲與尊嚴（這個字眼還是你告訴我的），讓我坦露自己的身體與內在，妳一點一點占據我修復我，最後卻全部將我推翻。妳書寫的那些小說訴說的是我這樣的人的故事，妳都懂，懂得比誰都多，然而，正因爲如此所以我沒有準備，正因爲這樣當我要失去妳的時候我才會如此慌亂，因爲妳將我引向光明卻不知妳走後我將面對一片黑暗更甚過去嗎？

妳說我的努力使妳痛苦，讓妳自責，妳說我付出太多使妳無法反抗，但是琇琇啊，妳認爲很自然的事我必須付出比旁人幾倍的努力才能做到，妳說性別不重要，重要的是愛情，但是你不知道，作爲一個T（這字眼我用來仍不習慣），倘若我付出的不是幾倍於男人的努力，妳的父母朋友甚至妳自己，能如此信任接納我嗎？

就算妳能，我也做不到。我擁有那麼多愛妳的力量我怎能不付出。

愛是犧牲，愛是付出，愛是做任何一切我所知能讓妳快樂的事，愛是帶給妳幸福，愛是自知不能與妳結婚生子而妳願意如此愛我所以非常感動，所以要更努力盡自己所能帶給妳幸福，我愛妳，我也愛妳的家人（不要以爲我不愛，不要因爲我指責妳家人剝削妳傷害妳就以爲我不愛他們），我只是不能讓他們失望，妳弄錯了，妳以爲我在努力表現自己，妳以爲我批評阿鷹是因爲我嫉妒，不是的，我只是不忍見妳繼續那樣沒有希望的生活。

妳說我很矛盾，妳說我言行不一致，妳說我沒有自信，妳說的對，但妳自己不也如此，我不像妳有那麼豐富的知識，能將事情說得條理分明，分析得面面俱到，可是我懂得一個道理，人不會因爲對方性格矛盾而不愛她，人不會因爲對方說錯一句話而不愛她，我們愛一個人正是因爲她有其軟弱、脆弱之處，所以要加倍憐愛那軟弱的地方，可是妳不許我軟弱，不許我害怕，當我堅強起來、強硬起來，妳又說我霸道。

琇琇啊我好累，我聽見妳樓下樓上跑來跑去，我知道妳在收拾東西，妳可能苦惱著該帶走貓還是帶走狗，妳可能擔心妳走後我不會照顧牠們，妳甚至以爲我會毒打牠們，我知道妳不會帶走太多東西，**因為妳所擁有的都不在這裡**，我很抱歉弄壞了妳的電腦，當我看見妳驚恐地望著沒有作用的電腦時，自言自語地說：奇怪電腦好像壞掉了？然後我告訴妳，是啊！因爲我帶它們去游泳了。

妳好像了解又像沒聽懂，或者是不相信，妳詫異地看著我，用力按了幾次開關，我再一次告訴妳，不用試了，電腦壞了。

那時我知道我們之間已經結束了。我做出這樣的事妳不可能原諒我了，我毀掉了妳兩年來的心血，弄壞了妳剛寫好的小說，妳以懷疑恐懼的眼光看著我，發出低低的哀嚎說，**為什麼**？

這也是我想問妳的話。

爲什麼？爲什麼以前妳愛我後來妳不愛？爲什麼原本妳最理解我後來妳不肯理解了？爲什麼一樣的生活本來妳很快樂後來妳說很痛苦？爲什麼只有我的愛妳不能滿足，爲什麼這樣的生活會使妳痛苦？爲什麼妳必須從我身邊離開，爲什麼妳背叛我一次又一次？我有太多問題想問，但我不開口，妳說我用冷戰折磨妳，妳說我不吃飯想要餓死自己來懲罰妳，不是的，我不說話是因爲我想不出任何說出來不讓妳難過的話語，我不吃飯是因爲我吃不下，我怎能眼睜睜看著妳欺騙我，我怎麼在知道妳跟別人上床之後還若無其事地吃飯睡覺，正如妳這樣，妳教教我如何能夠不這麼用力愛而對方還能感覺到愛，教教我如何相信有人會如我愛妳這般深愛我不會放棄我離開我，倘若我不付出所有努力，妳教教我，如何失去信念失去所愛還能繼續呼吸繼續生活像一個正常人？

妳摧毀我了。

那時我瘋了我一定是瘋了，我等了妳三天三夜啊琇琇，幾十個小時如尖刀利刃每一分鐘都在劃傷我，我知道妳在阿豹那兒，妳跟他出去了，妳或許會說，要出門之前我已經告訴過你了，你不是說可以嗎？妳或許會說，我早就跟你說過三天後我才會回來。

這些我都知道。

但眞正度過那三天太漫長好像地獄，時間一分一秒走過但緩慢如同一年，屋裡所有手錶都在走動，我期盼它們同時快轉，妳不在家，連小狗都無精打采，不肯吃飯了。我想過各式各樣的辦法，我不斷地工作工作，修理手錶，整理家裡（我知道讓妳住在這麼髒亂的地方很委屈妳，對不起我眞的太忙了），我想著等妳回來要包水餃給妳吃（妳還記得我們剛在一起的時候每星期都包水餃來吃，妳最喜歡吃我做的水餃），我想著要再找一個工讀生，不要讓妳這麼辛苦，讓妳有多一點時間寫作，妳或許就不會生病，不會一直想走，琇琇，眞的我想過各種改善的辦法，我不會再生妳弟弟妹妹的氣了，即使我知道妳寵壞他們，但我明白妳這麼做的道理，我現在懂得我不該介入妳跟家人的關係如此之深，卻又回過頭來斥責妳只管他們不顧我。

人的頭腦爲何能同時生出兩三種互相衝突的念頭呢？妳是作家你一定懂得爲什麼，但那時我無法控制，前一分鐘我還在打掃屋子，正準備刊登廣告招人，我還在想晚餐的菜單，我甚至想再爲妳買一個戒指，但下一分鐘我看見妳的衣服掛在椅背上，立即看見妳光著身子在他懷裡，我能看見妳瞇著眼睛仰起頭，高潮的時候臉頰發紅、頸子會出現紅斑，妳的腳背會弓成一個漂亮的弧度，我阻止不了那些幻覺出現在我眼前，我很強壯但是那些幻覺在殘殺我如同殘殺一隻脆弱的雞，而且我知道那不是幻覺。

琇琇對不起我不該那樣做但是我沒辦法，我耳朵裡聽見有人叫喚我指使我，妳一定會說我是在找藉口，但那感覺多麼眞實，有人喊著我的名字如妳喊著我，我聽見妳的笑聲眞如在嘲笑我，妳不知道那有多恐怖。

但妳什麼都不在乎對吧！妳無法理解別人的痛苦因爲妳自己不能感受痛苦，妳已沒有正常人的知覺能力，當時我就是這樣想的，妳不顧一切逃離這裡，工作、家人、貓狗、錢財、名譽，什麼都不要了妳只要自由，但我知道有一件事能夠使妳有所感覺，這世上有某個東西妳絕不願意失去，如果毀壞了那個妳必定能感受我此刻遭受的痛苦。

妳的小說檔案。

天啊我不知道我怎能做出這樣的事，那比妳罵我打我傷害我背叛我還讓我痛苦羞愧。我冷靜地執行這殘酷的行爲如一個儀式，緩慢地，一個一個將插頭拔掉，先搬動主機，接著是螢幕，然後鍵盤，滑鼠，一一放進放滿熱水的浴缸裡，那時我在想什麼呢？我持續地穩定地做著這些動作，想著妳平時工作的樣子，只要有人動了妳的電腦，只要螢幕上出現一個奇怪的畫面妳都會驚慌地大叫，怎麼辦電腦壞掉了？那時候的妳好可愛，每次慌亂的時候妳總會抓撓著頭髮，側著頭，大大的眼睛天眞地閃動，表情就像妳最喜歡的那隻貓。

泡水就故障了，那台我們辛苦存錢購買的電腦，每夜當我睡去妳就坐在桌前敲打鍵盤，曾經那是我多麼喜愛的畫面妳靜坐在那兒背對著我，即使看不見妳的表情也能感覺妳的專注，妳讓我多麼驕傲，但我毀壞妳一如妳毀壞我，我癱坐在浴室地板上，看著熱水從浴缸中滿溢出來慢慢滑過我的腳踝，那感覺非常怪異，彷彿我浸泡著的是妳的身體，我的愛如同這缸熱水包裹著妳，我以爲妳會感到溫暖但妳卻說我在扼殺妳。

曾經，妳曾經愛過我妳還記得嗎？當妳愛一個人的時候，那人必定非常幸福，無比幸福如同我經歷過那樣，妳的眼睛綻放著爲這人而綻放的光芒，妳溫柔的動作只爲這人付出，妳會細心爲我準備早上要喝的熱水，幫我準備好洗澡要換的衣服，睡覺前妳總會讀故事給我聽，每當我開車一整天回到家，睡前妳還爲我按摩腳掌。妳去演講的時候大家都在看我，他們在猜測我是誰我憑什麼能夠擁有妳，而妳牽著我的手走過人群，緊握著我穿越那些愛慕妳的眼光妳看來多麼堅定，琇琇，那些細節，妳纖細的動作歷歷在目，我不曾享受過如此細膩的愛如同妳給予我的，但如今妳全部收走。

熱水滑過我的腳踝、溽濕我的褲子如同妳濕潤我，我還記得妳躺臥我身邊我們第一次做愛的時候，那晚妳說，當我們還是同學的時候，那些我曾經出入妳家如同自己家裡的日子，妳說許多次想要對我求救，妳對我說妳小時候發生的事。

很抱歉我那時沒有發覺，我一直認爲自己很照顧妳，但妳眞正需要我的時候我並不在妳身邊，所以我要加倍地對妳好。

琇琇妳不明白妳對我的意義。但我已經失去妳了對吧！我聽見小狗在叫，貓拚命抓著紗門想跑出房間，我聽見妳下樓。「我要走了，」妳說，「要交代的事情我都寫在筆記本放在書桌上，」妳又說。我沒留妳沒攔妳沒走出門去抓住妳如妳爲我會做的那樣，我知道那個男人來了，他會開著車子帶走妳就像我當時帶走妳，**不是男人的問題，我知道妳會這麼抗議**，我知道了不是男人的問題，若不是這個男人來帶走妳，也可能是其他人，男人女人，任何人，有人會來帶走妳，但妳要去哪兒呢？琇琇，眞的無論去哪兒都比待在這裡好嗎？我們不能修復這個已成廢墟的愛就像我們曾經修復我們的生命那樣嗎？我讓妳走，我會讓妳走，但妳會不會回頭如過去那樣？回頭看看這個屋子裡有著妳鍾愛過的事物，都在妳轉過身的背後慢慢變成冰柱，我還記得我去找妳那天晚上，我敲門，妳從二樓跑下來開門，妳大聲喊出我的名字好像已經等待我多時，我永遠記住那天妳臉上激動的表情，我要記住這個而不是妳離去的樣子。

火在焚燒我焚燒著妳寫給我的信，不是因爲我不愛惜，那些誓言那些描述妳寫過的每個字妳說過的話語，化成灰燼在火光裡化成灰燼，我但願妳眞能幸福如妳渴望那樣，但願那個男人比我成熟比我穩定比我聰明不會傷害妳如我所做的，琇琇，妳不知道，愛上妳很容易，但深愛著妳卻不讓妳感覺束縛太困難了。

第六部

阿豹

他左手邊是琇琇，右手邊是玉莉（他女兒到台中來看他），他兒子正在舞台上唱歌，在老鼠妹妹開的卡拉OK店，席上還有許多朋友，大家在慶祝他的三十九歲生日。

桌上有酒有菸有檳榔，他一手摟著琇琇一手抱著他女兒，讓老鼠為他們照相，所有他心愛的人事物都在身邊，這天他非常快樂，快樂得想要讓時間暫停在蛋糕蠟燭熄滅之前。許願！許願！眾人紛紛起鬨，接吻！接吻！他們又鬧，結婚！結婚！大家喊著，琇琇臉紅紅不知是害羞還是酒醉，玉莉捏著他的手湊到他耳旁說：「我很喜歡這個阿姨。」他女兒竟然這麼寬容接納年紀沒大她幾歲的琇琇，他激動得都快哭了，「結婚的時候我要開牛車去迎娶，你們說好不好？」他難得這麼high。老鼠說：「等會我就去我媽家把牛車開來！先kiss啦！」琇琇說：「kiss還不如呼搭啦！」她仰頭灌了一杯啤酒。

兩個月，琇琇離開阿雁來到他住處已超過兩個月，每天，他有滿滿時間除了上班之外都能看到她，早上琇琇賴床，他都小心不去碰醒她，但梳洗完畢，他總忍不住上床去摟抱她，磨蹭她的臉，喜歡她半睡半醒惺忪睡眼勉強睜開眼睛回應他的撫觸，口齒不清地說：「你要遲到了啦別鬧！」但話沒說完卻陣陣呻吟身體扭動起來，模樣既天眞又嬌媚，在睡夢清醒間散發迷魅，他必須強迫自己下樓才能免去蹺班危險，從住家到工廠十分鐘車程裡他咬破檳榔，讓檳榔的腥甜辛辣蓋過她的氣味，他常忍不住微笑起來，停車下車走進工廠時口腔裡還分泌著興奮唾液牽扯出一連串笑容，連對警衛、對清掃的歐巴桑都會大聲打招呼。

工廠裡依然高溫悶熱，工作還是單調重複，新到任的廠長是老闆外甥，尖酸刻薄又矮又笨，從早到晚找他麻煩，他剛升了組長工作不減反增薪水只多兩千加班卻常不能支薪，但是啊他現在都願意忍受了，他好喜歡發薪日拿著薪水袋交給琇琇對她說：「錢放在你這裡比較不會不見。」看琇琇調皮地說：「不怕我花光嗎？」那單薄的薪水袋捏在她手指裡突然變得好厚實，以前他總將她當作嬌生慣養的大小姐（當然不是啊但是他喜歡這樣想像她寵愛她），但琇琇多儉樸，穿來穿去就是她帶來的那幾件衣服，帶她上街，問她要什麼她都搖頭，買的都是他的衣服跟家裡日用品。去餐館、小吃店，小菜也不捨得多叫幾盤。帶她去跟朋友喝酒，她會悄悄在他的酒杯裡摻礦泉水，一大杯高粱越喝越多越來越稀都喝不醉。每天他回家都發現屋裡有新的變化，多了一小塊踏腳墊，添了一套床單，浴室毛巾柔軟潔白像飯店那樣擦手擦臉分開整齊摺疊，連牙刷牙線牙膏都成對整齊放置，屋裡本來就乾淨但如今多了一種清香，有時臥房會出現插在洗乾淨的酒瓶裡的花束，床頭櫃總會有她昨晚睡前讀的書本筆記本、琇琇給他朗讀的書本，床單換成花色簡潔的棉質布料，蓋上床罩，睡前才整個掀開，每回他都故意倒上床把床鋪弄亂，看她焦急地喊著：「別躺在床罩上啦！」但卻被他拉倒一起躺在半掀開的床罩上。

這是眞的嗎？有時，他中午趁著午休開車回家只爲了跟她一起吃午飯，看見她穿著清爽家居服在客廳看書，他一踏進屋子就能聞到她散發的氣息，嫻靜的溫暖的家居的氣味在他離開幾小時後依然瀰漫，她樸素的臉看見他進屋會突然驚喜地亮起來，亮起來亮起來跟他記憶中那個隨時都會消失不見的神祕女子截然不同，那光芒只爲他一人綻放，她的所有全部只爲他與他們的家付出，她曾是眾人都捕捉不住的幻夢，如今卻安定在他的屋子裡，靜靜在那兒學習織毛線，學做菜，她盤起頭髮穿著工作服在院子裡餵雞、掃地，就像一個妻子。

妻子，那個曾經被妖魔化彷彿天生有魔力能使周遭人都騷動不已的女人，成爲他尚未結髮的妻。

這怎麼可能。

但是眞的。

眞實如從來就是如此，眞實如他天生該享有如此幸福，眞實如遲來的眞理只等待實現那日。

他還沒問她是否願意嫁給他，但他帶她回鄉下見了父母。那晚是村裡大拜拜他們家席開五桌，故舊親朋都來到，他弟弟、弟媳、妹妹、妹夫各自帶著兩三個孩子回來，在那個大房子的前院，整夜他都在宴席上奔走，有時他會帶著琇琇去給大家敬酒，有時琇琇跟弟媳、妹妹幾個女人在廚房裡忙碌，夜裡他們倆回到他的房間，這是多年來他第一次帶女人回家，他喝醉了，琇琇忙碌地爲他擰熱毛巾擦臉，倒茶水、拿胃散，他又哭又笑喃喃對她訴說好多話，直到不省人事。

第二天他醒來琇琇已經在樓下陪父親母親泡茶，他下樓時母親特別熱情地喊他吃早餐，他隱約察覺母親對琇琇的出現有些困惑，但家人卻鄭重其事地對待這個他離婚後首次帶回家的女人，母親收斂起過去的精明厲害，客客氣氣問琇琇他們生活種種，帶她去參觀家裡每個房間，去他們的田地，去穀倉，去看工人剝蒜頭，琇琇那麼秀氣舉止那麼得體，親切地扶著母親的手在院子裡走逛（他沒見過琇琇這一面，感覺母親好像也被琇琇的魅力給征服了），父親趁著母親不在時低聲對他說：「這麼好的女孩子，快點定下來吧！你媽也說婚事趕快辦一辦，她等著抱孫子。」他弟弟說：「大嫂是讀書人吧！氣質就是不一樣。」只有弟媳不識相地說：「昨天晚上叫琇琇切鵝肉她不敢拿刀子呢！」妹妹趕緊補一句：「這個學就會了啦！大哥他們家就三個人哪裡需要動刀動鏟。」

他一直不知道琇琇如何作想，他看見琇琇蹲坐在小板凳上跟著母親學剝蒜頭（天啊他知道琇琇最怕蒜頭味道，她爲自己犧牲了這麼多），小巧的臉龐專注地看著別人的動作，嘴裡還不忘跟母親話家常（她那一口破碎的國台語交雜聲調如此可愛），母親老了，曾經她對如蘭多麼苛刻，曾經她對他控訴如蘭的作爲，母親曾經拿著竹掃把追打如蘭，讓大著肚子的如蘭蹲在地上洗衣服，母親，他驚恐母親又要再度毀掉他得來不易的幸福，但母親沒有，那兩天從頭至尾母親沒有對琇琇說過任何一句不該說的話，她甚至拿出珍藏多年的純金手環給琇琇戴上。

臨行前他們開車從稻埕離開母親追上來提了一鍋雞湯，「給琇琇補身體，養胖一點，要多疼愛她知道嗎？」

這般美好情狀竟屬於他，與琇琇相戀來這些年，那些獨自開車回家的夜晚、清晨，那些被愛欲折磨得痛苦喊叫的日子已煙消雲散，遙遠得像是別人的故事，他扶著方向盤，看著琇琇疲累得在一旁打瞌睡，側身傾靠車門，他伸手撫弄她的臉她也沒醒來，他在心裡默默許下心願，即使是偷來借來搶來要來的這一切，他願用自己幾年壽命去交換，換得這幸福長久些，更眞實點，換得她停留在他的世界，在他身邊，建造一個更堅實更穩固的城堡，讓所有他在乎的他深愛的人都住進來，但那畫面必須有她，有了她，他便擁有奮鬥下去的能量。

第三個月，一切美好如同幻境，所有人事物準準到位，以她爲中心他的生命展開新的一頁寫得如此流暢，畫面這般靜美，她幾乎已經是他的妻而她愛他如同丈夫，如果，如果他不曾讀過她寫的那本書該有多好，如果，他不曾深入她那爲自己保有的世界，他不是因爲好奇翻開書本，忍不住一頁又一頁持續翻讀，他長這麼大根本沒讀過半本小說爲何他偏偏讀了琇琇的書，爲何他這不讀書的人卻流暢快速一頁通過一頁彷彿快速閱讀她的腦子。

那一晚，是幾個月來他們第一次沒有共眠，琇琇說要去台北文藝營講課，在淡水過夜，那天是星期六他們一起吃早餐，老鼠跟阿輝也在，琇琇從樓上走下來，臉上還化了淡淡的妝，穿著一身好看的衣裳，她走下樓的姿態，微笑著跟大家打招呼的模樣，好像走上一個舞台，她周遭都在發光，老鼠問：「嫂子穿這麼漂亮要去哪啊？」琇琇說：「我要去台北演講。」那之前其他人都不知道琇琇是作家，也不知道她的過去，餐桌上突然七嘴八舌開始討論演講是什麼，琇琇到底做什麼工作，讀書讀到哪（是不是博士啊？阿輝笨笨地問），琇琇耐性解釋，但話也不多，催促著他快點送她去搭火車，老鼠說：「大哥眞好福氣，遇到嫂子這樣的女人。」嘴上雖然這麼說，語氣裡卻有種他說不上的妒意，阿輝看琇琇的眼神也變了，那種他曾經好熟悉，琇琇身上會散發足以令人迷亂的能量在這個餐桌上強烈地發散，他突然有種恐懼，琇琇這次離家會不會就此離開他不回來了，琇琇，她可能又會遇上那個男人，女人，讀者，任何人，他們會來將她奪走。

甚至，就是他身邊的兄弟，與他相識相熟一輩子的人如老鼠，會愛慕她渴望她，而她會在某一個時刻如當時與他相戀那樣，不顧恩情不顧道義，與兄弟一起背叛了他。

臨行前他把自己的扣機給了琇琇，一整天他扣打不停，琇琇起初耐性地回電，後來有時會說沒聽見鈴響，有時說沒回電是因爲找不到公用電話，有時又說正在跟出版社的編輯吃晚飯，晚上又說跟其他講師去喝酒，夜裡，他扣打不停，琇琇回電說她好累可不可以明天再講，「明天我就回去了，別擔心我。」她在電話那頭這麼說，奇怪聲音聽起來不像在飯店好像在別人家裡，她會不會騙我如過去欺騙我那樣？對啊怎麼可能一夜之間變成良家婦女，她明明是魔女，曾經侵占他的腦子的那許多恐怖的思維乍然出現，一天內將他反反覆覆剝了好幾層皮。

他怎麼都睡不著，突然翻閱起琇琇放在床頭的幾本書，其中有一本上頭寫著琇琇的筆名，他知道那是她的作品，以前從未想過要翻讀，因爲失眠因爲某種感應，他就著床頭燈細細讀了起來。

無論如何都驅趕不了她書寫過的那些文字，他懂個什麼文學作品啊可是他懂得她寫出的句子，那許多妖異大膽的性愛場面，性器官（男女皆有）、體液（汗水精液唾液交織流瀉）、呻吟喊叫，書裡的她變換著身分忽男忽女都是妖魔，他不懂什麼是小說但他懂得琇琇，確實那是她會做出的事雖然他並未親眼目睹，放蕩敗德，哀傷痛苦，從過去到未來即使剝一千個蒜頭洗八百個碗盤也剝除洗刷不了她骨子裡那令人狂魔的野性，他沒讀過小說第一本讀的就是她的作品。作品，像阿鷹雕刻著裸女，如琇琇對他展現的畫冊，他愛不釋手，爲她竟能寫出這樣神奇的故事感到震驚，他驚駭莫名，因爲她竟比他想像中更放浪形骸，他爲其中某個句子之美感到痛苦，因爲能寫出那種句子的人不可能愛他，他爲其中某個躍然紙面的性交描述咬破自己的嘴唇，因爲曾經歷練過那樣性愛的人不可能只滿足於他的愛，他爲其中許多他不懂得意思的詞彙感到困惑，因爲想得出那種詞彙的人不可能是如他所看到那樣單純天眞。

他瘋了他亂了他困惑他感動他好驕傲琇琇眞有過人的天賦，他好驚恐琇琇有如此魔力怎可能忍住不用。

後來琇琇眞的如她所說那樣從台北回來，他去車站接她，當她從人群裡走出來像剛浮出水面形狀仍模糊，他激動得掐捏自己的手臂，恨不得在車站就張口將她吞下肚以免她又逃脫，琇琇回來了，還買了一件襯衫送給他，尺寸大小如此剛好，但他卻疑心那是因爲她帶了某個男人去試穿，他提著那個紙袋一路上不發一語，琇琇太敏感看出他的心思，「以後我盡量少去台北，我知道你會擔心」，他不喜歡她這麼明白點出他的憂慮因爲那樣更證明她知道自己令人擔憂，而且她簡化了他的擔憂就像只是在抱怨他昨天扣了她那麼多次，他不喜歡在她面前表現出幾年前才有的那種令人討厭的嫉妒。

奇怪啊有些事怎麼倒帶重播了，狗改不了吃屎他還是個容易嫉妒的人，而她仍不值得信任。那個星期他常悶悶不樂，一生悶氣就幾天不想講話，琇琇突然變得好安靜，好像怕惹他生氣，又像是在嘲笑他的幼稚。

琇琇又開始吃藥了。

我不喜歡你吃藥正如你不喜歡我喝酒。好不容易才讓她戒了安眠藥啊她又吃起來，夜裡容易被驚醒，臉上常出現恍惚表情，他看她那樣子就自責，她臉頰又開始消瘦了，飯菜只吃那麼一點點，成天光是抽菸，躲在書房一待就是一整晚。

做愛的時候，她寫過的某個句子會跳出來攻擊他，使他遭受重擊無法繼續，他不能對她說明爲何那些小說情節會使他痛苦，他即使說出來她也不會信服，只會更瞧不起他吧！「那只是小說，都是虛構的。」他知道她會如此反駁。

虛構之中的眞實比眞正的眞實更接近你自己，琇琇我記得你曾這麼對我說過。

一定有某個時間點發生某件事所以他們的關係故障壞毀，但他想破頭就是想不出來。應該因爲那場大地震而不該只是因爲她去了趟台北，更不該只因爲一本小說。

那場地震如此之大毀天滅地將大樹連根拔起，使屋宇坍塌、山壁崩落，到處都是火燄，是哀嚎的人們，是呼嘯的消防車救護車氣笛。

天地毀滅了而他用身體擋住掉落的物品保護了她，他們狼狽地逃下樓，毫髮無傷。

大地震發生了。

大地震震垮了好多房屋，但他們的住處只摔壞一只花瓶，可是，在那之前他與她的家已經崩壞，地震沒有震壞房子，卻把他工作的工廠整個摧毀，無限期停工，他丟了工作。

他不免認爲地震毀亡數千人卻拯救了他的愛情，那半個月他們都忙碌於救災，他也暫忘了對她的猜疑與小說內容，因爲那夜他們相依躲過災難使他們更加親密，工廠停工，賦閒在家，他跟老鼠開著貨車去東勢災區幫忙送水送糧，他收留了工廠裡因爲房子倒塌而無居處的一家人，琇琇白天都在幫忙整理那家人的住處。

有朋友幫他介紹了搭鷹架的工作，他克服自己懼高的習性，每天爬上爬下去搭鷹架，晚上回到家已經累癱，琇琇睡前還會幫他按摩。

有天琇琇說要到市區去，說要見見以前的朋友，有人要介紹工作給她，他不願意她去上班，但琇琇說那工作是在家寫稿不需出門，「我好久沒見到我的朋友了。」她堅持要去，她一出門就忘了回來，他一直等她回來吃飯直到天黑，到夜深，他幾乎以爲她永遠不會回來了。

琇琇

驚魂未定的她花了幾天時間才恢復神智，阿豹開車到她跟阿雁的住處連夜將她帶走，她住進阿豹家，就此住了下來。

她還在消化對家人的愧疚與擔憂，消化無處不在的罪惡感（妳拋棄了阿雁！妳將她單獨留下去面對妳父母與龐大的債務），但這邊的生活卻不停向前，她才演完拋棄者的角色隨即成了阿豹的「伴侶」。劇情演變太快連觀眾都跟不上進度。

以前，當他們躲躲藏藏遮遮掩掩的時候，她想過這樣的景象嗎？阿豹帶她回家，阿豹帶她見了所有人，在阿豹住的那一帶，好多人認識他，不管到哪裡去吃飯，有時別人搶著付錢，有時阿豹偷偷先將帳都付了。她去買菜時，市場裡許多人認得她（老鼠就在市場賣菜，人面廣，攤子大，半個場子都是他的人），很多人喊她嫂子。後來她不太去那個市場了，總託老鼠把菜帶來。

阿豹把薪水交給她，她明白這個舉動背後的意義，她接過薪水袋，接過阿豹的存摺、提款卡，阿豹喜歡她每天拿幾百塊給他零用，喜歡讓她管錢。以前跟阿雁在一起，存摺信用卡帳單所有東西都是她的名字但都是阿雁在管，以致於她離開時身上只有現金兩千多元，她沒有把存摺那些拿走，因爲這麼一來阿雁等於什麼都沒有。

不能重蹈覆轍啊但劇情如此相似，不要信任我啊阿豹如阿雁那樣信任我的結果是什麼你知道嗎？我還沒辦法，需要喘口氣休息一下，我以爲這裡是避難所休憩地讓我卸下過去幾年跟阿雁之間的糾葛、工作的勞碌與精神的耗損，我那麼激烈地撕毀了自己的人生無法一下子就創造出一個新的。

阿豹慢一點慢一點，這一切都太快了。

那些陌生的人狀似親暱地喊她嫂子（她無論如何就是習慣不了），家裡每天鬧烘烘人來人往像車站，每天下午阿豹還沒下班老鼠就來了，拎著一瓶高粱酒，帶著一車要給雞吃的飼料，帶了小菜、晚飯，像回自己家一樣進屋，阿豹從不鎖大門（沒人敢來偷我家啦他說），也不說什麼話，自己斟著酒一小杯一小杯喝，等阿豹回來，他們會先聊上一會，然後大家一起吃飯，老鼠來了就不想走，總得拖到喝醉，讓阿豹半推半送帶他回家。

另一個常來的是阿輝，矮小個子一個酒鬼，他很黏阿豹，常被阿豹凶，罵了就跑，跑了還會回來，幫忙擦地板，想跟大家一起喝酒，夜裡就睡在沙發上。

其實這些都還好，是她沒見過的生活形態，她喜歡阿豹開心，知道分開這幾年他生活沒有毀壞，雖然還是吃檳榔喝酒抽菸熬夜，樣子看來有些衰老了，但那就是阿豹的生活，阿豹有時會把車停在後院，「今天不讓人找，」阿豹說，想跟她獨處吧！那樣的夜晚他們會去吃一頓好的，沿著河堤散步說很多話，夜裡緩慢又激情地做愛。

剛開始兩個月她都還在適應環境，突然從過去那種忙碌彷若後有追兵的生活裡逃開，夜裡還是常夢見手錶堆積成塔突然倒塌壓在身上，零件錶殼皮帶指針嵌住她的身體，使她成爲一個活的鐘錶。從惡夢中醒來時，阿豹在一旁睡著，即使睡著他的眉頭總也緊鎖，臉上那些深刻錯綜的皺紋，粗糙的皮膚，他已經不是當年的美男子了，卻使她更加憐愛，阿豹總摟著她睡，剛開始她還得吃藥，後來卻無須吃藥也能睡著，阿豹喜歡同時上床一起睡著，或許是這種規律讓她的失眠不藥而癒。

也或許只是因爲不用工作了。

阿豹總說叫她不要去找工作，我養得活你，阿豹說。電腦弄壞了再買一台，有了電腦在家裡她也能工作賺錢，阿豹把三樓一個空房改成她的書房，她得慢慢拾回自己生活的節奏。

跟阿豹回雲林老家，阿豹帶她回家的舉動動機很明顯，阿豹到她跟阿雁的住處來載她走那晚，在車上他突然感性而激動地說：「我絕對不會辜負妳，這些年我都認眞想過了，過去我沒能力做到的，現在我都可以了，我一定會好好照顧妳。」那時她沒弄懂這話語眞正的意思。如今她懂了，那是承諾，是誓言，是將要娶她的意思。

她記得阿鷹曾說過當年如蘭會變成那樣子一大半原因是阿豹的母親造成的，他說阿豹當兵那幾年如蘭帶著孩子跟老人家住在鄉下，阿豹的母親嚴苛地管教她近乎虐待，「如蘭的個性多野啊怎麼能夠讓人這樣管教？」阿鷹口中的那個老母親像是個虎姑婆。但她見到的阿豹母親只是個尋常矮小老婦，帶她這裡那裡到處看，對她講述阿豹小時候的事，她說阿豹從小就乖，他們夫妻下田沒時間帶孩子，就把還沒上小學的阿豹跟弟弟放在田邊草叢，阿豹總是乖乖帶著弟弟等著，不吵不鬧，常唱歌給弟弟聽，等到天黑夫妻倆想起來回去找孩子，阿豹跟弟弟都已睡熟，頭臉沾染泥土，像兩個孤兒。她細數著阿豹從小到大種種事蹟，好像好不容易找到一個聽眾，便迫不及待要對琇琇傾訴。

阿豹母親交代著許多，說阿豹長年喝酒，前年才因爲胃潰瘍住院，「要麻煩妳多照顧他的身體。」她說阿豹脾氣執拗火爆，但嘴硬心軟，「如果他對妳發脾氣也請多包涵他，他對妳說重話自己心裡一定很懊悔。」阿豹的父親幾乎不說話，但眼神跟阿豹柔情的時候好像。他們一家人在那個住起來過大的房子一年難得團圓幾次，琇琇才剛離開家，什麼時候才能見到自己的家人都說不定，她知道自己並非阿豹家人渴望中的那種好媳婦，但他們尊重她善待她，因為她象徵著阿豹「某種新人生的可能」。

新的人生，跟阿豹創造生活，她看得見他的努力，而她也全力以赴。生活裡總免不了恍惚，那恍惚是從過去幾年的混亂裡帶來，用力洗刷也刷不掉的，逃開一個生活，進入另一個，逃到這裡已是終點，再無處可逃，要安定下來不能再跑。

有時她會想起曾經跟阿鷹一起租賃的那個平房，過去幾年她不曾回想（像硬被挖掉一整塊記憶，即使妹妹搬來跟他們住，她明知道妹妹還跟阿鷹來往，她們都絕口不提），反而是在阿豹的屋子裡她會細碎想起，當時分開得倉促，記憶裡畫面總停留在她看見妹妹寫給阿鷹的信，信的內容至今她仍不知全貌，幾年來她沒再見過阿鷹，絲毫不知道彼此消息，若阿鷹知道她後來離開阿雁跑到阿豹這兒來，會有何感想呢？年紀漸長，她都二十八歲了，距離跟阿鷹戀愛的二十歲，八年時間發生太多戲劇性變化像被人快速跳頁翻過一章又一章的小說，一章一回中間的描述不見細節，情節變化被濃縮，擷取，只記住標題，她竟要到此時已經完全離開阿鷹才能細想當年自己殘餘的感受。

二十八歲，出版過三本小說，第四本寫了兩年但因為電腦被毀如今不知能否搶救，她拋棄一個家來到另一個，這人是阿豹啊！好像只是不久以前，她趁著阿鷹去上班跑出去打公用電話給阿豹，後來阿豹來找她，他們在汽車旅館裡哀傷無語共度一下午，而後她徹底消失。

這世間真有什麼不會改變，而依然在那兒等待著她的嗎？某種愛，像阿豹付出的這種，曾經他們只是夜間偶爾相見的戀人，激情地在床上度過簡短幾小時博命般的狂暴性愛，**相處**，相處對他們來說是奢侈的夢，如今她日日都生活在這夢裡。

相處。

曾經她渴望知道阿豹的一切，過去現在未來，像展開一幅卷軸，她想要開啓他封閉的內心，全景式地攤開他的傷痛扭曲所有靈魂摺皺隙縫，逐一撫平，曾經她看待阿豹如看待自己，他們都是被嚴重傷害、扭曲過的人，因爲痛苦而相互吸引，在一起卻製造彼此更大的痛苦，曾經阿豹身上的悲劇如她自己的悲劇是引爆愛情最重要的核心，所以阿豹來帶她走，執行眞正的、完整的搶救。

但她早不是當年阿豹記憶裡的人了。

她細心打掃阿豹的房子（這是我們的家了，阿豹說），整理屋子，灑掃庭院。有時，阿豹會與她在院子裡欣賞遠方落日，阿豹彈著吉他，簡單幾個和弦，哼唱著歌曲，小雞各種顏色像會移動的色塊在腳邊挪移，某些花開，某些花落，空氣裡盡是黃昏與花草的氣味，阿豹穿著白色汗衫長褲拖鞋，一派輕鬆地彈著吉他，瞇瞇的眼睛兩旁皺紋夾出圖形，滄桑與天眞交織的那張臉，在天色漸暗的院子裡，在她伸手可及之處，斑駁的五官皮膚記錄著她來不及撫慰的過去，他的眼睛裡只看見她，彷彿她的存在，僅僅是坐在這張椅子上，就能夠使他滿足，足以取代一切事物，她清晰感受到這些激烈的情感，清楚知道自己一旦離開這個畫面就會崩潰。

如她離開阿雁那樣。

沒有離開的道理啊但她恐懼著，在幸福時刻她恐懼，她內在有什麼被拿走了，某種重要的蕊心被摘除了，失去了那個，目前看來仍正常運轉的只是外觀，她越是奮力想讓外觀看來一切如常，就越發現自己的破損。

但願那是時間可以修復的，但願她失去的或仍留在那個充滿鐘錶的屋子裡伴隨阿雁持續運轉鼓動的，滴答滴答如鐘錶的機心，她能在這裡找出或建造出一個新的。

從買電腦開始，從整理書房開始，從恢復寫作開始。她有決心要與阿豹一起創造生活，在一起，能夠在一起是以前的夢想而今成眞她怎能不愛惜。

與過去一切斷絕的生活，從電腦收取郵件開始，outlook裡有一百多封未讀取郵件，她逐一檢視，有某些邀稿，有幾個演講座談會邀請，她開始打電話聯繫，她接下了半年來第一個演講邀約。

那是個錯誤的決定嗎？她不知道，幾個月來的寧靜生活就在她從台北回來那天往某一邊傾斜，阿豹變了，或者說過去那個阿豹又回來了，好奇怪啊只是兩天時間，阿豹看她的眼神又像過去那麼驚恐了，那眼神裡飽含著不信任，猜疑，嫉妒，這個洋溢著溫馨氣息的屋子又瀰漫了從前只有黑夜裡會出現的恐慌。

阿豹我什麼都沒有了只剩下你，你還猜疑些什麼。

阿豹以開車上下班太浪費油爲理由，把摩托車騎走了（以前的阿豹怎可能會節省這一點油錢），每天中午他會買便當回來給她吃，如果他走不開也會託老鼠、阿輝或其他人買飯回來，起初她不覺得奇怪，中午可以一起吃飯甚至還覺得甜蜜，兩星期過後她發覺自己是被「軟禁了」，這位處偏僻郊區的別墅連去商店買包菸都得騎車，更別提到鎮上採買東西，甚或要搭車到台中市區（最近的公車站牌至少得走路半小時才能到達），以前她還常自己騎著摩托車到處溜達，買買家用品，逛街，去街上一家小文具店翻閱新出版的雜誌跟新書，但沒有摩托車她哪都去不了（情況甚至比以前跟阿雁住的地方更嚴重），阿豹下了班去哪都帶著她，每天都有不同行程，跟這群朋友喝酒，跟那群朋友唱歌，去看他妹妹，去老鼠家泡茶或喝酒，不管去哪都有一大群人，回到家兩人都很累了，就匆匆洗澡上床睡覺。甚至連性愛的時刻，她說不上來是什麼改變但阿豹就是變了，他會突然瞪大眼睛像在搜尋她臉上的細微表情，或身體上某個看不見的記號，在激情動作的時刻停頓，他的神情裡有著她無法正確解讀的「困惑」，好像他並不清楚認識她，或正在重新認識她。

每次阿豹下班總問她今天做了什麼，「寫小說」「看書」「看電視」，她回答，「我的生活千篇一律啦沒有什麼變化。」「在這裡生活很無聊吧！」他問。「不會無聊，可以寫作就好了，」她說，「但我很想去市區大型書店買書，也想去看電影，」她又說。「跟誰去？」他問。「我有幾個朋友在東海，他們會開車來接我。」「什麼朋友？」他問。東海是個提都不能提的關鍵字，因爲阿鷹以前的工作室跟住家都在東海。「他們都是gay啦你不要擔心，」她解釋得很煩了。

她必須跟他解釋又解釋辯論又辯論爲何她不能只看電視她需要看電影，爲何她需要跟以前的朋友見面（阿豹說那邀他們來家坐坐啊！我可以帶你們去唱歌），她努力跟他爭取自己需要一台摩托車以便隨時可以上街，「以前跟阿雁在一起時我就很討厭去哪裡都要人接送，那種感覺好像自己沒有腳似地。」她說。

「你到底需要去哪裡？」阿豹問。

寫作不是只坐在家裡，她說，我需要多走走看看我需要自由，我不就是爲了想要自由才離開阿雁的嗎？「我以爲你離開她是爲了跟我在一起。」阿豹說。

有一回她堅持要去跟朋友見面，那天聊得盡興她八點半才回到家，阿豹生氣地說：「我工作那麼累你卻只想著聊天！」這種無理的話她怎能回嘴，她想努力忘記阿豹會說出這種句子，阿豹似乎也因爲自己的暴怒感到歉疚，但還是冷戰了幾天。

起床、上班、下班、洗澡、睡覺，誰來找他他都不出去，一入夜屋子燈光全暗，電話拔掉，誰在樓下喊叫都不回應。惡夢重演了嗎？阿豹是阿雁的替身嗎？阿豹也是生氣就會不講話好幾天的人，那種強烈的意志卻是她最恐懼的東西，過後阿豹像是自己想通了，把摩托車鑰匙留給她，又開車去上班，他們沒有針對此事做任何討論。

然後世紀大地震發生了。

阿豹

占有。

失而復得於是緊抓不放。

占有，緊緊抓住她她卻如此滑溜，深深陷落卻是無底空洞，原本可以建構一個有形的屋宇安放他心之所愛，屋宇未塌卻已千瘡百孔，每個裂隙都是她逃逸的可能，他將身體每一個能延長擴開之處都極力擴張變成天羅地網要將她牢牢捕捉，但伸長雙手雙腳張開性器唇舌也無法深入他看不見的缺口，越是侵入越感到喪失。

喪失在更早之前，只是自己毫無自覺，這喪失變形爲無理性的嫉妒、占有、猜疑，他張口吐出的每個字句都像推開她的動作，於是他沉默不語，他緊閉嘴唇以沉默阻擋那無形的喪失，阻擋她的離去。

他們大聲爭吵，然後無聲靜默，她說出的話他聽不懂，因爲那些話語無法解釋她過去的作爲，聽起來都像是爲了安撫他而說出的藉口，這些年來他對她的情感建築在「毫無道理的包容」之上，但那包容再也無法說服自己了，甚至更強烈地驗證她確實不可信賴，證明她確實無法愛他，他只是她次好的選擇，是她退無可退之後的退路，他只是她在某次「報復」行爲裡意外挑選的對象，是因爲與阿鷹之間不可能的愛而生的「另一條路」，但阿鷹已經離開了她的生活爲何他依然嫉妒？嫉妒，他嫉妒的對象早已脫離他們的生活卻依然象徵著那可能才是她眞正所望，若不是因爲阿鷹早已有妻有子又無法離婚，若不是因爲阿鷹無信無情，跟她妹妹偷來暗去，她會從阿鷹身邊轉向他嗎？若不是因爲阿雁對她做出那麼可怕的事，她會在分開幾年後打電話給他嗎？無論是什麼理由，她都是因爲「某個原因」才選擇了他，那麼，她隨時可以因爲另外一個理由就離開他。

畢竟當時她沒有選擇他，當時她毅然離開絲毫不給他任何機會如此斷絕往來多麼絕情，而她隨時都能以相同方式棄絕他。

我不會的，她說。但她的神情看來連自己都不信任。

男女老少誰都可能奪走她，開心不開心高興不高興滿足不滿足，隨便哪一個理由她都能說出口將他拋卻。

因爲誰都不可能給她她想要的愛情，或者該說，因爲誰都不能給他他想要的愛，因爲連他自己都不相信有人會如此毫無疑問不止息不消失地愛他，因爲沒有永恆。

因爲必然失落如他曾失落過，因爲會被傷害如他曾被傷害，因爲離開早寫在他生命裡，一個接一個，他越是在乎越是渴望就會加快失去的速度。

日日他與自己對話，但解釋不清，說明不了，他想止住那無望的爭論，從自我折磨的妄想痛苦中掙脫，但那妄想緊抓住不放，太激烈了太恐怖了他想要更溫暖一些、更平靜些就像他已經失去她的那些日子裡，他憑靠回憶度日，在懷想她的時刻只要一個念頭他就能擁有她柔軟的身體，以想像不斷反覆擁有她，重複品嘗回味，他希望她是什麼樣子她就是什麼樣子，他想與她說話她就在他面前出現，他隨時可以調度自己的記憶，從腦中叫喚出她的身影，那些被他的想像放大切割過的與她相關的記憶都只剩下甜美的部分，他在其他女人身上聞嗅到她，而她們無論如何都不會如她這樣善變易變，她們無論如何都不會像她這樣使他心碎，所以他身邊來去的女人每一個都成爲她溫和的化身。

但是眞實的她，眞實地在他的屋子裡說話走動做菜談笑，眞實得如同他以渴望畫出的形象，更眞實，迫在眼前，緊貼著他的身體發出溫熱氣息，就壓在他身下滾動、蠕動，嬌喘吁吁，這眞實太眞實他承受不起，因爲隨時都會散去隨時都要停止。

他很熟悉了那種隨時都會失去她的恐懼、他分明熟悉他已經學會度過，但那恐懼還會變形，失去一次跟失去第二次不同，第一次，那時不是眞正的擁有，那時他仍有許多空間可供幻想，因爲阿鷹，因爲兄弟之情，因爲她仍未想通還沒做出決定，因爲她沒有清楚說明只是人間蒸發，他可以編造太多可能，想像她在某處因爲某種她無法說明的苦衷所以不能跟他聯絡，他可以想像終有一天她會回來、會給他打個電話，會從那斷裂的地方重新浮現，會來與他一起實現他們長久來相愛的渴望。

但第二次，如果第二次她離開他，就是因爲「眞正受不了他」，就是在拒絕那個「她眞實理解過的他」，是因爲體驗過了所以很確定她不想要這個她選擇的「他」，那時她就是眞正離開他，而再也沒有回頭的可能，那時的失去不但是失去，而且是徹底的否定。

因爲就是會這樣啊，他能給她什麼，他怎可能適合她，她爲什麼會願意留在他身邊過這種普通的、無聊的、沒有刺激的生活，因爲她終將發現他只是個極其普通的男人，那些因爲痛苦（他知道她愛憐他是因爲他身上巨大的痛苦）、費解（他知道在她眼中他很神祕難解而她迷戀著這種費解）、無可奈何（他甚至知道她強烈需要著去愛某個人，用自己的愛超越生命裡所有無奈），甚至是因爲恐懼（每當他激烈地激發自己腦中的妄想苦痛、在他身上造成的痛苦波紋都會傳遞到她身上）而造成的幻覺她全都理解成愛。但很快她就要發現那不是愛了，很快她就會發現他的痛苦、難解、無奈都廉價淺薄，等到她全部擁有她就會一眼看穿，她會看穿他以男子漢保護者的形象出現在她面前，但骨子裡他卻反而渴望著她的拯救，眞實的他柔軟易碎，她只消輕輕伸手一推，就會全部粉碎倒塌。

琇琇

阿豹，傍晚時分，鴿子紛紛回籠了，其實我也不曾算過我們究竟有幾隻鴿子，頂樓鴿舍的門總是敞開的，牠們自由地選擇進出，我的書房窗外可以看見鄰居的大型豪華鴿舍，裡面約莫養有三四十隻鴿子吧！據說鄰居是個職業的賽鴿迷，養的都是得獎的血統純正的賽鴿，但我想那些名鴿一定很羨慕我們的野鴿，雖然牠們的天性都讓牠們定時會飛回鴿舍，但是被飼養的目的不同，感覺上我們的鴿子多了一點身爲鳥類的尊嚴。

阿豹，鴿子都懂得回家我怎會不懂，你能夠敞開鴿舍的門爲何不能敞開我們的家讓我自由進出？

我坐在這兒想，但許多時候我什麼也想不清楚，這裡景色太美而我們才剛整理好我的書房，這些日子裡我們經常吵架，你總是在生悶氣，眞的我不知道自己做了什麼，那晚你對我大聲喊叫，質問我到底去了哪裡，我無意說謊，我是眞的忘記了。誰會把交水電費這種小事情記住呢？

阿豹啊，你選擇不讓我接近，我就沒有辦法了，一個人想要把自己封閉起來就誰都阻擋不了，其實我也可以將你推開，或者退到你的生活之外，這很容易，只是我捨不得，或許你需要時間習慣我，正如我也需要時間適應你的生活方式，這麼多年都過去了，眞的我一點也不想要干涉你擾亂你，祇是擔心而已，但我擔心什麼呢？我自己都不知道。

我做了晚飯吃，客廳裡是阿輝長腳他們在吵鬧，所以我沒下樓等你，我在房間裡走來走去，不斷注視著窗外，注意看著你何時會推開鐵門走進院子，但在注視的同時我又知道你很晚才會回來，你騎著摩托車不知去哪了？你在生我的氣。

因爲我在這個屋子裡所以你才不願意回來吧！但這裡是你的家啊！該走的人是我而不是你，反正我一直是那離開的人，終究也會從這裡走開吧！

讓我疼痛，讓我等待，讓我無助地醒在黑夜裡，所有事都跟從前一樣了，爲什麼如此？原以爲跟你在一起會幸福的，你的猜疑卻毀掉了我的夢想，我背叛了另一個人來到你身邊就表示我會爲了另一個人背叛你嗎？如果你眞的不相信我，爲什麼當時要我跟你走呢？把我帶到這個地方，再將我孤零零地扔下，爲什麼要這麼做呢？

時間一分一秒過去，我動彈不得，該做點什麼吧！卻只能任由時間一點一點將我割裂，我又成了破碎的人，因爲來到這裡而治好的失眠一夜就回來了，接下來呢？我會比從前病得更重吧！不該如此卻已經這樣了，我爲什麼又走回了老路上。

阿豹，三天了，你沒發現過了三天吧，你一個人站在草坪上，專心地在修理籬笆，整個下午你都在勞動著，隔壁的鄰居抱怨說我們的雞老是飛跳過圍牆跳進他們院子，所以你砍掉原本盤據在四周的絲瓜藤，圍上剛買的綠色塑膠網，直到傍晚六點，整個花園都煥然一新了，我在你身後你並不知道，你凝視著自己辛苦工作的成果，我凝視著你，這時候我忽然很想哭，你那麼努力在建造我們的家，而我卻就要離開了。

我坐在一旁的紅色桌子上，你走到我身邊也坐下，突然你就開口跟我說話了，三天以來，你第一次這麼心平氣和地跟我談話。

阿豹，好奇怪爲什麼人們總是給予對方他最害怕的事物，我怕冷戰，你怕背叛，但你對我冷戰，我無法讓你信任，爲何我們不能像修補破損的籬笆那般修補關係與生活。

你對我說話，好像你心中憤怒猜疑就是需要這麼多時間消化，三天了，整整三天你不開口不看我彷彿我是空氣，三天能磨損愛情毀掉關係嗎？我不該爲了三天冷戰而想走，但爲何，當那天你問我去了哪兒，我說中午去買飯還逛了書店，你問我那爲什麼老鼠說傍晚在街上看見我騎著摩托車，我才想起對啊後來我又跑去繳水電費了，但你不相信，你偏要以爲我跟誰去約會。

當我對你展示那些單據證明我確實去繳費而非去幽會，那兩張單據能證明什麼？確實我可以一邊去繳費一邊又跑去跟誰幽會，甚至，就算把摩托車腳踏車任何工具都拿走如果我想要我可以打一通電話就讓人來將我載走，**但我為什麼要這樣做呢**？

阿豹，爲什麼我要對你說謊而我根本沒有說謊的必要，爲什麼這裡每個人都要監視我，彷彿我根本不想留在此處，爲什麼你要聽信別人的說法而不相信你看見的我？

阿豹，那樣很奇怪不是嗎？

天色一點一點暗下來了，我們就在那裡聊著天，有幾隻雞愉快地吃著你到河邊摘來的番薯葉，另外幾隻雞安靜地在高處睡覺，小狗好奇地不斷聞嗅著剛搬動的狗屋，這小小的院子裡充滿了你的氣味，我來到這裡也四個月了，這裡有我的氣味嗎？我不知道，但我知道你是捨不得我走的，也許你終於發現了我放在抽屜裡的告別信，也許你是看見了我的行李箱，也許都不是，你只是感覺到我要離開的動作，而你並沒有開口挽留我，或許你只要跟我說說話我就不會離開了，我知道的，我根本就不想離開你。

給我夢想，讓我安定下來，但不要使我窒息。

我是個怎樣的女人呢？我自己都不明白了，我拋下一切來到這裡不是因爲愛嗎？可是我這樣的舉動讓你感覺到什麼呢？我的世界一夜之間就崩塌了，難道有你的愛就夠了嗎？我需要重新建立我的生活秩序。

阿豹我不想離開你，所以我說那讓我出去租房子吧！就在市區，或豐原，任何一個地方離你很近，交通又便利，我想去找一份工作，假日或下了班我都會來看你，我會給你鑰匙，你想什麼時候來看我就可以來，我不會跟任何其他人**偷情**，我不會像以前那樣接受男人的邀約，我不會去跳舞去酒吧喝酒，我不會跟任何**你的朋友**私下來往（阿豹你弄錯了我並沒有習慣跟男人的兄弟往來，那是因爲你啊！**是你不是別的任何其他人**，是你，只會是你），阿豹我不愛其他人我不慾望其他人，但我需要建造自己的生活，不，不是因爲你給的生活不夠好，而是我內在有某個地方崩壞了我需要一個人去面對去重新建立，阿豹，因爲我想要成爲更好的人，更完整更清晰，有能力去愛你，與你一起建造你想要的那種家庭，但我現在還沒有辦法，同居，婚姻，家庭，現在於我來說都太難了，阿豹，相信我，我知道要相信我這樣的女人（畢竟我有過那麼複雜的過去，那麼不堪的紀錄，畢竟我眞的曾經背叛、傷害、離開）很困難，但是除此之外我想不出其他辦法了。

阿豹我好怕，當你生悶氣不跟我說話一生氣就是三天（我以爲那種沉默會如過去阿雁那樣持續到永遠），當你騎著摩托車一出去就是一整晚，阿豹我的腦袋就亂了，我瘋了，過去的過去，從很細微之處滲透到我的身體，你知道嗎我不曾告訴過任何人但那是眞的，小時候，每次我拒絕的時候，爸爸就會以沉默來對待我，他只跟弟弟妹妹說話而把我當作空氣，眞的他的眼睛看著我但卻看不見我，我彷彿透明而不值得被看見，連帶地弟弟妹妹也看不見我了，我說話無人回應，他們的談話裡將我完全消除。

曾經，我也以沉默抵抗，我也會反抗啊那時我國中了，我懂得了羞恥，懂得分辨男女之間差別，我懂得什麼是性，何謂身體，所以我嚴正拒絕，然後爸爸就不見了。

我記得啊那時家裡沒米沒菜身上沒錢，爸爸該回家時不回家如你現在這樣，到第二天還沒見到他蹤影，弟弟妹妹都在哭，屋子好空好大正如我所在你的屋子，我知道我錯了，抵抗是沒有用的，抵抗只會受到懲罰。

不，阿豹我不是在辯解我企圖讓你明白，因爲不明白你會誤解，倘若你持續誤解我們的關係就破滅了。

阿豹我不是要以道理或知識贏過你或說服你，我只是在解釋，但你不讀我的信不聽我說話，你忿忿地說：「我講不過你，但我還能分辨是非對錯。」阿豹不是那樣的我們不是在辦辯論會，我甚至也無意拋出那些會使你錯亂或自卑的詞彙，我只是以爲言語可以解釋某些難解的事物，言語能夠讓我們溝通。

但不可能。

阿豹，你跟阿雁一樣都以爲我用自己痛苦的遭遇當作墮落的藉口，有許多時候我也這樣以爲，那感覺十分詭異，而增添那感覺對我們的愛情無益，反而是有害的，所以請你不要再以我都是在找藉口的眼神看著我，不要對我說出那些傷人的話。誰都可以那樣輕易對我說話但請你不要，不要，我不想看見那樣的你。

阿豹，我把自己攤開給你看但是你不要，你看見的都是自己想像出來的東西，在你想像測度的世界裡，我是個怪物。你因爲自己愛上一個怪物而懊惱，你爲了自己的猜疑而痛恨我，那麼我該恨誰呢？我沒有任何藉口跟理由，我做錯了那麼許多無法彌補的事我怎麼可能得到幸福？但阿豹請你不要痛恨我，至少來到這裡目前爲止我沒有做錯任何事，我沒有如你想像中那樣辜負你傷害你，你召喚著那過去的我，召喚著你想像中的我，召喚出那些是爲了什麼？

阿豹

他聽見她的聲音才走出門去，看見她站在草坪上，對著一個年輕男人說話，那個男人每天傍晚都會帶著他四歲的小女兒經過，會停下來看他們院子裡養的雞，她距離他有兩三公尺，背對著他，面對著那個年齡與他相仿的男人，他不用看見她也知道她在笑，他完全無法抗拒她的微笑（以前許多次她傷了他，她便以這樣的笑容扭轉了他的憤怒），她仰著頭聽那人說話（這又是她另一個招牌動作，她仰著頭看你，看來那麼無害，口中說出的卻是如此殘酷邪惡的語言），想到這些他忍不住走向前，走到她身邊抓住了她的袖子。

「陳先生正在問你做什麼工作呢！他說你種的玫瑰花開得很漂亮。」她輕輕甩開他的拉扯，微妙地用那隻剛才被拉住的手挽著他的手臂，身體輕靠著他，就像一對正在跟鄰居打招呼的恩愛夫妻。

但一進門他們就開吵了。

「你在監視我，」她冷冷說道。「白天軟禁我不夠，下了班還要監視我？」

正中紅心。

「我只是看看你什麼事笑得這麼開心？」他問，好心虛，好厭惡自己口中說出的句子。

「我今天還沒跟別人說過半句話。」她說。「你不覺得那個小孩可愛嗎？」

「可愛的是那個男人吧！」他又說。另一個噁心的句子。他好想把自己的嘴縫上，不要再吐出任何會引發爭吵的句子，他想伸手去摟她親吻她的臉，那是幾分鐘前下班回到家時看見她站在門口等他時第一件想做的事，能夠抵抗或消除在工作的疲憊與煩躁的只有見到她的臉，但那時他沒做，因爲鄰居王先生正好跑來跟他打招呼，現在抱她又顯得太晚了。

她發出一聲低低的嘆息，隨即轉身走開。

這樣下去是不行的。

別拋下我，他想大叫，別用那種鄙夷的眼光看我，你可知道當一個男人說出這麼蠢笨的吃醋的話語，並不是因爲無知而是因爲愛。他緩緩關上門，卻還是發出了過大的聲響，這會嚇著她吧！會讓她以爲他正在生氣，或許會對她動粗，但那絕對是錯的，他雖有一身肌肉，卻絕對絕對不可能動她一根手指，不可能用任何方式傷害她，但他看見她瑟縮在沙發上的身體顫抖了一下。

爲什麼會如此？爲什麼總以錯誤的方式出現在錯誤的場合，說出錯誤話語做出錯誤表情，他心中滿滿的柔情卻化爲看似嚇人的東西？

因我而不忠的總有一天會不忠於我。

因我而背叛的總有一天會背叛我。

「爲什麼你就是不相信我。」她會這麼控訴著。

他想說，答案妳應該知道啊！以前妳總是知道的，妳會仔細地分析，慢慢地深入，妳知道我爲什麼不信任，知道我的恐懼我的扭曲，妳還說過這需要時間來修補，但如今妳不給我時間，妳才提著行李從別人那裡逃奔來投向我，怎麼不知道我爲何會擔心妳即將提著行李從我這裡離開。

琇琇妳很難理解妳知道嗎？我想破頭腦就是理解不了，以前妳愛阿鷹，後來妳愛我，分開幾年，妳突然變成一個同性戀，然後妳從阿雁身邊跑開投奔向我，這中間天知道妳還愛過誰，但其實沒有關係，我在乎的是妳在這裡，在這屋子，過去的一切我們慢慢消化，重要的是未來。

可是妳說妳想自己搬出去住。

妳說不同居也能相愛。

琇琇啊不是那樣子，我曾問妳爲何跟我在一起，妳說：「因爲我喜歡你啊！」妳可知道我最害怕的就是這個答案。後來我問妳：「那不喜歡了怎麼辦？」妳納悶地說，爲什麼會變成不喜歡？

琇琇，因爲喜歡會消失，因爲喜歡會隨著情緒、爭吵、生活的瑣碎而變化起伏，但愛不會，眞正的愛，如妳離開多年我仍深愛妳那樣，如妳即使傷害我汙辱我我仍等待你，甚至如妳說過的阿雁或阿鷹，他們或許對妳做了什麼令妳痛苦的事，但我都深信那是愛，是愛，愛可以在被摧毀時自行修補，愛能夠在屈辱時仍想著對方，愛會隨著時間越來越深厚，愛不會消失。

不是激情，不是我每次見了妳都要將妳推倒放置在床鋪上用力占有妳那樣，不只是如此，分開多年妳又回來我身邊，我終於懂得，愛是一整夜相擁而眠清晨醒來看見妳睡在床上，臉側向我，小小的嘴緊閉著還輕微翕動，長長的睫毛像簾子遮住眼睛。愛是下了班看見妳在院子裡餵雞，妳接過我手上的工作帽，我去攬妳的腰妳會嗔笑著說：「都是汗臭味還不快去洗澡！」愛是看妳靠著床頭櫃翻書，白色的手指掀動紙張發出聲音，妳以爲我在看電視但其實我在看妳，妳會突然說「這個句子好棒我一定要念給你聽」然後妳讀出那些句子，我多希望可以錄下妳的聲音那樣的聲音我一輩子不會忘記。愛是妳爲我煮過一碗麵，妳不會調味所以那碗麵清淡無味，妳不好意思地跑過來嚷著說「唉呀我忘了加鹽，千萬別吃」，那碗沒有味道的麵是妳的愛，這一生中有許多女人爲我煮飯，但我偏記得妳煮的麵，妳小小的身子在廚房裡忙亂的樣子，是我人生裡必須記得的風景。

這些那些，等妳離開這屋子，搬到其他地方，我知道妳還會喜歡我，可能會更喜歡，但我所喜愛的那些畫面都將失去了。

琇琇，我低聲喊出妳的名字我沒有說過愛妳但那確實是愛，妳或許永遠不明白妳像斧頭將我劈開，喜歡的部分全部拿去，遺留下妳不愛的部分，如蜥蜴斷了尾巴，那細細的尾巴還會追隨妳，還會長出新的，會自行變化出比較適合妳的東西。

給我時間，等等我。

很長的時間裡他回顧過去，琇琇曾經自由進出他的生命像光臨一家商店，當琇琇離開，他必須一點一點將自己縫補起來，他認爲他已經做得很好，他眼中看見的世界早已不同於以往那麼淒厲恐怖，但多年後當她走進這個屋子，他辛苦建立的，在這河邊小屋裡慢慢堆砌起他自己安身的地方，那可以阻擋她來侵入他擾亂他的各種保護都被粉碎，他原本能夠習慣孤單，棄絕夢想，只想安靜地生活，但她重回他的生活，他辛苦維持的那份寧靜已經被她打破了。

重逢的喜悅，相處時的細節，點點滴滴累積著構成一個新的圖畫，他又被愛情攫獲，再度成爲她的俘虜，但他心甘情願，他記得，他最喜歡這個畫面了，當他帶著琇琇去那家卡拉ＯＫ，大家都在台下喝酒，然後琇琇上台，拿起麥克風，開口唱歌，整家店的人都停止手上的動作，那只是家簡陋的店店名叫做「感性之夜」但一點也不感性，醉酒的客人時常在門口拉開褲襠就對著盆栽撒尿，每次被他見了他就會踹客人屁股。

心事那沒講出來　有誰人會知
有時陣想要訴出　滿腹的悲哀
踏入七逃界　是阮不應該
如今想反悔　誰人肯諒解
心愛你那有了解　請你著忍耐
男性不是沒目屎　只是不敢流出來

琇琇唱著這首歌，他再熟悉不過了這是兄弟們最愛唱的，從年輕時傳唱至今，但他不曾聽過有人能如琇琇那樣以女性的、極溫柔理解，蜿蜒繚繞一次又一次深入再深入，彷彿絲絨撫摸著他身上受創的部位，彷彿陪著他度過年輕時荒唐歲月，度過每個逞凶鬥狠、醉酒迷茫時刻，在每一次人生關卡他停住，躑躅不前，徬徨無依，他習慣了勇敢習慣逞英雄（或說被迫勇敢被迫堅強被迫講話大聲），他會在關卡處不顯露他的徬徨硬著頭皮前進，但每次都選錯。

琇琇唱著歌，簡單的歌詞訴說著他的人生但琇琇怎麼懂得啊她是個女人，弱不禁風，從來沒見過刀，一直都在讀書，正如她時常在獨處時對他顯露的那樣，這感性之夜，他這大男人可能比琇琇還感性，就連老鼠啊沒讀幾年書成天光是喝酒罵老婆，可能也比琇琇感性，他們這群男人講話大嗓門動作粗魯面孔難看，可他們心裡有個好柔軟感性脆弱的地方，琇琇拉開嗓子如揮舞運轉一看不見的絲帶，纏纏繞繞拉扯住那消逝的往事，她又繼續拉扯，一般人不會那樣唱歌他們進入不了那麼深，不是態度問題是能力，他多羨慕琇琇擁有如此這般能力、運用語言運用聲音運用她的天賦將人的痛苦以如此具體的方式呈現，且能準確地加以撫慰。

他們幾個大男人聽得幾乎涕淚縱橫。

但琇琇不知道她做了什麼。她不知道自己擁有什麼也不知道自己的破壞與重建之力，如此，呈現在他面前的永遠都是一張無辜的臉。

她走下台，腳步飄忽朝他這邊走來，這時已經換上另一首歌的音樂，每回他來店裡都會點唱，總是在琇琇唱完之後緊跟著，像是他對她的禮讚，那曾經是在分開那段時間裡他用以安慰自己，用來懷想、思念她並藉著歌聲將胸口鬱積盡數吐出，

為你啊的形影

他一開口，台下就會響起口哨聲（那一定是老鼠），琇琇在台下對他投以注目眼光，跟著他又唱：

暝來肖想日牽掛

是誰人拆分散

情無結局就變卦
恨世間愛情啊
空笑夢一場風聲
夢醒來只有我
名是寂寞字看破

琇琇啊我一語成讖我知道妳要走了，當狗在樓下汪汪吠叫，我聽見拉開鐵門的嘰嘎聲，昨天妳說媽媽病了妳想回家看看，我不是已經答應妳隔幾天就帶妳回家嗎？我知道我剛才嚇著妳了，我並非故意要對妳那麼生氣，妳知道我個性火爆但我深愛著妳不可能對妳暴力，妳忘了幾個月前妳才從那個家裡逃出，我們準備去把妳所有的書本衣服都帶過來前，我曾問妳「妳確定要長久住下來我們才回去搬東西」，妳點點頭說對，確定要住下來。

琇琇，我並不是非要綁著妳不可。

我自己也迷糊了這陣子，自從地震過後，我的生活（該說是我們的）總像瀰漫了不幸的陰影，先是工廠倒塌，我讓長腳一家人搬進這屋裡暫住，他們說只住一個月但越住越久沒有要搬家的意思，我討厭長腳看妳的目光，那傢伙靠女人去酒店上班賺錢，他什麼事都幹得出來，所以我不要妳跟他們接近（妳罵我僞善，妳問我既然討厭他爲何不叫他們搬走？琇琇啊，有些話妳不該說出口雖然妳說得沒錯，但我有我的苦衷）。

後來，搭鷹架時同伴老耿從鷹架上跌落摔死，妳知道幹這行沒保險沒保障，我四處奔走想給老耿辦後事，給他弄點安家費，他女兒才四歲，還有個老媽要養，但我總不能把他們一家也接過來養，我還有一個月三萬的會錢要交，我的經濟壓力很大。

賺錢的門路很多，但是琇琇我不再走回頭路了，可是多麼可笑啊每天家裡聚集一大堆人，好像我能呼風喚雨，但事情並非如此，我已不在江湖卻仍有身不由己之感，我奮力洗刷著自己卻仍退不去那跟隨著我的氣息。

妳說要搬出去，妳說想去找工作（錢都是妳在管妳知道那點錢花不了多久，我知道妳不想增加我的負擔，妳甚至想幫我的忙吧！），但是琇琇，我不需要妳去賺錢，我需要的是妳安住在這裡，陪我忍耐度過這困難時刻，忍耐著我火爆的脾氣，忍耐我時常說出無理的話語，再忍耐一下下，不要讓我感覺妳隨時會走。

妳會走，我知道我留不住妳，我的一生全是徒然，這個屋子曾經是我想爲妳打造的一個適合妳的住家，曾經，我幻想妳一來到這裡就再也不會想要離開，因爲過去讓妳傷心難過的事我都會將它抵擋在門外，過去，所有我沒爲妳做到的我都會全力彌補，但妳會離開我的，因爲我給不了妳那種適合妳的生活，因爲我根本不知道那到底是什麼。

琇琇，當我質問妳爲何騙我，妳慌慌亂亂在背包裡找出那幾張收據證明妳確實去交水電費，妳如驚弓之鳥的舉動讓我好心痛，以前就常這樣，我控制不住自己的脾氣，說出口的常不是我心裡所想，所以我不說話了，琇琇這是我建設自己的方法，不是針對妳，也不是刻意要讓妳痛苦，妳曾經有那樣的時刻嗎？任何道理、事實都說服不了，心裡就是有種自己即將被背叛、被傷害的感覺，眼睛望出去看見的都是破敗畫面，妳就在我眼前我卻感覺妳正逐漸離開，我伸長手臂也攬不住妳，我做任何一個動作都只是在加速妳的逃離，但我又非得做些什麼不可，所以我騎著摩托車在大街上狂奔，我在河堤上奔跑又奔跑，那些黑暗總緊跟著我，那些胡亂出沒的黑影緊抓著我的腳跟使我跌跤，我跌坐在河堤上，四周好安靜啊，我聽見妳在哭，我努力想要站起來，趕緊騎車回去，但我動彈不得，琇琇我好累，我一次次回想，試著找出自己內心裡糾結的地方，老鼠跟我說他看見妳騎摩托車從市區回來（妳越過了那條橋，琇琇，那裡已經不是大里了），我想著不管妳去了哪裡，有很多可能性，即使，即使妳確實在這麼短的時間也要尋求自由，去見其他人，到其他地方，即使妳真的欺騙了我，琇琇，我早已下定決心無論如何我都會吞下那些，我只願妳留在我身邊。

妳問我爲何不相信妳，妳說我的愛讓妳窒息，妳說我矛盾，妳說我以沉默虐待妳，不管妳說了什麼，句句命中我的心，是否我該將這顆破損的心掏出來給妳看，讓妳知道我醜惡的言語並非發自我的心，但我唯恐妳只會因此更清楚自己其實不愛我。

但妳要走了妳已經走了，妳要回去阿雁那兒嗎？不可以啊妳才從那裡逃走怎能輕易回去？妳寧願回去那裡也不願留在我身邊嗎？我做了什麼讓妳無法留下來讓妳感覺比以往更痛苦？琇琇，我好擔心啊妳不可能一直不斷從這裡逃向那裡，不可能把生活一次一次毀滅，妳往後要怎麼辦？琇琇，人生不是每一次都能推倒重來，阿雁或許還會接納妳，我或許也會接納妳，或許大家都會包容妳，但妳能夠包容接納自己嗎？我擔憂的就是妳在這不斷逃走的過程裡把自己給摧毀了。

琇琇，但是我沒辦法了，每個愛妳的人，包括我，到後來都成爲妳必須逃走的牢籠，我曾痛罵阿雁毀壞妳電腦、囚禁妳的自由是不懂得愛，如今是不是我對妳所做的跟她也很相似，我努力想要修正妳之前那些太忙碌不能寫作的生活，但太忙不行，太閒妳也不能接受嗎？到底妳想要什麼？後來長腳跟阿輝跑上樓來喊我，我在浴室裡待了一會才慢慢穿衣，走出門去，我已經追不上妳了我知道，但我發動摩托車，旋轉油門，情景好像幾年前我在陌生的街道上尋找妳，可是我不想把妳找回來，因爲我不願意留下已經不想留在此處的妳，但我還是拚命尋找，那時候狂風吹痛我的眼睛，誰將妳帶走了？妳回家了嗎？妳還會回來嗎？琇琇，這雙眼睛曾看見妳而妳不知道我看見的是什麼，不，妳不是怪物，怪的人是我，誰都不許說妳是怪物，我只怪自己最終還是無法讓妳幸福。

父親

他帶麗玉去醫院，已經是第三次複診了，「左側顏面神經麻痺，」醫生說是免疫系統功能失調，遭受病毒攻擊顏面神經受損才造成如此眼歪嘴斜的癥狀。

發病以來麗玉總是低著頭，平日都習慣地用手去摀住歪斜的那半邊臉，在夜市裡幾乎都待在車上不肯下車，一嚴重起來只能在家裡休息。有時一起同桌吃飯，他會突然瞥見麗玉歪掉的半張臉，眼皮下搭幾乎蓋住整個視線，臉部肌肉都像被重力往下拉扯，鼻子扭曲，嘴角下墜（不僅是下垂而已，根本已是歪斜得快滑出下巴，閉闔不緊的嘴角總垂涎著唾液），心裡感到既驚愕又熟悉。

「我醜得像妖怪。」麗玉常自暴自棄地說。「醫生說認眞吃藥作復健很快就會好。」他安慰她。

但這樣癱塌掉半邊的臉不正如他們的家此時景況嗎？上個月剛跳票，四處籌錢去補，阿雁又說公司被倒了二十幾萬，所以接下來好長時間根本沒有餘錢拿回來讓他軋票，地震過後夜市休了好幾天，有兩三場場地附近有很多屋子倒塌，還不能開業，沒辦法做夜市，公司營運又有問題，每個月二三十萬的票款到底要怎麼辦？

況且，琇琇跑掉了，很快地阿雁可能也會把公司扔著不管，到那時，他該怎麼辦？

麗玉發病前阿雁說要去申請信用貸款，需要拿家裡的房子做抵押，他翻出了房契地契，沒幾天阿雁又回來說，銀行核過資料，說他們的房子多年前曾因爲申請貸款被凍結，所以不能作保。

「銀行說還有十八萬的貸款未償。」阿雁說。

十八萬，他跟麗玉面面相覷，都知道那筆帳早就清償只是他們忘記去解除設定，但十八萬這數字還是令他們吃驚，多可笑啊只爲了十八萬嗎？那時總共只欠了不到七十萬，後來爲何演變成無發收拾的天文數字？

麗玉似乎就是那之後開始生病的。

琇琇離家前不久，一天下午有人打電話來家裡，那人（是一個女人）說：「你女兒自殺了。」那人還說了些難聽的話，「都是你幹的好事，別以爲沒人知道，你把你女兒逼死了。」

他不知道那人是誰，但她的聲音低沉沙啞，語氣嚴厲惡毒，她說了幾句詛咒他的話，然後用力掛掉電話。

他跟麗玉很快趕到琇琇的住處，以往每天中午她跟阿雁都會回來吃午飯，他們租的房子離家只有十五分鐘車程，麗玉說四人一起吃飯也省得他們還得吃外食，兩年來不都正常度過了嗎？阿雁是個好孩子，他沒見過比她更勤奮的人了，那麼懂事那麼體貼，即使她不可能娶他女兒（畢竟她不是男人啊），她也已是他們家一分子。

等公司狀況穩定些，就把老家附近那塊地蓋一棟樓房給他們倆住，或到附近買一個房子，住家兼做公司，到那時，一切都會很好。

爲什麼琇琇就是不能等。

忍耐，他鍾愛的女兒不懂得忍耐的眞理，她不相信忍耐可以換來長久的幸福。

你幹的好事別以為沒人知道！

他不知道說話的人是誰但那人知道他心中不爲人知的祕密，那無名無姓不知身分的人在電話裡詛咒他，即使掛上電話那些言語還在他耳中呼嘯。

阿雁說琇琇沒事，不需要送醫急救因爲她已經醒轉，「別擔心工作，明天我們照常會去送貨，」阿雁說。工作間的白板上密密麻麻寫著叫貨的商家名稱，一樓二樓堆積成山的手錶每一個都是錢，錢錢錢，每個月幾十萬支票需要更多現金軋進來才能免去跳票危險，他不能想像如果阿雁離開這個公司，接下來他們要面臨多麼可怕的災難，錢錢錢，三年前投資一百多萬，每個月獲利再轉投資，公司目前到底有多少資產他不清楚，他信賴阿雁甚於信賴琇琇，但他知道阿雁無論多麼值得信賴，只要琇琇離開她，眼前一切瞬間都會倒塌。

到底發生什麼事會弄到琇琇鬧自殺？他沒問，去年琇琇離家出走，幾個月的混亂記憶猶新，阿雁說琇琇跟一個住在台北的人跑了，當時阿雁一個人辛苦地撐持著公司，他看見她日漸消瘦，後來阿雁去台北將琇琇接回來，他以爲災難已經過去。

只是小兩口吵架，哪對夫妻不吵架。

麗玉的眼神好哀愁，她走進琇琇房間，過一會又走出來，他也想走進去看看，但麗玉說：「你先別進去，讓她好好睡覺。」「我進去看看。」他說。麗玉突然厲聲地說：「你別再嚇她了！」是否那個神祕的電話內容已經通達麗玉耳中，爲何她眼神看來像是知道了所有事情，像是琇琇之所以躺在那兒都是因爲他的錯。

往事，都是會過去的，他的人生建立在不斷不斷一日追過一日的過程裡，追逐著時間，用今日覆蓋昨日，用將來覆蓋現在，等到還清債務，妻子也返家，他們搬離鄉下的老屋，住進那個店鋪裡，過去幾年種種都埋葬在那個緊閉的屋子裡，他們不再提及過去。

那每一層樓坪數都不大的透天房屋拘禁著往事，當他們決定將店鋪收掉，搬回老家時，他先請人將屋子整修裝潢過，等到妻兒回到家，看見的將不是過去那個陰暗、破敗、荒蕪的家，而是全新的。

當淑娟跑來家裡泣訴著阿鷹與琇琇的外遇時，他氣得血管幾乎爆裂。「作夢也沒想到。」淑娟說，「他眞的這麼敢！」

他不發一語只讓孩子的母親去與淑娟商談，不可能！他想這樣對淑娟說，我的孩子不可能做出這種事！

但罪證確鑿。

那時琇琇還在北部的大學裡上課，他想立刻打電話給她，叫她回家，要問個明白，但他確實想知道嗎？他不想，他不想確認這個事實。

孩子長大了，大得會交男朋友，會談戀愛，這是他意料中事，但，跟一個大她十二歲的已婚男人，這男人又是他們的朋友，還能有什麼前途？

更使他恐慌氣惱的是，有人要來奪走她。

琇琇自殺了，但沒死，隔天還能去送貨，他與妻子無語地開車到夜市，繼續這晚的營生，琇琇跟他們的生活多相似啊！人生，確實如此人生不會因爲你的哀痛而停止，他扛著用橘色大型塑膠袋裝妥的休閒服，沉沉壓在肩頭，得略微下蹲，雙手往右上方施力，甩上車，最近肩膀痛得厲害，每晚收攤的時候，這樣扛起甩動重複幾次肩背就像被反轉箝住似地痛。

重複又重複，周圍的景物他再熟悉不過了，因爲視力不良造就他特別敏銳的聽覺與嗅覺，蚵仔煎的油膩與腥味不管多少年過去依然使他作嘔，早年夜市裡還有賣CD卡帶的攤子，他常忍不住想去建議他們稍爲花點錢改善一下音響設備（他甚至願意便宜把他自己淘汰的舊型擴大機揚聲器半賣半送給他們），但他忍住了，他能改善整個夜市的聲響嗎？那些滴滴答答碰碰嘩啦啦吱吱嘎嘎咻達達達達，還有好多他沒有字眼可描述的聲音，市場最外頭一整晚不斷重複播送的「來呦！來呦！歡迎光臨某某觀光夜市！」以及他自己口中不斷唸誦的「俗賣歐！俗賣啊！」十幾年來重複千萬次的台詞，不管用多好的麥克風揚聲器都不能改變其中傳送出來的煩膩。

他重複著一樣的動作與台詞，手拉肩負蹲低站起，風吹日曬雨淋日曬風吹淋雨，如果還能穩定地重複那就不算是受苦。

他的妻子在一旁跟客人說話，她已經四十幾歲了，如此算來自己也已近五十，在他渾濁而模糊的視線裡，她只像個厚重暗紅色的影子，緩慢而笨拙地移動著，但那卻是他絕不會認錯的人。

不會錯認嗎？寒冷天氣刺激著他的血壓，使得腦門脹痛，臉部漲紅，又或者是某個記憶刺激著他，不，或說是的，他曾錯認，在那些恍惚如遙遠之夢的時日，他錯將另一個更爲瘦小的身影摟進懷裡，喃喃訴說自己身體上的寂寞痛楚，他渴望一個絕不會將他推開的身體，他確實也擁有了。

那身體，那溫柔的慰藉，那好像不曾掙脫不曾反抗，沒有懷疑地望著他的眼神，那麼近的距離，他怎麼可能認錯。

但那是他的長女不是他妻子。

那個他早已經失去了的女兒，已長成了他無法想像的模樣。

國小畢業後他就外出工作了，這工作從他國小五年級就開始，也是造成他眼睛受傷的原因，「撿拾破銅爛鐵」，那時還不叫拾荒，也不是資源回收，沒有人會將此當作可鄙的行業，他與幾個村裡的同伴各處去撿廢棄的彈殼、銅線、軍用電池，撿拾蟬蛻的殼，什麼都可以賣錢。一次撿到個未爆彈，同伴林水牛因爲好奇用石頭去砸，引發爆炸，林水牛當場炸死，另外幾個人輕重傷不等，他的位置離爆炸處較遠，沒受太重的傷，卻被噴濺出的彈殼碎片擊中眼睛，留下了永久無法治癒的眼傷。

他母親在世時幾十年來最喜歡對人說起這個事件，母親一次又一次戲劇性地描述她並未親見的那場爆炸，說當時趕到醫院時只見他一頭一臉一身的血，心想完了完了這孩子要死了，她在心裡求神，求菩薩，祈願只要我的孩子四肢健全撿回一命別無他願，沒想到他果然四肢皆無受傷，命也安然，只是眼睛不好。

「人生不需要看得那麼詳細。」母親那時如此安慰他。

表面上是傷了眼睛，受到驚嚇，母親帶他去收驚，到處去拜拜，他只是敷衍著做出那些動作讓母親安心。

很長時間裡睡夢中總會有轟隆一聲巨響，什麼東西飛濺到他臉上，他伸手去拂，臉上濕答答，還黏著一片片軟軟的東西，持續的哀嚎聲四起，他眼睛被東西遮住看不太清楚，只好摸索著前進，往那哀嚎聲的來源，草地上有個什麼蠕動著，是林水牛啊，他蹲下去拉林水牛，拉起了半個手掌。

手術，等待痊癒，痊癒之後視力已失去大半，但他卻算是同伴中最幸運的了，有人送了命，有人斷了手，有人被嚇傻嚇瘋，臉近毀容，而他的傷不在表面，在旁人不能發現的地方。很長時間裡他總記得林水牛的母親抓著他的手哭喊，問他為何帶他們去那兒，為何讓小孩子做這麼危險的事（彷彿他自己不是小孩），他總記得母親要他跪在寺廟的跪席上拚命磕頭，母親嘴裡喃喃有詞，四周香煙繚繞，他朦朧視力裡能見到菩薩的臉，但那臉總是與另一張血肉模糊的臉交織，那些血啊那些嚎叫，同伴的鮮血與哀嚎蓋過了母親的祈禱低語，蓋過了周遭敬穆氣氛，持續在他耳朵中呼號。

那時起他就不信神了。

他心裡有個空洞，咻咻發送著聲響，像口哨，空洞之處是他的憤怒與恐懼，他無法忘記手裡握著林水牛已脫離身體的手掌，感覺那手掌仍然會動，會掐住他的脖子使他無法呼吸，他無法忘記幾分鐘前林水牛還跟他說：「我阿母明天要帶我去進香。」沒錯那是炸彈拿石頭去敲會爆炸會使人受傷送命，但，為何偏偏是他們？他們撿拾過多少東西啊從沒發生過意外，林水牛傻氣所以會叫水牛，但只是傻氣就得被炸得支離破碎而送命嗎？他知道當時他臉上又軟又黏的東西是什麼，是林水牛的臉皮肉啊！他知道後四下去尋找林水牛破碎的屍身，不久前他還當作是奇怪的髒汙用力撫去弄掉往外拋擲，如今他得一片一片去撿回來，但他又看不清楚。

神，應該有神，母親虔誠祈禱因爲有神，母親說菩薩保祐所以水牛死了其他人傷重而你只是傷了眼睛，但母親沒辦法我無法相信，我的世界從此模糊了，有人因此死了，你還要我相信那是因爲受到保佑，我沒辦法。

超過手臂外的事物就看不清楚，必須將物品靠近眼睛，才能看清，尤其是左眼，他幾乎只靠右眼視物。小學畢業，又回到街頭去撿拾物品，不繼續升學除了因爲家裡的經濟，也因爲知道自己的視力只會越來越模糊，閱讀對他而言是無比吃力的，他對父母說明自己將要遠行，等事業成就才回家來。起初他用走的，後來以物易物換了輛三輪腳踏車，他喜歡那種四處走走看看的生活，騎著三輪車，背著包袱，將撿來的物品堆放車後的籮筐，夜裡就睡在寺廟商店門口或任何可以睡覺的地方（在這些地方比睡在床上還安穩，他不再輕易被惡夢驚醒，因爲他從不熟睡），就這樣在中部各個鄉鎮輾轉，他工作勤快，四處聽人講話，他在找機會，他不要一輩子撿拾東西過活，一路上巡著看著即使那好模糊，如他的未來，經過許多如他出生成長的那個貧窮的農村，也到過熱鬧的小鎮，他還在尋找可做之事。

後來就認識了他妻子的父親，他那時才十九歲，台灣中部幾個縣市他都熟悉，也與各個古物商、五金業者、軍用品店相熟，他勤快而好學，對回收物有驚人的專業知識，也攢了一小筆錢，便以合夥人的身分加入了他未來岳父的工廠，專門將回收的軍用電池再製。

這二三十年來隨著視力的衰退，他自己發展出一種如動物般聽音辨位的能力，光和影的位移，細瑣聲響的距離變化，他憑著這些構築出一個似眞似幻的朦朧世界，除非刻意提起，除了親近的家人，旁人都不知道他的眼疾，只當他是個安靜而沉默的人。他只聽不說，因爲當肉眼所見皆不可信，他所仰賴的便是專注地諦聽，他的世界是聽來的。

他可曾聽見琇琇沒說出口的話語？

琇琇到底去了什麼地方？

人生不需要看得那麼詳細。

他母親告訴他。

他的人生始終在那種被追逐的狀態下一日復一日奔走著，沒有時間回顧。

麗玉離家後，生活是破碎而混亂的，做爲老大的那個女兒如辦家家酒般勉強撐起家務，煮飯做菜洗衣服，有一夜他回到家發現廚房天花板被燻黑，瓦斯爐爐架已燒毀坍塌，琇琇正在流理台邊刷洗著一只焦黑的鍋子，她忍著眼淚彷彿擔心他會責打她，琇琇說：「煮湯的時候跑去阿嬤家喊正在看電視的弟弟妹妹回來準備吃飯，卻不小心看了電視一眼，然後，就忘記時間了。」她還沒說完他就抱住了她，琇琇沒哭，只是呢喃著說：「對不起，對不起。」

他哭了，這是什麼景象，爲什麼他們的生活會變成這樣子。

該負起一切責任的人不是他嗎？他是一家之主，做爲丈夫、父親，身爲當時做下那錯誤決定而導致被詐騙，導致破產，導致逃難似地帶著一家到處躲債，最後卻讓妻子去賣身還債，讓三個孩子像孤兒般留在鄉下自生自滅，讓還在讀國小的女兒因爲一只燒壞的鍋子站在水槽邊刷洗一整夜的人，他沒有任何可以辯解的藉口。

但他做了什麼。

他都做了什麼啊！

他沒有一天忘記那些夜晚，即使拚命以昨日覆蓋今日，以現在覆蓋從前，但過去現在並陳在心裡如重疊的時空，彷彿每日都得重新追回又再度失去，奮力滾動那顆必然會滾落山坡的巨石，以斑駁視線凝視，他這看不清楚人生的人卻被細節所困，過去以各種形式出現，琇琇成年後以一種不像報復的方式反覆對他索討，他不企求得到任何救贖與原宥，但他幫不了她。

他記得那些著魔般的夜晚，一整天疲憊的工作結束，回到那屋子，那其實並不多大卻那麼空洞的屋子，孩子們都睡了，在那張他親自打造的大床上，床邊有個等身的鏡子，三個孩子大大小小排列著，有的蜷縮身子，有的仰天，有的手腳亂放，他總是一進那個房間就感到徹底的孤獨，好恐怖，那飄散著孩子們體香與輕微呼嚕聲音的房間曾經是他與妻子的臥房，在床邊加上兩張並置小床延伸到窗邊，全家五個人就睡在那兒，孩子總是吵著要上大床來睡，做母親的那個妻子便溫柔地去個別將他們哄睡，把最小的兒子抱上床來。

只有他一個人醒著，孩子們早就睡了。曾經整潔樸素的屋子如今散落四處的衣物，凌亂不堪，孩子們東倒西歪地熟睡著，那早已不成家的家，龐大的疲憊與孤獨向他襲來。

許多年過去他仍活在那些夜裡，不可能忘記，在那些燥熱難當痛苦逾恆的夜晚，他輕輕將身體挪向那個孩子，淺睡的她就醒了，若不是那樣呢？若一切只發生在他自己的狂想中，那是他個人獨有的世界，他就不會犯下任何罪。

那是一點一點跨越的，從輕輕抱著，摟著，輕吻她的額頭，觸摸她的身體，到更多的要求，一天要一點點，那一點點的跨越卻使他越來越飢渴，那空洞更空，黑暗更黑，更輾轉難眠，更燥熱不安。她如果不是那麼乖巧懂事或許事情不會發生。他竟還要將責任推給她嗎？不是的，他只是希望那一切都有人能夠來加以阻止，但沒有人。

若他是有信仰的人，他可以求神或上帝，予以原諒，加以拯救，赦免，可惜他沒有，他這不信神的人自然不能在絕望之境尋求神的庇祐。

他轉身乞求那個最大的孩子，琇琇。

琇琇，當時取這個名字是因為麗玉懷孕時院子裡的繡球花開得很美，麗玉說要把孩子叫作「繡繡」，他笑說這名字太難寫往後孩子會怪父母（即使改了名他的孩子長大後依然怨怪他們不是嗎），長達幾年時間裡他夜夜來到她身旁，擾動她叫醒她碰觸她哀求她，那麼長的時間過去不能再推說只是一次著魔，某個時刻失神恍惚，當時的他沒有想過將來，無法細想後果，「此刻」「現在」籠罩了他的心神。

日日他出門去工作，擺攤賣東西（能賺錢的貨物他都批回來賣），川流不息的客人帶來鈔票，每張都是還債的希望，人車喧鬧阻絕妄想侵擾，有時他會帶著孩子一起去夜市，有時麗玉會從台中回來幫忙，有時，他甚至也到台中去見她，麗玉住處常搬換，每次換了地方他都得從頭適應（住的人又不是他啊他適應什麼，他得適應的是其他人的眼光，麗玉的花名叫做莉莎，滿屋子的人都喊她莉莎莉莎，那個名字被叫喚出來證明麗玉確實已經不屬於他），他會在那屋裡跟麗玉相處幾個小時，多半時間麗玉都累了，靜靜地在他旁邊休息，薄薄房門聽得見外頭客廳裡人聲嘈雜，化妝台上堆滿瓶罐，床邊甚至就放著待會麗玉要換穿的禮服，她的長髮染成紅褐色，身上瀰漫香水味，這個新的麗玉，這個他們一起商量想出還債辦法的工作造就的「莉莎」是紅牌酒店小姐，麗玉的室友怎麼看他呢？此時正在客廳裡打牌喝酒看電視的男男女女，男人多是小白臉靠女人養活他們剝瓜子看電視翹二郎腿跑腿買香菸伸手要錢吸毒喝酒，但他不是這樣的，如果他可以賣身他情願去陪酒的人是他而不是他妻子，他來回奔走在那個妻子已離家親友都是他的債主的鄉下小屋，在喧譁的菜市場、夜市、在警察一來就得隨時收攤落跑的流動攤位，一件一百兩件一百五地叫賣，他美麗的妻子正在某處一杯接一杯喝酒，讓別的男人摟著她柔軟的腰肢在舞池裡扭動，他的妻子抹上胭脂染紅頭髮變成他不認識的人在那些他不曾到過的地方正在進行他不知道也不想知道的祕密活動，然而他無話可說。

你這是在報復誰呢？你的妻子賣身還債所以你就可以理所當然侵犯你的孩子？轟隆隆五雷巨響這質問不斷朝他落下，在許多年之後，早在那通神祕電話打來之前他已經赫然驚覺，**審判**，即使不信神依然會有審判，那是在漫長的還債生涯結束，麗玉返家，他們的服裝店剛開張，琇琇從閣樓的鐵樓梯摔下，右臂被樓梯的鐵片劃傷，他抱著琇琇一路跑向最近的醫院，他用毛巾包裹著琇琇的手但血染紅了毛巾依然不斷滲漏，那紅紅的血好紅好紅從她弱小的身子裡不斷流出彷彿即將奪走她的性命，琇琇好輕啊她沒哭一路都沒哭沒發出哀嚎靠著他的手臂像一個太過輕盈的物品，他奔跑著穿過街道穿過無止盡的騎樓穿過好奇觀望的人潮，那時，那一條永無止盡的路彎曲彎曲沒有終點好像世界上沒有任何一家醫院是他能夠到達的。那時刻，過去，曾經他將自己分開成兩個人，白天黑夜人前人後清醒夢寐，一定是兩個人但兩者都是他，曾經他也這樣摟抱著琇琇而她無比輕盈，在某個深夜，他撫摸著琇琇的身體，如久遠前琇琇還是個嬰孩總是徹夜嚎哭，麗玉累了所以他去搖孩子，琇琇總要有人抱在懷裡才會止住哭聲，所以他抱起她半瞌睡半清醒搖晃她哄她，嘴裡咿咿呀呀模仿母親的聲音，只要這麼哄她搖晃她她就會安靜下來。

琇琇已經不是嬰孩她都上小學了，到底幾年級呢他想不起來，那到底是妻子離家後的第幾個月呢他不記得，他在睡夢中渴望有個溫暖的身體能夠依靠，他摟著孩子輕輕撫摸，但那時他勃起了。

如果忍住呢？如果忍住第一次就不會有第二次，如果將自己禁錮在體內，就會像一個眞正的父親，而不是一個軟弱哀傷的男人，如果啊如果，如果他夠清醒夠堅強如他以爲那樣，如果他通得過試煉，如果那罪惡的時刻（你意識到罪惡了嗎在那一刻，切斷雙手止住發言，有這麼困難嗎？）有人垂下一雙救助的手，在人轉爲魔的時刻，搶在那之前有人（有什麼，什麼都可以啊某種力量）伸手向他，搖醒他喚醒他喝住他，停止，或讓鮮血奔流從他體內不斷流出以一種流出阻擋另一種。

有人垂下救助的手，但伸手相援的就是琇琇。

琇琇曾經拯救了他，在漆黑夜裡一次一次地撫慰他，那時刻他常感覺琇琇並不是一個孩子而是某種神祇，以奇異的光暈籠罩他包圍他，她小小的身體散發強大力量讓他渴望蹲下跪下，以某種醜惡的姿勢進行高貴的救助，老天啊他該怎麼描述，他能對誰說明，他以如此醜惡的臉承接過那麼純潔的「滌淨」，他心裡身體裡強烈奔流的那些憤怒、悲哀、困惑、恐懼都被消解了，有一雙手小巧纖細握住他，迎向他，那雙手是如何將他從黑暗中拉拔出來。

兩個人，他將自己分裂成兩個人，一則繼續營生賺錢養家還債照顧小孩，一則跪求幫助，在黑夜裡他任性地一求再求，他哭哭笑笑，半瘋半魔。

琇琇此時流淌著血她即將死去了或許更早以前已經死去了，他奔跑著嚎叫著大喊琇琇的名字，琇琇一如往常那麼乖巧地說：「爸爸不要哭，我不會痛。」

兩個人合而爲一他再也無法假裝否認自己曾經做過的事都是錯誤的，即使在這樣的時刻琇琇從未展露她的軟弱，那你憑什麼軟弱？

不要奪走我女兒來懲罰我。

他的妻子眼歪嘴斜，他的女兒下落不明，曾經他以爲自己作對了某個決定能將家人帶到更幸福的地方，他花茫的視力所見都是自己慾望投射所建造的海市蜃樓，他拚命趕赴，攜家帶眷，拖著妻子兒女一次一次加入那不可能的戰鬥，麗玉以那張半殘的臉對他控訴，控訴他不願接受事實，不肯張開眼睛看清楚他置身的世界，控訴他以自己的幻覺奪走了女兒的人生，她什麼都沒說出口，但她的臉，那曾經是他最倚賴信任愛慕的妻子那張美麗的臉，如今醜怪恐怖白天夜晚都直視著他，逼問他，**你看見我了嗎？**

那不是麗玉那是琇琇，他突然有這樣的感覺，顯現在完好那邊的臉才是麗玉，而琇琇就如某種附身那樣以歪斜的方式掛在麗玉的臉上對他現身，**我早就毀壞了你不知道嗎**，在她已經離去多年的屋子裡，在這他曾經摟抱著她對她訴說自己哀傷痛苦對她索取溫柔慰藉的這個房間裡，一切不斷重演，唯恐他遺忘。

我看見了，我一直看見，我不曾遺忘。

麗玉的臉背向他入睡，他遲遲不能入眠，即使睡著也警醒如貓，輕微一點聲響都會驚醒，後來聽阿雁說琇琇幾年前就開始吃安眠藥，每天存一點存一點，才有那麼大量的藥可以拿來自殺。琇琇，她本是他們家的希望啊，她聰明用功優秀，想當然將來可以有很好的學歷，會有難以估量的前途，然而等她滿二十歲，要進入成熟、畢業、出社會、賺錢工作或繼續深造的路途，卻變成一個他完全不認識的人，闖出一個又一個令家人與其他人頭痛、困擾的禍事，那個琇琇不斷變身越變越奇怪，離開他的期望與他的想像越來越遠。

而今，她變身寄居在她母親那張殘破的臉上，背對著他，卻持續控訴。

不知清醒還是睡著，但他很確定他沒有熟睡，他感覺自己越過了那張床的半邊來到妻子身旁，正對著那張臉，閉上眼睛呈現休息時彷彿又回到原本模樣，但他知道琇琇在那兒，在那一張開眼睛就會繼續垂下口沫，說話聲音怪異地拖拉，吃什麼東西都沒味道，必須要用手去撐開眼皮否則看不清楚，那張妻子的面孔裡，他一直凝視著那張臉，他可以看得非常清楚，如此清晰的視線已多年不曾出現只有在夢裡才有。他女兒珍珍曾問過他，爸爸你的眼睛看不清楚，那你作的夢清晰嗎？夢裡是不是就能夠用沒有受傷的眼睛看東西？以前他無法回答因爲他甚少作夢，即使有夢也都是驚駭無比的惡夢，那不值得看清楚。

但如今好清晰啊清晰如同未曾被毀壞，從不曾蒙上任何陰影暗影殘影，他清晰看見麗玉臉皮上的細微紋路，淡淡毛孔，隨著呼吸微微張開掀動的鼻翼，他能看見琇琇隱藏在那張臉孔之中（大家都說琇琇長得像他，但他卻認爲琇琇與她母親非常相像），他伸出手掌輕輕撫摸那些細節，或者該說那並非撫摸而是一種擷取，他正在擷取潛藏在那面孔之下的琇琇散發出的訊息，他試圖以更輕柔更不驚嚇她的方式進行召喚，呼喊，他懇求她回來。

是的，他看得非常清楚，琇琇在對他進行控訴，不，琇琇是在求救，她面目全非、人生全毀，她已破碎不全的身體遙遠地在某個地方他觸碰不到、撈取不著，但琇琇在逃離他的同時也在呼喊著救命。

我不會背過臉去不看你，琇琇，眞的我看得見看得清楚，我都記得。

但如今我該做什麼，還能做什麼呢？你對我顯現，浮現，你出現在這個屋子裡告訴我往事並無法消失，沒有任何人可以將它覆蓋，所以我們蓋上而你掀開，你一層一層掀開，你持續喊叫，你進行破壞，因爲你怕表面的和平掩蓋了事實，你怕只剩下你一個人記得過去種種，你害怕你又被犧牲。

琇琇沉下去了沉浸入那個變形崩裂散逸的臉孔底下進入他看不見抓不到的地方，倘若是地獄，他一直不相信天堂地獄任何神鬼之說，但如今他要深入他所不信的那個地獄將他女兒營救出來。

他撫摸著那張臉，剝落其上一層層覆蓋之物，他一片一片剝下，掀開，企望進入最深，他看得如此清楚（不，母親，人生需要看得詳細些，必須牢牢記住），剝下所有防衛所有他們努力建造成歪斜巨塔繼續歪斜即將倒塌的僞裝，發現最深處只是一片空白。

空白啊空白他看得分明，那空白之中隱藏著必須被發掘的眞實。

手捧著那一片空白猶如世界剛剛成形，他得開口說出第一句話。

但他口不能說，嘴不能言，於是他用粗糙的手指像笨拙的筆歪歪扭扭畫出線條，彷彿白天在醫院進行的復健，他企圖重建妻子的臉、重建他的話語、重建他們已被奪走被毀滅的家庭，重建琇琇的身體，**使她活回來**。

靜暗裡他捏尖手指，徹夜描摹，以看不見的細柔筆劃，一筆一劃，一撫一觸，一聲一句，趕在天明前，趕在漸暗的視力如漸滅的燭火消失前，他必須搶時間完成這一切。

地獄在後頭追趕，我們終於轉身，伸出微弱的手抓住那條繩索。

第七部

琇琇

她永遠也無法評估當時的事件造成了往後的什麼改變，你無法同時踏進同一條河兩次，當舉起腳的那一刻，浸濕腳尖，慢慢將腳掌放入，這條河就改變了，它將成為你生命裡無可取代的，唯獨一次，因為你的舉動剎那間改變了流向的，那條河。

這些年來她作過許多關於汽車與夜逃的夢，搭著誰的車子在黑夜裡加速前進，有時是童年父親開著的小發財車，車上卻只有她與父親兩人，母親弟妹全都消失，父親說：「再忍耐一下，忍耐一下就好了。」有時是她與阿雁送貨的福斯T4，車廂裡十幾個紙箱裝著上千隻手錶以國語台語英文各種語言發出**中原標準時間下午三點**的報時（他們曾進過一批會報時的電子錶，那金屬女聲讀出時間曾嚇了她一跳，後來她卻一直戴著那個會報時的錶直到故障），但阿雁沒聽見，或者聽見但她不說話。有時是阿鷹，阿鷹開車而她在後座，他妹妹在前座不斷說著：「為什麼愛姊姊而不愛我？」她很想下車不願意聽到阿鷹與妹妹的爭吵，又怕被他們發現自己在車後座。

有時，夢裡的她開著一輛大車，手扶方向盤，腳踩油門，車速狂飆到一百六，筆直的高速公路上沒有其他車輛，車窗敞開風呼呼吹響暢快啊暢快她不曾體會過此等速度下身體幾乎被吹散吹高的暢快，但瞬間她想起自己根本不會開車，原本不思即可自然動作的手腳裝模作樣擺放踩踏旋轉全都失控，但她繼續假裝，渴望假裝成為真實，車速不斷攀升，前方出現許多車輛，且全都朝她迎面而來。

她像要修補或改寫結局那樣侵入自己的夢，侵入那些已經作結的戀情，尋回失去聯繫的舊日戀人。不是基於愛情不是因爲懷舊，而是他們或她們每一個的離去（或被拋棄）都像她拋卻了自己身上的一部分，拋卻面孔的某個器官，曾經她以爲所有事情都會過去，如果你什麼都不抓住，任何事都不會落下痕跡，曾經她攤開雙手，十指張開任由每個人從指縫洩漏，她感覺輕快好輕快沒有誰從她這匆促的生命篩漏裡被鉤住留下，全都流失。

從阿豹那兒離開她先是回家看媽媽，然後回到與阿雁的住處，就住了下來，跟阿雁斷斷續續的戀情在地震過後一年正式分手，花費很久的時間互相陪伴、和解，直到各自都結交了新的女友，經歷新女友的吃醋，自己對對方新戀情若有似無的干涉，明知已經沒有戀人身分卻時常說出戀人才會說的話語「你就是那樣子啦！」「誰愛上你誰倒楣」「她以前就是愛生氣」「她很難養啦！」「你看她脾氣多壞」，她們繼續做著那手錶寄售的工作，處理公司後續的問題，但琇琇的參與日漸減少，直到完全退出，多年來她們總維持著親人般的關係。

阿鷹的扣機號碼她是在阿豹的電話本裡看見而後就一直默記，直到她已經跟阿雁和解，她才跟阿鷹回復聯絡，每隔一段時間都會見面，起初仍怪異而充滿感傷，有時那感傷會蔓延擴散使得彼此都無法正視對方，就又失去聯絡一陣子，這個視窗打開太大閒置太久，他們花費好長時間消化那愛情的殘餘，從她三十歲，三十二歲，三十三，到三十五，直到她三十七歲（你現在的年紀比我當年跟你戀愛的時候還老呢！阿鷹說，那彷彿一句解除封印的咒語，一點開，他們就不再被往事困住了），阿鷹都快五十歲了但卻比她還幼稚，或者說她找到一種從來沒有發現的對應方式，以往總是阿鷹疼她寵她讓她，而如今是她老氣橫秋地在聽阿鷹說著他某個戀情的苦惱。

除夕之夜，她一個人在台北（這時她已有固定的情人，對方年紀小她十六歲，交往起來卻比過去任何年紀與她相當或年長她十幾歲的人更像對等關係，她不再需要靠著情人來拯救她，她也不以嬌弱需要救助的模樣出現），當大家都在圍爐的時候她僅是胡亂煮個雜燴鍋就著鍋子站在流理台邊胡亂吃了，整晚她不停接到電話，一個兩個三個，許多個她昔日戀人打電話來問候新年好，話語裡都是簡短寒暄，但她心裡好激動啊不能說出口，那些曾經是以惡夢形式出現的人，如某種怨念，別人已經忘卻而她卻身陷其中不能解脫、那一個又一個結界將她切割劃開凍住，使她疲於奔命，那些人，那些終於關閉了的視窗，以一通電話或一個簡訊出現，有點好笑有些愚蠢那曾經是最無情的人竟如此膽小，她害怕別人恨她！她害怕過去某個時刻自己粗心、失手、任性的作爲造下不可回復的悲劇，生怕還有任何人如她那樣被困在往事裡，仍被怨恨、責怪、誤解持續傷害著，或者以另一種方式，讓她知道當初萬劫不復的場景，那一刻，當時發生了，確實造成莫大損傷，不能回復，但經過時間淘洗，十多年了啊這麼長的時間可以發生太多變化，她恐懼著時間的力量卻又渴望這力量，那萬劫不復的時刻造成的劫難，那些因此被拖拉進入深淵的人們，包含她自己，她時時回頭檢視，凝視著那深淵，那深淵也回視著她，她渴望以某種方式改變那深淵的造形、結構，甚至意義，「有那麼嚴重嗎？」她記得有個人曾這樣對她說，「誰記得誰痛苦啊！」

但她不能忘卻。她是那個絕對不能忘記的人。

但所有修補都漏掉最關鍵的那一塊。

很多年後她還作著相同的夢，夢裡，在一個停紅綠燈的路口，突然阿豹就攔住了她，他住在街邊一個汽車修理廠後面，房子低矮，瀰漫油垢臭味，「跟我走。」阿豹劈頭總是這句。不容她辯解，說明，就將她拉進那個房子。

他爲何出現在這裡呢？那並不能稱爲是個房間，只是個在廚房旁邊以三合板格出的小空間，因爲太狹小甚至沒裝上門，只用一條破舊的花布作門帘，室內陰暗，僅以牆上吊掛的燈泡照明，床鋪上摺疊整齊的被褥散發修車廠特有的氣味，他身上也是那味道，那是她不熟悉的。

他拉她進房，便開始脫她的衣裳，他的頭髮幾乎半禿了，臉上的皺紋比記憶中更深，完全變成一個邋遢中年人，那幾乎是她不忍也不願看見的臉，與好看性感全然無關，只是一個悽慘的老頭。

她總走不開，心想一定要跟阿豹解釋，這只是街頭偶遇，她還有要事待辦，或許有情人在家等她，或許她得趕去上班，總有什麼必須立刻去做的事，而不是留在這裡，但氣氛不容許她多說，他看來那麼淒涼，她怎麼在這時離開？

阿豹吻她，唾液裡有種老朽的氣味，以往那種無論吃多少檳榔、喝酒、抽菸都依然會散發的，對她來說極爲迷人的氣味，如今卻那麼委靡，那絕對不是好聞的，與乾淨無關，也不是什麼男子漢的氣味，而是伴隨著唾液腐敗、某種食物殘渣與時間壞毀的、難聞的氣味。

我已經不是從前那個我了。她喃喃這麼說。

有人在外面喊著阿豹的名字，是個聲音粗啞的中年女人，她不叫他阿豹，而是喊他「阿明」，女人衝進房間來，手裡抓著個孩子，「你沒看到你兒子正在哭嗎？」

這不是他的女人，應該是老闆娘之類的，女人的樣貌酷似金虎的妻子，連聲音都像，「快點弄一弄，客人還在等。」女人扭頭走了。

阿豹一臉尷尬。

每一回她都脫不了身。被困在這個奇異的處境裡，身上的手機不通，皮包也不知跑哪去了。

偌大的車廠裡有幾名工人，但不知阿豹是何職務，他好像根本不在這裡工作，只是寄居在此，他拉著她的手到處看，一分鐘也不放開她，廠裡的其他人都喊他大哥。「這是你們大嫂，」阿豹逢人就說，他的笑容裡有一種奇異的幸福。

這算是什麼大哥呢？在一個又破又爛的修車廠，住在一個連房間都稱不上的地方，穿著洗爛的汗衫，臉上頭上都是灰塵。他滄桑的臉上有著她不熟悉的表情。

離開阿豹屋子那晚，坐在阿雁的車子裡，只帶了隨身的背包，下樓時客廳裡還坐著幾個人在打撲克牌，那時阿豹正在洗澡，她總覺得他一定將頭伸出窗外看了，從二樓浴室的窗口就可以看見樓下院子，聽得見她出門時那隻叫做點點的雜種狗的吠叫，阿豹說洗完澡就帶她去逛夜市，可她沒等到阿豹將澡洗完，她提著早收拾好一直放在書房床底下的簡單行李，等著跟阿雁約定好的那個時間，匆忙下樓。夢裡如同現實中與阿豹相處的最後時刻，最後她仍倉皇逃出那屋子，將他遠遠地，永遠地，拋擲在身後。

不能回頭啊回頭會變成鹽柱。

但不回頭怎會知道阿豹變成什麼了，怎會知道她將自己拔除從那個爲她建造的屋子，那親愛的畫面裡逃走，她來了又去，去了又來，倘若，倘若阿豹一直等待著她她該怎麼辦？

那時，她打電話回家探問家鄉是否遭受震災，但家中電話無人接聽，她只好打電話給阿雁，阿雁聲調鎮靜卻說著許多她驚恐的內容，她母親病了，地震過後，阿雁說因爲公司被某個連鎖商家惡意詐欺倒帳損失二十幾萬，她父親拿房子去抵押卻發現多年前房子土地拿去做質押至今沒有解除，母親因爲過度壓力或驚嚇，或某種她不知道的心理因素突然病倒，母親的臉因神經病毒侵襲半邊垮掉，一個月後仍在接受治療。

原本她只是想回家看看母親。

有些事是不能回頭去看的，阿豹說得沒錯，他說：「我不是不想帶妳回家，也不是不要讓妳探望妳媽媽，而是，妳才從那裡逃出來，一回頭，那裡所有事物都會重來，妳會自責會難過，妳一自責難過，過去就把妳抓住了。」

想走的念頭不只是因爲探望母親，也不是因爲被阿豹誤解，或因爲那些爭吵，但正確的原因她無法說明，她想起來了，那天爲何老鼠會執意說她去了市區，而她認定自己只是去交水電費，中間有一段她刻意迴避於是全然忘記，那天，阿雁開車來找她，她跟阿雁約在橋邊，她看見阿雁的樣子內心受到震盪，阿雁變得好瘦，至少瘦了十公斤，她突然想出一個辦法，她想可以在台中市區或豐原租個小房子，她可以一邊回去幫忙做手錶，一邊還能跟阿豹在一起，有時也能回家看看。

不管她提議什麼阿雁都說好。

過去眞如阿豹所說一下就抓住了她，她一旦開始思考自己還能爲公司爲家人付出什麼，她已經在遠離與阿豹共同營造的生活，正如以往每次逃家最後她總會回去，每次，不都是因爲媽媽病了嗎？但，那時的她怎能想得如此透徹，或者該說，那就如被強迫關機而飄浮在某個時空裡持續呼喊著她的，她不能以躲避來回應，她無法持續、永遠地躲避。

到底爲什麼她會將愛她的人視作必須立刻逃離不可的災難呢？那時，每一刻，每一回的分離，都弄得像是有人拿著刀在背後追趕，無論是家人、情人，她做了這個決定就背叛了另一個，她感覺痛苦已達極點不馬上逃離就會發生自己無法想像的慘劇。

但那被拋擲腦後，被停留凍住在她倉皇離去的身影後的，她以爲阻止了一樁慘劇卻造就更多，在她心裡自行衍生比眞實更殘酷恐怖的，一直都停在那個她離去的地方等候著她。

阿雁來帶她回家，她原想看看媽媽、看看她的狗，隔天就回去，阿雁還帶她去找房子啊，商談房子租在什麼地方對她而言交通便利，又能方便她回大里，她只帶了兩件換洗衣物，放在書房的大行李袋也沒帶走，她確實想過等阿豹氣消了，等她把一切事情都處理好，阿豹會明白她爲何如此行事，但隔天她打電話回去，無人接聽，再隔天依然沒有，她打扣機，阿豹沒回。

回大里的事情就此無限期拖延。

等阿豹的電話接通已經過了好多天，她在電話裡解釋又解釋但阿豹不想聽，他只淡淡地說：「妳不要再反反覆覆來了又走，我承受不了妳這種善變，妳會害死我的。」

妳會害死我的。

「不要再找我了，」阿豹說，「去過妳自己的人生，沒有妳我不會死的。」阿豹又說。

生命時常回到講電話的那時刻，阿豹的聲音聽來如此堅決，她握著話筒都能看見他臉上的表情，她想著要解釋些什麼，她都找好房子了啊！想著如果她學會開車，以後往返豐原社口跟大里就不需有人接送，也不要再因爲交通問題造成自己受束縛的感覺，可是若眞的如她自己想像，爲何那晚在阿雁的車裡她大聲哭泣不能自已，彷彿剛受到毒打，或遭受什麼重大的打擊，四個多月前她搭著阿豹的車深夜從阿雁那兒逃離，如今她又搭著阿雁的車深夜從阿豹屋子逃離，那樣相似又諷刺的畫面使她哭泣，這中間的曲折她連自己都說服不了她怎去說服阿豹，車子逐漸駛離大里，感覺好像有許多人在後面追趕，阿雁把車子開得飛快，隨著車行速度加快她內心悲痛驟增，她能想像阿豹會認爲她要離開他，難道不是嗎？無論之後她如何作想，有什麼打算，那些計畫跟打算是否是她自認爲有益於他們的愛情，是否能證明她只是暫時離開並不是永遠，但，如過去阿豹問過她，阿雁問過她，阿鷹問過她，**為什麼妳就只能用逃跑的**？

爲何妳總是逃跑，失蹤，不告而別，爲何妳總是要把事情弄得像是我捏著妳喉嚨使妳無法呼吸，像是我威逼妳脅迫妳，像是多留在我身邊一秒鐘妳就會倒地死去。

那樣非常傷人妳知道嗎？

她想解釋但解釋不清，她無法解釋連自己都想不通的事物，只是一些**感覺**，那些非如此不可的感覺看來就像是任性自私，像是忍耐痛苦的能力太低，像是在漠視別人的感受。倘若眞的如此該怎麼辦？

一個以逃走爲基調的人生，無數個以傷害爲主軸的愛情，從二十歲延續到二十九歲，或者更早，早在那些不該提起的歲月，在那些該逃走卻沒逃走的夜晚，這遲來的奔逃，太遲了，弄錯對象了，但很久以前，很久以前她曾下定決心等到她長大足以自己決定自己的去處，她絕不，絕不會任人擺布做出她不想做的事，任何人，無論她多深愛多在乎，只要錯待了她，只要讓她**感覺不適**，她會相信自己的感覺而不會因爲這感覺而責怪自己，她會相信那感覺叫她離開時就是該離開，她會毅然地，毫不猶豫，不允許自己猶疑徘徊，立刻就走。

可笑啊弄錯了她甚至不知道她何時建立這嚴密的保護機制，也不知如何解除，像身上揹了炸彈，有人靠近作勢要啓動她就會倉皇逃走。

「但世界沒有因妳的舉動而毀滅。」阿鷹說。

這晚他們一群人在阿鷹的工作室泡茶，席上有阿鷹、阿鷹的兒子、阿鷹的新女友，她以及她交往一年多的女友沛，這些年她斷續跟阿鷹往來，剛開始是她搬家阿鷹來幫她安裝冷氣、陪她去買冰箱、找家具。她搬到台北見面次數少了，偶爾她深夜裡睡不著會打電話給阿鷹，阿鷹就陪她講很久電話，彷彿她知道無論她離開了誰誰誰，有一個人是她危難時絕對可以投奔的，但他們不再是戀人，不會再以愛情的方式出現在彼此生命裡，所以也不會離開。

大家談笑似地說起以前，其他人都不清楚他們過去的戀愛，「愛上她是在參加聖人訓練班啦！」阿鷹開玩笑對沛說：「你要多加油！」

阿鷹的第二個兒子文峰長得跟他好相像，但卻是個沉默靦腆的版本，眾人在屋裡喝酒喝茶吃點心聊過去，文峰只是在一旁安靜地聽著，眼神裡有一種對父親的愛慕與尊重，對她來說，與阿鷹的兒子同坐一桌是不可思議的畫面，她無法從這個年輕男孩的眼神裡看出他對自己的看法，文峰是否記得自己曾經牽著他們兄弟倆的手帶他們去雜貨店買玩具，她曾經在阿鷹家裡教他們做功課，她曾經，是他們的母親口中蛇蠍般毀壞他們家庭的「壞女人」啊！是否在他年幼時看見她或想起她，心中已忘記那些童真快樂記憶，只記得她是個「可怕的阿姨」。

或者，文峰聽著阿鷹說起他們的往事卻根本搞不清楚她是父親的哪一個女人？

但她在文峰那年輕的目光裡看見諒解，某種溫和溫柔既年輕又蒼老的目光，如阿鷹說的有一次淑娟到工作室來，那時他還沒離婚，交往中的女友只好躲在廁所不能現身，淑娟跑去敲門，說：「你可以出來了。」那天文峰也在，他們五個人無比尷尬地面對面都不知說什麼好，文峰在此尷尬場合裡竟懂得一邊安撫自己的母親，一邊找話題跟那個第三者說話，那天原本劍拔弩張的氣氛都被他一人化解了。

這年輕男孩看著她，她在他臉上看見她曾愛戀的阿鷹某個時期，那個一生都在為自己的父親辯解、辯護，以自己的作為為自己的父親翻案的男人。

那兩個重疊的影像，父親與兒子，誰走誰的路，誰複製誰的錯誤，誰造就誰的悲劇，誰挽救了誰，那重疊的人影彷彿也是她自己，她的臉上覆蓋著更多人的臉，她的愛人、情人與家人，她一直在追求救贖，渴望原諒，試圖以一己之力扭轉整個悲劇，找到那個關鍵時間點，她重疊自己重疊過去現在未來，卻在一個諒解的眼光裡找到安慰。

阿鷹的女友說要看他年輕時的照片，阿鷹便跑進房間翻出幾十年前老照片，一張一張翻閱，解釋說明這是何時拍的，那時在什麼地方，發生了什麼事，相本裡的時間點停在阿鷹二十歲之前，那是琇琇沒見過的阿鷹，她沒見過的台灣中部各個地方，突然翻出一頁，那景象她好熟悉，照片裡有阿豹。

那是一組三張的連照，地點是金虎麥寮老家門口，一整列排開的都是男孩子，共十二人，當時的台灣鄉村，拍照是件大事，阿鷹相簿裡其他照片許多是在照相館拍攝的，穿著正式，表情動作都很認眞，但這組快照卻像是老電影裡的幾個場景，是導演尚未喊開麥拉之前演員的嬉鬧準備，是從正式影片裡逃逸的片刻，是還沒立正站好擺出架勢卻顯露出孩子氣本性的剎那。

老照片背後有原子筆註明的日期，拍照那天是金虎生日，農曆三月十五，水林鄉廟會的日子，兄弟們都會到金虎家聚集，如儀式般的聚會維持了十多年。這組照片拍攝在最初期，是結拜後第三年，慶祝金虎退伍，從中午就擺開的酒席一路吃喝到深夜，小三合院的中庭擺上兩張桌，一張打麻將，另一張玩撲克牌，廚房裡總有吃不完的熱菜熱酒，隨時都會有人哼上幾首歌。

第一張照片阿苗跟老鼠出鏡了，第二張金虎沒看鏡頭，直到第三張總算大家都認眞站好，笑開了。

大家都在笑，那麼無畏，那麼天眞，彷彿不久後就能闖出一番事業，相信著這樣的兄弟情誼可以長久不變。相片裡除了金虎其他人都還沒當兵，照片裡以金虎爲中心，剛退役的他頭髮仍短，皮膚黑得像炭，身高一百八十三公分，體重破百的金虎樣貌身材都特別老成，他左手邊是阿鷹，右手邊是阿豹，那時阿鷹長得比較矮小，剛長滿一百六十公分，他挺著身子穿著領口敞開的白襯衫襯出古銅色的皮膚，窄挺的鼻子，細長眼睛眼角微翹，典型的桃花眼，頭髮是時下最流行的阿飛頭。阿豹穿著大翻領黑色襯衫（右胸上還繡有金色圖騰）、黑色喇叭褲（腰上繫著寬大的皮帶），頭髮過耳柔軟地覆蓋在兩側，黑白照片仍可看出他特別晶亮的大眼睛，故意做出的凶狠表情，仍遮掩不了秀氣的五官。

照片裡的阿鷹跟阿豹是她從未見過的樣子，那時誰都想像不到有一天他們會成爲陌路。

阿鷹描述著拍照當天種種，突然語帶哽咽，氣氛一時好凝重，她望見阿豹那還沒被皺紋損傷的臉如此潔淨，過去種種凝聚在那張照片裡，她幾乎放聲大哭。

阿鷹突然對她說：「兩年前我見過阿豹。」

他聽人說起阿豹在一個黃昏市場賣魚，忍不住就開車去找他，「他的樣子好蒼老啊！頭上禿了一大塊，所以我一直不敢告訴妳。」阿鷹說著那天他們重逢，是十年來第一次見面，他說阿豹一身濕正在收拾攤位，他走向他，阿豹的眼神像是很詫異，又像是茫然，他們只簡短寒暄，找不到什麼話題。

「他有問起妳的消息。」阿鷹說。聽到這句話她心猛跳了一下，這些年她時常撥打阿豹那個電話，但號碼早已換人，「這裡沒這個人。」對方總是這麼說。起初她以爲阿豹刻意不接，後來她才眞正確定阿豹放棄了那個永遠不變的電話號碼。

「但阿豹身邊有個女人，阿豹說是他太太叫做瓊芳，他們看起來感情很好。」阿鷹說。瓊芳，她記得這個女人啊，當年她就有預感瓊芳喜歡阿豹而阿豹總有一天會發現這個事實。好多複雜情緒與畫面出現在這個小小的工作室裡，十幾年時光攏聚她不知自己置身於哪個時刻哪個畫面，阿鷹說臨別前重重地握了阿豹的手，阿豹也回握了他，「我好激動啊幾乎在市場裡大叫，」阿鷹說，「我中指上的疤痕堅硬刮過他的手，他的手心粗糙還帶有水氣。」「我好想用力擁抱他但不能這麼做對吧！」

阿鷹還在描述那天相見的場面，他描述著轉身離開市場時內心的激動，雙腳踩踏著市場散布的菜葉、洗地的髒水，他想著要找阿豹來工作室喝茶，想著他們失去那麼多時間，他有好多話想對阿豹說。

阿鷹傷感又熱情的描述聲中琇琇的視線還停在那幾張照片裡，努力想進入照片裡的現場，那個還沒有結婚離婚、不曾自我放逐、不曾認識過她的阿豹，那個參加歌唱比賽、會獨自在黃昏時刻大聲唱起歌來、最會自得其樂的阿豹，永遠是十八歲，還不曾被她傷害。她的視線越縮越小，小得只看得見照片裡阿豹扠著腰的那隻手，只看得見他手指張開虎口扣住腰帶，她看著那張開的弧線延伸到手背，那上頭多年後被劃了一刀，結了疤，她看得見那個不存在於照片裡的疤痕，像一個預言。

此時身旁坐著她年輕的戀人，阿鷹微笑著在她對面舉起茶壺為她斟茶，阿豹已不知身在何處，老照片上的建築、人群、風景都已斑駁，紙張已泛黃，面容都模糊，她用指腹仔細摩挲，手指因為相紙的紋路泛起了細微的波浪。

頃刻間，年少的她與年長的她在這個疤痕裡合而為一，當年的她預見不到多年後這畫面，多年後的她回復不了與他們相識相戀的情景，然而，在二十歲那年她拾回破碎記憶、人生版本全然翻轉，此後她不斷崩壞不斷逃逸以各種方式摧毀又重建自己，如今她知道，是照片上這兩個少年以自己的肉身阻擋了她墮入無盡黑暗，是阿鷹與阿豹以某種方式承接了從她體內爆炸出巨大的毀滅力量，幸而在那年少時刻她被深深愛過，被激烈複雜曲折反覆地用精純、無庸置疑的愛（像是男女愛欲卻更接近純潔親愛），牢牢地接住，在那萬劫不復的時刻她才不致粉身碎骨。

阿鷹

琇琇在他的工作室，同桌的人還有琇琇與他的二兒子跟他現任女友，以及琇琇的女友沛，這半年來琇琇常帶沛來這裡玩，聊天喝茶，他跟這個與自己兒子年齡相近的年輕女孩（他知道琇琇不喜歡人家說沛是女孩）很有話談，有時他們倆還相約一起去打網球。

他已在去年離婚，鬧了十幾年，他自己都不再爭取，卻因爲淑娟一句話「如果你堅持要住在工作室我就要跟你離婚」而眞正辦了手續，但他幾乎每個星期都回家，簽字離婚這一舉動反倒鬆開了他與淑娟糾纏多時的愛怨，他打心裡決定自己會照顧她到老。

老二大學畢業後從軍目前正在當憲兵，每次放假都會回來，兩個兒子都長得比他高，老大進出監獄幾次，兩個月前終於服完刑期，他堅持要自己在外租房子，他說找了個家具工廠的工作，準備要跟已經懷孕的女友結婚。

琇琇送給他一本雜誌，裡面有黃土水的專題（這名字曾經是觸發他們戀情的關鍵字），他拿出老花眼鏡戴上，細細翻閱雜誌裡的圖片，「你有老花了啊！」琇琇問，「是啊，老了啊！」他臉都紅了因爲老花這二字從別人口中說出還是令人傷感。

如果不看他的老花眼鏡，不細看他眼眶下的皺紋，只看他的身材、打扮，不會料到他快五十歲了吧！他愛美，時常攬鏡自照，也不管人家說他自戀，每次從鏡子裡看見的都是層層疊疊的自己，二十、三十、四十、四十五，如今他四十八歲，曾經他以爲自己活不過四十，揮不去的末日之感總盤旋在他腦中。

但時間不斷前進。

琇琇在他面前，身旁坐著她那年輕的戀人（琇琇跟沛多相襯啊，沛才二十一歲有著皎潔面容卻帶著古老靈魂幾乎是他的忘年之交，他曾像個父親那樣帶著沛去打網球，好多次她對他說話他又感覺這人多成熟幾乎能直視他斑駁的內裡），彷彿平行時空在這個小小工作室裡在此時，交錯平陳，他的兒子已經二十五歲了，他的女友三十二，琇琇三十七，沛二十一，時間的各種面貌凝聚於此，時間給了他機會時間啊時間的力量他未曾如此深刻體會。曾經，他與阿豹、阿雁、琇琇、珍珍、淑娟，這一大群人總是錯身互不相見卻彼此牽扯，牽扯如此之深，在某一刻間崩裂他們各自存在的世界製造出不能凝視的破損。

如深淵。

他曾以爲那已是萬劫不復了，他失去琇琇，與阿豹決裂，他兒子吸毒、坐牢、逃家，他幾乎家破人亡而自己卻仍爲情困惱，曾經時間停住在那一刻，他面臨深淵卻選擇縱身一跳。

不能解脫無法解脫他不尋求解脫那他尋求什麼呢？

時間，不斷向前，那深淵還會變形，變得更黑暗，更恐怖，不斷陷落更深更巨大無限，他以爲縱身一跳已經是底了，但深不見底。

還會再翻新，再長出新的情節，超乎他所能想像。

但沒有毀滅。

竟沒有毀滅啊到底是什麼在絕望時刻拉住了他拉住了所有相關的人，沒有將他們全數摧毀？

他們都變平凡了。

琇琇，我們懂得了低頭，所以躲過了毀滅。

琇琇啊曾經妳是否如我一樣，我們在痛苦之中壯大，強大，擴大到無限大，以致於我們只看見了自己造成的毀壞，自己身上的痛苦，我們的眼睛、感官、情感都如此細緻能將任何情緒體驗到無窮，世界就該是我們理解的那樣否則我們如何爲生，那該是我們所信仰，我們爲此哭嚎、歡喜、笑鬧、困惑，那是我們的生命。

但生命之中還有生命，生命之上還有其他，那垂危之際，有人伸出一條繩索垂向我們，垂向縱身一跳渴求毀滅的我們，但我們並不願意，我們仍在思索著，該不該伸手去接。

地獄在後頭追趕，我們終於轉身，伸出微弱的手抓住那條繩索。

那個是什麼我現在無法清楚說出，可是我變平凡了，你變平凡了，我們不再能牽動世界忽喜忽悲，牽動其他人如妳當時牽動我，我牽動愛我的女人，但這平凡多好，平凡如妳靜坐在我面前，如我當時走進那個黃昏市場看見阿豹，我激動、感動、衝動想像自己能向前擁抱他，將過往一切傷害痛苦通通撫慰。

但是我不能，阿豹也不能。

我只與他寒暄，他簡短回應，我用力握緊他的手，他輕輕回應，而後我走出那個濕漉漉的市場背對他走出去，阿豹好蒼老因爲人就是會隨著時間老去，即使我多麼努力保養自己，女人都說我看來頂多四十，但我也已老去。

琇琇此時妳翻閱著那本相簿，一張張照片躍出頁面，快速地，快速地將我跟阿豹翻閱了一次，那些我以爲一去不返的時空一直都保留在那兒，還繼續呼吸，生長，形成自己的版本。

妳眼前如今這個我好平凡，並非相簿裡某個時間裡走向另一個選擇，形成另一個生命的我，那無數個我，無數個阿豹，甚或無數個你，流散在世界其他角落，在所有我們看不見的地方繼續生長。我不再咬牙切齒以爲那是失落，妳看妳，妳看看沛（我感覺那是另一個我，正當二十一歲在讀大學是個女人，她的人生大好超過我所見識），妳看看我兒子（我總在阿峰眼中看見妳，琇琇，他曾是個被父親拋棄的男孩，他守著母親，緊緊跟隨四處作亂的哥哥，他使盡全力要挽救那破裂的家他多麼像妳），因爲我們不僅僅是我們自己，以前我不懂，我擁有的這個肉身裡有個碩大的靈魂能夠感受世間所有苦痛，但他會分生出去啊，會分生成另一個我，另一個你，另一個親生兒子，再一個，又一個，認識的不認識的，我說妳變平凡了我說自己平凡，因爲我們最精采最重要的部分已經分生出去，或許是被雙手捧著細心挪移向前，或許是被輕率胡亂給予，或許是被任意切斷又自行長出。

我多麼感動啊平凡如我能處於這樣奇妙的時空裡感受眼前所見一切，十年前我料想不到這畫面，你們說著話，笑著，你們相互認識，還要繼續認識，我轉眼移向窗外，有幾個人談笑著走過，我並不認識他們，他們也可能是我們。而我們可能是他們。

我說的太亂了妳一定聽不懂，來，我幫妳把茶杯倒滿，讓妳繼續喝著茶，讓溫潤的茶水融化妳剛才喉頭哽住的淚水。

阿豹

阿鷹出現在他面前時是市場快要收攤的時候，起初是驚訝而後感到狼狽，爲自己一身腥臭有些難堪，他甚至以爲琇琇就在阿鷹身後，後來才確定那個女人不是她，而是一個比較高大的年輕女子，這麼多年過去，早以爲自己不會因此激動或有其他複雜情緒，但心情依然激動複雜，他與阿鷹短暫地交談，他沒有什麼想對阿鷹說的，只是禮貌而客氣地有問必答。話題裡沒有提到琇琇，甚至是刻意抹去她的名字，難道阿鷹以爲他還在乎嗎？「她還好嗎？」他不想讓阿鷹以爲她還是他刻意要迴避的話題，「我也很久沒她的消息了，最後一次接到她電話時，她說去了美國住不習慣又回來了。」阿鷹說。

這不是他想知道的答案。那他想知道什麼呢？正如他當年預料的那樣，最後，他們倆誰也無法擁有她，這多麼諷刺啊！

離開前阿鷹重重地握了他的手，「有空到我工作室來坐坐，」阿鷹一直重複著這句話，阿鷹給了他一張名片，「我已經搬家了，上面有我的手機號碼。」「有空就去。」他回答。

阿鷹那一身奇怪的打扮，名片上的工作室，這就是阿鷹想要的世界吧！他知道自己的信念在阿鷹面前是全面的敗北，但他不在乎了，眞的，不管阿鷹成爲藝術家還是風流漢，那都與他無關了。收攤時刻，即使已經熟悉這些動作，他一直都無法適應習慣魚腥味，但他願意，以前的他沒想過自己有天會成爲一個賣魚的小販，但賣魚賣肉，在他來說都無差別，他都四十六歲了，擁有一個安穩的家，女兒已出嫁，兒子剛退伍，瓊芳七歲的女兒婷婷是他生活的重心，這個女兒雖然不是他親生，卻多麼可愛貼心，他早已不是那個爲愛情被折騰得面目猙獰的人。

琇琇，阿鷹的出現帶來了她的訊息，雖然答案是空白的，他不能說他在乎也不能說不在乎，許多事他已經都放下，但記憶仍有處停留在那個琇琇提著行李逃走的夜晚，他對她說的最後一句話是在她離家後幾天打回來的電話裡，他說：「去過妳自己的人生吧，沒有妳我不會死的。」

多年來已歸於平靜甚少出現的那些情緒，早已被他收納進意識最底層，卻因爲阿鷹的出現再度翻騰，他說的是眞話不是逞強，那些年裡他與琇琇的反覆糾纏都是因爲擔心，他擔心她，她擔心他，他們牽掛著彼此卻無法眞正給對方什麼，努力過了，都盡力了，誰也不虧欠誰。

阿鷹的頭髮變得好長，梳成馬尾垂在腦後，穿著一身奇怪的衣服，這是他不熟悉的阿鷹，或許就是阿鷹一直追求的形象「藝術家」，他仍從阿鷹眼中認出十幾歲相識時那種狂野的眼神，臨別前阿鷹握緊他的手那種熱度使他茫然，他們之間的友誼眞的如此貴重嗎？他弄不清楚了。

這時瓊芳遞來一條毛巾給他擦手，短暫幾分鐘間她在一旁已察覺他心裡的變化，瓊芳，他眞慶幸他不是單獨一人面對與阿鷹重逢的時刻，是啊！他已經不同了，他現在是有人愛著的，有個合適他的女人無怨無悔地跟他一起吃苦，度過了這幾年，過去緊跟著他揮之不去的孤獨傷感已被這個女人強大的愛給修復了。他對阿鷹介紹：「這是我太太瓊芳。」其實他們尚未結婚，因爲瓊芳仍未離婚，但只要等到時間到了，他一定會娶她。

這些年來他與瓊芳也經歷了艱難辛苦的生活，認識她是在琇琇來投靠他之前幾個月，他開著車子沿著河堤回家，看見一個女人抱著個孩子在黑暗中走著，他忍不住又掉頭回去。

他問她需不需要幫忙，她才上車。

因爲忍受不了丈夫愛賭又常打她，瓊芳從彰化跑到台中來投奔她年輕時的姊妹淘，如電視連續劇常搬演那種苦命女人，住沒一陣子她姊妹的丈夫對她動手動腳，姊妹竟然以爲她勾引她丈夫，連夜將她趕走，於是她抱著孩子在路上漫無目的地走著，然後遇見他。

老鼠的妹妹小不點在街上開的卡拉ＯＫ「感性之夜」，二樓有出租房間，他聽完瓊芳訴說自己的遭遇，也不管是否眞實，一股義氣上身就將她帶去那家店要她們收留，弄了個小房間給她住，讓她在店裡幫忙打掃。

細問之後才知道瓊芳竟是他的同鄉，他們讀同一個國小（前後差了五屆）、同一所國中，認眞算來她還是老鼠的遠房親戚，這麼一來更不可能不照顧她了，他常到店裡唱歌，梳洗打扮之後瓊芳如她名字那般模樣秀麗，後來開始在卡拉ＯＫ店當服務生，跟小不點很投緣，就一直住了下來。

原本他只將她當作妹妹，如他對待小不點或店裡其他小姐，後來琇琇來了，他更不可能注意其他女人，每次她帶琇琇去那家店唱歌，瓊芳總會來他們這桌敬酒，琇琇曾開玩笑地說：「我覺得瓊芳喜歡你，你們看起來很相配。」當時他還生氣地反駁，「我跟她只是兄妹關係。」

琇琇提著行李逃走那晚，他跟一群人有的開車有的騎摩托車浩浩蕩蕩一大票到處去找，那時他不知道琇琇是逃回阿雁那兒，以爲她被什麼男人載走（他甚至想到可能是阿鷹），屋子裡幾個小弟都在起鬨，他不得不做出凶狠的樣子出去尋找，而後找不到大家就跑去喝酒，他喝得爛醉開車在路上狂奔，後面的事他不記得了。

醒來時他已在醫院躺了三天。

他睜開眼睛第一個看見的人就是瓊芳。

他才知道自己在路上翻車，頭皮掀掉了一大塊。

他撫摸著那因爲受傷而長不出頭髮的地方，光禿禿的一定難看，如今的他蒼老疲憊，還頂著個禿掉的頭，不知道琇琇看見這樣的他會作何感想，但如今一小塊禿頭或一整個頭禿有什麼要緊呢。

望著阿鷹離去的身影，瀟灑的衣著，長髮飄飄，他很想大聲對他喊叫，**阿鷹，我現在知道那是什麼感覺了。**

傷癒之後他仍渾渾噩噩不知如何度日，有一回他在大街上走著，突然有個外國人發給他一張傳單，他不好意思丟掉，就收進口袋，夜裡他將口袋零錢鈔票掏出擺放桌上，才發現那張傳單上寫著幾個字。

有人愛你

見鬼了這張紙，他被那幾個大字怔住，好一會他細看才知道那是一張傳教的傳單，有人愛你，說的是上帝。

但那時他想到的卻是瓊芳，她的名字就在那幾個大字之後浮出彷彿奇蹟現字，他想起住院期間瓊芳細心地照顧他，出院後三天兩頭也帶補品煮飯熬粥來給他吃，他想起甚至琇琇在這裡的時候瓊芳每個月都會找理由到家裡來，幫忙打掃庭院，整理花圃，做一頓大菜給他們吃（對了那時她總是藉口說要教琇琇做菜，說她女兒喜歡看花），他想起就是昨天啊，昨天在卡拉ＯＫ裡瓊芳多喝了幾杯，送他出店門時突然抱著他哭了起來，當時他還以爲瓊芳還在爲過往的事傷心。

到底是粗心還是忽略或者是他視而不見或刻意逃避？他們不是兄妹，瓊芳對他並非只是感激，而他照顧她也不只是因爲仗義。

有人愛你。

有人深愛著他他卻不自知，以前他因爲被琇琇離棄的痛苦而盲目，有個女人來自與他相同的村落，跟他操持相同口音，以相同方式交談，他常在人群裡看見她，她常在他身後凝視他，這個女人是上天給他另一次機會。

阿鷹，被人無止盡地愛著那感覺好安全，如今我相信了，我也是能夠擁有無止盡的、不會被奪走收回的、不需懷疑擔心的愛，有人愛我，那愛並不瘋狂，並不閃亮，這女人不是琇琇，沒有琇琇那種奪目的光彩，因爲琇琇不屬於我的世界，人不該夢想自己不能擁有的事物，阿鷹，面對你我無話可說，但時常，我心裡常對著你低語，我常大聲與你辯論，誰是誰非，誰對誰錯，誰懂得眞愛誰只是在玩弄，但那些喧囂的爭吵都消失了，倘若你見過我的女兒，倘若你看見我與瓊芳一天勞碌回家後，我們那個小小的公寓裡瀰漫的溫暖氣氛，你會知道上天沒有遺棄我，或許你看見的我只如動物般勞碌，在市場裡被魚腥味弄得皺眉，滿地髒水有時會讓我幾乎滑倒，那些魚鱗片沾染在手心怎麼洗也洗不掉，但是有人愛我，瓊芳愛我，婷婷愛我，我失去過兩個女人，但如今我同時擁有，甚至，我就快要當阿公了呢！

你凝視著我的片刻靜默，那靜默猶如對決前的寧靜，但我們什麼都沒說。沒有對決，沒有辯論，沒有爭吵，誰要先開口誰會先說出那個不能說出的名字，等我們輕輕提起她的名字如說出一個咒語，才發覺早已失去效力。

彷彿只是昨日，一切仍非常清晰，曾經我們爲了同一個女人而受苦，後來我們都失去她，曾經我非常嫉妒你，因爲那嫉妒使我發狂，使我失去理智不斷地懷疑、質問，甚至傷害她，曾經愛情讓我狂亂在路上奔跑，開著車子亂竄情願一死了之，曾經我那麼恨你，又那麼恨她，但現在我平靜了。阿鷹，但願有人深愛著琇琇如她所渴望需要的那樣。

阿鷹，我說的那種不會消失的愛，那不停止的湧動其實來自我心中，多可笑啊我一直以爲自己很能愛，我以爲自己付出太多而得到太少，我以爲被辜負被傷害被遺棄，正如你對待其他女人那樣，我曾嫉妒著所有男女老少凡是經過琇琇身邊的人都彷彿要來將她奪走，我恐懼失去她如當年失去如蘭，甚至對手不是某個與她偷歡的男人，而是我尚不知名仍無法理解的，是命運，因爲命運注定我會失去，我早被規劃在失去那一邊。

然而，阿鷹，人怎能失去自己不擁有的東西呢？倘若我正如自己所認知那樣不曾被愛，我要怎麼失去那份愛？我恐懼著被背叛，恐懼著我緊握在手中的終將滑出我的掌心，於是我緊緊握住，我緊抓著，非常用力，甚至不惜將她捏碎。

阿鷹，我似乎不曾眞正理解過你，那麼你眞正理解過我嗎？年少時我們無須爭論無須競逐，因爲兄弟之情依賴的並非理解，而只是信任，但後來我不信任你了因爲我不信任世間所有，好長時間裡我誰都不信任，我眼中所見都是傷害，我看見人離棄人，人殘害人，那時在我眼中你是個加害於妻兒的負心漢。

阿鷹，我被遺落在某個深夜，我遺失我自己，拋棄自己，在我喃喃與你對話的時刻我不斷駁倒你，每一次你都無話可說，我叫罵你，斥責你，因爲你拋棄的是我深愛的，你輕視的是我寶貴的，因爲你在這一邊而我在另一邊，我怒罵你擁有老婆情婦女朋友大馬子小馬子還不夠，你要不斷遺棄她們以證明自己確實擁有，那麼我呢！我拚命喊叫著我不擁有我不斷失去，我狂喊著，還給我！還給我！但我所做的又何嘗亞於我所怒罵的你。

阿鷹，琇琇只是幻影如同每一個我們曾經慾望著想要擁有的人事物，我以爲撲向前去就能抱個滿懷，但卻都撲空。

反而是她離開了這麼久，或許我再也不會見到她了，我才確實感覺她的存在是何種意義，我終於不再恐懼了因爲不可能失去不擁有的，時常我對瓊芳訴說關於過去，那些狂亂時刻我看見自己的五官剝落扭曲露出其中暗紅肉塊，你知道嗎瓊芳是多好的女人啊她聽著我說，既不批判我也不嘲笑我，她說我們需要有個可以在乎的人，某一個人存在那兒，證明我們的心仍會因此而顫抖，生氣勃勃，哀痛喜悅，我們因爲在乎另一個人，或更多人而感受到自己活著。阿鷹你躲避我躲避我們怎可能躲避自己的存在，怎可能不感受痛苦，如今我迎接痛苦如迎接每一個日出，因爲我不只是爲了自己而迎接生命降臨的每一天。剛才我說我曾失去兩個女人如今我同時擁有，倒不如說，我被擁有，我確實被擁有，被兩個或更多女人擁有，被包括被涵蓋被某種溫暖又緊繃不斷包圍著又考驗著我的，什麼，那我們不會說出名字的，我被擁有，於是我不再感到失落。

阿鷹，你離開很遠了我也沒有叫住你，因爲過去的已經過去，因爲我們早已成陌路不會再同行，但倘若你回頭看我，我會回你一個揮手，我會用力揮手回報你剛才那重重的一握，二十多年時光快速在我眼前翻動如翻動一本早就寫成的書，我揮手，而你沒有回頭，我佇立在這人潮漸散、入夜的黃昏市場，任由過去穿梭眼前，回憶沒有動搖我的意志，我慢慢回過神來，繼續手中的清掃動作，但我握著那塊毛巾，像握住自己靈魂的一角，我不會再輕易讓它滑脫掉落。

【跋】鎮魂曲：不存在的女兒和她的瘋魔情人們

駱以軍

這是一個困難而恐怖的經驗。

困難處不在閱讀本身，反而是那剝洋蔥般一瓣一瓣摘下包裹身世謎霧的每一張呻吟的、顛倒嗔痴的、爲愛而變貌成魔的群臉。恐怖的不是那傷害最核心的「父之罪」——這幾乎已成爲陳雪圓熟期之後所有小說技術、敘事迷宮所封印鎮魂的那張惡魔之臉——那比所有的傷害史更濛昧渾沌的史前時光，惡魔的臉其實孤獨、軟弱，被生命的不幸和社會的剝奪損壞而微弱打光重建出一張暗室中五官融化剝塌的「可憐人」。恐怖的不是作者如女祭司召喚所有原本靜置凍結於往昔時代，所有被那一場核爆般「愛慾之魔」所附、炸得屍骸碎裂的亡靈，再一次像劇場演員在廢墟中支撐站起，重演一次當時那（所有）高燒的、囈語的、想殺掉對方的，把有限之愛之能量一次揮發熾亮到極限的……那種慢速倒帶睜大眼睛、不放過當時咒困其中每一角色內心微細葉脈絨毛，其實追憶之攝影鏡頭對著的，是像高溫焊熔鎗對著眼球噴出的氫焰……

是怎樣的心靈可以承受這樣「整座地獄燃燒得如此輝煌」的全景素描——而非洪太尉揭開鎮魔鐵板放出一百零八天罡地煞之魔物瞬刻的轟然洶湧——作爲小說同業，我畏懍佩服的是，從剝洋蔥起始，層層屛障迴廊，陳雪如何能以一種小說家的絕對專業，像藏密唐卡老繪師，一層一層鑲嵌疊套，每一細節塡色、描花、精密繁錯地占領局部，絕無暈染潑灑？如何能在娓娓旁白時，拿鏡頭的手從未抖過？如何能，不爲最初無辜置放至少女軀體內的核廢料之毒液腐蝕、擴散，被憤怒與瘋狂吞噬？或相反地，被遺忘機制或心理治療話語體系保護，將那一切噩夢封箱沉入最深之海底？是怎樣強大的心靈，可以不虛無、不進入憎恨冰冷之境，不爲畫面裡「所有人都瘋了」至愛之人全變身成鬼形、豬形，在油鍋刀山刑架上哀嚎哭泣的暴亂全景所惑，如目犍連以錫杖擊地，壞肉身入冥府，引渡、釋放、以淚水滋潤，那些槁槁惡臭困在傷害地層凍土裡的親人與愛人之怨靈？

如何能？

我們總在想：靈魂的盒蓋掀開後，裡頭能藏有多少可能？

這部小說朦朧讓我想起王安憶的〈小城之戀〉，二者毫無相似處，只是一個「性進入離群索居的二人小世界」的寂靜與悲傷，「只有我倆」的一種瘋顚與朝必然之半衰期耗竭。

其實推進敘事唱盤旋轉的聲紋形式，以我們這世代的小說技術選擇而言，甚至可算古典：多聲部內心獨白之輪奏，譬如福克納《聲音與憤怒》、芥川〈竹籔中〉，或如柏格曼那些靜置劇場裡臉孔沒入暗影的聚會之人，汩汩吐出各自糾結埋藏之恨意與傷害：琇琇、阿鷹、淑娟、阿豹。

每一部裡像精準組合的小女孩玩具「甜蜜家庭模型」傷害版：芭比和她的爸爸、媽媽、男友們、妹妹、男友的妻子……當時，牆在這裡、沙發在這裡、床在這裡、電視播放的是哪一部片子、誰誰誰在那個時刻說了一句什麼樣的話，另一個人臉上表情是怎樣細微之變化……！每一部裡像上發條的蠟雕傀偶以三人或四人一組，一動對位一動地跳著把自己機械拆掉、慢速地毀滅的探戈……或者，我們看這位作者在展示一種奇異、冷靜的遊戲：一座由無數片長方薄積木垂直堆架而上的、巍巍顫顫的高塔，每次從塔身各處抽走一片薄積木，在一種高度危險的焦慮中，那脆弱之塔在各部位似乎致命處被抽去仍保持不倒，直到造成最後崩塌的那片不知在何時被抽掉……

琇琇這個女孩，是書中所有男人之所以附魔、狂情蕩慾、顚倒瘋狂的核燃蕊棒，將性慾與極限美感渴求帶至一光爆的形貌。她既是蘿麗塔，又是以處女身被縛綁上刑架承受「父之惡」的犧牲。她摧毀了那陰鬱、苦悶、不擅描述自身感性的典型台灣底層男性的「婚姻」、「結拜兄弟」、「長嫂如母」、「叔叔與姪女」這種種細微索索的性之經濟、權力、與倫理網絡。那其實是本土女性版的《家變》。只是壞毀的劇場趨力非王文興式的「時間」（或曰卷軸畫式的全景、慢速時間，靜置鏡頭對著一活物記錄其敗壞、塌陷、潰毀之長時間過程的哀感），陳雪是以「性」、或琇琇這個「被超現實、超越社會倫常能承受之性而永遠摘除掉『正常』晶片」的女孩，因爲女童時期爲父所玷汙，而封印在一永遠純眞（幫痛苦父親治病的小女孩，或用意志將胯下閉合成一無孔穴狀態的超現實自我想像）的療癒處女神，作爲那引發這一切「大人扮家家酒」、「所有人僞裝成幸福快樂」的這一群其實良善、卑微的幾個家庭劇場的恐怖大爆炸之液態炸藥。

我想台灣小說或不曾有將「性」展演得如此純粹、妖異、美麗——除了舞鶴之外——卻有具有毀滅之神猙獰之臉的恐怖力量的書寫了。

我記得去年（二〇〇八）年初，在農曆年前，我與陳雪、顏忠賢君、楊凱麟君四人同遊台南，在大天后宮前廟埕，目睹了一場奇異詭麗之出巡神偶朝拜黑臉媽祖的「神拜神」場面。我曾將這段經驗寫在自己的小說之中：

那是八尊兩層樓高的巨型傀偶，各自穿著白銀蟒鱗錦織繡袍，關節僵固不動，但雙臂長袖曳擺搖甩。祂們是范謝甘柳四將軍，春夏秋冬四大神，踩著顛倒夢幻的舞步繞著圈子，像是八個得了巨人症的長腳大個兒相聚歡喜又焦慮地不知如何是好，祂們的腹臍部各有一潛艇般的舷窗，讓躲在巨神身體裡面下方的蠻勇漢子眼神淒迷地看著外面炮仗鑼鼓喧天，紙醉金迷一張張畏懼卻又迷醉的凡人的臉。

「大仙尪仔。」他發現這幾尊在發光的房間金漆巨影的女神注視下跳著神之呆傻舞步的巨人們，臉部不如印象中這種遶境傀偶漆著俗麗肉色漆紅色漆或黑色漆，而是長鬚長眉，臉如焦炭或朿木，瘦削拉長的下巴、深凹的大眼、高聳的鷹鉤鼻——完全是中亞人或阿拉伯人混血的人種輪廓。他想：搞了半天，原來這每每在巡神幻麗之境孤獨於半空中揮著長袖的大個兒判官或瘟神將軍們，根本就是幾個忘了回家之途、陷困於矮小漢人夢境中的八個外國人。

八個胡人。老外。

每尊盔頂紅珠亂顫，背插旌旗，祂們不敢回看身後那鑾殿中目光灼灼的天后。搖頭晃腦，孤伶伶進不了這包圍住祂們的漢人夢境。一臉滑稽悲傷，找不到回去當初被甩出神之夢境的路徑。祂們每一尊的頭頂，木雕層瓣而上，非常古怪地戴著如一座金漆凌霄殿的奧麗之冠，一個想法深深震動了他。

神把祂的旅館頂在自己的頭上。

這幾尊大仙尪仔、異國神祇，即使最後混跡於一座漢人之城裡，從事驅邪壓煞，捕捉惡鬼的遊巡武職，在漢人的集體陰怖夢境裡挺著四米以上的高個兒，穿著華麗漢服東奔西走，但祂們，仍像那些非法外勞在地下工廠、餐廳、麵包店地下作坊間流竄躲避移民官員，得把鋪蓋隨身攜帶。即使那些神的旅館建築得如此幻麗繁複，讓人目眩神迷，祂們還是得把它們頂在頭上隨時可進行遷移中的遷移。

於是，跟在大仙尪仔之後列陣搖頭晃腦踩「虎步」前行的八家將，就像是一整批從那些巨神頭頂神的旅館裡歪歪跌跌摔出的不成形小人兒。他們矮小（或因跳八家將的都是一些十三、四歲，身體尚未發育完熟的青少年男孩）精瘦、背膊刺龍刺鳳，個個一臉酣迷、雙眼怒睜，繪了京劇孫悟空白菊花綻放的臉譜後面，帶著囝仔的騰騰殺氣，那臉譜使他們的臉，綻裂開一個以鼻尖爲圓心的黑洞，或如旋轉中的彩色風車。他們左手統一執一把蒲扇，右手各自拿著魚枷、蛇杖、戒棍、火盆、黑旗、瓜鎚、判官筆……這些蛻化成神失敗、被從神的旅館逐出的少年神差們，知道此刻自己正在這被善男信女一層層包圍的神之劇場的正中央，他們像夢遊者附魔者神之胚胎被用針尖挑刺過的畸形怪物，有人類少年的胸肌和乳頭，卻穿著最低階之神（不是天界之神，是冥界之神陰司之神的衙役）彩衣官服招搖街市。蜂炮和煙花在夜空炸開，廣場群眾外圈有至少二十支白鐵打鑄的長螺號，單調卻邪魅地銜著他們發出宰殺鯨魚時被海濤一陣一陣蓋過的嗚咽悲鳴。

「神在拜神了……」人群中有人低喊。

——《西夏旅館》下冊，〈神之旅館〉，頁五一二～五一三是夜，在楊凱麟君家客廳，我第一次聽陳雪娓娓陳述琇琇、阿鷹、阿豹及環繞著這整個恐怖劇「所有人都瘋了」的附魔故事，那非常像一千零一夜某個最關鍵之夜的啓開封印群魔嗥嗚竄出的說不完故事，我記得我聽得淚水漫面，除了說故事的陳雪像降靈巫祭起故事中每個角色被自己「因愛而入魔」的變形毀滅臉貌而驚嚇之畫面，我們每個人都噤默無言，只能渾身發冷地抽著菸。當時我便預感《附魔者》這本書一旦寫出，將是陳雪進入成熟期最重要的一部小說。那個晚上我們在天后宮前看到「大仙尪仔」與八家將以一種台灣迌迌男子的陽剛、暴烈，但又嫵媚之舞步，在炮仗與鑼鈸的迷離襯響中，搖頭晃腦不知如何是好地繞圈朝拜那尊黑臉女神，那恰像後來聽到阿鷹、阿豹們痛苦進入琇琇以自身爲潘朵拉之盒而開啓的「大強子對撞機」——所謂的末日實驗，當琇琇這個小女孩曾受到的傷害被拆封，一旦這些雄豪男子心中掠過「以愛爲救贖」之念頭，你立刻聽見故事中一座一座個人宇宙次第崩毀壞滅的巨響——整個夜晚恰形成一相吮相扣、顛倒迷幻之華麗隱喻。

本書書名挪借自杜斯妥也夫斯基之《附魔者》，實則書中諸人在狂愛之漩渦中扭曲、呻吟、恐懼之臉，反而讓我想到杜氏另一本小說《卡拉馬助夫兄弟們》的三種對應「父之罪」的愛（或失愛、無愛）、懲罰或救贖：米卡、伊凡、阿萊沙三兄弟。

如同他所有小說對「激情」的遲疑：

良心的折磨、悔恨、永遠被地獄之火灼燒。

在杜氏《卡拉馬助夫兄弟們》之中，弒父——殺掉那個卑鄙醜惡的父親——以伊凡（具有《罪與罰》以降，高等智力之「超人」，擁有無邊界之自由可以殺掉劣等人種的附魔者）引誘他的兄弟米卡（像戴奧尼索斯那樣的動物本能型男人）去執行殺父的行動。在杜氏典型的「附魔者」與「白痴」之錢幣兩面，時常纏祟著一個巨大、恐怖的提問：人可能把自己拉高到神的視域？僭越進入神的純粹時間？包括柏格曼《第七封印》裡和死神對奕的中世紀武士；包括《銀翼殺手》裡那個博士按自己智力之理想典型打造之複製人，在捏爆自己的創造者（對比意義之上帝、父親）前，說：「我將要做一件令人困惑的事。」不論「懲罰」或「負軛受苦」，其實皆是竄奪神之權柄，那樣的自我意志擴張，注定如宮崎駿《風之谷》那帝國打造之巨大戰鬥機器人，站起以恐怖力量口吐光燄暴風將遍野王蟲瞬刻燒成焦燼，但終因體骨身軀無法支撐那巨大能力之挪借，在下一瞬立刻溶解垮掉。「上帝的裁判並不和人類的裁判一樣。」

在陳雪的《附魔者》中，「父之罪」在傷害啓始的神祕時刻，在那人間倫理慘不忍睹的光影濛昧暗室，她並不是將之放置在一精神分析式的辯證（這早在《惡魔的女兒》、乃至後來的《橋上的孩子》、《陳春天》，已經以不同的小說引渡「寬恕」過那個被自己所犯罪行永恆釘在核爆時刻的不幸父親了），而是進入一神祕主義的攝影：那個扮演了女性版阿萊沙（《卡拉馬助夫兄弟們》中，具備基督之愛的那個老么）的琇琇，以神性之哀憫包裹救贖無數時光返復的卑微、損毀、犯錯之父親，但這樣作爲其它小說結尾的昇華與寬恕是可能的嗎？

於是在《附魔者》這個故事裡，裸身吞食了父之噩夢的童女神，反而啓動了「附魔」：因爲在一純眞無告的「處女機器」自我修補自我淨化的程式內鍵過程，在將父之罪的暗影翻印成「女兒之愛」的極限強光，像與眞實世界漂離斷裂的一只「玻璃瓶中帆船模型」的精巧靈魂之內向小宇宙，使得琇琇在眞實界與人間男子遭遇時，形成一種愛之形式無從建立、愛必須被拉高到不可能之強度才可能蓋過那惡魔父親包覆於溫暖子宮內的童女神的「純淨的性」。否則任何的愛慾行動皆重演強暴（奇異的是，阿鷹與阿豹掉進對琇琇之蘿麗塔狂魔迷戀，場景皆是在KTV小包廂——那父之罪密室的複製）。愛之神光降臨在阿鷹與阿豹身上時，變得痛苦、陰鬱、折磨、扭曲。於是一種奇異的腔腸式疊套魔術出現了：在陳雪的《附魔者》裡，琇琇既是那無比溫柔承受父之玷汙的神之子阿萊沙；卻同時是操控傀儡懸絲讓米卡（雄性動物本能的阿鷹與阿豹）去弒父的伊凡。她揭開、讓他們看見那極限光焰，一旦附魔無法重回人間義理秩序，無比妖豔無比純眞，卻又在像駭客植入病毒軟體將他們原本運行無礙之男性程式完全炸毀、癱瘓之後，最後那張底牌上畫的卻是一個早將自己倒退回女嬰純潔時光（故而無能回贈同等激情、犧牲、世俗時間的「人之愛」）的「不存在的女兒」：永遠的逃跑者、失神者、離開現場者、遺棄者。

「阿鷹的愛太遼闊，阿豹的愛太纏綿，大家都瘋了。」

作為同世代小說創作對手，陳雪的這部小說讓我畏敬之處，並不完全在她以「萬花筒寫輪眼」般的亂針刺繡，展演了不同聲部諸人在這個恐怖劇場中，各自抓臉哀嚎的「聲音與憤怒」、「哭泣與耳語」；也不只在小說時間竟同步人世滄桑的懺情體幻術——故事的最後，所有人都「變平凡了」：

他曾以爲那已是萬劫不復了……但沒有毀滅……他們都變平凡了……我們在痛苦之中壯大、強大，擴大到無限大，以致於我們只看見了自己造成的毀壞，自己身上的痛苦，我們的眼睛、感官、情感都如此細緻能將任何情緒體驗到無窮……但生命之中還有生命，生命之上還有其他，那垂危之際，有人伸出一條繩索垂向我們……地獄在後頭追趕，我們終於轉身，伸出微弱的手抓住那條繩索。

讀至此我熱淚盈眶，猶如重回那個我們諸人目睹巨大神偶在媽祖神龕前踉蹌踩舞步的晚上，那第一次聽這個絕望故事的魔幻之夜。我佩服的是，陳雪進入小說時光將這個「所有人都瘋了」的艱難劇場一個章節一個章節翻寫上稿紙時，那彷彿瑜珈修鍊的嚴謹與穩定，並未被小說中的狂魔激情給吞噬。像波赫士小說〈環墟〉中在河岸火神廟於夢中造人的鍊金術士，沉靜的工作途中，手沒有抖過。沒有狂譫妄語，沒有掉進惡之華的狂歡引誘，沒有閃躲與虛無。那讓我在閱讀時刻再一次被提醒小說書寫以其抄寫僧之枯寂工作這件疲憊勞動，可以鎮魂之莊嚴。

祝福這本小說。

文學叢書 217

INK PUBLISHING

附魔者

作　　者　陳　雪
總 編 輯　初安民
責任編輯　丁名慶
美術編輯　黃昶憲
校　　對　吳美滿　丁名慶　陳　雪

發 行 人　張書銘
出　　版　INK印刻文學生活雜誌出版有限公司
新北市中和區建一路249號8樓
電話：02-22281626
傳真：02-22281598
e-mail:ink.book@msa.hinet.net
網　　址　舒讀網 http://www.sudu.cc

法律顧問　巨鼎博達法律事務所
施竣中律師
總 代 理　成陽出版股份有限公司
電話：03-3589000（代表號）
傳真：03-3556521
郵政劃撥　19000691 成陽出版股份有限公司
印　　刷　海王印刷事業股份有限公司

港澳總經銷　泛華發行代理有限公司
地　　址　香港新界將軍澳工業邨駿昌街7號2樓
電　　話　852-27982220
傳　　真　852-27965471
網　　址　www.gccd.com.hk

出版日期　2009年4月　初版
2017年3月30日　初版三刷
ISBN 978-986-6631-64-1

定價　360元

國家圖書館出版品預行編目資料

附魔者／陳雪著. - - 初版. - -
新北市中和區：INK印刻文學,
2009.4　面；　公分. --（文學叢書；217）
ISBN 978-986-6631-64-1（平裝）
857.7　98001163